Thomas A. Harris

Ich bin o.k. Du bist o.k.

Wie man über seinen Schatten springen lernt

Deutsch von Irmela Brender

Rowohlt

Übertragen nach der bei Harper & Row,
New York, unter dem Titel
«I'M OK – YOU'RE OK: A PRACTICAL GUIDE TO TRANSACTIONAL ANALYSIS»
erschienenen Originalausgabe

Schutzumschlag- und Einbandentwurf Werner Rebhuhn

1.–30. Tausend Februar 1973

Gesamtherstellung Clausen & Bosse, Leck/Schleswig
Das Werkdruckpapier lieferte die Papierfabrik Peter Temming AG,
Glückstadt/Elbe
ISBN 3 498 02820 0

Für Amy
meine Mitarbeiterin
meine Mitdenkerin
meine Friedenstifterin
meine Freude
meine Frau

Inhalt

An den Leser

Wie man dieses Buch nicht lesen soll
Diagonal; in Stichproben; mal hier, mal da; mit dem feuchten Finger blätternd; indem man sich interessante Stellen herauspickt; indem man sich irgendwo zufällig festliest.

Wie man dieses Buch lesen sollte
Am besten so, wie geschrieben wurde: Seite für Seite vom Anfang bis zum Ende.

Denn
wer spätere Kapitel vor den ersten liest, kann das in diesem Buch dargestellte wissenschaftlich-ärztliche Verfahren und das dazugehörige Vokabular nicht verstehen.

Wenn
der Drang einiger Leser jedoch unwiderstehlich bleibt, auch dieses Buch unsystematisch an verschiedenen Stellen anzulesen,

dann
möchte ich betonen, daß fünf Begriffe auf den folgenden Seiten eine besondere Bedeutung haben, die vom alltäglichen Wortgebrauch abweichen. Es handelt sich um
«Eltern» – «Erwachsener» – «Kind» – «o. k. (okay)» – «Spiele».

Thomas A. Harris

Enttäuschung und Hoffnung

Ein Vorwort zur Einführung

In den letzten Jahren häufen sich die Beweise dafür, daß immer mehr Menschen von der bisherigen Psychiatrie immer weniger halten. Woran liegt das? Die vielgestaltigen seelischen Nöte und Leiden im Leben des einzelnen Menschen und im Zusammenleben großer Gruppen, Massen und Völker schreien förmlich nach Hilfe, nach Abhilfe. Die traditionelle Psychiatrie versprach diese Hilfe, wenn schon nicht dauerhafte Heilung, so doch wenigstens spürbare und anhaltende Linderung. Dieses Versprechen scheint die bislang gelehrte und praktizierte «Seelenheilkunde» nicht eingelöst zu haben nach dem Urteil einer rasch anwachsenden Zahl von Zeitgenossen. Die Enttäuschung über die Psychiatrie drückt sich aus in Kritik an der angeblichen Unfehlbarkeit dieser Wissenschaft, an ihrer vagen und esoterischen Terminologie, an den enormen Kosten und an der langen Dauer psychiatrischer Behandlung sowie an den zweifelhaften Behandlungs-«Erfolgen».

Viele Menschen machen sich insgeheim oder öffentlich lustig über den verschrobenen «Seelendoktor»: er sei wie der Blinde, der in einer Dunkelkammer nach einer schwarzen Katze sucht, die überhaupt nicht da ist.

Zwar setzen sich die Zeitschriften und Verbände der Mental Health-Bewegung energisch für die Förderung psychischer Gesundheit beim Individuum und in der Gesellschaft ein und stützen sich dabei auf die Erfolge psychiatrischer Heilbehandlung. Aber was ist eigentlich unter psychiatrischer Behandlung zu verstehen? Welche Erfolge kann sie vorweisen? Auf diese Fragen gab es noch keine überzeugenden Antworten.

Jahr für Jahr stürmt eine Flut von Veröffentlichungen über Wesen und Wert der Psychiatrie in die Öffentlichkeit hinaus. Und trotzdem: es finden sich darin verschwindend wenige wirklich stichhaltige Tatsachen. Selbst diejenigen Menschen, die dringend eine Behandlung brauchen, werden davon nicht zum Umdenken bewogen, sondern halten unverändert fest an der Witzblattvorstellung vom Irrenarzt in der Klapsmühle oder vom «Tiefenheini» mit Sigmund Freud-Bärtchen und Hornbrille, der hinter der Couch sitzt und den sexuellen Geständnissen seiner zahlungskräftigen Klienten lauscht.

Enttäuschung über die Psychiatrie hört man neuerdings keineswegs nur von Patienten und im Laienpublikum, sondern genauso unmißverständlich auch von Psychiatern. Ich bin einer von diesen Psychiatern. Dieses Buch ist das Ergebnis meiner Suche nach konkreten Antworten auf konkrete Fragen: Wie funktioniert der Geist? Warum verhalten wir uns eigentlich so, wie wir uns verhalten? Und wie können wir lernen, über unseren Schatten zu springen? Die Lösung dieser Probleme ist in greifbare Nähe gerückt, seit die Psychiatrie einen entscheidenden Fortschritt erlebt hat, der zu großen Hoffnungen berechtigt. Es handelt sich um eine neue Methode, die als Transaktions-Analyse bezeichnet wird.

Transaktions-Analye: was heißt das? Zur vorläufigen Verständigung über diesen Begriff mag folgende Erklärung genügen.

Eine «Transaktion» im speziellen psychologischen Sinne ist gewissermaßen ein seelischer Geschäftsabschluß zwischen zwei Menschen. Der eine bietet «etwas» (ein Verhalten) an, der andere steigt in das Geschäft ein und nimmt das Angebot ab, indem er in entsprechender Währung zurückzahlt. Zwischen einem «Sender» und einem «Empfänger» spielt sich ein kompliziertes Geben und Nehmen ab. Die Rollen des Senders und des Empfängers können dabei blitzschnell und wiederholt ausgetauscht werden. Immer aber übt ein bestimmter Ich-Zustand des Senders einen Reiz aus auf den Empfänger, der mit verbalen oder nichtverbalen Verhaltenssignalen seines jeweils angesprochenen Ich-Zustandes darauf reagiert.

Was sich in dieser abstrakten Formulierung so unverständlich ausnimmt, erleben wir tagtäglich hundertmal bei jedem scheinbar noch so unbedeutenden zwischenmenschlichen Kontakt.

Wenn Hans zu Grete sagt: «Wo hast du denn schon wieder meinen Autoschlüssel versteckt?» und Grete antwortet: «Wenn du so weitermachst, hast du bald deinen Herzinfarkt. Autofahren ist Gift für dich», dann ist dieser Allerweltsdialog eine «Transaktion». Die Transaktions-Analyse arbeitet nun heraus, *warum* Hans und Grete miteinander so umgehen, wie sie es tun, und *warum* Hans nicht einfach fragt: «Weißt du, wo der Autoschlüssel ist?» und *warum* Grete darauf nicht ebenso einfach antwortet: «Leider nicht. Aber hast du schon im Regenmantel nachgesehen?» Das mag vorerst genügen, um eine ungefähre Vorstellung davon zu bekommen, was sich hinter dem abschreckend wirkenden Fremdwort «Transaktions-Analyse» verbirgt.

Die Transaktions-Analyse ist eine neue und wirksame Methode der Psychiatrie. Sie hilft allen, die sich verändern wollen statt sich anzupassen. Sie ist wirklichkeitsnah, denn sie eröffnet dem Patienten die Chance, ungeachtet seiner Vergangenheit seine Zukunft selbst gestalten zu können. Darüber hinaus befähigt uns die Transaktions-Analyse dazu, uns zu verändern, andere Menschen zu werden, unser Verhalten zu kontrollieren und selbst zu lenken – und zu entdecken, daß wir unser Schicksal frei wählen können.

Es ist leider eine unbestreitbare Tatsache, daß der Bedarf an psychiatrischer Hilfe täglich zunimmt und daß die tatsächlich geleistete psychiatrische Versorgung der Bevölkerung damit nicht nur nicht Schritt halten kann, sondern auch noch immer weiter zurückfällt. Diese schreiende Not kann offenkundig mit den bisher angewandten Verfahren der Psychiatrie nicht gelindert, geschweige denn behoben werden.

Vor allem zwei Eigenschaften der Transaktions-Analyse berechtigen zu der Hoffnung, die Kluft zwischen Behandlungsnotwendigkeit und Behandlungsmöglichkeiten lasse sich doch überbrükken.

Erstens: Die Transaktions-Analyse als Behandlungsmethode operiert mit einem Vokabular, das jedermann versteht. Die Sprache der Transaktions-Analyse ist nicht ein geheimnisumwittertes Machtsymbol, mit dem der Therapeut seinen Patienten verzaubert und manipuliert. Der Transaktions-Analytiker kann gerade wegen der Allgemeinverständlichkeit der Begriffe *mit* dem Patienten *zusammenarbeiten.* Die Begriffe der Transaktions-Analyse decken sich mit seelischen Zuständen und Vorgängen, die real existieren, mit Erfahrungstatsachen, wie sie im konkreten Erleben konkreter Menschen vorkommen.

Zweitens: Die Transaktions-Analyse bewährt sich am wirkungsvollsten bei der Arbeit in Gruppen. Weil sie sich in einer verständlichen Sprache vollzieht, kann man sie gleichzeitig mit mehreren Menschen praktizieren, die nach Alter, Geschlecht, Rasse, Religion,

Intelligenz, Ausbildung und sozialer Herkunft ganz verschieden sein können.

Die Erfahrungen mit der Transaktions-Analyse in der Einzel- und Gruppentherapie sind so ermutigend, daß heute nicht nur ausgebildete Psychiater damit arbeiten, sondern auch Ärzte anderer Fachrichtungen, Psychologen, Sozialarbeiter, Bewährungshelfer, Krankenschwestern, Lehrer, Kindergärtnerinnen, Personalchefs, Juristen, Pfarrer, Eheberater, Sporttrainer, Reiseleiter...

Alle, die sich mit Menschen in kleinen und großen Gruppen beschäftigen und die wissen, wie störungsanfällig das menschliche Zusammenleben grundsätzlich ist, machen mit Hilfe der Transaktions-Analyse die beglückende Erfahrung, wie schon nach der ersten Behandlungsstunde die Menschen sich zu verändern beginnen, wie ungeahnte Kräfte sich entfalten, wie schlummernde Fähigkeiten erwachen und wie die Schatten der Vergangenheit weichen.

Der entscheidende Vorzug der Transaktions-Analyse ist, daß sie nicht auf einen Patienten *angewendet* wird, sondern daß sie dem Menschen in seelischer Not ein brauchbares Werkzeug an die Hand gibt, mit dem er an sich selbst arbeiten kann. Dieses Buch dient dazu, den Leser mit diesem neuen Werkzeug vertraut zu machen. Benutzen kann es jeder. Man muß nicht «krank» sein, um davon einen Nutzen zu haben.

1. Freud, Penfield und Berne

Zu allen Zeiten der Geschichte ist das Wesen des Menschen in einer Hinsicht immer gleich gesehen worden: daß nämlich der Mensch ein uneinheitliches, ein aus Gegensätzen gemischtes Wesen ist. Am häufigsten hat sich diese mythische, philosophische oder religiöse Vorstellung ausgedrückt in der Idee von der Doppelnatur des Menschen: ... «Zwei Seelen wohnen, ach, in meiner Brust.» Immer wurde dieses Denkmodell vom Menschen als einem Zwitterwesen so ausgelegt, daß die zwei Seelen in der einen Brust miteinander im Streit liegen: das Gute widerstreitet dem Bösen, das Gemeine dem Erhabenen, das Innere dem Äußeren.

«Es gibt Zeiten», schreibt Somerset Maugham, «in denen ich die verschiedenen Teile meines Charakters mit Bestürzung betrachte. Ich erkenne, daß ich aus verschiedenen Personen bestehe und daß die Person, die im Moment die Oberhand hat, unvermeidlich einer anderen weichen wird. Aber welche ist die wirkliche? Alle oder keine?»

Daß der Mensch nach dem Guten streben und es erreichen kann, wurde immer wieder im Laufe der Geschichte bewiesen, wie immer dieses Gute auch definiert wurde. Moses sah das Gute vor allem als Gerechtigkeit, Plato im wesentlichen als Weisheit und Jesus im Kern als Liebe; doch sie alle stimmten darin überein, daß die Tugend, wie immer sie verstanden werden mochte, ständig von etwas in der menschlichen Natur unterminiert wurde, was mit etwas anderem im Streit lag. Aber um was handelte es sich auf der einen wie auf der anderen Seite?

Als Sigmund Freud um die Jahrhundertwende mit seinen bahnbrechenden Arbeiten hervortrat, wurde diese Frage neu aufgerollt. Der Wiener Nervenarzt ging das Problem mit naturwissenschaftlichen Methoden an. Sein grundlegend neues Konzept war die Theorie: der Kampf der gegnerischen Kräfte wird *im Unbewußten* ausgetragen. Die gegnerischen Kräfte erhielten probeweise Namen. Das Über-Ich bekam die Rolle des Zensors, der das Es (das Reservoir der triebhaften psychischen Energie) seiner Kontrolle unterwerfen will, während das Ich als Mittler zwischen beiden im «aufgeklärten Selbst-Interesse» der ganzen Person auftritt.

Freud hat eine großartige Pioniertat vollbracht, indem er die theoretischen Grundlagen schuf, auf denen wir heute aufbauen. Für dieses bleibende Verdienst sind wir ihm zu tiefem Dank verpflichtet. Im Laufe der Jahre haben Theoretiker und Kliniker seine Theorien weiterentwickelt, systematisiert und ergänzt. Doch die «Kräfte im Inneren» entschlüpfen nach wie vor dem sicheren Begreifen. Die Literatur über Psychoanalyse schwillt mehr und mehr an, auf die Bücher legt sich der Staub, schon entsteht eine unübersehbare Sekundärliteratur, und trotzdem: all diese Anstrengungen haben anscheinend das wesentliche Ziel nicht erreicht, nämlich den Menschen bei der Lösung ihrer Probleme zu helfen, um die es der ganzen Psychoanalyse eigentlich geht.

Als ich mir vor Jahren den Film ‹*Wer hat Angst vor Virginia Woolf?*› ansah, hörte ich am Schluß der Vorstellung beim Hinausgehen, wie einige Zuschauer ihren Gefühlen Luft machten mit Kommentaren wie: «Jetzt hab ich aber wirklich die Nase voll!», «Da geht man nun ins Kino, um sich ein paar schöne Stunden zu machen, und dann zeigen die einem das Mieseste vom Miesen», «Ich möchte wissen, warum man solche Sachen überhaupt in der Öffentlichkeit breittreten will», «Also ich hab von alldem gar nichts verstanden, wahrscheinlich kommt man hinter das ganze nur, wenn man Psychologie studiert hat». Ich hatte den Eindruck, daß viele Zuschauer sich fragten, wovon der Film eigentlich handelte. Sie fühlten wohl irgendwie, daß die Geschichte einen tieferen Sinn haben müsse, aber sie konnten ihn nicht entziffern. Sie wußten nicht, was sie daraus ableiten sollten für ihr eigenes Leben, etwas, das ihnen selber Aufschluß gäbe über die geheime Regie ihrer privaten Dramen.

Wir lassen uns gehörig imponieren von solchen Formulierungen wie Freuds Definition der Psychoanalyse als einer dynamischen Konzeption, die das psychische Geschehen reduziere auf das Wechselspiel zwischen triebhaft drängenden und verdrängend kontrollierenden Kräften. Eine solche Definition und ihre unzähligen verfeinerungen und Variationen mögen ihren Sinn haben – für die Eingeweihten. Aber welchen Sinn haben sie für die, um die es bei der Psychoanalyse in erster Linie geht, für die Menschen, die leiden?

George und Martha in Edward Albees Stück ‹*Wer hat Angst vor Virginia Woolf?*› werfen sich knallharte, blutwarme und zotenstrotzende Sätze an den Kopf, die mitten ins Schwarze treffen und einfach sitzen. Es fragt sich nun, ob wir Therapeuten mit George und Martha genauso treffsicher und «hautnah» sprechen können über die Gründe, warum sie so handeln, wie sie es tun, und warum sie so leiden, wie sie tatsächlich leiden. Wie kommen wir dahin, daß unsere Worte nicht nur wahr sind, sondern auch wirklich helfen, weil man sie nämlich verstehen kann? «Was der da sagt, sind böhmische Dörfer für mich. Ich weiß überhaupt nicht, wovon die Rede ist», diese Einstellung haben viele Menschen gegenüber dem Fachmann für Psychologie. Wenn man esoterische psychoanalytische Theorien in einer noch esoterischeren Terminologie ausdrückt, dann kann man nicht erwarten, damit das Leben der Menschen auch nur im geringsten durchschaubarer zu machen für sie. Dieses Dilemma hat zur Folge, daß der Laie (die Milliardenmehrheit der Nichtfachleute!) seine Lebensweisheiten meist nur in läppischem Geschwafel zum Ausdruck bringt und bei seinen Gesprächen kaum je unter die platteste Oberfläche vorstößt mit solchen abgedroschenen Phrasen wie: «Was soll's? Da kann man eben nichts machen.» Und was das schlimmste ist: er ahnt nicht einmal von ferne, was man sehr wohl anders machen könnte, besser machen könnte.

Die immer schmerzhafter empfundene Entfremdung als Merkmal unserer Zeit entspringt sicher ganz wesentlich der Kluft zwischen Spezialisierung auf der einen und dem Streben nach Integration auf der anderen Seite, wodurch der Graben zwischen dem Fachmann und dem Nicht-Fachmann immer unüberbrückbarer wird. Alles wird aufgeteilt in immer kleinere Spezialgebiete, zwischen denen fast keine Kommunikation mehr möglich ist, die sie wieder in ein Ganzes integrieren könnte. So herrschen im Bereich der Technik unumschränkt nur die Ingenieure, vom menschlichen Verhalten verstehen nur die Psychologen und Psychiater etwas, um die Gesetzgebung kümmern sich nur die Politiker und selbst die Entscheidung, ob und wann wir Kinder kriegen sollen, beansprucht die Kirche für sich allein. Man versteht schon, wie es zu diesem allgemeinen Trend kommen konnte. Aber längst sind die Gefahren, die aus dem Mangel an gegenseitigem Verständnis und aus dem Fehlen fast jeder Kommunikationsmöglichkeit erwachsen, so bedrohlich geworden, daß Mittel und Wege gefunden werden müssen, die es der Sprache ermöglichen, mit dem Gang der Forschung Schritt zu halten.

Auf dem Gebiet der Mathematik beschreitet man neue Wege in dieser Richtung. Die Mengenlehre wird schon von der ersten Klasse an unterrichtet. Die sogenannte Neue Mathematik ist weniger ein neues Rechenverfahren als vielmehr ein neues Denkverfahren, mit dessen Hilfe sich mathematische Vorstellungen besser vermitteln lassen. Die Neue Mathematik erleichtert die Kommunikation über mathematische Denkinhalte. Sie erklärt nicht nur das Was, sondern auch das Warum. Damit wird es möglich, daß Anreiz und Spannung der Weltraumfahrt oder der elektronischen Datenverarbeitung nicht mehr ausschließlich den elitären Zirkel der Spezialisten inspirieren, sondern nachvollziehbar werden auch für den Schüler. Und neu ist die mathematische Wissenschaft nun keineswegs, aber die Sprache, mit der wir uns heute mathematisch ausdrücken, die ist neu. Wir würden uns ja selber Fesseln anlegen, wenn wir uns immer noch mit den Zahlensystemen der Babylonier, Maya, Ägypter oder Römer abquälen wollten. Die Menschen haben nie aufgehört, nach neuen schöpferischen Anwendungsmöglichkeiten der Mathematik Ausschau zu halten, und sie sind dabei auf immer neue Verfahren gekommen, wie sie die Zahlenarten in ein System bringen konnten, mit dem sich immer kompliziertere Rechenoperationen möglichst rationell durchführen ließen. Die Neue Mathematik von heute ist nur der jüngste Fortschritt bei der unablässigen Entwicklung dieses schöpferischen Ansatzes. Voller Bewunderung erkennen wir, wieviel kreatives Denken die früheren Systeme hervorgebracht haben. Aber deswegen lassen wir uns heute beim Rechnen doch nicht mehr von solchen überholten Methoden knebeln.

Und genauso sehe ich die Transaktions-Analyse. Ich achte sehr wohl die genialen Leistungen der psychoanalytischen Theoretiker vergangener Jahrzehnte. Was ich in diesem Buch zeigen möchte, ist ein neuer Weg, alte Vorstellungen auszudrücken, und ein direkter Zugang zu neuen Konzeptionen. Es geht mir ausdrücklich nicht um eine zersetzende Kritik an den Errungenschaften der Vergangenheit. Mir liegt viel mehr daran, wie man mit der unbestreitbaren Tatsache fertig wird, daß wir mit den alten Methoden einfach nicht weiterkommen.

Dieses Buch soll aber nicht nur neue Erkenntnisse vermitteln, sondern auch Antwort geben auf die Frage, wieso eigentlich die Menschen ihre Möglichkeiten so wenig ausschöpfen, obwohl sie ziemlich genau wissen, was sie besser zu machen hätten. Sie wissen vielleicht, daß die moderne Psychologie eine Menge zu sagen hat über Wesen und Verhalten des Menschen. Aber dieses Wissen scheint nicht den geringsten Nutzeffekt zu haben: Sie leiden genauso weiter unter ihrem miesen Alltag, unter ihrer angeknacksten Ehe und unter den Eskapaden ihrer Kinder.

Unsere Suche nach neuen Lösungen für die alten Probleme wurde bis vor wenigen Jahren durch den Umstand erschwert, daß wir viel zu wenig darüber wußten, wie das menschliche Gehirn Erinnerungen speichert und wie diese Erinnerungen wieder hervorgerufen werden, die dann unser gegenwärtiges Leben entweder überschatten oder erhellen.

Der Gehirnchirurg mit der Sonde

Wer die Richtigkeit einer Hypothese nachweisen will, muß empirisch abgesicherte Beweise dafür vorlegen. Bis vor kurzem gab es kaum genug bewiesene Auskünfte darüber, wie sich der Erkenntnisprozeß im Gehirn abspielt, wie im einzelnen die zwölf Milliarden Zellen des Gehirns arbeiten, wenn sie Erinnerungen speichern, und welche Zellen an diesem Vorgang beteiligt sind. Wieviel Erinnerung bleibt erhalten? Kann sie verschwinden? Arbeitet das Gedächtnis generalisierend oder spezialisierend? Warum lassen sich einige Gedächtnisinhalte leichter abrufen als andere?

Zur Beantwortung dieser Fragen werden, zunächst theoretisch, Hypothesen aufgestellt, die es nun zu verifizieren gilt. Ein anerkannter Forscher auf diesem Gebiet ist Wilder Penfield, Neurochirurg an der Universität Montreal. Seit 1951 hat er aufschlußreiche Versuche ausgewertet, mit denen er die Hypothesen empirisch bestätigen oder korrigieren konnte.*

Penfield hatte Patienten mit Jackson-Epilepsie zu behandeln. Dabei handelt es sich um eine Sonderform der Epilepsie mit motorischen und sensiblen Anfällen, die von einem umschriebenen Krankheitsherd im Gehirn verursacht werden. Im Verlauf der operativen Eingriffe unternahm Penfield eine Reihe von Versuchen, bei denen

* W. Penfield: ‹*Memory Mechanisms*›, American Medical Association. Archives of Neurology and Psychiatry, 67 (1952): 178–198, mit einer Besprechung von L. S. Kubie u. a. Weitere Zitate von Penfield und Kubie in diesem Kapitel stammen aus derselben Quelle.

er die Großhirnrinde des Schläfenlappens durch eine galvanische Sonde mit schwachen elektrischen Strömen reizte. Die Reaktionen auf diese Reizung hat Penfield untersucht und die Versuchsergebnisse mehrerer Jahre gesammelt. Der Patient war bei diesen Eingriffen an seiner Großhirnrinde nur örtlich betäubt, im übrigen aber bei vollem Bewußtsein und konnte mit Penfield sprechen. Die Aussagen der Versuchspersonen lösten Überraschung aus.

Dieses Buch ist ein praktischer Leitfaden der Transaktions-Analyse und keine fachwissenschaftliche Abhandlung. Ich möchte betonen, daß Penfields Arbeiten hier nur deswegen dargestellt werden, weil sie die wissenschaftliche Grundlage bilden, auf der alles folgende aufgebaut ist. Im übrigen bleibt der Ausflug in die Fachwissenschaft auf dieses erste Kapitel beschränkt. Penfields Experimente lassen den gesicherten Rückschluß zu, daß unser Gehirn alles, was unser Bewußtsein jemals registriert, genau aufzeichnet und so speichert, daß es jederzeit abgerufen werden kann. Es empfiehlt sich vielleicht, die nächsten Seiten gründlich und mehr als einmal zu lesen, damit die Bedeutung der Befunde von Penfield ganz klar wird.

Penfield entdeckte, daß der Reiz, den er mit der Sonde auf eine bestimmte Geweberegion der Großhirnrinde ausübte, Informationen hervorrief, die nachweislich der Erinnerung des Patienten entstammten. Penfield fährt fort: «Der auf diese Weise in Gang gesetzte psychische Prozeß bricht ab, sobald die Elektrode entfernt wird, kann sich aber wiederholen, wenn die Elektrode wieder angesetzt wird.» Er bringt dafür einige Beispiele.

Der erste Fall war S. B. Die Stimulation bei Punkt 19 in der ersten Windung des rechten Schläfenlappens veranlaßte ihn zu der Äußerung: «Da war ein Klavier, und jemand spielte. Ich konnte das Lied hören.» Als der Punkt ohne Vorankündigung wieder stimuliert wurde, sagte er: «Jemand spricht mit einem anderen», und er nannte einen Namen, doch ich konnte ihn nicht verstehen ... es war genau wie ein Traum. Der Punkt wurde zum drittenmal stimuliert, wieder ohne Ankündigung. Da bemerkte er spontan: «Ja, ‹*O Marie, o Marie!*› – jemand singt es.» Als der Punkt ein viertes Mal stimuliert wurde, hörte er dasselbe Lied und erklärte, daß sei die Erkennungsmelodie einer bestimmten Radiosendung.

Als Punkt 16 stimuliert wurde, sagte er, während die Elektrode angesetzt war: «Etwas bringt eine Erinnerung zurück. Ich kann Seven-Up Bottling Company sehen ... Harrison Bakery.» Er wurde dann gewarnt, daß er stimuliert werde, doch die Elektrode war nicht angesetzt. Er antwortete: «Nichts.»

Als in einem anderen Fall, dem von D. F., ein Punkt an der Oberfläche des rechten Schläfenlappens [...] stimuliert wurde, hörte die Patientin einen bestimmten Schlager, als würde er von einem Orchester gespielt. Wiederholte Stimulationen ließen dieselbe Musik anklingen. Während die Elektrode angesetzt blieb, summte die Patientin die Melodie, Strophe und Refrain, und begleitete so die Musik, die sie hörte.

Der Patient L. G. wurde veranlaßt, «etwas», wie er sagte, zu erleben, was ihm früher geschehen war. Die Stimulation eines anderen Punktes brachte ihn dazu, einen Mann und einen Hund zu sehen, die bei ihm zu Hause auf dem Lande eine Straße entlanggingen. Eine Patientin hörte eine Stimme, die sie nicht recht verstehen konnte, als die erste Schläfenwindung anfangs stimuliert wurde. Als die Elektrode an etwa dem gleichen Punkt wieder angesetzt wurde, hörte sie deutlich eine Stimme, die «Jimmie, Jimmie» rief – Jimmie war der Name ihres Mannes, mit dem sie erst seit kurzem verheiratet war.

Eine von Penfields bedeutsamen Folgerungen war, daß die Elektrode eine einzelne Erinnerung hervorrief und nicht eine Mischung von Erinnerungen oder eine Verallgemeinerung.

Eine weitere Schlußfolgerung Penfields war, daß die Reaktion auf die elektrische Reizung unwillkürlich erfolgte:

«Unter dem zwingenden Einfluß der Sonde erschien im Bewußtsein des Patienten ein bekanntes Erlebnis, ob er nun seine Aufmerksamkeit darauf konzentrieren wollte oder nicht. Ein Lied ging ihm durch den Kopf, wahrscheinlich so, wie er es bei einer bestimmten Gelegenheit gehört hatte: Er fand sich als Teil einer bestimmten Situation, die sich entwickelte, genau wie die ursprüngliche Situation es getan hatte. Für ihn war es die Szene aus einem bekannten Stück, und er selbst war Schauspieler und das Publikum zugleich.»

Die vielleicht wichtigste Entdeckung war, daß nicht nur vergangene Ereignisse detailliert aufgezeichnet werden, sondern auch die Gefühle, die mit diesen Ereignissen verbunden waren. Ein Ereignis und das Gefühl, das von diesem Ereignis ausgelöst wurde, sind im Gehirn unauflösbar miteinander verwoben, so daß eines nicht ohne das andere hervorgerufen werden kann.

«Der Patient», schreibt Penfield, «empfindet wieder die Emotion, die ursprünglich die Situation in ihm bewirkt hatte, und er ist sich der gleichen Interpretationen bewußt, ob sie nun falsch oder richtig waren, die er zuerst auf das Erlebnis anwandte. Darum ist eine hervorgerufene Erinnerung nicht die genaue fotografische oder phonografische Reproduktion vergangener Ereignisse. Sie reproduziert das Ganze: was der Patient sah, hörte, fühlte und verstand.»

Erinnerungen werden durch die Sinnesreize aus unserer Alltagsumwelt fast ebenso hervorgerufen wie durch die elektrische Reizung mit Penfields Sonde. In beiden Fällen muß die auftauchende Erinnerung genauer als ein *Wiedererleben* statt als ein Wiederbeleben gesehen werden. Als Reaktion auf einen Reiz wird ein Mensch momentan in die Vergangenheit versetzt. Ich bin dort! Diese Realität kann den Bruchteil einer Sekunde oder aber viele Tage lang dauern. Nach diesem Erlebnis kann ein Mensch sich dann bewußt daran *erinnern*, daß er dort war. Die Reihenfolge bei der Gedächtnisarbeit ist: 1. *Wiedererleben* (spontanes, unwillkürliches Empfinden), 2. *Wiedererinnern* (bewußtes, gewolltes Nachdenken über das vergangene Ereignis, das gerade wiedererlebt wurde). An vieles, was wir wiedererleben, können wir uns nicht erinnern!

Die folgenden Berichte zweier Patienten illustrieren, wie gegenwärtig empfangene Reize vergangene Gefühle wecken.

Eine vierzigjährige Patientin berichtete, daß sie eines Morgens eine Straße entlangging und aus einem Geschäft ein paar Takte Musik hörte, die in ihr eine überwältigende Melancholie auslösten. Sie fühlte, wie sie von einer Traurigkeit übermannt wurde, die sie nicht verstehen konnte und deren Intensität «fast unerträglich» war. Mit ihren bewußten Gedanken konnte sie sich das nicht erklären. Nachdem sie mir das Gefühl beschrieben hatte, fragte ich sie, ob es etwas in ihrem früheren Leben gegeben habe, woran das Lied sie erinnerte. Sie sagte, sie könne keinen Zusammenhang zwischen dem Lied und ihrer Traurigkeit sehen. Ein paar Tage später rief sie mich an und erzählte mir, daß sie das Lied immer wieder vor sich hin gesummt hatte und dabei plötzlich von einer Erinnerung überfallen worden war, in der sie «ihre Mutter am Klavier sitzen sah und hörte, wie sie dieses Lied spielte». Die Mutter war gestorben, als die Patientin fünf Jahre alt gewesen war. Damals hatte der Tod der Mutter eine tiefe Depression ausgelöst, die über einen längeren Zeitraum anhielt, obwohl ihre Angehörigen sie immer wieder dazu bringen wollten, ihre Zuneigung auf eine Tante zu übertragen, welche die Mutterrolle übernommen hatte. Die Patientin hatte sich bis zu dem Tag, an dem sie an dem Laden vorbeigegangen war, nie an das Lied erinnert oder daran, daß ihre Mutter es gespielt hatte. Ich fragte sie, ob die Erinnerung an dieses frühe Erlebnis sie von ihrer Depression befreit habe. Sie sagte, ihre Gefühle hätten dadurch eine andere Färbung bekommen. Wenn sie sich an den Tod ihrer Mutter erinnerte, hatte sie immer noch ein melancholisches Gefühl, doch sie empfand nicht mehr wie zuerst die ursprüngliche überwältigende Verzweiflung. Es sah aus, als erinnere sie sich jetzt bewußt an ein Gefühl, das anfänglich das *Wiedererleben* eines Gefühls war. In der zweiten Phase erinnerte sie sich, wie es gewesen war, als sie die ursprünglichen Empfindungen gehabt hatte. In der ersten Phase dagegen brach in ihr *dasselbe* Gefühl mit unverminderter Wucht hervor, das sie beim Tod ihrer Mutter überschwemmt hatte und nun seit ihrem fünften Lebensjahr unverarbeitet in ihrem Innern eingekapselt lagerte.

Angenehme Empfindungen werden ganz auf die gleiche Weise hervorgerufen. Wir wissen alle, wie ein Duft, ein Klang, ein flüchtiger Anblick eine unbeschreibliche Freude bewirken können, die manchmal so kurzlebig ist, daß sie fast unbemerkt bleibt. Wenn wir uns nicht darauf konzentrieren, können wir uns nicht daran erinnern, wo wir dem Geruch, dem Klang oder dem Anblick früher schon einmal begegnet sind. Doch das *Gefühl* ist wirklich.

Ein anderer Patient berichtete folgendes: Er ging irgendwo durch die Stadt, als ihn plötzlich der Geruch von Kalk und Schwefel anflog. So riecht die Lösung, mit der man Bäume spritzt, und allgemein fühlen sich die Leute von dem Gestank belästigt. Er aber fühlte bewußt, wie ihn eine strahlende, unbekümmerte Freude durchströmte. Da dieses Gefühl positiv war, fiel es ihm leichter, die ursprüngliche Situation aufzuspüren. Mit dieser Lösung waren in den ersten Frühlingstagen immer die Apfelbäume zu Hause im Garten gespritzt worden, und als der Patient noch ein kleiner Junge war, hielt er diesen Geruch für gleichbedeutend mit dem Nahen des Frühlings, dem Grünen der Bäume und all den Herrlichkeiten, die ein kleiner Junge nach dem langen Winter auskostet, wenn er wieder ins Freie darf. Wie im Falle der ersten Patientin unterschied sich in zarten Nuancen die bewußte Erinnerung an das Gefühl von dem Ausbruch des ursprünglichen Gefühls, den er erfahren hatte. Er konnte das berauschende Eintauchen in die Vergangenheit, das sich ohne sein Zutun eingestellt hatte, wieder ganz so empfinden, wie er es in diesem flüchtigen Moment getan hatte. Es war, als hätte er jetzt *ein Gefühl für sein Gefühl* statt das Gefühl selbst.

Das illustriert eine andere Schlußfolgerung von Penfield: Die Aufzeichnung der Erinnerung bleibt auch dann intakt, wenn der

Betreffende selbst nicht mehr fähig ist, sie hervorzurufen:

«Erinnerung, die im Schläfenlappen wachgerufen wird, behält den detaillierten Charakter des ursprünglichen Erlebnisses. Wenn sie auf diese Weise dem Patienten ins Bewußtsein gebracht wird, scheint das Erlebnis in der Gegenwart stattzufinden, vielleicht weil es sich so unwiderstehlich seiner Aufmerksamkeit bemächtigt. Erst wenn es vorbei ist, kann der Patient es als eine lebhafte Erinnerung aus der Vergangenheit erkennen.»

Aus diesen Feststellungen ergibt sich, daß das Gehirn wie ein Hi-Fi-Gerät originalgetreu jedes Erlebnis von der Geburt an aufnimmt, vielleicht sogar noch aus der Zeit davor. Die Informationsspeicherung im Gehirn ist zweifellos ein chemischer Datenverarbeitungsprozeß, der noch nicht völlig erklärt werden kann. Obwohl er zu stark vereinfacht sein mag, hat sich doch der Vergleich mit dem Tonbandgerät bei der Erklärung des Erinnerungsvorgangs bewährt. Wichtig ist dabei, daß ungeachtet der Aufnahmemethode die Wiedergabe Hi-Fi-Qualität hat.

«Immer wenn ein normaler Mensch bewußt auf etwas achtet», sagt Penfield, «zeichnet er es gleichzeitig in den Schläfenlappen beider Hemisphären auf.»

Diese Aufzeichnungen finden fortlaufend und ununterbrochen statt.

«Wenn der Teil der Hirnrinde, wo das Gedächtnis lokalisiert ist, mittels der Elektrode erregt wird, kann ein Bild entstehen, doch das Bild ist im allgemeinen nicht statisch. Es verändert sich wie damals, als es ursprünglich wahrgenommen wurde und der Beobachter vielleicht seine Blickrichtung gewechselt hat. Es folgt den ursprünglich empfangenen Eindrücken der folgenden Sekunden oder Minuten. Das Lied, das durch künstliche Reizung hervorgerufen wird, spielt sich langsam ab von einem Takt zum nächsten und von der Strophe zum Refrain.»

Penfield kommt weiter zu dem Schluß, daß der durchlaufende Faden bei hervorgerufenen Erinnerungen die *Zeit* zu sein scheint. Das ursprüngliche Muster wurde in seinem zeitlichen Ablauf aufgezeichnet.

«Der Faden zeitlicher Abfolge scheint die Elemente der hervorgerufenen Erinnerung miteinander zu verbinden. Außerdem werden offenbar nur die Sinneseindrücke aufgezeichnet, die vom Individuum bewußt registriert wurden, und nicht alle Sinnesreize, die ständig das zentrale Nervensystem unter Trommelfeuer nehmen.»

Die Möglichkeit, auch komplizierte Erinnerungsketten abzuspulen, scheint darauf hinzuweisen, daß jede Erinnerung, die wir zurückrufen können, ihre eigene Nervenbahn hat.

Wie die Vergangenheit Einfluß nimmt auf die Gegenwart, wird besonders durch die Beobachtung erhellt, daß die Schläfenlappen offenbar an der Verarbeitung gegenwärtiger Erlebnisse beteiligt sind.

«Täuschungen ... können produziert werden durch die Stimulation der Hirnrinde an den Schläfenlappen ... und die so erzeugte Verwirrung trübt das Urteilsvermögen im Hinblick auf ein Erlebnis in der Gegenwart – zu beurteilen, ob das gerade Erlebte vertraut, fremd oder absurd ist, ob Entfernungen und Größen verändert sind und sogar, ob die gegenwärtige Situation angsteinflößend ist.

Das sind Wahrnehmungstäuschungen, und ihre nähere Betrachtung führt zu der Annahme, daß *ein neues Erlebnis irgendwie sofort in Verbindung mit Aufzeichnungen früherer ähnlicher Erlebnisse eingeordnet wird und so die Beurteilung von Unterschieden und Ähnlichkeiten zustande kommt.* Zum Beispiel mag es einem Menschen schwerfallen, sich nach einer gewissen Zeit präzis und detailliert an einen alten Freund zu erinnern, wie er vor Jahren ausgesehen hat. Wenn er den Freund jedoch trifft, und sei es unerwartet, kann er sofort die Veränderung wahrnehmen, die seit damals eingetreten ist. Man kennt das zur Genüge – neue Falten in seinem Gesicht, Veränderungen am Haar, gebeugte Schultern. [...] Die Existenz von Kortex-Mustern nachzuweisen, die jede Einzelheit gegenwärtiger Erfahrung wie in einer vielbändigen Bibliothek aufbewahren, ist einer der ersten Schritte zu einer Physiologie des Geistes. Die Art des Musters, die Mechanismen, nach denen es sich aufbaut und nach denen es später nutzbar gemacht wird sowie die Integrationsprozesse, die die Grundlage des Bewußtseins bilden – das alles wird eines Tages in physiologische Formeln übersetzt werden.»

Lawrence S. Kubie, einer der bedeutendsten amerikanischen Psychoanalytiker, der an der Diskussion über Penfields Arbeit teilnahm, sage abschließend:

«Ich begrüße dankbar diese Gelegenheit, mich mit Penfields Arbeit auseinanderzusetzen ... weil sie meine Phantasie ungeheuer angeregt hat. Sie hat mich tatsächlich in den letzten zwei Wochen in einen Gärungszustand versetzt, in dem ich beobachtete, wie Puzzleteile sich zusammenfügten und manche Arbeit, die ich in den letzten Jahren getan habe, in einem neuen Licht erschien. Ich kann mir vorstellen, wie sich die Schatten von Harvey Cushing und Sigmund

Freud die Hände reichen über dieser längst überfälligen Verbindung von Psychoanalyse und Neurochirurgie, die durch die Forschungsarbeit von Penfield ermöglicht wird.»

Zusammenfassend können wir feststellen

1. Das Gehirn arbeitet wie ein Hi-Fi-Tonbandgerät.

2. Die Empfindungen, die mit vergangenen Erlebnissen einhergingen, sind ebenfalls aufgezeichnet und mit diesen Erlebnissen *unauflösbar verwoben.*

3. Menschen können gleichzeitig auf zweierlei Ebenen leben. Der Patient wußte, daß er auf dem Operationstisch lag und mit Penfield sprach; er wußte gleichermaßen, daß er die «Seven-Up Bottling Company ... und Harrison Bakery» sah. Er war *doppelt,* indem er zur selben Zeit innerhalb des Erlebnisses und *außerhalb* davon war, wobei er es beobachtete.

4. Diese aufgezeichneten Erlebnisse und die damit *verbundenen Gefühle* können heute so lebendig wiedergegeben werden, wie sie ursprünglich geschehen sind, und stellen einen großen Teil der Kategorien zur Verfügung, von denen der Lebensvollzug in der Gegenwart und Zukunft nachhaltig bestimmt wird. Diese Erlebnisse können nicht nur zurückgerufen, sondern auch wiedererlebt werden. *Ich erinnere mich nicht nur daran, was ich einmal empfunden habe. Ich empfinde genau dasselbe jetzt in diesem Moment.*

Penfields Experimente beweisen, daß die Erinnerungsfunktion, die meist in psychologischen Begriffen verstanden wird, auch eine biologische Seite hat. Die jahrtausendealte Frage, wie der Geist mit dem Körper zusammenhängt, können wir nicht beantworten. Doch es ist statthaft, auf die raschen Fortschritte der Genetik hinzuweisen bei der Erforschung der Frage, wie die Vererbung in das RNS-Molekül einprogrammiert ist. Einer der führenden Experimentalzytologen, der schwedische Professor Holger Hydén, hat folgende Überlegung angestellt:

«Sicher kann angenommen werden, daß die Fähigkeit zum Rückruf des Vergangenen in das Bewußtsein einem primären Mechanismus von allgemeiner biologischer Wirksamkeit innewohnt. Wichtig ist eine enge Verbindung zum genetischen Mechanismus, und besonders in dieser Hinsicht würde das RNS-Molekül mit seinen vielen Möglichkeiten viele Anforderungen erfüllen.*

* H. Hydén: ‹*The Biochemical Aspects of Brain Activity*›. In: S. M. Farber und R. Wilson (Hg.): ‹*Control of Mind*› (New York: McGraw-Hill, 1961), S. 33.

Die nachgewiesenen Beobachtungen aus diesen biologischen Untersuchungen stützen und erklären die nachweisbaren Beobachtungen am menschlichen Verhalten. Wie können wir die wissenschaftliche Methode so auf das Verhalten anwenden, daß unsere Erkenntnisse ein ebenso genaues und nützliches System von «Bekannten» bilden wie Penfields Erkenntnisse?

Eine wissenschaftliche Grundeinheit: die Transaktion

Wenn die Psychotherapie als unwissenschaftlich kritisiert wird und Gegenstand großer Meinungsverschiedenheiten ist, liegt einer der Gründe dafür im Fehlen einer Grundeinheit für Untersuchung und Beobachtung. Vor der gleichen Schwierigkeit standen die Physiker, als es noch keine Molekulartheorie gab, und die Ärzte vor der Entdeckung der Bakterien.

Eric Berne, der Begründer der Transaktions-Analyse, hat diese wissenschaftliche Grundeinheit isoliert und definiert:

«Die Grundeinheit aller sozialen Verbindungen bezeichnet man als ‹Transaktion›. Begegnen zwei oder mehr Menschen einander ... dann beginnt früher oder später einer von ihnen zu sprechen oder in irgendeiner Form von der Gegenwart der anderen Notiz zu nehmen. Diesen Vorgang nennt man ‹Transaktions-Stimulus› (*transactional stimulus*). Sagt oder tut dann eine von den anderen Personen etwas, das sich in irgendeiner Form auf den voraufgegangenen Stimulus bezieht, so bezeichnet man diesen Vorgang als ‹Transaktions-Reaktion› (*transactional response*).»*

Die Transaktions-Analyse ist die Methode zur Untersuchung dieser einen Transaktion, in der «ich dir etwas tue und du mir wieder etwas tust». Sie bestimmt, welcher Teil des vielgesichtigen Individuums «herauskommt». Im nächsten Kapitel werden die drei Teile dieser zusammengesetzten Natur des Menschen identifiziert und beschrieben.

Die Transaktions-Analyse ist zugleich die Methode zur Systematisierung der aus der Analyse dieser Transaktionen gewonnenen Information in Begriffen, die nach ihrer Definition für jeden, der sie gebraucht, die gleiche Bedeutung haben. Diese Sprache ist zweifellos eine der wichtigsten Entwicklungen des Systems. Eindeutigkeit

* E. Berne: ‹*Spiele der Erwachsenen*› (Reinbek: Rowohlt, 1967, rororo sachbuch 6735), S. 32.

der Begriffe und Einigkeit darüber, was untersucht werden soll, das sind die beiden Schlüssel, die das Tor geöffnet haben zu den «Geheimnissen, warum die Menschen handeln, wie sie es tun». Das ist keine geringe Leistung.

Im Februar 1960 hatte ich die Gelegenheit, einen wissenschaftlichen Vortrag von Timothy Leary zu hören. Obwohl Leary inzwischen wegen seiner Befürwortung des Drogengebrauchs zur Erzielung psychedelischer Erlebnisse ins Kreuzfeuer der Kritik geraten ist, möchte ich ihn hier zitieren, weil er das Problem eindrucksvoll herausarbeitet und eine Erklärung liefert für das, was er als seinen eigenen «Zickzackkurs folgerichtiger Desillusionierung» bezeichnet. Als Hauptgrund für seine große Enttäuschung über die eigene psychotherapeutische Arbeit nennt Leary: das Scheitern bei der Suche nach einer eindeutigen Terminologie und nach verbindlichen Regeln zur Beobachtung menschlichen Verhaltens.*

«Ich möchte Sie gern in den historischen Hintergrund meiner Immobilisierung als psychologischer Wissenschaftler einführen. Wenn ich zurückschaue, kann ich drei Stadien meiner eigenen Unwissenheit erkennen. Das erste, das bei weitem das glücklichste war, könnte man als Stadium unschuldiger Ignoranz bezeichnen. Ich war von der Vorstellung beherrscht, daß es einige Geheimnisse der menschlichen Natur gebe, einige Gesetze und Regelmäßigkeiten, einige Kausal-Beziehungen, und daß ich durch Studium, Erfahrungen und Lektüre eines Tages an diesen Geheimnissen teilhaben und befähigt sein könnte, meine Kenntnisse von diesen Gesetzmäßigkeiten des menschlichen Verhaltens zum Nutzen anderer Menschen anzuwenden. Im zweiten Stadium, das man die Periode der illusionären Nicht-Ignoranz nennen könnte, kam es zu der verwirrenden Entdeckung, daß ich zwar einerseits wohl wußte, daß ich das Geheimnis nicht kannte, andererseits aber plötzlich feststellte, wie die Menschen von mir glaubten, ich kenne das Geheimnis oder sei ihm dichter auf den Fersen als sie ... Keine meiner Forschungen brachte etwas Brauchbares hervor, trotz aller Anstrengungen konnte ich keinerlei Geheimnisse entschleiern, und doch mochte ich mir immer noch einreden: ‹Wir hatten nicht genügend Fälle›, oder: ‹Wir müssen die Methodik vervollkommnen.› Und es gab noch viele

* T. Leary, Vortrag am Dewitt State Hospital, Auburn, Kalifornien, am 23. Februar 1960. Weitere Leary-Zitate in diesem Kapitel stammen aus derselben Rede.

andere Erklärungen, die Sie sicher kennen. Man kann den Augenblick schmerzlicher Erkenntnis hinausschieben, aber allmählich kommt die unselige Wahrheit doch ans Licht: viele Menschen hören einem zwar immer noch aufmerksam zu – schließlich hat man Patienten und Studenten und geht in Elternversammlungen, und alle erwarten von einem des Rätsels Lösung –, man selber aber kann sich immer schwächer gegen den nagenden Verdacht wehren, daß man vielleicht, vielleicht überhaupt keine Ahnung hat, wovon man eigentlich redet.»

Nach diesem seltenen und enthüllenden Eingeständnis von Zweifeln, die nur wenige Psychotherapeuten zugeben würden, obwohl viele von ihnen geplagt werden, beschreibt Leary des längeren die verschiedenen Forschungen über Testmethoden, Katalogisierung und Systematisierung, die er mit seiner Arbeitsgruppe unternommen hatte. Dabei war er auf die Probleme gestoßen, die sich daraus ergaben, daß weder eine allgemeingültige Terminologie existierte noch eine einheitliche Systematik von Beobachtungskategorien.

«Welche natürlichen Ereignisse können wir auf eine gültige Formel bringen, die dann berechenbar wird? Statt das natürliche freie Verhalten zu untersuchen, habe ich mit der Entwicklung standardisierter Sprachen für die Analyse jeder natürlichen Transaktion experimentiert. Von all den poetischen Vorstellungen, klangvollen Ausdrücken und lyrischen Wendungen, die wir in der Psychotherapie benutzen, sind Worte wie ‹Fortschritt›, ‹Hilfe› und ‹Besserung› die unbestimmtesten. Wir arbeiten mit zu wenig Information über uns und den anderen. Ich habe keine Theorie über neue Variablen in der Psychologie, ich will keine neuen Begriffe oder gar eine neue Sprache der Psychologie einführen. Ich versuche nur neue Methoden zu entwickeln, mit denen man Menschen gewissermaßen wieder einfüttern kann, was sie tun und was sie damit signalisieren. Die erregendste Sache der Welt ist für mich im Moment, hinter die Diskrepanzen zwischen den Menschen zu kommen, die an derselben Interaktion beteiligt sind. Denn sobald einem das gelingt, steht man vor der Frage: ‹Wie kommt das?›»

Die Transaktions-Analytiker behaupten, einige dieser Gesetzmäßigkeiten entdeckt zu haben. Wir behaupten, eine neue Sprache der Psychologie gefunden zu haben, die Leary so schmerzlich vermißte, und wir behaupten, dem Geheimnis des menschlichen Verhaltens sehr viel näher gekommen zu sein als je zuvor. In diesem Kapitel habe ich einige der Voraussetzungen erläutert, die für viele

Menschen in meinen Behandlungsgruppen von Nutzen gewesen sind. In diesen Gruppen wird die Transaktions-Analyse angewandt als Instrument zum Verständnis der Ausgangsbasis von Verhalten und Gefühlen. Ein Instrument kann oft wirkungsvoller gehandhabt werden, wenn wir eine Vorstellung davon haben, wie es entwickelt wurde und wie es sich von anderen unterscheidet. Leitet es sich aus unanfechtbaren Erfahrungstatsachen ab, oder handelt es sich nur um noch irgendeine Theorie? Wurde Bernes Buch ‹*Spiele der Erwachsenen*› aus modischen Gründen ein Bestseller, oder bietet es dem Leser verständliche und verläßliche Auskünfte über sein persönliches Wesen, dessen Vergangenheit durchschimmert durch die «Spiele», in denen er jetzt befangen ist? Im nächsten Kapitel beginnen wir mit der Erklärung dieses Instruments, indem wir die Begriffe «Eltern», «Erwachsener» und «Kind» definieren. Diese drei Wörter haben hier eine spezifische und umfassende Bedeutung, die sich vom üblichen Sprachgebrauch unterscheidet. Der Leser wird entdecken, daß «Eltern» nicht dasselbe ist wie Mutter oder Vater, daß «Erwachsener» etwas ganz anderes bedeutet als eine volljährige Person und «Kind» etwas anderes als ein kleiner Mensch. (Um Mißverständnissen vorzubeugen, werden meist die Bezeichnungen «Eltern-Ich», «Erwachsenen-Ich» und «Kindheits-Ich» verwendet.)

2. Eltern-Ich, Erwachsenen-Ich und Kindheits-Ich

Die Leidenschaft für die Wahrheit
wird zum Schweigen gebracht durch Antworten,
die das Gewicht unbestrittener Autorität haben.

Paul Tillich

Als er noch am Anfang seiner Entwicklung der Transaktions-Analyse stand, beobachtete Berne, daß man sehen kann, wie sich Menschen vor den eigenen Augen verändern, während man sie betrachtet und ihnen zuhört. Es ist eine totale Art der Veränderung. Simultane Veränderungen treten auf im Gesichtsausdruck, im Vokabular, in Gesten, Haltungen und Körperfunktionen, die das Gesicht erröten, das Herz klopfen und den Atem schneller gehen lassen.

Diese abrupten Veränderungen können wir bei jedem beobachten: bei dem kleinen Jungen, der in Tränen ausbricht, wenn sein Spielzeug nicht funktioniert; bei dem Teenager, dessen trauriges Gesicht vor Erregung leuchtet, wenn das Telefon endlich klingelt; bei dem Mann, der erbleicht und zittert, wenn er von geschäftlichen Fehlschlägen erfährt; bei dem Vater, dessen Gesicht «sich versteinert», wenn der Sohn ihm widerspricht. Das Individuum, das sich so verändert, ist in Knochenbau, Haut und Bekleidung immer noch dieselbe Person. Was also verändert sich in ihm? *Von* was *zu* was verändert es sich?

Diese Frage faszinierte Berne im Anfangsstadium der Transaktions-Analyse. Ein fünfunddreißigjähriger Rechtsanwalt, den er behandelte, sagte: «Eigentlich bin ich kein Rechtsanwalt, ich bin nur ein kleiner Junge.» Außerhalb der Praxis des Psychiaters war er tatsächlich ein erfolgreicher Rechtsanwalt, doch während der Behandlung fühlte und benahm er sich wie ein kleiner Junge. Irgendwann während der Stunde fragte er: «Sprechen Sie mit dem Anwalt oder mit dem kleinen Jungen?» Sowohl Berne wie sein Patient fanden Existenz und Auftreten dieser beiden realen Menschen oder Seinszustände immer interessanter und fingen an, sie als «der Erwachsene» und «das Kind» zu bezeichnen. Die Behandlung konzentrierte sich darauf, die beiden zu trennen. Später wurde ein anderer Zustand deutlich, der sich vom «Erwachsenen» und vom «Kind» unterschied. Das war der «Eltern»-Zustand und wurde durch ein Verhalten gekennzeichnet, das wiedergab, was der Patient bei seinen Eltern gesehen und gehört hatte, als er ein kleiner Junge war.

Veränderungen von einem Zustand in einen anderen drücken sich in Benehmen, Erscheinung, Worten und Gesten aus. Eine vierunddreißigjährige Frau suchte meine Hilfe, weil sie an Schlaflosigkeit

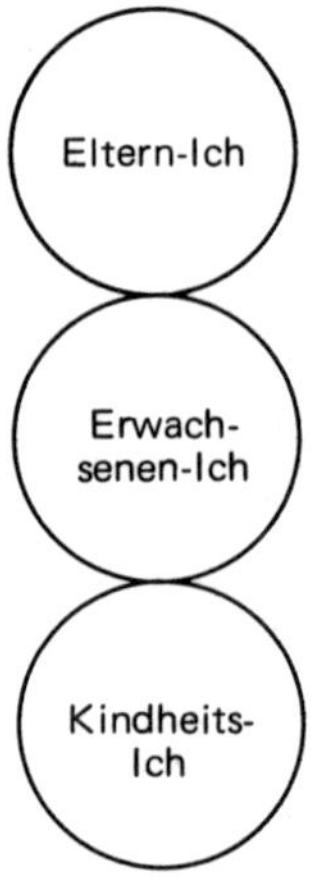

Abb. 1 Die Persönlichkeit

litt, sich ständig sorgte, «was ich meinen Kindern antue», und immer nervöser wurde. Im Laufe der ersten Stunde begann sie plötzlich zu weinen und sagte: «Ihnen gegenüber komme ich mir wie eine Dreijährige vor.» Sie sprach und benahm sich wie ein kleines Kind. Ich fragte sie: «Was ist geschehen, daß Sie sich wie ein Kind vorkommen?» – «Ich weiß nicht», antwortete sie, und dann fügte sie hinzu: «Ich kam mir plötzlich wie ein Versager vor.» Ich sagte: «Gut, dann wollen wir über Kinder und über die Familie reden. Vielleicht können wir etwas in Ihnen entdecken, was diese Gefühle des Versagens und der Verzweiflung hervorruft.» Später in der Stunde veränderten sich wieder plötzlich ihre Stimme und ihr Benehmen. Sie wurde kritisch und dogmatisch: «Immerhin haben auch Eltern Rechte. Man muß Kindern ihre Grenzen setzen.» Während einer Stunde verwandelte sich diese Mutter in drei verschiedene Persönlichkeiten: in die eines kleinen Kindes, das von Gefühlen beherrscht wird, in die «Rolle» selbstgerechter Eltern und in die einer vernünftigen, logisch denkenden, erwachsenen Frau.

Ständige Beobachtung hat die Annahme bestätigt, daß diese drei Zustände in allen Menschen existieren. Es ist, als stecke in jedem Menschen derselbe kleine Mensch, der er mit drei Jahren gewesen ist. In ihm sind auch seine eigenen Eltern. Das sind Gehirnaufzeichnungen tatsächlicher Erfahrungen von inneren und äußeren Ereignissen, von denen sich die wichtigsten innerhalb der ersten fünf Lebensjahre abspielten. Und es gibt einen dritten Zustand, der sich von diesen beiden unterscheidet. Die ersten zwei werden Eltern-Ich und Kindheits-Ich genannt, der dritte Erwachsenen-Ich.

Diese Seinszustände sind keine Rollen, sondern psychische Realitäten. Berne sagt, daß «Eltern-Ich, Erwachsenen-Ich und Kindheits-Ich keine bloßen Begriffe sind wie Über-Ich, Ich und Es ... sondern phänomenologische Realitäten.»* Der jeweilige Ich-Zustand wird herbeigeführt durch die Wiedergabe von gespeicherten Informationen, die ein vergangenes Ereignis «zu Protokoll» gegeben hat und an dem wirkliche Menschen, wirkliche Zeiten, wirkliche Orte, wirkliche Entscheidungen und wirkliche Empfindungen beteiligt sind.

Das Eltern-Ich

Das Eltern-Ich ist eine ungeheure Sammlung von Aufzeichnungen im Gehirn über ungeprüft hingenommene oder aufgezwungene äußere Ereignisse, die ein Mensch in seiner frühen Kindheit wahrgenommen hat. Diese Periode umfaßt etwa die ersten fünf oder sechs Lebensjahre. Das ist die Periode vor der sozialen Geburt des Individuums, bevor es mit den Anforderungen der Gesellschaft konfrontiert wird, den Kreis der Familie überschreitet und in die Schule eintritt (Abb. 2). Das Wort Eltern-Ich trifft diesen Sachverhalt insofern gut, als die wichtigsten Aufzeichnungen durch das Beispiel und durch Äußerungen der eigenen wirklichen Eltern oder Elternvertreter zustande kommen. Alles, was ein Kind seine Eltern tun sah und sagen hörte, ist im Eltern-Ich aufbewahrt. Jeder hat ein Eltern-Ich,

* E. Berne: ‹*Transactional Analysis in Psychotherapy*› (New York: Grove Press, 1961), S. 24.

weil jeder in den ersten fünf bis sechs Lebensjahren äußere Reize empfangen hat. Das Eltern-Ich ist bei jedem Menschen eigenständig, weil es die Aufzeichnung derjenigen Kombination von Früherfahrungen ist, die nur dieser Mensch in dieser Form erlebt hat.

Das Tatsachenmaterial im Eltern-Ich wird original aufgenommen und ohne Korrektur registriert. Die Situation des kleinen Kindes, seine Abhängigkeit und seine Unfähigkeit, mit sprechlichen

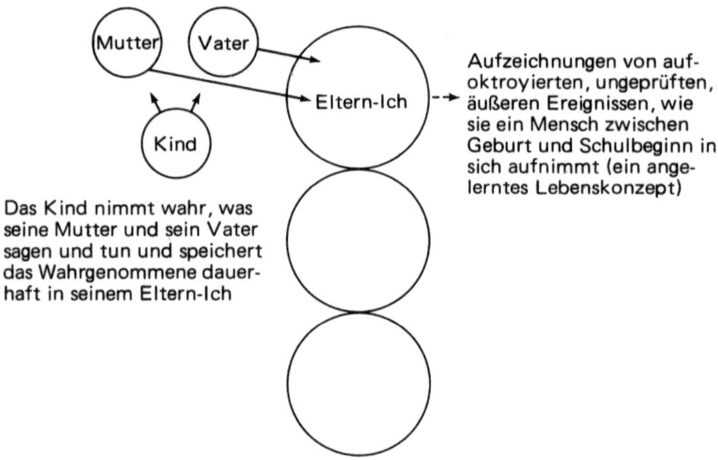

Abb. 2 Das Eltern-Ich

Mitteln Sinnzusammenhänge herzustellen, machen es ihm unmöglich, zu modifizieren, zu korrigieren oder zu erklären. Wenn daher die Eltern feindselig sind und ständig miteinander im Kriegszustand leben, wird ein Kampf aufgezeichnet mitsamt dem Schrecken, der das Kind erfaßt, wenn es sieht, wie zwei Menschen einander fast zerstören, von denen sein Weiterleben abhängt. Es gibt keine Möglichkeit, in diese Aufzeichnung die Tatsache einzublenden, daß der Vater betrunken ist, weil er gerade Pleite gemacht hat, oder daß die Mutter völlig am Ende ist, weil sie gerade entdeckt hat, daß sie doch wieder schwanger ist.

Im Eltern-Ich sind alle Ermahnungen und Regeln, alle Gebote und Verbote aufgezeichnet, die ein Kind von seinen Eltern zu hören bekommen hat oder von ihrer eigenen Lebensführung ablesen konnte. Sie reichen von den frühesten elterlichen Äußerungen, die nicht sprachlich, sondern durch den Klang der Stimme, durch den Gesichtsausdruck, durch Liebkosungen oder durch ihr Fehlen ausgedrückt werden, bis zu den zunehmend komplizierten Regeln und Vorschriften, die von den Eltern ausgesprochen werden, sobald der kleine Mensch Worte verstehen kann. In diesen Aufzeichnungen sind all die tausend «Neins» enthalten, die auf das Krabbelkind niederregnen, das ewige «Das darfst du nicht», die entsetzten und leidenden Blicke der Mutter, wenn das Kind durch seine Ungeschicklichkeit Schmach über die Familie brachte in Form von Tante Ediths zerbrochener antiker Vase.

Ebenso sind die Koseworte einer glücklichen Mutter und die frohen Blicke eines stolzen Vaters aufgezeichnet. Wenn wir bedenken, daß dieser Empfänger ständig eingeschaltet ist, fangen wir an, die ungeheure Materialmenge zu begreifen, die im Eltern-Ich gesammelt ist. Später kommen die noch komplizierteren Aussprüche: Sag immer die Wahrheit! Bezahle deine Rechnungen! Sage mir, mit wem du umgehst, und ich sage dir, wer du bist. Ein braver Junge ißt seinen Teller leer. Verschwendung ist die erste aller Sünden. Trau niemals einem Mann! Trau niemals einer Frau! Was man auch tut, es ist immer verkehrt! Trau keinem Polizisten! Sich regen bringt Segen. Wer sich in Gefahr begibt, kommt darin um. Was du nicht willst, das man dir tu, das füg auch keinem andern zu. Wer nicht betrügt, der wird betrogen.

Der entscheidende Punkt ist, daß diese Regeln, ob sie nun im Lichte einer vernünftigen Ethik gut oder schlecht sein mögen, als *Wahrheit* aufgezeichnet werden, die aus der Quelle aller Sicherheit kommt, von den «großen Leuten», denen das kleine Kindchen zu dieser Zeit gefallen und gehorchen muß. Die Aufzeichnung bleibt dieselbe. Niemand kann sie löschen. Ein ganzes Leben lang steht sie für die Wiedergabe zur Verfügung.

Diese Wiedergabe übt einen mächtigen Einfluß aus auf das ganze Leben bis zum Ende. Die Verhaltensmodelle der Eltern haben Vorbildcharakter – ihre Zwangsmaßnahmen, das Dressieren und Dirigieren, das Befehlen und Verbieten, der geringe Spielraum des Erlaubten und der enge Zwinger der Verhaltensvorschriften. Diese Unmenge von Einzelinformationen wird ein für allemal verinnerlicht, denn das Individuum ist darauf angewiesen, will es innerhalb einer Gruppe überleben und sich behaupten. Das beginnt in der

Familie und setzt sich später immer weiter fort in sämtlichen Gruppenbeziehungen, aus denen sich unser ganzes Leben aufbaut. Ohne physische Eltern würde das Kind sterben. Auch das verinnerlichte Eltern-Ich ist ein Lebensretter, der vor vielen Gefahren schützt, die, empirisch betrachtet, lebensgefährlich sein könnten. Im Eltern-Ich ist aufgezeichnet: «Laß das Messer liegen!» Das ist ein donnernder Befehl. Die Drohung für den kleinen Menschen liegt darin, daß seine Mutter ihn schlagen oder ihm auf andere Art ihre Mißbilligung zeigen wird. Die eigentliche Gefahr liegt darin, daß er sich schneiden könnte und dann vielleicht verblutet. Das kann er nicht begreifen. Er hat nicht die entsprechenden Informationen zur Verfügung. Die Aufzeichnung elterlicher Gebote ist also eine unentbehrliche Hilfe zum Überleben sowohl im physischen wie im sozialen Sinne.

Ein anderes Merkmal des Eltern-Ichs ist die Genauigkeit, mit der Widersprüche registriert werden. Eltern sagen so, handeln aber oft ganz und gar nicht so. Eltern sagen: «Du sollst nicht lügen», aber sie lügen selbst. Sie sagen ihren Kindern, daß Rauchen ihrer Gesundheit schade, doch sie rauchen selbst. Sie verkünden ihren Glauben an eine religiöse Ethik, doch sie leben nicht danach. Es ist nicht ratsam für ein Kind, diese Widersprüche aufzudecken, und so verliert es die Orientierung. Und weil dieser aufgezeichnete Tatsachenzusammenhang das Gefühl von Desorientierung und Angst hervorruft, sucht es Zuflucht vor dieser Bedrohung, indem es die Wiedergabe abschaltet.

Das Eltern-Ich ist in erster Linie zu verstehen als die «Bandaufnahme» der Transaktionen zwischen beiden Eltern des Kindes. Man kann sich die Aufnahme von Informationen im Eltern-Ich ähnlich vorstellen wie die stereophonische Tonaufzeichnung. Dabei gibt es zwei Tonspuren, die, wenn sie harmonisch aufeinander abgestimmt sind, beim gleichzeitigen Abspielen einen vollendet schönen Klangeffekt ergeben. Sind sie dagegen nicht harmonisch aufeinander abgestimmt, dann entstehen unleidliche Dissonanzen; die Aufnahme wird zur Seite gelegt und sehr selten abgespielt, wenn überhaupt. Das gleiche geschieht, wenn im Eltern-Ich verzerrte Passagen auf Band sind. Das Eltern-Ich wird an den verunglückten Stellen «weggedrückt» oder im Extremfall ganz herausgeschnitten. Vielleicht war die Mutter eine «gute» Mutter und der Vater «schlecht», oder umgekehrt. Wenn von einem Elternteil gute Schwingungen aufgefangen werden, dann ist zwar auf der einen Tonspur eine gute Aufnahme festgehalten. Aber im Eltern-Ich läuft ja noch eine zweite

Tonspur für den anderen Elternteil. Und wenn dieses zweite Band nun störendes «Rauschen» und Dröhnen dazwischenmischt, dann hört sich das Ganze beängstigend an: dann ist das Eltern-Ich als Ganzes verkorkst und hinfällig. Disharmonische Eltern-Schwingungen werden herausgefiltert und dürfen im Leben eines Menschen nicht «den Ton angeben».

Man kann sich diesen Zusammenhang auch mathematisch erklären: plus mal minus gibt minus. Es spielt keine Rolle, wie groß das Plus ist oder wie klein das Minus. Das Resultat ist immer ein Minus – ein minderwertiges, zerstückeltes Eltern-Ich. Später im Leben kann daraus ein unglücklicher Charakter werden, der unter seiner inneren Zerrissenheit leidet, immer eine Protesthaltung einnimmt und zu Depressionen neigt. Dies ist das Schicksal von Menschen, die sich nie soweit lösen können, um ihr Eltern-Ich einer Kontrolle zu unterwerfen. Viele Inhalte des Eltern-Ichs treten im täglichen Leben in Form von «Gebrauchsanweisungen» auf, die vorschreiben, «wie man's macht»: wie man einen Nagel einschlägt, wie man ein Bett macht, wie man die Suppe ißt, wie man sich die Nase putzt, wie man sich bei der Dame des Hauses bedankt, wie man die Hand gibt, wie man vortäuscht, niemand wäre zu Hause, wie man die Badetücher zusammenlegt oder wie man den Weihnachtsbaum schmückt. Diese Kategorie «Wie man's macht» umfaßt eine Fülle von Informationen, die sich aus der Beobachtung der Eltern ergeben haben. Sie sind größtenteils nützlich und helfen dem kleinen Menschen, zu lernen, wie man allein zurechtkommt. Später (wenn das Erwachsenen-Ich erstarkt und unabhängig genug wird, um die Inhalte des Eltern-Ichs einer Musterung zu unterziehen) werden diese früh gelernten Methoden, wie etwas gemacht wird, vielleicht modernisiert und durch bessere ersetzt, die einer veränderten Wirklichkeit mehr entsprechen. Ein Mensch, dem dieser frühe Lernprozeß mit unnachgiebiger Strenge aufgezwungen wurde, tut sich besonders schwer, die alten Vorschriften kritisch zu verarbeiten. Oft hält er sklavisch an ihnen fest, auch wenn sie schon längst keinen Sinn mehr haben, weil er von der Zwangsvorstellung nicht loskommt, etwas müsse «so und nicht anders» getan werden.

Eine Frau von über vierzig Jahren erzählte von einer elterlichen Vorschrift, die lange Zeit in ihrem eigenen Haushalt gegolten hatte. Ihre Mutter hatte ihr früher immer gesagt: «Leg *nie* einen Hut auf den Tisch oder einen Mantel aufs Bett.» Und so legte sie tatsächlich nie einen Hut auf den Tisch oder einen Mantel aufs Bett. Vergaß sie das gelegentlich oder verging sich eines ihrer Kinder gegen diese alte Regel, dann kam es bei ihr zu einer Überreaktion, die in keinem Verhältnis stand zu dem belanglosen Regelverstoß. Nachdem sie jahrzehntelang völlig unreflektiert nach diesem Gesetz gelebt hatte, fragte die Frau endlich ihre Mutter (die inzwischen über achtzig war): «Sag mal, *warum* legst du eigentlich nie einen Hut auf den Tisch oder einen Mantel aufs Bett?»

Die Großmutter erklärte, daß in ihrer Kindheit einige Nachbarskinder Läuse gehabt hätten. Ihre Mutter hatte ihr eingeschärft, niemals die Kopfbedeckungen der Nachbarskinder auf den Tisch zu legen oder ihre Mäntel auf das Bett. Das war sehr vernünftig gewesen. Man kann gut verstehen, warum dieses Gebot dem Kleinkind regelrecht eingeimpft wurde. Im Sinne von Penfields Entdeckungen ist es auch verständlich, warum sich diese Aufzeichnung mit der ursprünglichen Unabdingbarkeit Gehör verschaffte. So verhält es sich mit vielen Regeln, nach denen wir leben.

Andere Einflüsse sind schwerer deutbar. Eine moderne Hausfrau, die in ihrem Haushalt über jede technische Annehmlichkeit verfügte, stellte fest, daß sie an einem Müllschlucker einfach nicht interessiert war. Ihr Mann ermunterte sie, einen zu kaufen, und erklärte ihr, wie sehr sie sich mit einer solchen praktischen Einrichtung die Arbeit erleichtern könne. Sie war mit ihm einer Meinung, doch sie fand eine Ausrede nach der anderen, um die Anschaffung eines Müllschluckers hinauszuschieben. Ihr Mann sagte ihr schließlich auf den Kopf zu, daß sie nach seiner Überzeugung *absichtlich* keinen Müllschlucker kaufen wolle. Er bestand darauf, daß sie ihm den Grund dafür sagte.

Nach einigem Nachdenken kam sie auf ein Früherlebnis, das sie mit Abfall hatte. Ihre Kindheit fiel in die Inflationszeit. Bei ihr zu Hause wurden Abfälle sorgsam gesammelt und dem Schwein verfüttert, das an Weihnachten geschlachtet wurde und einen wichtigen Beitrag zur Ernährung der Familie leistete. Man spülte sogar das Geschirr ohne Spülmittel, damit das Abwaschwasser mit seinem geringen Nährgehalt dem Schweinefutter beigemengt werden konnte. Als kleines Mädchen hatte sie begriffen, daß Abfall etwas Wichtiges war, und darum fiel es ihr als erwachsene Frau schwer, ohne weiteres eine neumodische Einrichtung zu kaufen, die ihn aus dem Weg schaffte. (Übrigens hat sie sich dann den Müllschlucker doch gekauft und bestimmt keine grauen Haare davon bekommen.)

Wenn wir uns klarmachen, daß Tausende solcher einfacher Lebensregeln im Gehirn jedes Menschen aufgezeichnet sind, fangen wir an zu begreifen, welch einen umfassenden Datenspeicher das Eltern-Ich enthält. Viele dieser Anordnungen sind durch zusätzliche Imperative wie «Du darfst nie» und «Du mußt immer» und «Vergiß bloß nie» verstärkt, und wir können annehmen, daß sie von vornherein bestimmte Haupt-Nervenbahnen in Beschlag nehmen, die fertige Leitvorstellungen für heutige Transaktionen liefern. In diesen Regeln liegt der Keim für Zwangshandlungen, Ticks und Verschrobenheiten, die im späteren Verhalten auftreten. Ob die Vorschriften des Eltern-Ichs Last oder Lust bedeuten, hängt davon ab, wie sie sich für die Gegenwart eignen und ob sie vom Erwachsenen-Ich, dessen Funktion in diesem Kapitel noch behandelt wird, novelliat wurden oder nicht.

Der Eltern-Ich-Kodex speist sich noch aus anderen Quellen als nur aus dem Umgang mit Mutter und Vater. Ein Dreijähriger, der täglich stundenlang vor dem Fernseher sitzt, zeichnet auf, was er sieht: Das Programm, von dem er sich berieseln läßt, «programmiert» ihn für eine bestimmte Lebenshaltung. Wenn er brutale Sendungen sieht, dann glaube ich, daß er in seinem Eltern-Ich Brutalität registriert: So ist es, so ist das Leben! Zu dieser Folgerung muß er kommen, wenn die Eltern nichts dagegen tun, indem sie auf ein anderes Programm umschalten. Wenn aber auch seine Eltern gewaltstrotzende Filme genüßlich anschauen, bekommt der Kleine eine doppelte Bestätigung – vom Bildschirm und von der Familie –, und er nimmt an, daß Gewalttätigkeit erlaubt ist, solange man nur die erforderliche Anzahl von Ungerechtigkeiten zusammenbringt. Der kleine Mensch sammelt seine eigenen Gründe dafür, alles zusammenzuschießen, genau wie der Sheriff; drei Nächte mit Viehdiebstahl, ein Überfall auf die Postkutsche und ein Fremder, der Miss Kitty belästigt – solche Ereignisse können in anderer Form auch im Leben des Kindes vorkommen. Vieles, was ein Kind von seiten älterer Geschwister oder anderer Autoritätsfiguren erfährt, ist ebenfalls im Eltern-Ich aufgezeichnet. Jede äußere Situation, in der sich der kleine Mensch so abhängig fühlt, daß er sie nicht mehr in Frage stellen oder sich begreiflich machen kann, gerinnt zu Erlebnisinhalten, die im Eltern-Ich gespeichert werden. (Es gibt eine andere Art äußerer Erfahrung beim sehr kleinen Kind, die nicht im Eltern-Ich registriert wird und die wir bei der Beschreibung des Erwachsenen-Ichs untersuchen werden.)

Das Kindheits-Ich

Während äußere Ereignisse als die Datenkombination registriert werden, die wir als Eltern-Ich bezeichnen, erfolgt gleichzeitig eine andere Aufzeichnung, die nun *innere* Ereignisse erfaßt: nämlich die Reaktionen des kleinen Menschen auf das, was er sieht und hört (Abb. 3). In diesem Zusammenhang müssen wir uns an Penfields Beobachtung erinnern.

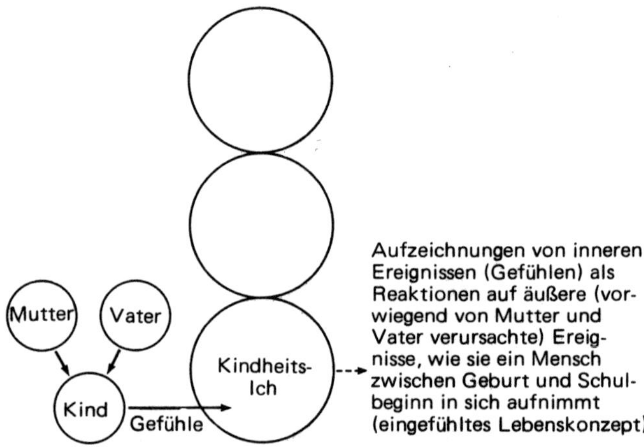

Abb. 3 Das Kindheits-Ich

«Der Patient empfindet wieder die Emotion, die die ursprüngliche Situation in ihm erregt hatte, und er ist sich der gleichen Sinndeutung bewußt, die er selbst zuerst dem Erlebnis gegeben hatte. Dabei spielt es keine Rolle, ob diese Sinndeutung den Tatsachen entsprach oder nicht. Darum ist hervorgerufene Erinnerung nicht die genaue fotografische oder phonografische Reproduktion vergangener Szenen oder Ereignisse, sondern die Reproduktion dessen, *was der Patient sowohl gesehen und gehört als auch gefühlt und verstanden hat.*»

Diese Datenkombination aus Gesehenem, Gehörtem, Gefühltem und Verstandenem definieren wir als Kindheits-Ich. Da der kleine Mensch während seiner folgenreichsten Früherlebnisse noch über keinerlei sprachliche Mittel verfügt, bestehen die meisten seiner Reaktionen aus *Gefühlen.* Wir müssen uns in seine Situation während dieser frühen Jahre hineindenken. Er ist klein, er ist abhängig, er ist noch ganz dumm, er ist ungeschickt, er hat keine Worte, mit denen er Zusammenhänge erfassen könnte. Der amerikanische Dichterphilosoph Ralph Waldo Emerson (1803–1882) sagt, wir «müssen wissen, wie ein verdrießlicher Blick einzuschätzen ist». Ein Kind kann das noch nicht wissen. Ein ärgerlicher Blick in seine Richtung kann bei ihm nur Gefühle erzeugen, die seinen Bestand an negativen Daten über sich selbst vergrößern. *Es ist mein Fehler. Schon wieder. So ist es immer. So wird es immer sein. Das hört nie auf.*

In dieser Zeit der Hilflosigkeit werden unendlich viele totale und unnachgiebige Forderungen an das Kind gestellt. Einerseits hat es den genetisch einprogrammierten Drang, seinen Darm zu entleeren, wann immer es soweit ist, den Drang, alles zu erkunden und kennenzulernen, auf alles mögliche draufzuhauen, überall zu ziehen und zu bohren, seine Gefühle auszudrücken und all die angenehmen Empfindungen zu erleben, die mit Bewegung und Entdeckung zusammenhängen. Auf der anderen Seite steht die ständige Forderung der Umwelt, vor allem der Eltern, auf diese Urbefriedigung zu verzichten, um dafür mit der elterlichen Anerkennung belohnt zu werden. Diese Anerkennung, die so schnell entzogen werden kann, wie sie gespendet worden ist, bedeutet für das Kind, das noch keinen bestimmten Zusammenhang zwischen Ursache und Wirkung sieht, ein unbegreifliches Geheimnis.

Überhaupt ist die Erziehung als langwieriger Sozialisierungsprozeß mit unzähligen großen und kleinen Frustrationserlebnissen verbunden, die sich in negativen Gefühlen niederschlagen. Aus dieser Gefühlsgrundlage keimt in dem kleinen Menschen schon früh der Gedanke auf: «Ich bin nicht o. k.» Wir bezeichnen diese umfassende Selbsteinschätzung als das NICHT O. K. oder das NICHT O. K.-KINDHEITS-ICH. Dieser Schluß und die ständige Erfahrung der kummervollen Gefühle, die zu ihm geführt haben und ihn bestätigen, werden dauerhaft im Gehirn registriert und lassen sich nicht löschen. Diese unauslöschliche Aufzeichnung ist das Vermächtnis unserer Kindheit. Jedes Kind häuft ein solches Erbe an. Selbst das Kind gütiger, liebevoller, wohlmeinender Eltern. Denn das Problem ergibt sich nicht etwa aus den Intentionen der Eltern, sondern aus der Situation an sich, in der ein Kind lebt. (Im nächsten Kapitel wird darauf näher eingegangen.)

Wenn selbst die Kinder «guter» Eltern die Bürde des NICHT O. K. tragen müssen, dann dämmert einem die Ahnung, wie belastet Kinder sein müssen, deren Eltern sich grober Vernachlässigung, Mißhandlung und Grausamkeit schuldig machen.

Wie das Eltern-Ich ist auch das Kindheits-Ich ein Zustand, in den ein Mensch fast jederzeit während seiner alltäglichen Transaktionen versetzt werden kann. Auch heute können uns viele Dinge widerfahren, die wieder die Kindheitssituation heraufbeschwören und dieselben Gefühle wecken, die wir damals empfunden haben. Häufig finden wir uns in einer Lage, wo wir nicht aus noch ein wissen, wo wir in die Ecke getrieben werden, entweder tatsächlich oder nur eingebildet. Solche Umstände schalten das Kindheits-Ich ein, und dann spielt es die ursprünglichen Gefühle von Frustration, Zurückweisung oder Verlassenheit wieder ab: Wir durchleiden die Ur-Beklommenheit des kleinen Kindes in einer späteren Version. Wenn ein Mensch von Gefühlen gepackt wird, sagen wir deshalb: sein Kindheits-Ich hat die Führung übernommen. Wenn sein Zorn stärker ist als seine Vernunft, dann sagen wir, daß sein Kindheits-Ich ihn in der Gewalt hat.

Nun gibt es aber zum Glück auch noch eine gute Seite, denn das Kindheits-Ich ist zugleich ein großer Speicher positiver Daten. Im Kindheits-Ich ruhen Kreativität und Neugier, Abenteuerlust und Wissensdrang, die Lust am Berühren, Fühlen, Erfahren und die Schätze der Erinnerung an die herrlichen, taufrischen Gefühle von ersten Entdeckertaten her. Im Kindheits-Ich sind die zahllosen, großartigen Aha-Erlebnisse registriert, die ersten Erlebnisse überhaupt im Leben des kleinen Menschen: der erste Schluck aus dem Gartenschlauch, das erste Streicheln des weichen Kätzchens, der erste sichere Halt an der Mutterbrust, das erste Lichtanknipsen, die erste Unterwasserjagd nach der Badeseife und die Wonne, all diese Dinge wieder und wieder zu tun. Die Gefühle, die diese lustvollen Handlungen begleiten, werden ja ebenfalls mit aufgezeichnet. Zu allen NICHT O. K.-Aufzeichnungen gibt es einen Kontrapunkt: das rhythmische o. k., wenn die Mutter ihr Kind in den Armen wiegt, die weiche Wärme der Lieblingsdecke, die stets vorhandene Bereitschaft, auf positive Umstände (wenn das Kind tatsächlich geliebt wird) auch wirklich positiv zu reagieren – all dies hat ein Mensch ebenfalls auf seinem inneren Tonband und kann es abspielen, wenn die Transaktionen der Gegenwart dafür den passenden Rahmen bieten. Das ist die andere Seite: das glückliche Kind, der sorglose kleine

Junge, der Schmetterlinge jagt, das kleine Mädchen mit Schokolade im Gesicht. Auch das kommt durch in den gegenwärtigen Transaktionen. Doch wenn wir kleine Kinder und uns Erwachsene beobachten, kommen wir an der Erkenntnis nicht vorbei, daß die NICHT O. K.-Gefühle die guten bei weitem überwiegen. Aus diesem Grund halten wir die Aussage für zutreffend, daß jeder ein NICHT O. K.-Kindheits-Ich hat.

Häufig werde ich gefragt: Wann hören Eltern-Ich und Kindheits-Ich auf zu reagieren? Enthalten Eltern-Ich und Kindheits-Ich nur Erfahrungen aus den ersten fünf bis sechs Lebensjahren? Ich glaube, daß ein Kind bis zu dem Moment, in dem es sein Zuhause verläßt und seine erste selbständige Erfahrung in der Gesellschaft macht – in der Schule –, fast jeder möglichen Einstellung und Ermahnung seiner Eltern ausgesetzt ist. Weitere Äußerungen der Eltern sind von da an im wesentlichen eine Verstärkung dessen, was bereits aufgezeichnet ist. Die Tatsache, daß das Kind jetzt sein Eltern-Ich gegenüber anderen einzusetzen beginnt, wirkt ebenfalls verstärkend im Sinne der aristotelischen Vorstellung, daß wir nur Eindrücke ausdrücken. Was weitere Aufzeichnungen im Kindheits-Ich angeht, so läßt sich kaum ein Gefühl vorstellen, das ein Kind in den ersten Lebensjahren noch nicht in seiner intensivsten Form empfunden hätte. Das stimmt mit den meisten psychoanalytischen Theorien überein und entspricht auch meinen eigenen Beobachtungen.

Wie aber können wir denn auf Veränderung hoffen, wenn wir aus der Kindheit hervorgehen mit einem Erfahrungsvorrat im Eltern-Ich und im Kindheits-Ich, der unauslöschlich feststeht? Wie können wir aus dem Schatten der Vergangenheit heraustreten?

Das Erwachsenen-Ich

Im Alter von etwa zehn Monaten geschieht etwas Bemerkenswertes mit dem Kind. Bis dahin hat sein Leben hauptsächlich aus hilflosen, nicht verstandesmäßigen Reaktionen auf die Forderungen und Reize seiner Umgebung bestanden. Das Kleine hat ein Eltern-Ich und ein Kindheits-Ich. Aber ihm fehlt noch die Fähigkeit, unter seinen Reaktionsmöglichkeiten auszuwählen oder seine kleine Umgebung in seinem Sinne zu verändern. Es hat noch keine Selbststeuerung, keine Möglichkeit, sich seinen Lebensraum zu erobern. Es hat einfach entgegengenommen, was ihm in den Weg kam.

Mit zehn Monaten jedoch beginnt das Kleine die Macht über seine

Bewegungen, über absichtliche Ortsveränderung auszukosten. Es kann mit Gegenständen hantieren und fängt an, sich zu rühren und sich aus dem Gefängnis der Bewegungslosigkeit zu befreien. Zwar ist der Säugling schon früher, etwa mit acht Monaten, durchaus imstande, Hilfe herbeizuschreien, um sich aus einer unbehaglichen Lage erlösen zu lassen. Aber selbst damit fertig werden kann er dann noch nicht. Mit zehn Monaten konzentriert sich der kleine Mensch, seine Spielzeuge zu untersuchen und auszuprobieren.

Professor Arnold Gesell, der Direktor des Forschungsinstituts für Kindesentwicklung an der Medizinischen Fakultät der Yale University, hat zusammen mit Professor Francis L. Ilg und zahlreichen Mitarbeitern über viele Jahre hin eine große Anzahl von Kindern beobachtet und aus dem reichen empirischen Material sogenannte Verhaltensprofile zusammengestellt, die mit großer Genauigkeit das Verhalten des normalen Kindes auf den verschiedenen Alters- und Entwicklungsstufen beschreiben. Die Ergebnisse dieser Pionierforschung sind in drei Bänden seit Anfang der vierziger Jahre erschienen. Über das Kleinkind im Alter von zehn Monaten heißt es im ersten Band mit dem Titel ‹*Säugling und Kleinkind in der Kultur der Gegenwart*› (New York 1943, deutsche Ausgabe: Christian Verlag, Bad Nauheim 1952):

«Der Säugling nimmt selbst sein Fläschchen bei der ersten Morgenmahlzeit ... Eine kleine Milchmenge kann manches Kind schon aus der Tasse trinken; die meisten neigen jedoch dazu, unter Verzicht auf weiteres Trinken in die Tassen zu pusten ... Es pustet gern Blasen und spielt mit Vorliebe ‹Trinken› mit einer leeren Tasse ... Die Lautbildung wird in diesem Alter abwechslungsreicher; unartikulierte Laute fallen mehr und mehr fort. Das Kind plappert jetzt ‹mama›, ‹papa›, ‹nana›, ‹gaga›, ‹dada›. Mit Vorliebe formt es mit den Lippen Laute, singt sie in hohen Tonlagen und probiert etwa mit dem Silbenpaar ‹dada› die verschiedensten Tonhöhen aus. Oft hält es plötzlich inne und lacht über seine eigenen Laute, besonders über die hohen ...

Mit gesammelter Aufmerksamkeit widmet sich der kleine Erdenbürger der genauen Untersuchung seiner Spielsachen. Er spielt gern mit einer Tasse und führt sie an die Lippen, als ob er daraus trinken wolle. Überhaupt steckt er alles Erreichbare in den Mund und knabbert daran. Er klatscht in die Hände oder winkt.

... Das Kind freut sich auch, wenn es seine Muskelkraft erproben kann: es sitzt gern und spielt (wenn es aufgesetzt worden ist), es lehnt sich weit nach vorn und richtet sich wieder auf. Es angelt sich ein Spielzeug, strampelt mit den Beinen, geht vom Sitzen zum Kriechen über, zieht sich hoch und läßt sich langsam wieder nieder. Es fängt an, verschiedene Richtungen einzuschlagen.

‹Gesellschaftsspiele›, die das Kind mit seinen Pflegern jetzt gern spielt, sind ‹Guckguck – dada› und ‹Lippenspiel› (es schlägt auf seine Lippen und bringt dabei einen Sington hervor); wenn man es an beiden Händen hält, wagt es erste Schritte; es läßt sich auch gern bäuchlings auf den Boden legen oder in ein Schaukelstühlchen setzen.

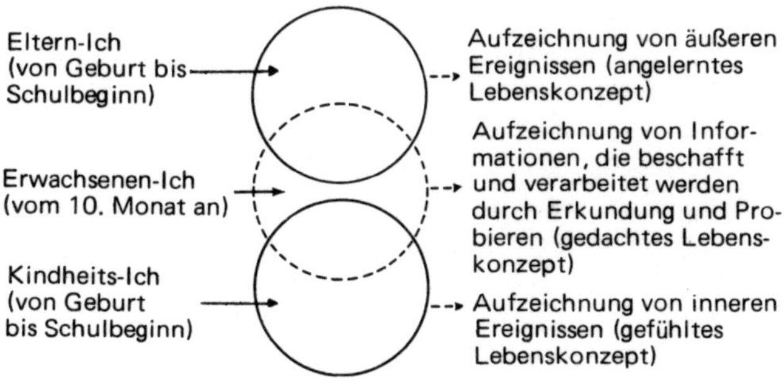

Abb. 4 Allmähliche Entstehung des Erwachsenen-Ichs vom zehnten Monat an

Bei kleinen Mädchen deuten sich erste Spuren von Schüchternheit an: Sie halten den Kopf schief und lächeln dabei, vor allem beim Baden.»

Der zehn Monate alte Säugling hat entdeckt, daß er etwas tun kann, was aus seinem eigenen Bewußtsein und seinem ganz eigenständigen Denken kommt. Mit dieser Selbstverwirklichung beginnt die Bildung des Erwachsenen-Ichs (Abb. 4). Das Erwachsenen-Ich füllt sich mit Inhalten, sobald das Kind die Fähigkeit besitzt, selbständig zu klären, worin sich die Lebenswirklichkeit unterscheidet von dem «gelernten Weltbild» seines Eltern-Ichs und von dem «gefühlten Weltbild» seines Kindheits-Ichs. Das Erwachsenen-Ich baut ein «gedachtes Weltbild» auf, indem es Informationen über die Realität sammelt und verarbeitet.

Das selbständige Bewegungsvermögen, aus dem das Erwachsenen-Ich geboren wird, dient im späteren Leben zur Beruhigung, wenn ein Mensch in Bedrängnis ist: Er geht an die frische Luft, um auf andere Gedanken zu kommen. Ähnlich gilt Auf- und Abgehen als spannungslösend. In unserem Innern ist gültig aufgezeichnet, daß Bewegung guttut, daß sie einem den nötigen Abstand verschafft zu den Dingen, daß sie einem hilft, seine Probleme deutlicher in den Blick zu bekommen.

In diesen ersten Jahren ist das Erwachsenen-Ich noch sehr anfällig und ungefestigt. Befehle vom Eltern-Ich und Angstgefühle im Kindheits-Ich lassen es leicht verstummen. Um ihre Kristallvase zu schützen, sagt die Mutter: «Nein, nein! Nicht anfassen!» Das Kind mag zurückschrecken und weinen, doch bei der ersten Gelegenheit faßt es die Vase trotzdem, weil es sehen will, was damit los ist. Trotz aller Hindernisse, die ihm in den Weg geworfen werden, behauptet sich das Erwachsenen-Ich in den meisten Menschen doch und funktioniert mit zunehmender Reife immer wirkungsvoller.

Das Erwachsenen-Ich «ist hauptsächlich damit beschäftigt, Reize in Informationen umzuwandeln und diese Informationen auf der Grundlage früherer Erfahrung zu verarbeiten und zu speichern»*.

Es unterscheidet sich sowohl vom Eltern-Ich, das «sein Richteramt ausübt, indem es sich dem Urteilsspruch anderer anschließt und übernommenen Rechtsvorschriften zum Sieg verhelfen will, als auch vom Kindheits-Ich, das eher sprunghaft reagiert, weil es sich aus dem prälogischen Denken speist und auf kaum differenzierte oder verzerrte Wahrnehmungen stützt». Mit Hilfe seines Erwachsenen-Ichs kann der kleine Mensch allmählich den Unterschied feststellen zwischen dem Leben, wie es ihm beigebracht und gezeigt wurde (Eltern-Ich), dem Leben, wie er es gefühlt, sich gewünscht oder ausgemalt hat (Kindheits-Ich) und dem Leben, wie er es nun auf eigene Faust begreift (Erwachsenen-Ich).

Das Erwachsenen-Ich ist ein Datenverarbeitungssystem, das Entscheidungen ausspuckt, nachdem es Informationen aus drei Speichern durchgerechnet hat: aus dem Eltern-Ich, aus dem Kindheits-Ich und aus den Informationen, die das Erwachsenen-Ich gesammelt hat und noch sammelt (Abb. 5). Zu den Hauptfunktionen des Erwachsenen-Ichs gehört es, die Angaben im Eltern-Ich zu überprüfen, festzustellen, ob sie stimmen und heute noch anwendbar sind, und sie dann zu übernehmen oder zu verwerfen. Außerdem muß das Erwachsenen-Ich das Kindheits-Ich untersuchen, ob dessen Gefühle

* Berne: ‹*Transactional Analysis in Psychotherapy*›, a. a. O.

noch den Forderungen der Gegenwart angemessen sind oder aber veraltet und eine bloße Reaktion auf inzwischen längst ungültige Eltern-Ich-Daten. Das Ziel ist nicht, Eltern- und Kindheits-Ich loszuwerden, sondern unabhängig genug zu werden, um diese beiden Datenarchive gründlich zu entrümpeln. Das Erwachsenen-Ich soll, um mit Emerson zu sprechen, «sich von dem, was gut genannt wird, nicht blenden lassen, sondern soll scharf hinsehen, ob es wirklich gut

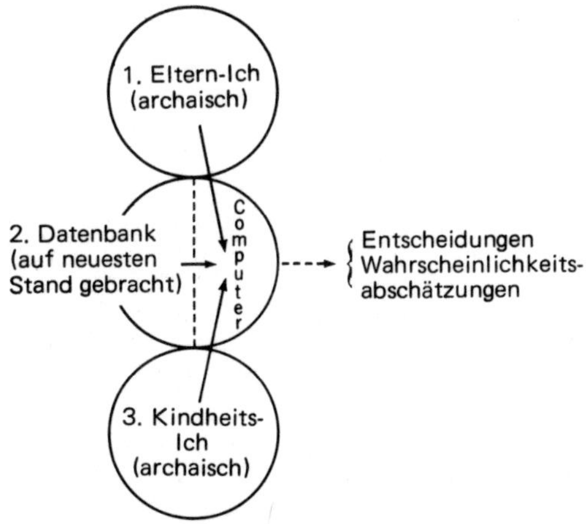

Abb. 5 Das Erwachsenen-Ich bezieht Informationen aus drei Quellen

ist», beziehungsweise schlecht ist wie in der Frühentscheidung «ich bin nicht o. k.».

Das Erwachsenen-Ich kann schon früh damit beginnen, Eltern-Ich-Daten zu überprüfen. Ein gut behütetes Kind wird entdecken, daß die meisten Daten im Eltern-Ich zuverlässig sind: «Sie haben mir die Wahrheit gesagt!»

«Es stimmt *wirklich*, daß die Autos auf der Straße gefährlich sind», folgert der kleine Junge, der erlebt hat, wie sein Hund angefahren wurde. «Es stimmt *wirklich*, daß wir uns besser vertragen, wenn ich von meinen Spielsachen etwas abgebe», denkt der Junge, der von den Nachbarskindern einmal deren heißbegehrten Roller geliehen bekommt. «Es ist *wirklich* viel angenehmer, wenn ich nicht mehr in die Hose mache», folgert das kleine Mädchen, das gelernt hat, allein aufs Klo zu gehen. Wenn elterliche Anweisungen in der Realität begründet sind, wird das Kind mit seinem eigenen Erwachsenen-Ich ausmachen, daß wenigstens diese Erwachsenen es ehrlich mit ihm meinen, und wird so einen Sinn für Integrität, für Ganzheit gewinnen. Was das Kind seiner Nachprüfung unterzieht, besteht die Prüfung. Die Daten, die es bei seinem Experimentieren und Exami-

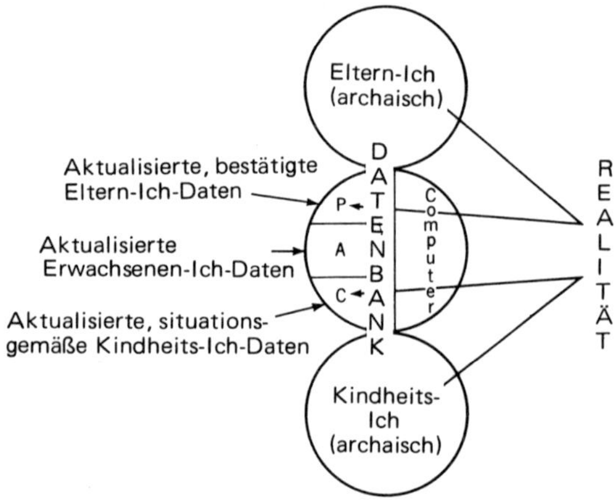

Abb. 6 Die Aktualisierungsfunktion des Erwachsenen-Ichs durch Realitätserprobung

nieren sammelt, beginnen einige «Konstanten» zu bilden, denen das Kind vertrauen kann. Seine Feststellungen werden durch das unterstützt, was man ihm von vornherein beigebracht hat.

Betont werden muß, daß die Nachprüfung der Eltern-Ich-Daten die NICHT O. K.-Aufzeichnungen im Kindheits-Ich nicht löschen kann, die sich aus der frühen Erfassung dieser Daten zusammensetzen. Die Mutter glaubt, daß der dreijährige Willi nur durch Schläge von der Straße ferngehalten werden kann. Er versteht die Gefahr nicht. Seine Reaktion setzt sich zusammen aus Angst, Zorn und Frustration, aber es fehlt die Einsicht, daß seine Mutter ihn liebt und sein Leben beschützen will. Angst, Zorn und Frustration werden aufgezeichnet. Diese Gefühle lassen sich nicht löschen durch die spätere Einsicht, daß die Mutter richtig gehandelt hat. Doch wenn wir begreifen, in welcher Weise die ursprüngliche Kindheitssituation so viele NICHT O. K.-Aufzeichnungen dieser Art verursacht hat, kommen wir so weit, daß die alten Aufnahmen uns nicht dauernd in unser gegenwärtiges Leben «hineinfunken». *Wir können zwar die Aufzeichnung nicht löschen, aber anhalten können wir das Band!*

So wie das Erwachsenen-Ich die Daten des Eltern-Ichs auf den neuesten Stand bringt, um zu klären, was gilt und was nicht, so bringt es auch die Daten des Kindheits-Ichs aufs laufende, um festzustellen, welche Gefühle gefahrlos ausgedrückt werden können. In unserer Gesellschaft gilt es als angemessen, wenn eine Frau bei einer Hochzeit weint. Doch es gilt nicht als angemessen, wenn diese Frau hinterher beim Empfang ihren Mann anschreit. Aber sowohl Weinen wie Schreien sind Ausdruck von Emotionen im Kindheits-Ich. Das Erwachsenen-Ich sorgt dafür, daß Gefühlsäußerungen der jeweiligen Situation angemessen sind. Wie es das Eltern- und das Kindheits-Ich auf den neuesten Stand bringt, ist in einer Abbildung dargestellt. Das Erwachsenen-Ich (ER) innerhalb des Erwachsenen-Ichs auf dieser Zeichnung stellt den Bereich für aktualisierte Wirklichkeitsdaten dar. (Einst war die Weltraumfahrt für mich nur eine wirklichkeitsfremde Science-fiction. Jetzt weiß ich, daß sie Wirklichkeit geworden ist.)

Eine andere Funktion des Erwachsenen-Ichs ist die *Wahrscheinlichkeitsabschätzung.* Diese Funktion entwickelt sich im kleinen Kind langsam und hat es offenbar bei den meisten von uns schwer, im Laufe des Lebens aufzuholen. Der kleine Mensch sieht sich ständig unerfreulichen Alternativen gegenüber («entweder du ißt deinen Spinat, oder du bekommst kein Eis»), die kaum dazu anregen, Wahrscheinlichkeiten abzuschätzen. Untaxierte Wahrscheinlichkeiten können zu vielen unserer Transaktions-Fehler führen, und unvorhergesehene Gefahrensignale können mehr Schwächeanfälle oder Lähmungen unseres Erwachsenen-Ichs verursachen als vorhergesehene.

Die Fähigkeit zur Wahrscheinlichkeitsabschätzung kann durch bewußte Anstrengung trainiert werden. Wie ein Muskel im Körper wird das Erwachsenen-Ich stärker durch Training und Gebrauch. Wenn das Erwachsenen-Ich durch Wahrscheinlichkeitsabschätzung gewappnet ist gegen mögliches Unheil, dann kann es auch Abwehrmaßnahmen ersinnen für den Ernstfall.

Unter massiven Druck kann das Erwachsenen-Ich allerdings bis zu einem Grad geschwächt werden, so daß die Emotionen ausbrechen und das Ruder übernehmen. Die Grenzen zwischen Erwachsenen-, Eltern- und Kindheits-Ich sind unsicher, manchmal verschwommen und durchlässig für solche Signale, die leicht wieder Situationen heraufbeschwören, wie wir sie in unserer hilflosen, abhängigen Kindheit erlebt haben. Manchmal stürmen so viele «Katastrophenmeldungen» auf das Erwachsenen-Ich ein, daß es gewissermaßen die Arme sinken läßt und nicht mehr eingreift, sondern sich auf die Zuschauerbank zurückzieht und von dort das Getümmel (d. h. die außer Rand und Band geratenen zwischenmenschlichen Transaktionen) mit ansehen muß. In dieser Situation sagt ein Mensch etwa: «Ich wußte, daß ich das Falsche tue, aber ich konnte nicht anders.»

Unrealistische, irrationale, unerwachsene Reaktionen sind bezeichnend für einen Zustand, der traumatische Neurose genannt wird. Die Gefahrensignale oder «Katastrophenmeldungen» treffen auf das Eltern-Ich und auf das Kindheits-Ich im gleichen Moment wie auf das Erwachsenen-Ich. Das Kindheits-Ich reagiert wie in der ursprünglichen Situation mit einem Gefühl von NICHT O. K. Das kann zu allen möglichen regressiven Symptomen führen. Das Individuum kann sich wieder als winziges, hilfloses, abhängiges Kind fühlen. Zu den urtümlichsten Symptomen dieser Art gehört die Denk-Blockierung. Man kann sie in geschlossenen psychiatrischen Anstalten beobachten. Wenn sich das Tor hinter einem neuen Patienten geschlossen hat, zieht er sich rapid und auffällig in sich zurück. Aus diesem Grund bin ich dagegen, Patienten an einen Behandlungsrahmen zu versetzen, bei dem das Schwergewicht auf bemutternder Versorgung liegt. Das Umhegen des hilflosen Kindheits-Ichs im Patienten verzögert nur den Heilungsprozeß, nämlich das Erwachsenen-Ich für seine leitende Funktion wieder aufzubauen.

Das ideale Krankenhaus wäre ein komfortables Hotel mit einem «Spielgelände» für das Kindheits-Ich und mit einer Klinik, wo die Patienten Gelegenheit haben, die Autonomie ihres Erwachsenen-Ichs zu stärken. Personal dürfte keine Uniform tragen und nicht die Elternrolle gegenüber den Kranken annehmen. Die Betreuer müßten vielmehr ganz normal gekleidet sein und sich als Helfer und Berater verstehen, die über bestimmte Fähigkeiten und Kenntnisse verfügen, um den Patienten die Einsicht in das Wirken seines Eltern-, Erwachsenen- und Kindheits-Ich zu erleichtern.

In unseren Therapiegruppen haben sich gewisse Sprechweisen eingebürgert wie: «Warum bleiben Sie nicht bei Ihrem Erwachsenen-Ich?», wenn einer feststellt, daß ein anderes Gruppenmitglied von seinen Gefühlen übermannt wird. Ein anderes Beispiel ist: «Was war die ursprüngliche Transaktion?» Diese Frage soll das Erwachsenen-Ich «anknipsen», damit die Ähnlichkeit analysierbar wird zwischen dem gegenwärtig auftretenden Signal, das einen jetzt rot sehen läßt, und der ursprünglichen Transaktion, in der das kleine Kind sich in Bedrängnis fühlte.

Die Arbeit des Erwachsenen-Ichs besteht also aus der laufenden Überprüfung alter Daten, die entweder bestätigt oder widerlegt werden, ehe sie dann für spätere Verwendung wieder richtig eingeordnet werden. Wenn sich diese Arbeit reibungslos vollzieht und wenn kaum ein Widerspruch zwischen dem Beigebrachten und dem Realen auftritt, ist unser «Computer» frei für eine wichtige neue Arbeit: *Kreativität.* Kreativität entsteht wie das Erwachsenen-Ich aus der Neugier im Kindheits-Ich. Das Kindheits-Ich stellt den Antrieb («ich will») zur Verfügung, das Erwachsenen-Ich die Steuerung («wie man's macht»). Die wichtigste Voraussetzung für Kreativität ist, daß der Computer genügend Zeit hat. Wenn der Computer mit alten Arbeiten vollgestopft ist, hat er kaum Zeit für neue. Sind die Anweisungen aus dem Eltern-Ich erst einmal durchgeprüft, dann kann das System viele von ihnen automatisch verarbeiten, und der Computer wird frei für Kreativität. Viele unserer Entscheidungen in alltäglichen Transaktionen kommen automatisch zustande. Wenn wir zum Beispiel einen Pfeil sehen, der eine Einbahnstraße entlangzeigt, fahren wir automatisch nicht in Gegenrichtung. Wir belasten unseren Computer nicht mit einer zeitraubenden Datenverarbeitung über Straßenbau, die Zahl der Verkehrstoten oder über die Fabrikation von Verkehrsschildern. Müßten wir vor jeder Entscheidung beim Nullpunkt anfangen oder gänzlich ohne die Daten auskommen, die wir unseren Eltern verdanken, dann hätte unser Computer kaum Zeit für den kreativen Prozeß.

Manche Menschen behaupten, das undisziplinierte Kind, das sich ohne die geringste Einschränkung ausleben darf, sei kreativer als das Kind, dem seine Eltern gewisse Grenzen setzen. Das glaube ich nicht. Ein Kind hat mehr Muße, kreativ zu sein – zu erkunden, zu erfinden, auseinanderzunehmen und zusammenzusetzen –, wenn es seine Zeit nicht darauf verschwenden muß, obwohl dafür so gut wie keine Anhaltspunkte gegeben sind. Ein kleiner Junge hat mehr Zeit, einen Schneemann zu bauen, wenn seine Mutter ihn nicht erst eine lange Quengelei über Gummistiefeln anfangen läßt. Wenn ein Kind seine Kreativität mit Schuhcreme an den Zimmerwänden austoben darf, treffen es die schmerzlichen Folgen der gleichen Aktivität in der Nachbarswohnung unvorbereitet und um so härter. Schmerzhafte «Folgen» bewirken keine o. k.-Gefühle. Es gibt andere Konsequenzen, die noch viel zeitraubender sind, etwa ein Krankenhausaufenthalt nach einem «umwerfenden Lernerlebnis» mit Autos im Straßenverkehr. Die Computerzeit ist begrenzt. Konflikte nehmen viel davon weg. Ein äußerst zeitraubender Konflikt entsteht, wenn die Behauptungen der Eltern vom Erwachsenen-Ich nicht anerkannt werden können. Am kreativsten ist das junge Individuum, nach dessen Erfahrung ein großer Teil des Eltern-Ichs der Realität entspricht. Es kann dann diese überprüfte und als zutreffend erwiesene Information im Erwachsenen-Ich einordnen, kann ihr vertrauen, sie vergessen und sich anderen Dingen zuwenden – etwa wie man einen Drachen steigen läßt, wie man eine Sandburg baut oder wie man eine Differentialgleichung löst.

Doch viele Kinder sind lange Zeit vorwiegend mit dem Konflikt zwischen den Daten ihres Eltern-Ichs und ihrer eigenen Kenntnis der Realität beschäftigt. Am meisten beunruhigt sie dabei, daß sie nicht verstehen, warum das Eltern-Ich solche Macht über sie hat. Wenn die Wahrheit an die Tür zum Eltern-Ich klopft, dann sagt das Eltern-Ich: «Komm, jetzt diskutieren wir erst mal.» Das kleine Kind, dessen Vater im Gefängnis sitzt und dessen Mutter stiehlt, um es zu ernähren, hat in seinem Eltern-Ich laut und deutlich die Aufzeichnung: «Mit der Polente darf man sich niemals einlassen!» Dann trifft das Kind einen freundlichen Polizeibeamten. Sein Erwachsenen-Ich rechnet alle Daten über diesen netten Mann durch, wie er auf dem Bolzplatz ein Fußballspiel organisiert, wie er allen Kaugummi schenkt, wie er freundlich ist und mit ruhiger Stimme spricht. Für diesen Jungen entsteht ein Konflikt. Was er als Realität sieht, unterscheidet sich von dem, was man ihm beigebracht hat. Das Eltern-Ich sagt so und das Erwachsenen-Ich so. Solange tatsächlich seine Sicherheit von seinen Eltern abhängt, mag diese Sicherheit auch noch so dürftig sein, wird er wahrscheinlich das Urteil seiner Eltern übernehmen: «Bullen sind schlecht.» So werden Vorurteile übertragen. *Für ein kleines Kind ist es manchmal weniger riskant, an eine Lüge zu glauben als an das, was es selber hört und sieht.* Das Eltern-Ich bedroht in solchen Fällen das Kindheits-Ich in einem fortwährenden inneren Dialog dermaßen, daß das Erwachsenen-Ich aufgibt und nicht mehr versucht, in den Kampfgebieten Aufklärung zu treiben. Darum wird der Satz: «Bullen sind schlecht» als Wahrheit aufgenommen. Dieser Vorgang nennt sich *Trübung* (*contamination*) des Erwachsenen-Ichs. Mehr darüber findet sich im sechsten Kapitel.

3. Die vier Lebensanschauungen

Denn das Traurige im echten Humor besteht darin, daß er ehrlich und ohne Täuschung rein menschlich beleuchtet, was es heißt, ein Kind zu sein.

Søren Kierkegaard

Sehr früh im Leben kommt jedes Kind zu dem Schluß: «Ich bin nicht o. k.» Ebenso kommt jedes Kind schon früh zu einem Gesamturteil über seine Eltern: «Du bist o. k.» Dies ist das erste Resultat, zu dem schon das winzige Menschenkind kommt – eine Ungleichung am Beginn der lebenslangen Bemühung, sich selbst und die Umwelt auf einen Nenner zu bringen. Diese Anschauung: ICH BIN NICHT O. K. – DU BIST O. K. ist die folgenschwerste Entscheidung im Leben eines Menschen. Es ist *die* Grundsatzentscheidung, sie ist für die Dauer aufgezeichnet und wird alles beeinflussen, was ein Mensch auch immer tut. Weil es sich jedoch um eine Entscheidung handelt, kann sie durch eine neue Entscheidung geändert werden – aber erst, wenn sie verstanden wird.

Zur Unterstützung dieser Behauptung will ich im ersten Teil dieses Kapitels die jeweilige Situation des Neugeborenen, des Säuglings und des Kleinkindes, bevor und nachdem es sprechen gelernt hat, untersuchen. Viele Menschen bestehen darauf, daß sie eine «glückliche Kindheit» hatten und daß sie niemals zu einer Folgerung gekommen waren wie ICH BIN NICHT O. K. – DU BIST O. K. Ich bin der festen Ansicht, daß *jedes* Kind dazu kommt, wie glücklich eine Kindheit auch erlebt worden sein mag. Zuerst will ich die Situation seines Eintritts ins Leben untersuchen und dabei nachweisen, daß die Ereignisse seiner Geburt und seines Säuglingsdaseins sehr wohl aufgezeichnet werden, auch wenn sie später nicht erinnert werden.

In diesem Zusammenhang kommen wir noch einmal auf Penfields Feststellung: das menschliche Gehirn erfüllt drei Funktionen, 1. Aufzeichnung, 2. Erinnerung, 3. Wiedererleben. Obwohl eine *Erinnerung* an die früheste Lebensperiode nicht möglich ist, haben wir Beweise dafür, daß wir die frühesten Erlebnisse insofern *wiedererle-*

ben können (und das auch tun), als wir zu dem Gefühlszustand des Neugeborenen zurückkehren. Da der Säugling noch keine Sprache besitzt, sind seine Reaktionen auf Sinneseindrücke, auf Gefühle und vielleicht auf verschwommene, archaische Phantasien beschränkt. Seine Gefühle äußern sich durch Weinen oder durch Bewegungen, die entweder Unwohlsein oder Behagen anzeigen. Seine Empfindungen und Phantasien sind zwar mit Worten kaum zu fassen, weil der Säugling noch keine Worte hatte, als sie sich einprägten, doch gelegentlich werden sie in Träumen im späteren Leben wiedergegeben.

Ein Beispiel: Eine Patientin berichtete von einem Traum, der im Laufe ihres Lebens immer wiederkehrte. Jedesmal erwachte sie nach diesem Traum in äußerster Panik mit Herzklopfen und Atemnot. Sie bemühte sich, den Traum zu beschreiben, doch sie fand keine Worte dafür. Bei einem dieser Versuche sagte sie, im Traum komme sie sich etwa vor wie «ein winziger kleiner Punkt, und große, riesige, runde, kosmische Dinge wirbelten um mich herum wie ungeheure Spiralen, die immer größer wurden und drohten, mich zu verschlingen, und ich schien in diesem weiten, riesigen Ding einfach zu verschwinden». Obwohl sie ihrem Bericht die Beobachtung hinzufügte, sie habe ihre Identität verloren, schien die extreme Panik darauf hinzuweisen, daß sie um ihr Leben bangte – primäre biologische Reaktion auf die Todesdrohung.

Einige Zeit später berichtete sie wieder von dem Traum. Sie hatte ihn zum erstenmal seit etwa einem Jahr wieder geträumt. Sie war auf einer Reise gewesen, und sie und ihr Mann hatten in einem abgelegenen Gasthaus zu Mittag gegessen, in dem die Atmosphäre besser war als das Essen. Als sie in ihr Hotel zurückkamen, fühlte sie sich nicht wohl und legte sich deshalb hin. Sie schlief ein. Wenig später erwachte sie in Panik, die dieser Traum immer hervorrief. Außerdem hatte sie heftige Magenkrämpfe, so daß sie sich «vor Schmerzen krümmte». Kein Ereignis der letzten Zeit war sonderlich angsterregend gewesen, und der panische Traum schien in direktem Zusammenhang mit der Urgewalt ihrer Magenschmerzen zu stehen. Den Traum konnte sie noch immer nicht beschreiben. Doch sie berichtete von einer anderen Empfindung, dem Gefühl, zu ersticken.

Gewisse Informationen über die Mutter der Patientin deuteten auf einen möglichen Ursprung dieses Traumes hin. Die Mutter, eine füllige, vollbusige Frau, hatte ihre Kinder immer ausgiebig gestillt und war überzeugt, alle Probleme der Kleinen seien beseitigt, wenn sie nur richtig satt zu trinken hätten. Gut versorgte Kinder waren für sie vor allem gut genährte Kinder. Außerdem war sie eine aggressive, gebieterische Frau. Wir leiteten davon ab (und mehr können wir nicht tun), daß der Traum seinen Ursprung in einer Zeit hat, als die Patientin noch nicht sprechen konnte, da es ihr unmöglich war, den Inhalt zu beschreiben. Die Bauchkrämpfe deuten auf eine frühe Eßerfahrung hin. Die Wahrscheinlichkeit liegt nahe, daß im Säuglingsalter die Patientin immer dann, wenn sie satt war oder ein Völlegefühl hatte und nicht mehr trank, von der Mutter gedrängt wurde, doch noch mehr zu sich zu nehmen. (Das war in der Zeit, als es noch hieß: «Iß, soviel du kannst, es muß vorhalten.») Gefühle von «traumähnlicher» Schläfrigkeit, Erstickungszustände und Magenkrämpfe könnten dabei aufgetreten sein. Der Trauminhalt (ein kleines Ding, das von riesigen, kosmischen Dingen verschlungen wird) könnte eine Wiedergabe dessen sein, wie der Säugling seine Situation wahrgenommen hat – sich selbst als kleinen Punkt, der von den riesigen, runden Dingern, den Brüsten der Mutter, oder von der ungeheuren Präsenz der Mutter selbst überwältigt wird.

Derartiges Traummaterial stützt die Annahme, *daß unsere frühesten Erlebnisse trotz ihrer Unbeschreibbarkeit aufgezeichnet sind und in der Gegenwart wiederholt werden.* Ein anderes Merkmal dafür, daß Erlebnisse vom Augenblick der Geburt an aufgezeichnet werden, ist die Wahrung von Vorteilen aus frühester Zeit. Die Reaktionen des Säuglings auf äußere Reize sind zwar zuerst instinktiv, doch bald spiegeln sie eine konditionierte oder gelernte (oder aufgezeichnete) Erfahrung wieder. Zum Beispiel lernt der Säugling, in die Richtung der mütterlichen Schritte zu schauen. Wenn alle Erfahrungen und Gefühle aufgezeichnet sind, dann können wir die äußerste Panik oder Wut oder Furcht, die wir heute in bestimmten Situationen empfinden, als ein Wiedererleben des ursprünglichen Zustands von Panik oder Wut oder Furcht verstehen, den wir als Säugling empfunden haben. Wir können das dann als die Wiedergabe der originalen Bandaufnahme betrachten.

Um zu verstehen, was sich daraus alles ergibt, müssen wir die Situation des Säuglings untersuchen. Auf der Abbildung 7 sehen wir eine Linie, die die Lebensspanne vom Augenblick der Empfängnis bis zum Alter von fünf oder sechs Jahren darstellt. Der erste Zeitabschnitt umfaßt die neun Monate zwischen Empfängnis und biologischer Geburt. In diesen neun Monaten beginnt das Leben in der vollkommensten Umwelt, die das menschliche Individuum jemals bewohnen kann. Diese Art von Leben wird als symbiotische Intimität bezeichnet.

Dann wird das kleine Individuum bei der biologischen Geburt innerhalb weniger Stunden in eine katastrophale Kontrastsituation hinausgestoßen, in der es den fremdartigen und zweifellos furchterregenden neuen Umweltbedingungen von Kälte, Rauheit, Druck, Lärm, Haltlosigkeit, Helligkeit, Getrenntsein und Verlassenheit ausgesetzt ist. Für kurze Zeit ist der Säugling abgeschnitten, abgetrennt, allein gelassen, beziehungslos. Die vielen Theorien über das Geburtstrauma stimmen in der Annahme überein, daß die durch dieses Ereignis aufgewühlten Gefühle aufgezeichnet und in irgendeiner Form im Gehirn aufbewahrt sind. Diese Annahme wird durch die zahlreichen, sich wiederholenden Träume vom «Abflußrohr» bestätigt, die viele Menschen nach extremen Streß-Situationen träumen. Die Patienten schildern einen Traum, in dem sie aus einem ruhigen Wasser in ein Siel oder in ein Abflußrohr gerissen werden. Sie fühlen, wie sie immer schneller abtreiben und wie der Druck stärker und stärker wird. Dieses Gefühl wird auch bei Klaustrophobie erlebt. Der Säugling wird mit überwältigenden, unangenehmen Reizen überschwemmt, und die daraus entstehenden Gefühle sind nach Freud das Modell für alle spätere Angst.*

Wenige Augenblicke danach begegnet dem Säugling ein Retter, ein anderer Mensch, der ihn hochnimmt, ihn warm einhüllt, ihn hält und mit dem beruhigenden Akt des «Streichelns» beginnt. Das ist der Augenblick der psychologischen Geburt (Abb. 7). Das Streicheln ist die erste Information darüber, daß das Leben «da draußen» nicht ganz und gar schrecklich ist. Es ist eine Versöhnung, eine Wiederherstellung der Verbundenheit. Es setzt seinen Lebenswillen in Gang. Streicheln oder ständig wiederholter körperlicher Kontakt ist für den Säugling lebensnotwendig. Ohne das stirbt er, wenn nicht physisch, dann psychisch. Früher traten Todesfälle durch Marasmus (allgemeiner körperlicher und geistiger Kräfteschwund und Verfall) häufig in Findelhäusern auf, wo die Säuglinge das frühe Streicheln entbehren mußten. Es gab keine körperliche Ursachen zur Erklärung dieser Todesfälle außer dem Fehlen der offenbar unentbehrlichen «belebenden» Reizung durch Streicheln.

Dieses beruhigende Pflegen und Umhegen wird nun aber auch dem normalen Säugling nicht ohne Unterbrechung gewährt. Darum

* Sigmund Freud: ‹*Hysterie und Angst*›. Studienausgabe. Bd. VI.

schwankt seine Stimmung immer hin und her zwischen Zufriedenheit und Unzufriedenheit: ständig befindet er sich im Ungleichgewicht. In den ersten zwei Lebensjahren hat er keine begrifflichen Denkwerkzeuge – nämlich *Worte* –, um sich mit deren Hilfe eine Erklärung für diese unsichere Stellung in seiner Welt aufzubauen. Doch sein Gehirn zeichnet ständig die Gefühle auf, die aus der Beziehung zwischen ihm und anderen, in erster Linie zwischen ihm

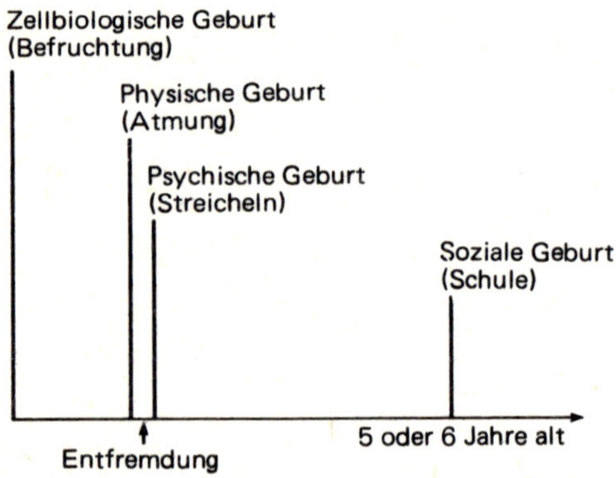

Abb. 7 Die vier Geburten des Menschen

und seiner Mutter, entstehen. Und diese Gefühle hängen engstens mit Streicheln oder Nicht-Streicheln zusammen. Wer streichelt, ist o. k. Die Selbsteinschätzung des Säuglings ist unsicher, weil seine O. K.-Gefühle vorübergehend sind und ständig durch NICHT O. K.-Gefühle ersetzt werden. Schließlich bringt ihn diese Ungewißheit zu der Überzeugung: ICH BIN NICHT O. K. In welchem Alter entscheidet sich das Kind nun endgültig für die Anschauung ICH BIN NICHT O. K. – IHR SEID O. K.?

Der Schweizerische Psychologe Professor Jean Piaget kam auf Grund genauer Beobachtungen von Säuglingen und Kleinkindern zu dem Schluß, daß das Kausalitätsbewußtsein, das heißt die Einsicht in den Zusammenhang zwischen Ursache und Wirkung, beim Kind schon in den ersten Lebensmonaten erwache und daß es gegen Ende des zweiten Lebensjahres voll entwickelt sei.* Mit anderen Worten: am Anfang wirbeln ungezählte Eindrücke wild durcheinander, allmählich kristallisieren sich in diesem Chaos einige Anhaltspunkte heraus; durch Wiederholung prägen sie sich in ihrer zeitlichen Abfolge ein, bis sich aus den nunmehr folgerichtig verknüpften Informationen bestimmte «Erfahrungsmuster» zusammensetzen, die noch vor dem Spracherwerb des Kindes zu einer Anschauung, zu einer Grundeinstellung, zu einer prälogischen Schlußfolgerung führen. Piaget sagt: «Im Laufe der ersten zwei Kindheitsjahre scheinen die Entfaltung sensomotorischer Intelligenz und dazu die entsprechende Deutung des Universums zu einem *Gleichgewichtszustand* zu führen, der an das rationale Denken grenzt.» Ich glaube, daß dieser Gleichgewichtszustand, der sich gegen Ende des zweiten oder während des dritten Lebensjahres zeigt, das Ergebnis der Schlußfolgerung ist, die das Kind über sich selbst und andere zieht: seine *Lebensanschauung*. Wenn es sich für diese Anschauung einmal entschieden hat, hat das Kind eine feste Ausgangsposition, die Voraussagen möglich macht. Piaget erklärt, daß diese ersten geistigen Prozesse noch nicht in der Lage sind, «Wahrheiten zu erkennen oder festzustellen», sondern daß sie auf den Wunsch nach Erfolg oder praktischer Anpassung beschränkt sind: Wenn ICH NICHT O. K. BIN und DU O. K. BIST, was kann ich dann tun, daß du, eine O. K.-Person, gut bist zu mir, zu einer NICHT O. K.-Person? Die Anschauung mag ungünstig erscheinen, aber dem Kind prägt sie sich so ein, und sie ist immerhin besser als nichts. So entsteht der Gleichgewichtszustand. Das Erwachsenen-Ich in dem kleinen Menschen hat es zum erstenmal fertiggebracht, dem Leben einen Sinn zu geben, das «zentrale Lebensproblem» (Alfred Adler) zu lösen: die Einstellung gegenüber anderen, und das zu klären, was der amerikanische Psychiater und Psychoanalytiker Harry Stack Sullivan (1892–1949) die «Einstellungen gegenüber sich selbst» genannt hat, «die das Individuum für immer beibehält».

Eine der klarsten Formulierungen des Vorgangs, wie sich die Einstellungen, Anschauungen oder Positionen entwickeln, stammt von Lawrence S. Kubie:

* Jean Piaget: ‹*La construction du réel chez l'enfant*› (deutsche Ausgabe in Vorbereitung, Stuttgart, Klett-Verlag).

«Eine sichere Ableitung dürfen wir vornehmen, nämlich daß in einem frühen Lebensalter, zuweilen während der ersten Monate, zuweilen später, *eine emotionale Kernposition bezogen wird*... Klinisch erhärtete Tatsachen sprechen dafür, wenn eine emotionale Kernposition erst einmal bezogen ist zu Anfang des Lebens, daß sie dann zu derjenigen affektiven Position wird, *auf welche sich das betreffende Individuum meist ganz automatisch zurückziehen wird während seines ganzen Lebens.* Diese Kernposition kann entweder zur stärksten oder zur verwundbarsten Stelle in seinem Leben werden... Wenn die emotionale Kernposition ständig schmerzhafte Konflikte verursacht, muß sich ein Individuum vielleicht ein Leben lang dagegen zur Wehr setzen. Es bedient sich dabei sowohl bewußter, als auch vorbewußter, als auch unbewußter Taktiken immer mit dem Ziel, sich gegen diesen ausstrahlenden Unruheherd in seinem Inneren abzuschirmen.»*

Kubie stellt dann die Frage, ob diese Positionen oder Anschauungen im späteren Leben zu verändern sind oder nicht. Ich glaube, sie können verändert werden. Obwohl die Früherfahrungen, die zu der grundlegenden Lebensanschauung geführt haben, nicht gelöscht werden können, glaube ich, daß diese früh angeeignete Grundanschauung revidierbar ist: denn es handelt sich hier ja um eine Entscheidung und nicht um ein Naturgesetz, und *Entscheidungen können grundsätzlich auch wieder aufgehoben werden.*

Die Transaktions-Analyse kommt zu folgendem Schema der vier möglichen Lebensanschauungen, wie ein Mensch sich selbst und andere sieht:

1. ICH BIN NICHT O. K. – DU BIST O. K.
2. ICH BIN NICHT O. K. – DU BIST NICHT O. K.
3. ICH BIN O. K. – DU BIST NICHT O. K.
4. ICH BIN O. K. – DU BIST O. K.

Bevor ich jede Lebensanschauung genauer beschreibe, möchte ich einige allgemeine Feststellungen über Lebensanschauungen an sich treffen. Ich glaube, daß bis zum Ende des zweiten Lebensjahres oder irgendwann während des dritten das Kind sich für eine der ersten

* L. S. Kubie: ‹*The Neurotic Process as the Focus of Physiological and Psychoanalytic Research*›. In: *The Journal of Mental Science*. Bd. 104, Nr. 435 (1958).

drei Grundanschauungen entschieden hat. ICH BIN NICHT O. K. – DU BIST O. K. ist die erste zaghafte Entscheidung, die auf den Erfahrungen des ersten Lebensjahres beruht. Bis zum Ende des zweiten Jahres ist sie entweder bestätigt, oder sie macht der zweiten oder der dritten Grundanschauung Platz: ICH BIN NICHT O. K. – DU BIST NICHT O. K. (2) oder ICH BIN O. K. – DU BIST NICHT O. K. (3). Sobald das geschehen ist, bleibt das Kind bei dieser seiner gewählten Grundanschauung, die alle seine Handlungen bestimmt. Auf dieser Anschauung verharrt das Individuum für den Rest seines Lebens, wenn es sie nicht später bewußt in die vierte Grundanschauung verändert. Menschen springen nicht beliebig zwischen den einzelnen Positionen hin und her. Die Entscheidung für eine der ersten drei Positionen beruht völlig auf Streicheln oder Nicht-Streicheln. Die ersten drei Entscheidungen vollziehen sich auf einer nicht begrifflichen Ebene, also ohne sprachliche Vorverarbeitung. Sie sind Folgerungen, nicht Erklärungen. Doch sie sind mehr als bloße bedingte Reflexe. Sie sind, was Piaget als intellektuelle Ausdeutungen beim Aufbau des Kausalitätsbewußtseins bezeichnet. Mit anderen Worten: Sie sind ein Produkt der Datenverarbeitung im Erwachsenen-Ich des sehr kleinen Menschen.

ICH BIN NICHT O. K. – DU BIST O. K.

Diese Grundanschauung ist charakteristisch für die frühe Kindheit, sie ist die logische Folgerung des Säuglings aus einer Situation bei der Geburt und im Säuglingsalter. Eine O. K.-Seite hat diese Grundanschauung, weil das Streicheln nicht fehlt. Jedes Kind wird im ersten Lebensjahr gestreichelt, und zwar einfach, weil es hochgenommen werden muß, damit man es versorgen kann. Ohne ein Minimum an Berührung würde der Säugling nicht am Leben bleiben. Zugleich gibt es aber auch eine NICHT O. K.-Seite. Das ist die Überzeugung des Säuglings von sich selbst. Ich glaube, alle Befunde deuten auf eine erdrückende Anhäufung von NICHT O. K.-Gefühlen im Kind hin, die (auf der Grundlage *seines* Beweismaterials) den Rückschluß auf sich selbst: ICH BIN NICHT O. K. zwingend macht. Wenn ich Patienten und Nicht-Patienten die Transaktions-Analyse erkläre, reagieren fast alle auf die Erläuterung von Ursprung und Existenz des NICHT O. K.-Kindheits-Ichs mit dem Ausruf: *Genauso ist es!* Ich glaube, daß das Bekenntnis zum NICHT O. K.-Kindheits-Ich in jedem von uns die einzige Möglichkeit ist, durch Einfühlung zum Zweck der Heilung

Verhaltens-Spiele zu analysieren. Mit guten Gründen darf man von der Allgemeingültigkeit der Verhaltens-Spiele auf die Allgemeingültigkeit des ICH-BIN-NICHT-O. K. schließen. Über diesen Punkt kam es zum Bruch zwischen Adler und Freud: Nicht die Sexualität, so Adler, liegt dem Lebenskampf des Menschen zugrunde, sondern Minderwertigkeitsgefühle (NICHT O. K.), die überall zutage treten. Er behauptet, daß das Kind sich wegen seiner Kleinheit und Hilflosigkeit zwangsläufig den erwachsenen Personen in seiner Umgebung unterlegen fühle. Harry Stack Sullivan wurde von Adler stark beeinflußt und ich von Sullivan, mit dem ich in den letzten fünf Jahren vor seinem Tod eng zusammengearbeitet habe. Sullivan, dessen wichtigster Beitrag zum psychoanalytischen Denken das Konzept von den «interpersonalen Beziehungen» oder Transaktionen war, erklärte, daß die Selbsteinschätzung des Kindes völlig auf der Bewertung durch andere aufbaut. Er nannte das «reflektierte Bewertung» und führte aus:

«Dem Kind fehlen Ausrüstung und Erfahrung, um sich ein genaues Bild von sich selbst zu machen; darum kann es sich nur nach den Realitionen der anderen auf es selbst richten. Es gibt kaum einen Grund für das Kind, diese Bewertungen anzuzweifeln, und auf jeden Fall ist es viel zu hilflos, um sie anzufechten oder dagegen zu rebellieren. Es akzeptiert passiv die Beurteilungen, die zuerst nachdrücklich übermittelt werden durch Worte, Gesten und Handlungen in dieser Periode ... So behält das Individuum immer die Selbsteinschätzungen, die es früh im Leben gelernt hat, wobei besondere Umweltbedingungen und eine Modifikation durch spätere Erfahrungen noch eine gewisse Rolle spielen können.»*

Solange die erste Lebensanschauung gilt, fühlt sich der Mensch von der Gnade anderer abhängig. Er hat ein großes Bedürfnis nach Streicheln oder nach Anerkennung, wie die psychische Variante des frühen physischen Streichelns lautet. In dieser Anschauung liegt auch Hoffnung, weil es jemanden gibt, der streichelt – DU BIST O. K. –, selbst wenn das Streicheln nicht beständig ist. Das Erwachsenen-Ich steht nun vor der Aufgabe: Was muß ich tun, um das Streicheln der O. K.-Personen oder ihre Anerkennung zu gewinnen? Menschen haben zwei Möglichkeiten, wie sie mit dieser Anschauung durchs Leben kommen.

* Zitiert nach G. S. Blum: ‹*Psychoanalytic Theories of Personality*› (New York: McGraw-Hill, 1963), S. 73, 74.

Die erste Möglichkeit ist, nach einem *Lebens-Drehbuch** zu leben, welches das NICHT-O. K. bestätigt. Es wird unbewußt vom Kindheits-Ich geschrieben. Das Drehbuch kann ein zurückgezogenes Leben fordern, weil es zu quälend ist, von O. K.-Menschen umgeben zu sein. Solche Individuen können das Streicheln in der Phantasie suchen und sich einem sorgfältig ausgemalten Wunschleben widmen: *«Wenn ich ...»* Das Drehbuch eines anderen Menschen verlangt vielleicht nach einem Verhalten, das provozierend ist bis zu einem Grade, wo sich die anderen gegen ihn wenden (negatives Streicheln). Das beweist wieder: ICH BIN NICHT O. K. Dies ist der Fall beim «bösen kleinen Jungen». *Du sagst, ich bin böse, also werde ich böse sein!* Er tritt, spuckt und kratzt sich seinen Weg durchs Leben und erreicht so eine trügerische innere Geschlossenheit mit mindestens einer verläßlichen Konstante: ICH BIN NICHT O. K. – DU BIST O. K. Auf eine unglückliche Weise ist das sinnvoll, denn die Geschlossenheit der Lebensanschauung bleibt erhalten, doch sie führt zur Verzweiflung. Die letzte Konsequenz dieser Anschauung ist Selbstaufgabe (Einweisung in eine Anstalt) oder Selbstmord.

Die zweite Möglichkeit, mit seiner Grundanschauung das Leben zu bewältigen, wird häufiger ergriffen. Sie ergibt sich aus einem (ebenfalls unbewußten) Gegendrehbuch (*Counterscript*) mit «Zitaten» aus dem Eltern-Ich: DU KANNST O. K. SEIN, WENN. Ein solcher Mensch sucht Freunde und Verbündete mit einem starken Eltern-Ich, weil er starkes Streicheln braucht, und je stärker das Eltern-Ich, desto stärker das Streicheln. (O. K.-Streicheln kann nur von O. K.-Menschen kommen, und das Eltern-Ich ist O. K., wie es am Anfang war.) Dieser Mensch ist eifrig, willig und nachgiebig gegenüber den Forderungen anderer. Weil sie sich so um Beifall bemühen, gehören sie «zu unseren besten Leuten». Doch sie sind auf lebenslanges Bergsteigen festgelegt: wenn sie den Gipfel eines Berges erreicht haben, stehen sie schon dem nächsten Berg gegenüber. Das NICHT-O. K. schreibt das Drehbuch; das DU-BIST-O. K. (und ich will sein wie du)

* Die Begriffe Lebens-Drehbuch (*life script*) und Gegendrehbuch (*Counterscript*) gebrauche ich hier ohne nähere Erläuterungen. Das Drehbuch, seine Entstehung und Analyse (*Script Analysis*), wird in den Arbeiten anderer Transaktions-Analytiker (Berne, Ernst, Groder, Karpman, Steiner) gründlich untersucht. Bei der Drehbuch-Analyse geht es darum, die frühen, unbewußt getroffenen Entscheidungen über Lebensziel und Lebenswege dahin freizulegen und damit einer Veränderung zugänglich zu machen.

schreibt das Gegendrehbuch. Doch keines von beiden kann Glück oder ein Gefühl von bleibendem Wert vermitteln, weil die Lebensanschauung nicht verändert worden ist. «Was ich auch tue, ich bin dennoch NICHT O. K.»

Wenn diese Lebensanschauung einmal freigelegt und geändert worden ist, können die Leistungen und Fähigkeiten, die sich aus dem Gegendrehbuch ergeben haben, dem Menschen beim Aufbau eines neuen und bewußten Lebensplans mit dem Erwachsenen-Ich sehr dienlich sein.

ICH BIN NICHT O. K. – DU BIST NICHT O. K.

Wenn alle Kinder, die das Säuglingsstadium überleben, anfänglich folgern ICH BIN NICHT O. K. – DU BIST O. K., woraus ergibt sich dann die zweite Lebensanschauung, ICH BIN NICHT O. K. und DU BIST ES AUCH NICHT? Was ist mit dem DU-BIST-O. K. geschehen? Was ist mit dem Streichelspender passiert?

Gegen Ende des ersten Lebensjahres erfährt das Kind eine wesentliche Veränderung: es kann laufen. Es muß nicht länger getragen werden. Wenn seine Mutter gefühlskalt ist und nicht gern streichelt, wenn sie sich im ersten Jahr nur um das Kind gekümmert hat, weil sie mußte, dann bedeutet sein Laufenlernen das Ende seiner Babyzeit. Das Streicheln hört ganz auf. Außerdem werden die Strafen härter und häufiger, wenn es aus seinem Bettchen klettern kann, überall dazwischengerät und nicht bleibt, wo es soll. Sogar Verletzungen, die sich das Kind selbst beibringt, ereignen sich öfter, weil es jetzt, wo es sich selbständig bewegen kann, über Hindernisse stolpert und Treppen hinunterfällt.

Das Leben, das im ersten Jahr noch einige Annehmlichkeiten bot, hat jetzt keine mehr. Das Streicheln ist verschwunden. Wenn dieser Zustand der Verlassenheit und Bedrängnis unverändert während des zweiten Lebensjahrs anhält, folgert das Kind: ICH BIN NICHT O. K. – DU BIST NICHT O. K. Bei diesem Stand der Dinge hört die Entwicklung des Erwachsenen-Ichs auf, weil eine seiner primären Funktionen – nämlich: gestreichelt zu werden – dadurch gestört wird, daß das Streicheln ausbleibt. Ein Mensch mit dieser Lebensanschauung gibt auf. Er hat keine Hoffnung. Er vegetiert einfach dahin und kann schließlich in einem Stadium extremer Abgestumpftheit in einer Heilanstalt enden, wo sein regressives Verhalten eine vage, archaische Sehnsucht nach einem Leben wie in seinem ersten Lebensjahr widerspiegelt, in dem er das einzige Streicheln bekommen hat, das er kennt – als Säugling, der im Arm gehalten und gefüttert wurde.

Man kann sich kaum vorstellen, daß jemand ohne irgendwelches Streicheln durchs Leben geht. Selbst wenn die eigene Mutter nicht gestreichelt hat, hat es doch sicher Personen gegeben, die sich um einen Menschen in dieser Lage kümmern konnten und ihn tatsächlich gestreichelt haben. Doch wenn eine Lebensanschauung einmal entschieden ist, wird alle Erfahrung ausgewählt nach dem Gesichtspunkt, ob sie die Lebensanschauung untermauert und dann in diesem Sinne interpretiert. Wenn ein Mensch zu dem Schluß kommt: DU BIST NICHT O. K., dann gilt das für alle anderen Menschen, und er lehnt ihr Streicheln ab, auch wenn es noch so echt ist. Er hat ursprünglich ein gewisses Maß an Geschlossenheit oder Sinn in seiner frühen Schlußfolgerung gefunden. Deshalb können neue Erfahrungen sie nicht ohne weiteres umstoßen. Denn Lebensanschauungen sind von Natur deterministisch. Außerdem hört ein Individuum mit dieser Lebensanschauung auf, sein Erwachsenen-Ich im Hinblick auf seine Beziehungen zu anderen zu gebrauchen. Daher ist es auch in der Therapie schwierig, sein Erwachsenen-Ich zu erreichen, und dies, weil auch der Therapeut in die Kategorie DU BIST NICHT O. K. fällt.

Es gibt eine Voraussetzung, unter der ICH BIN NICHT O. K. – DU BIST NICHT O. K. die Anfangsanschauung sein kann statt der zweiten, die auf die erste folgte. Diese Voraussetzung ist gegeben beim autistischen Kind. Das autistische Kind bleibt psychisch ungeboren. Frühkindlicher Autismus scheint die Reaktion des unreifen Organismus auf katastrophalen Streß in einer Außenwelt zu sein, in der es kein Streicheln gibt, *das ihn erreicht.* Das autistische Kind hat sich in den kritischen ersten Lebenswochen nicht gerettet gefühlt, so als hätte es nach seiner katastrophalen Ausstoßung ins Leben «dort draußen keinen» gefunden.

Schopler* nimmt einen physiologischen Faktor an, der im Verein mit ungenügendem Streicheln ein Kind autistisch werden läßt. Dieser Faktor könnte eine hohe Reizschwelle sein, so daß das erteilte Streicheln nicht aufgenommen wird. Das Kind entbehrt dann zwar das Streicheln nicht völlig, doch es entbehrt die entsprechende Emp-

* E. Schopler: ‹*Early Infantile Autism and Receptor Processes*›. In: *Archives of General Psychiatry*, Bd. 13 (Oktober 1965).

findung oder die nötige Summation dieser Empfindungen. Die Eltern halten das Kind dann für reaktionslos (es mag nicht getragen werden, es liegt einfach da, es ist so anders), und dann wird ihm auch das bisherige Streicheln entzogen, weil «es nicht angefaßt werden mag».

Möglicherweise hätte tüchtiges Streicheln (mehr, als normalerweise gegeben wird) die Schwelle überwunden.

Ich habe einmal beobachtet, wie ein elfjähriger autistischer Junge, der nicht sprechen konnte, die Empfindung der ICH-BIN-NICHT-O. K. – DU-BIST-NICHT-O. K.-Anschauung zum Ausdruck brachte: Kräftig und anhaltend schlug er mit der Fasut zuerst seinen Betreuer, dann seinen eigenen Kopf. Es war, als wollte er so seine ganze Lebenseinstellung ausdrücken: DU BIST NICHT O. K. und ICH BIN NICHT O. K., darum mache ich uns beide kaputt.

ICH BIN O. K. – DU BIST NICHT O. K.

Ein Kind, das lange genug terrorisiert worden ist von seinen Eltern, die es doch anfänglich für O. K. gehalten hat, wird zu der dritten, der kriminellen Lebensanschauung übergehen: ICH BIN O. K. – DU BIST NICHT O. K. Eine O. K.-Seite ist vorhanden, doch wie kommt sie zustande? Wo ist die Quelle des Streichelns, wenn das Urteil lautet: DU BIST NICHT O. K.?

Diese Frage ist schwierig, wenn man berücksichtigt, daß die Grundanschauung im zweiten oder dritten Lebensjahr gewonnen wird.

Wenn ein Zweijähriges schließt: ICH BIN O. K., ist dann sein O. K. das Produkt von «Selbststreicheln», und wenn ja, wie streichelt ein kleines Kind sich selbst?

Ich glaube, daß dieses Selbststreicheln tatsächlich dann auftritt, wenn ein kleiner Mensch sich von größeren, schmerzhaften Verletzungen erholt, wie die mißhandelten Kinder sie erleiden. Diese Kinder werden so schwer geschlagen, daß sie Platzwunden, Prellungen und Knochenbrüche davontragen. Jeder, der einmal einen Knochenbruch oder starke Prellungen hatte, kennt den Schmerz. Bei den Opfern von Kindesmißhandlungen finden sich äußerst schmerzhafte Verletzungen wie gebrochene Rippen, Nierenquetschungen und Schädelbrüche. Wie empfindet ein Kleinkind den jeden Atemzug begleitenden Schmerz bei gebrochenen Rippen oder das marternde Kopfweh, das durch Blut in der Rückenmarksflüssigkeit entsteht?

Stündlich erleiden fünf Säuglinge in den USA derartige Verletzungen von der Hand ihrer Eltern.*

Ich glaube, während dieses kleine Individuum sich erholt, während es sozusagen «daliegt und seine Wunden leckt», erlebt es allein und für sich ein Empfinden des Wohlbehagens, und sei es nur, weil sein gebesserter Zustand in so krassem Gegensatz zu dem schrecklichen Schmerz steht, den es gerade erfahren hat. Es ist, als empfände dieses Kind: Mit mir kommt alles in Ordnung, wenn ihr mich nur in Ruhe laßt. Allein für mich BIN ICH O. K. Wenn die brutalen Eltern wieder auftauchen, windet es sich vor Furcht, es könnte wieder geschehen. Ihr tut mir weh! Ihr seid NICHT O. K. ICH BIN O. K. – DU BIST NICHT O. K. Die Vorgeschichte vieler krimineller Psychopathen, die diese Grundanschauung haben, berichtet von derartigen schweren körperlichen Mißhandlungen.

Ein solcher Mensch hat Brutalität erfahren, doch er hat auch erfahren, daß er überlebt. Was einmal geschah, kann wieder geschehen. Ich habe überlebt. Ich werde überleben. Aufgeben kommt nicht in Frage. Wenn er älter wird, fängt er an zurückzuschlagen. Er hat Härte gesehen, und er weiß, wie man selber hart sein kann. Außerdem hat er die Erlaubnis (von seinem Eltern-Ich), hart und grausam zu sein. Haß hält ihn aufrecht, obwohl er gelernt haben mag, ihn hinter einer Maske wohlberechneter Höflichkeit zu verbergen. Caryl Chessman hat gesagt: «Nichts stärkt einen mehr als Haß; man kann alles mögliche sein, nur nicht ängstlich.»

Für ein solches Kind ist die Anschauung: ICH BIN O. K. – DU BIST NICHT O. K. eine lebensrettende Entscheidung. Die Tragödie für diesen Menschen und für die Gesellschaft liegt darin, daß er durchs Leben geht mit der Weigerung, nach innen zu schauen. Er ist unfähig, objektiv zu erkennen. Schuld haben immer «die andern». Es sind überhaupt «immer die andern». Unverbesserliche Kriminelle beharren auf dieser Einstellung. Das sind die Menschen «ohne Gewissen» und mit der Überzeugung, daß sie O. K. sind, egal, was sie tun, und daß in jeder Situation die ganze Schuld bei den andern liegt.

* Unbegreiflicherweise gibt es für die Bundesrepublik Deutschland keinerlei verläßliche Zahlen über das Ausmaß schwerer Kindesmißhandlungen, schon gar nicht über Gewaltverbrechen, die Eltern an ihren Kindern begehen. Einigkeit herrscht über die Schätzung, daß nur etwa jede zehnte dieser Greueltaten bekannt und verfolgt wird. Man muß bis auf weiteres annehmen, daß bei uns jedes Jahr mindestens 5000 Kinder auf brutalste Weise mißhandelt werden (Anm. d. Übers.).

Dieser Zustand, der einmal als «moralischer Schwachsinn» bezeichnet wurde, bedeutet in Wirklichkeit, daß der betreffende Mensch jede Information darüber, daß irgend jemand (außer ihn selbst) O. K. ist, ausgeschlossen hat. Aus diesem Grund ist auch die Therapie schwierig, denn wie alle anderen ist auch der Therapeut NICHT O. K. Die letzte Konsequenz dieser Anschauung ist Mord, der vom Mörder als gerechtfertigt *empfunden* wird (genauso, wie er sich gerechtfertigt fühlte, sich von vornherein für diese Lebensanschauung zu entscheiden).

Ein Mensch mit der Grundanschauung: ICH BIN O. K. – DU BIST NICHT O. K. leidet an Streichelhunger. Ein Streicheln ist nur so gut wie der, von dem man es empfängt. Nun gibt es aber keine O. K.-Menschen. Darum kann es auch kein O. K.-Streicheln geben. Ein solcher Mensch kann sich mit einem Gefolge von Jasagern umgeben, das ihn unermüdlich lobt und streichelt. Doch er weiß, daß dieses Streicheln nicht echt ist, weil er es selbst inszenieren mußte, genau wie er von vornherein für sein eigenes Streicheln sorgen mußte. Je mehr sie ihn loben, um so mehr verachtet er sie, bis er sie schließlich alle verstößt zugunsten einer neuen Gruppe von Jasagern. «Komm her, damit ich's dir geben kann», ist eine alte Aufzeichnung. So ist es von Anfang an gewesen.

ICH BIN O. K. – DU BIST O. K.

Aber es gibt eine vierte Lebensanschauung, auf sie gründet sich unsere Hoffnung. Das ist die Grundanschauung: ICH BIN O. K. – DU BIST O. K. Zwischen den ersten drei Lebensanschauungen und dieser vierten besteht ein qualitativer Unterschied. Die ersten drei sind unbewußt, weil sie früh im Leben entschieden worden sind. ICH BIN NICHT O. K. – DU BIST O. K. kommt zuerst und bleibt für die meisten Menschen ein Leben lang erhalten. Bei bestimmten äußerst unglücklichen Kindern wurde diese ursprüngliche Lebenseinstellung gegen die zweite oder dritte Grundanschauung ausgetauscht. Bis zum dritten Lebensjahr ist eine dieser Anschauungen in jedem Menschen fixiert. Die Entscheidung für eine der möglichen Grundeinstellungen ist vielleicht eine der ersten Funktionen des Erwachsenen-Ichs im Säugling, das versucht, einen Sinn im Leben zu finden, damit das unentbehrliche Maß an Vorhersagbarkeit ins wirre Durcheinander aus Reizen und Gefühlen eingeführt werden kann. Die Lebensanschauungen werden auf Grund von Daten aus dem Eltern-Ich und aus dem Kindheits-Ich aufgebaut. Die Grundanschauungen gehen aus Emotionen oder Sinneseindrücken hervor ohne Korrekturmöglichkeit durch die äußere Realität.

Die vierte Lebensanschauung, ICH BIN O. K. – DU BIST O. K., ist eine bewußte und begrifflich artikulierbare Entscheidung. Sie kann daher nicht nur eine unendlich viel größere Anzahl Informationen über die eigene Person und über andere umfassen, sondern auch die noch nicht selbst erlebten Möglichkeiten einbeziehen, die in den Abstraktionen von Philosophie und Religion vorhanden sind. *Die ersten drei Lebensanschauungen beruhen auf Gefühlen. Die vierte beruht auf Denken, Glauben und Einsatzbereitschaft.* Die ersten drei entspringen der Frage: Warum? Die vierte bildet sich aus der Fragestellung: Warum nicht? Unser O. K.-Verständnis ist nicht auf unsere eigenen persönlichen Erfahrungen beschränkt, weil wir diese in eine Abstraktion umsetzen können, die allen Menschen zugänglich ist.

In eine neue Lebensanschauung werden wir nicht hineingedrängt. Wir entscheiden uns dafür! In dieser Hinsicht gleicht der Vorgang einem Damaskuserlebnis. Um uns für die vierte Grundanschauung entscheiden zu können, brauchen wir sehr viel mehr Informationen, als die meisten Menschen je erhalten, über die Bedingungen und Umstände der ursprünglichen Anschauungen, die so früh im Leben entschieden werden. Glücklich sind die Kinder, die immer wieder Situationen ausgesetzt werden, in denen sie sich selbst ihren eigenen Wert und den der anderen beweisen können. Sie entdecken früh im Leben, daß sie O. K. sind. Unglücklicherweise ist die verbreiteste Grundanschauung der «Erfolgreiche» wie der «Erfolglose»: ICH BIN NICHT O. K. – DU BIST O. K. Die meisten versuchen damit fertig zu werden, indem sie Verhaltensspiele treiben.

Ein Spiel (*game*) ist nach Eric Berne:

«... eine fortlaufende Folge verdeckter Komplementär-Transaktionen, die zu einem ganz bestimmten, voraussagbaren Ergebnis führen. Es läßt sich auch beschreiben als eine periodisch wiederkehrende Folge sich häufig wiederholender Transaktionen, äußerlich scheinbar plausibel, dabei aber von verborgenen Motiven beherrscht; umgangssprachlich kann man es auch bezeichnen als eine Folge von Einzelaktionen, die mit einer Falle bzw. einem trügerischen Trick verbunden sind.»*

* Berne: ‹*Spiele der Erwachsenen*›, a. a. O., S. 57.

Ich glaube, daß alle Verhaltensspiele ihren Ursprung in dem einfachen Kinderspiel haben, das man leicht bei jeder Gruppe von Dreijährigen beobachten kann: «Meins ist besser als deins.» Dieses Spiel soll vorübergehend die drückende Bürde des NICHT-O. K. ein wenig erleichtern. Es kommt ganz entscheidend darauf an, sich vor Augen zu halten, was die Anschauung: ICH BIN NICHT O. K. – DU BIST O. K. für ein Dreijähriges bedeutet. ICH BIN NICHT O. K. heißt: Ich bin ein Dreikäsehoch, ich bin hilflos, ich bin schutzlos, ich bin schmutzig, ich mache alles falsch, ich bin ungeschickt, und ich habe keine Worte, um dir verständlich zu machen, wie man sich da vorkommt. DU BIST O. K. heißt: Du bist ein Meter achtzig groß, du bist stark, du hast immer recht, du weißt alle Antworten, du bist gescheit, du bist mein Herr über Leben und Tod, du kannst mich schlagen und mir weh tun, und es ist immer noch O. K.

Jede Milderung dieser ungerechten Verteilung von Nachteilen und Vorzügen ist dem Kind willkommen. Eine größere Portion Eis, sich vordrängeln, über den Fehler der Schwester lachen, den kleinen Bruder verhauen, die Katze treten, mehr Spielzeug haben – all das bedeutet momentane Erleichterung, obwohl die nächste Katastrophe schon vor der Tür steht: Ohrfeigen, vom kleinen Bruder verhauen werden, von der Katze gekratzt werden oder jemanden treffen, der mehr Spielzeug hat.

Erwachsene widmen sich verfeinerten Variationen des Spiels «Meins ist besser». Manche Menschen verschaffen sich eine vorübergehende Erleichterung, indem sie Besitztümer anhäufen, in größeren, schöneren Häusern leben als Schmidts, Schulzes oder Lehmanns, oder indem sie sich an ihrer Bescheidenheit weiden: Ich bin nicht so anspruchsvoll wie du. Diese Manöver, die auf dem beruhen, was Alfred Adler «Leitbilder» nannte, können eine willkommene Erleichterung verschaffen, obwohl vor der Tür schon die Katastrophe steht in Form einer drückenden Hypothek oder verheerender Rechnungen, die den Menschen zu lebenslänglicher Plackerei zwingen. Im 7. Kapitel werden Spiele detailliert als eine verschlimmernde «Lösung» beschrieben, die das ursprüngliche Elend komplizieren und das NICHT-O. K. bestätigen.

Mit diesem Buch soll nachgewiesen werden, daß Menschen nur gesund oder O. K. werden können, wenn man das Kindheitsdilemma aufdeckt, das den ersten drei Lebensanschauungen zugrunde liegt, und wenn man herausfindet, wie gegenwärtiges Verhalten diese Grundeinstellungen chronisch macht.

Schließlich kommt es entscheidend darauf an, zu verstehen, daß ICH BIN O. K. – DU BIST O. K. eine *Lebensanschauung ist und kein Gefühl.* Die NICHT O. K.-Aufzeichnungen im Kindheits-Ich werden durch eine Entscheidung in der Gegenwart nicht gelöscht. Die praktische Aufgabe besteht darin, eine Sammlung von Aufnahmen aufzubauen, die O. K.-Ergebnisse von Transaktionen wiedergeben, Erfolge im Sinne korrekter Wahrscheinlichkeitsabschätzung, Erfolge im Sinne ganzheitlicher Handlungen, die sinnvoll sind, die vom Erwachsenen-Ich programmiert werden und nicht vom Eltern- oder Kindheits-Ich, Erfolge, die auf einer Ethik beruhen, welche rational untermauert werden kann. Ein Mensch, der jahrelang nach den Entscheidungen eines emanzipierten Erwachsenen-Ichs gelebt hat, besitzt eine große Sammlung solcher vergangener Erlebnisse und kann mit Sicherheit behaupten: «Ich weiß, daß das funktioniert.» Und warum «funktioniert» das Leben mit der Grundanschauung ICH BIN O. K. – DU BIST O. K.? Weil ein Mensch mit dieser Einstellung es nicht anlegt auf sofortige Glückseligkeit hier und heute.

Einmal beklagte sich eine junge geschiedene Frau in einer meiner Gruppen bitterlich: «Sie und Ihre verdammte O. K.-Sache da! Gestern abend ging ich zu einer Party und beschloß, so nett wie möglich zu sein, und ich beschloß auch, daß alle anderen dort O. K. seien. Und ich ging zu dieser Frau, die ich kenne, und sagte: ‹Warum kommen Sie nicht mal zum Kaffee zu mir?› Und was macht die? Sooo klein macht sie mich und sagt ganz von oben herab: ‹Nun, ich würde schon gern mal kommen, aber, wissen Sie, nicht jeder hat soviel Zeit, wie Sie zum gemütlichen Dasitzen und stundenlangen Ratschen und Klatschen.› Da pfeif ich doch auf das Ganze ... es funktioniert nicht!»

Persönliche oder soziale Krisen sind nicht sofort beigelegt, wenn wir uns eine neue Lebensanschauung zulegen. Das Kindheits-Ich will augenblickliche Ergebnisse – wie Pulverkaffee, Fertigsuppen und Bullrichsalz gegen Sodbrennen. Das Erwachsenen-Ich kann begreifen, daß Geduld und Vertrauen nötig sind. Wir können nicht sofortige O. K.-Gefühle garantieren, indem wir nur eben rasch durch die ICH-BIN-O. K.–DU-BIST-O. K.-Brille blicken. Wir müssen uns bewußt bleiben, daß die alten Aufzeichnungen nun einmal gegeben sind. Aber wir können uns entschließen, sie abzuschalten, wenn sie etwas wiedergeben, was den Glauben an eine neue Lebensweise untergräbt. Diese neue Lebensweise wird zu neuen Ergebnissen und zu neuem Glück in unserem Leben führen, *wenn die Zeit reif ist.*

Unser Erwachsenen-Ich kann zudem die Reaktionen des Kindheits-Ichs bei anderen Menschen erkennen und sich frei entscheiden, auf dieser Ich-Ebene nicht mitzuspielen.

Dies hat tiefgreifende Veränderungen zur Folge. Was für Veränderungen? Wie kann es überhaupt zu Veränderungen kommen? Um diese Fragen geht es im folgenden Kapitel.

4. Wir können uns ändern

Alle Menschen sind stolz auf die Fortschritte
der Gesellschaft,
und kein Mensch macht Fortschritte.

Ralph Waldo Emerson

Die Feststellung, daß wir Probleme haben, ist für sich allein genommen noch nicht sonderlich hilfreich. Wichtiger ist die Erkenntnis, daß wir Tag für Tag den größten Teil unserer Energie daran wenden, Entscheidungen zu treffen. Patienten sagen häufig: «Ich kann mich nicht entscheiden. Sagen Sie mir, was ich tun soll. Ich habe Angst, mich falsch zu entscheiden.» Oder sie klagen angesichts ihrer Entscheidungsunfähigkeit: «Ich bin ständig am Rande des Zusammenbruchs. Ich hasse mich selbst. Ich kann nie etwas Richtiges zustande bringen. Mein Leben ist eine einzige Kette von Fehlern.»

In solchen und ähnlichen Klagen finden die Probleme der Menschen ihren Ausdruck. Es wird deutlich, daß sie alle auf das Kernproblem zurückgehen: Wie soll ich, wie kann ich mich entscheiden? Unentschlossenheit stürzt einen Menschen in tiefe Verunsicherung. Zuweilen will er sich aus diesem beängstigenden Schwebezustand retten, indem er den ersten besten anfleht: «Tu doch etwas – irgend etwas, aber tu's!» Bei der Behandlung stoßen wir immer wieder auf zwei Haupthindernisse, die unsere Patienten nicht zu einer Entscheidung durchdringen lassen:

1. «Ich entscheide mich immer für das Falsche.» Dies sagt ein Mensch, der zwar Entscheidungen trifft und auch danach handelt, aber beides – Entscheidungen und Handlungen – schlägt in der Regel zu seinem Nachteil aus.

2. «Ich schlage mich andauernd mit derselben Sache herum.» Dies sagt ein Mensch, dessen Computer mit unerledigten Arbeiten oder mit immer noch nicht endgültig gefaßten Beschlüssen vollgestopft ist.

Der erste Schritt zur Überwindung beider Hindernisse ist die Erkenntnis, daß bei jeder Entscheidung drei Datengruppen verarbeitet werden müssen. Die erste Datengruppe ist im Eltern-Ich, die zweite im Kindheits-Ich und die dritte im Erwachsenen-Ich gespeichert. Die Daten im Eltern- und im Kindheits-Ich sind gewissermaßen Archivmaterial, Zeugnisse einer längst vergangenen Zeit. Die Daten im Erwachsenen-Ich spiegeln die Erfahrungswelt so wieder, wie sie heute existiert, dazu kommt ein ungeheuer großer Datenvorrat, der sich unabhängig vom Eltern- und vom Kindheits-Ich in der Vergangenheit angesammelt hat. Daten aus allen drei Quellen werden nun von Transaktions-Impulsen angesprochen und wandern zur Verarbeitung in den Computer. Aber was wird den Ausschlag geben – das Eltern-Ich, das Erwachsenen-Ich oder das Kindheits-Ich? Vielleicht läßt sich dieser Vorgang am besten an einem Beispiel erklären.

Nehmen wir an, daß sich ein Geschäftsmann mittleren Alters, der als guter Vater, als guter Ehemann und als verantwortungsbewußter Bürger Ansehen genießt, entscheiden muß, ob er einen Aufruf unterschreiben soll, der in der Lokalzeitung erscheinen wird. Der Aufruf unterstützt ein Wohngesetz zur Rassenintegration, das es Menschen aller Rassen ermöglichen soll, dort zu wohnen, wo sie es sich ihren Einkommen nach leisten können. Er wird telefonisch um seine Unterschrift gebeten; sobald er den Hörer auflegt, spürt er großes Unbehagen, er hat plötzlich ein ungutes Gefühl in der Magengegend, kurzum: er ärgert sich, weil man ihm den ganzen Tag gründlich verdorben hat.

Er muß eine Entscheidung treffen, die offenbar mit vielen Konflikten verbunden ist. Woher kommen die einander widersprechenden Daten?

Eine Quelle ist sein Eltern-Ich. Jetzt werden – neben anderen – etwa folgende «historische Originalaufnahmen» abgespielt: «Mach deiner Familie keine Schande!», «Nur nicht auffallen!», «Warum ausgerechnet du?», «Deine eigene Sippe kommt immer zuerst!» Solche Motive tönen wie helle Koloraturen aus dunkel wogenden Akkorden heraus, die das Ganze untermalen und den Stimmungshintergrund bilden. Diese Hintergrundmusik klingt in ihm fort seit seiner frühesten Kindheit daheim in den Südstaaten: «Man muß dafür sorgen, daß sie dableiben, wo sie hingehören.» Unter der Überschrift «Nigger» gibt es eine ganze Kategorie von Eltern-Ich-Daten, die nie nachgeprüft werden konnten. Diese Datengruppe wurde in der frühen Kindheit unter Verschluß getan mit strengen Anweisungen wie: «Frag nicht soviel!», «Weil er ein Nigger ist, darum!» – «Ich möchte nicht noch einmal hören, daß du davon anfängst!» (Selbst «harmlose» kleine Abzählreime wie *«Eenie, meenie, minie, mo, Catch a nigger by the toe»* prägen sich ein als Variation über dasselbe Thema.)

Diese frühen Aufzeichnungen, im Laufe der Jahre noch verstärkt durch häufige «Predigten» der Eltern und durch weitere Beweise dafür, daß die Anwesenheit von Negern zu Unruhen führen kann (zum Beispiel in Little Rock, Selma, Watts und Detroit), beeinflussen die Entscheidung dieses Mannes sehr nachhaltig.

Die Macht dieser Daten liegt darin, daß sie im Kindheits-Ich die alten Ängste wieder heraufbeschwören können. Das «einsachtzig große» Eltern-Ich drückt wieder auf das «dreikäsehohe» Kindheits-Ich, damit es sich fügt. Und so kommt nun die zweite Datengruppe ins Spiel: die des Kindheits-Ichs. Diese Daten manifestieren sich vorwiegend in Gefühlen: in Angstgefühlen vor dem, was «man» sagen wird, was geschehen würde, wenn meine Tochter «einen von denen heiraten wollte», was mit dem Wert meines Grundstücks geschehen wird. Es geht hier um reale Schwierigkeiten, doch die Intensität der Gefühle hängt weniger mit den realen Schwierigkeiten zusammen als vielmehr mit der ursprünglichen Schwierigkeit des dreijährigen Kindes, das seine Sicherheit findet in der Abhängigkeit von seinen Eltern. Und das ist es, was zu Übelkeit und schwitzenden Händen führt. Der Konflikt kann so quälend sein, daß der Mann zur Cognacflasche greift oder in irgendeine Tätigkeit flieht, um «sein Eltern-Ich loszuwerden».

Die Krise wäre bald beendet, gäbe es nicht noch eine andere Datengruppe, die ebenfalls dem Computer eingefüttert wird. Das sind die Daten, die aus der Realität kommen und zum Bereich des Erwachsenen-Ichs gehören. Einen «einfachen» oder «gedankenlosen» Menschen kümmert die Realität wenig. Er gibt einfach seinem Eltern-Ich nach. Seine Devise heißt: Friede (für das Kindheits-Ich) um jeden Preis. Das Alte ist doch noch das Beste. So sind die Menschen nun mal. Die Geschichte wiederholt sich. Laß nur die andern machen.

Nur der Mensch mit einem funktionierenden Erwachsenen-Ich muß sich mit der ernsten Drohung auseinandersetzen, die eine Rassenkrise auch für ihn selbst bedeuten kann. Nur sein Erwachsenen-Ich kann sich um neue Daten kümmern. Nur sein Erwachsenen-Ich kann ermessen, wie das Elend der Sklaverei oder die Behandlung von Menschen, als wären sie Dinge, eine so verheerende Demütigung und Hoffnungslosigkeit in vielen Negern bewirkt hat, daß diese sich in Little Rock oder Selma oder Watts oder Detroit entladen mußte. Nur das Erwachsenen-Ich kann wie Abraham Lincoln sagen: «Die Dogmen der friedlichen Vergangenheit genügen nicht für den gegenwärtigen Kampf.» Nur das Erwachsenen-Ich kann *alle* Daten objektiv betrachten und nach neuen Ausschau halten.

In diesem Prozeß der Erkennung und Trennung der drei Datengruppen können wir nun anfangen, Ordnung in das Chaos der Gefühle und der Unentschlossenheit zu bringen. Wenn sie einmal voneinander getrennt sind, können die drei Datengruppen von dem Erwachsenen-Ich auf ihren Wert und ihre Gültigkeit hin untersucht werden.

Unser unglücklicher Geschäftsmann muß bei der Prüfung der Daten aus seinem Eltern-Ich fragen: Warum haben meine Eltern diese Dinge geglaubt? Wie war ihr Eltern-Ich? Warum war ihr Kindheits-Ich bedroht? Wie fähig oder unfähig waren sie zur Untersuchung ihrer eigenen drei Ich-Zustände (El-Er-K)? Ist das, was sie glaubten, wahr? Sind weiße Menschen schwarzen Menschen überlegen? Warum? Warum nicht? Ist es richtig, daß man nie etwas riskieren soll? Würde ein öffentliches Bekenntnis gegen die «Apartheid» der Rassen notwendigerweise «eine Schande sein für die ganze Familie»? Könnte ein solches Bekenntnis nicht vielmehr sogar ehrenvoll sein? Setzt er wirklich seine Familie an die erste Stelle, wenn er eine realistische Lösung der Rassenprobleme in seiner Stadt nicht unterstützt? Nützlich könnte sogar die Überlegung sein, wie seine Eltern heute zu dieser Frage stehen im Gegensatz zu damals, als sein Eltern-Ich aufgezeichnet wurde.

Sein Erwachsenen-Ich muß auch die Daten untersuchen, die vom Kindheits-Ich kommen. Warum fühlt er sich so bedroht? Warum ist ihm übel? Gibt es eine wirkliche Bedrohung? Ist seine Furcht heute überhaupt noch angemessen? Oder war sie nur angemessen, als er drei Jahre alt war? Vielleicht ist seine Furcht vor Unruhen und Gewalt heute durchaus begründet. Er könnte immerhin dabei getötet werden. Doch er muß unterscheiden zwischen der Furcht, die durch gegenwärtige Ereignisse hervorgerufen wird, und der Furcht, die er als Dreijähriger empfunden hatte. Die «Dreijährigen»-Furcht ist wesentlich größer. Als Dreijähriger kann man die Realität nicht ändern. Doch als Dreiundfünfzigjähriger kann man das. Er kann Schritte unternehmen, um die Realität zu ändern und letzten Endes die Umstände zu ändern, die zu realer Gefahr führen.

Zu allererst müssen wir die «Dreijährigen»-Furcht verstehen, erst danach können wir das Erwachsenen-Ich für die Verarbeitung neuer Daten freistellen. Diese Furcht – die archaische Furcht vor den allmächtigen Eltern – läßt Menschen vorschnell urteilen oder erfüllt sie mit Vorurteilen. Ein Mensch mit Vorurteilen ist wie der kleine Junge im zweiten Kapitel, der den Satz «Bullen sind böse» als endgültige Wahrheit akzeptiert. Er fürchtet sich, etwas anderes zu tun. Das führt zur Trübung des Erwachsenen-Ichs (Abb. 8), und diese Trü-

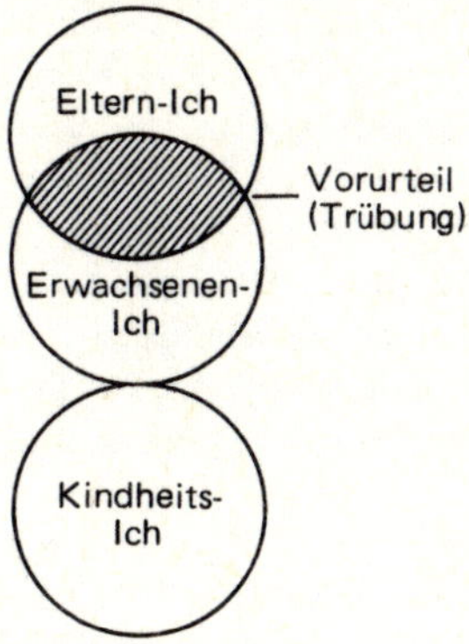

Abb. 8 Vorurteil

bung macht es möglich, daß Vorurteile oder ungeprüfte Daten des Eltern-Ichs als wahr nach außen projiziert werden.

In Anlehnung an Sokrates, der glaubte, daß das «ungeprüfte Leben nicht lebenswert ist», können wir sagen, daß das ungeprüfte Eltern-Ich es nicht wert ist, unsere Lebensbasis zu sein: Es könnte sich irren.

Das emanzipierte Erwachsenen-Ich

Die Transaktions-Analyse will den Menschen zur Freiheit der Wahl befähigen, zur Freiheit, sich nach eigenem Willen zu ändern und die Reaktionen auf wiederkehrende oder neue Reize zu ändern. Viel von dieser Freiheit geht in der ersten Kindheit verloren, womit nach L. S. Kubie der «neurotische Prozeß» seinen Anfang nimmt. In diesem Prozeß geht es ständig um die Lösung archaischer Probleme, so daß für eine effektive Auseinandersetzung mit der heutigen Realität kein Raum mehr bleibt.

«Die Wurzeln des neurotischen Prozesses können in einem ... Phänomen des Säuglings- und/oder frühen Kindesalters liegen: der Bildung stereotyper Verhaltensmuster oder Fixierungen. Zu diesen wären zu rechnen Affektäußerungen – zum Beispiel Weinen, Schreien, nächtliche Angstanfälle. Ferner rechnen dazu Instinkthandlungen und Verweigerung von instinktiven Handlungen – zum Beispiel Essen, Aufstoßen, Erbrechen, Wiederrunterschlucken, Nahrungsverweigerung, zwanghafte Speisenwahl, Angewohnheiten bei der Ausscheidung oder beim Zurückhalten respiratorischer Angewohnheiten wie Atemanhalten und so weiter. Und schließlich rechnen dazu Angewohnheiten im Allgemeinverhalten – zum Beispiel Ticks, Kopfschlagen, Schaukeln, Saugen und so weiter.

Keine dieser Handlungen ist an sich und aus sich heraus eine angeborene Anomalität. Solange diese Handlungen als Reaktion auf sich verändernde äußere oder innere Impulse frei geändert werden können, bleiben sie normal. Es ist der Verlust der Freiheit zur Veränderung, der den Beginn des neurotischen Prozesses kennzeichnet.»*

Behandlungsziel muß es sein, die Freiheit zur Veränderung wiederherzustellen. Diese Freiheit erwächst aus der Kenntnis dessen, was im Eltern-Ich und was im Kindheits-Ich registriert ist und wie diese Daten in gegenwärtige Transaktionen eingehen. Diese Freiheit gibt es nicht ohne Wahrheit, nicht ohne beweiskräftige Indizien dafür, wie die Welt, in der wir leben, wirklich ist. Solche Freiheit setzt das Wissen voraus, daß jeder, mit dem man zu tun hat, ein Eltern-Ich, ein Erwachsenen-Ich und ein Kindheits-Ich hat. Sie braucht die ständige Erkundung nicht nur «erkennbarer» Gebiete, sondern auch unbestimmter Bereiche, die am besten durch eine andere Funktion des Erwachsenen-Ichs verstanden werden können, nämlich der Wahrscheinlichkeitsabschätzung. Das Dilemma des Menschen entsteht auch aus der Tatsache, daß wir häufig Entscheidungen treffen müssen, *bevor* wir alle Fakten kennen. Das gilt für jede Festlegung. Es gilt für die Ehe. Es gilt für die politischen Wahlen. Es gilt für die Unterschrift unter einen Aufruf. Es gilt für das Setzen von Prioritäten. Es gilt für die Werte, die wir uns selbständig zu eigen machen – das heißt, mit dem Erwachsenen-Ich.

* Lawrence S. Kubie: ‹*Role of Polarity in Neurotic Process*›. In: *Frontiers of Clinical Psychiatry*, Bd. 3, Nr. 7 (1. April 1966).

Das Kindheits-Ich in uns verlangt nach Sicherheit. Das Kind will wissen, daß jeden Morgen die Sonne aufgeht, daß Mutter immer da ist, daß der «Bösewicht» immer am Ende unterliegt. Doch das Erwachsenen-Ich kann die Tatsache akzeptieren, daß es nicht immer Sicherheit gibt. Der Philosoph Elton Trueblood sagt:

«Die Tatsache, daß wir keine absolute Gewißheit im Hinblick auf irgendwelche menschlichen Schlußfolgerungen haben, bedeutet nicht, daß alles Forschen letztlich doch eine fruchtlose Bemühung wäre. Es stimmt, wir müssen stets auf dem Boden der Wahrscheinlichkeit vorangehen, aber wo es Wahrscheinlichkeit gibt, da gibt es die Möglichkeit zum Fortschritt. Was wir in jedem Bereich menschlichen Denkens suchen, ist nicht die absolute Gewißheit, denn die bleibt uns als Menschen verborgen, sondern eher der bescheidenere Pfad jener, die verläßliche Möglichkeiten zur Unterscheidung verschiedener Grade der Wahrscheinlichkeit finden.»*

Das Erwachsenen-Ich in unserem Geschäftsmann, der mit dem Wohngesetz-Aufruf konfrontiert ist, kann zugeben, daß ungewiß ist, welche Wirkungen seine Unterschrift haben werde. Unterschreibt er, kann er sich lächerlich machen. Wenn seine Anschauung ICH BIN O. K. – DU BIST O. K. alle Menschen ohne Ansehen von Rasse oder Religion umfaßt, kann er von voreingenommenen Personen angegriffen werden, die sein Einkommen, seine Mitgliedschaft im Golfclub oder seine Beziehung zu seiner Frau beeinträchtigen können. Doch er kann auch die Möglichkeit erwägen, daß sein Beitrag zu einer Lösung der Rassenprobleme in seiner Gemeinde zu einer spürbaren Entspannung der Lage beizutragen vermag. Auf lange Sicht kann der Entschluß, den Aufruf öffentlich zu unterstützen, seinem Kindheits-Ich höchst erwünschte «Streicheleinheiten» einbringen, wenn er nämlich das Ansehen genießt, ein besonders rechtschaffener und mutiger Mann zu sein.

Wenn das Eltern-Ich dominiert oder das Kindheits-Ich, ist das Ergebnis vorhersehbar. Das ist ein Wesensmerkmal der Verhaltensspiele. In solchen Spielen gibt es eine gewisse Sicherheit. Sie mögen immer schmerzlich enden, doch der Spieler hat gelernt, mit diesem Schmerz fertig zu werden. Wenn das Erwachsenen-Ich die Transaktion steuert, ist das Resultat nicht immer voraussagbar. Mißerfolg ist möglich, aber auch Erfolg. Und vor allem ist Veränderung möglich.

* Elton Trueblood: ‹*General Philosophy*› (New York: Harper, 1963).

Warum wollen Menschen sich ändern?

Drei Dinge bewirken, daß Menschen sich ändern wollen. Eines davon ist der Leidensdruck. Sie wollten immer mit dem Kopf durch die Wand, bis sie endlich nicht mehr können. Sie haben so lange die gleichen Spielautomaten gefüttert, ohne einen Pfennig zu gewinnen, daß sie endlich bereit sind, entweder mit dem Spielen aufzuhören oder andere Automaten auszuprobieren. Ihre Migräne nimmt kein Ende. Ihre Magengeschwüre bluten. Sie sind Alkoholiker. Sie sind am Boden zerstört. Sie flehen um Hilfe. Sie wollen sich ändern.

Ein anderer Grund, warum Menschen sich ändern wollen, ist eine langsam niederziehende Verzweiflung, genannt Langeweile. Darunter leidet ein Mensch, der durchs Leben geht und sich fragt: «Was soll's?», bis er schließlich die endgültige große Frage stellt: «Welchen Sinn hat das alles?» Er ist bereit, sich zu ändern.

Und drittens wollen Menschen sich ändern, weil sie plötzlich entdecken, daß das möglich ist. Diese Wirkung der Transaktions-Analyse hat man beobachten können. Viele Menschen, die kein besonderes Interesse daran zeigten, sich zu ändern, erfuhren von der Transaktions-Analyse entweder durch Vorträge, oder sie hörten über andere davon. Voller Begeisterung stürzten sie sich auf diese neuen Möglichkeiten, wollten Genaueres darüber erfahren, waren auf einmal erfüllt von dem Verlangen, sich zu ändern. Es gibt auch einen Patiententyp, der zwar an Behinderungssymptomen leidet, sich aber nicht wirklich ändern will. Sein Therapieabkommen lautet: «Ich verspreche, daß ich mir helfen lasse, wenn ich nicht gesund werden muß.» Diese negative Einstellung ändert sich jedoch, wenn der Patient einzusehen beginnt, daß es wirklich eine andere Möglichkeit zu leben gibt. Anwendbares Wissen vom Funktionieren der drei Ich-Zustände befähigt das Erwachsenen-Ich, zu neuen und verheißungsvollen Lebensformen vorzustoßen. Dieser Wunsch war schon immer vorhanden, doch er lag verschüttet unter der Last des NICHT-O. K.

Hat der Mensch einen freien Willen?

Kann ein Mensch sich wirklich ändern, wenn er will? Und wenn er das kann, ist dann nicht selbst seine Veränderung ein Ergebnis vorangegangener Konditionierung? Hat der Mensch einen freien Willen? Eines der schwierigsten Probleme der Freudschen Lehre ist das Problem von Determinismus kontra Freiheit. Freud und die meisten Behavioristen waren der Ansicht, daß das überall im Universum herrschende Gesetz von Ursache und Wirkung auch für den Menschen gelte, daß das, was heute geschieht, theoretisch verstanden werden könne durch das, was in der Vergangenheit geschehen ist. Wenn heute ein Mensch einen Mord begeht, dann sind wir durch die Freudsche Schule daran gewöhnt, die Gründe dafür in seiner Vergangenheit zu suchen. Das geschieht unter der Annahme, daß es eine Ursache oder Ursachen geben muß, die irgendwo in der Vergangenheit liegen. Die reinen Deterministen glauben, daß das Tun des Menschen nicht frei ist, sondern nur das Ergebnis seiner Vergangenheit. Das führt zu dem unausweichlichen Schluß, daß der Mensch für seine Taten nicht verantwortlich ist, daß er faktisch keinen freien Willen hat. Der philosophische Gegensatz zeigt sich mit aller Schärfe bei Gerichtsverhandlungen. Die Justiz steht auf dem Standpunkt, daß der Mensch verantwortlich ist. Nach deterministischem Standpunkt, auf dem häufig psychiatrische Gutachten fußen, ist der Mensch nicht verantwortlich, sondern ein Produkt seiner Vergangenheit.

Wir können die Realität von Ursache und Wirkung nicht leugnen. Wenn wir eine Billardkugel stoßen und sie einige andere trifft, die so gezwungen werden, wiederum andere Billardkugeln zu bewegen, dann müssen wir darin einen Beweis für die Verkettung von Ursachen und Wirkungen anerkennen. Nach dem monistischen Prinzip wirken Gesetze dieser Art überall in der Natur. Doch die Geschichte zeigt, daß im Gegensatz zu den Billardkugeln, die bleiben, was sie sind, wenn das Drama von Ursache und Wirkung sie ereilt, die Menschen mehr geworden sind als was sie waren. Die Evolutionsgeschichte – und die persönliche Erfahrung – beweisen deutlich, daß der Mensch über seine Vorfahren hinausgelangt ist.

Der amerikanische Kulturhistoriker Will Durant hat dargelegt, wie der französische Philosoph Henri Bergson (1859–1941) das Problem des Determinismus rigoros ad absurdum führte:

«War der Determinismus schließlich und endlich faßlicher als der freie Wille? Wenn der gegenwärtige Augenblick keine lebendige und schöpferische Wahl mehr läßt und ausnahmslos und automatisch das Ergebnis von Materie und Bewegung des vorangegangenen Augenblicks ist, dann war auch dieser Augenblick die automatische Wirkung des ihm vorausgegangenen Augenblicks und dieser wieder die seines Vorläufers... und so weiter, bis wir bei den kosmischen Urnebeln als alleiniger Ursache jedes späteren Ereignisses, jeder Zeile eines Shakespeare-Dramas und jeder seelischen Pein anlangen; dann fand sich also die düstere Beredsamkeit von Hamlet und Othello, von Macbeth und Lear Satz für Satz in den fernen Himmeln und Äonen bereits niedergeschrieben, festgelegt von Struktur und Inhalt jener legendären Wolke. Eine harte Probe für die Leichtgläubigkeit... Hier gab es Grund genug zur Rebellion. Und Bergson wurde nicht zuletzt so rasch berühmt, weil er den Mut hatte zu zweifeln, wo alle Zweifler andächtig glaubten.»*

Die Lösung besteht nicht darin, das Gesetz von Ursache und Wirkung in der Natur oder im menschlichen Verhalten anzufechten; die Ursache muß vielmehr anderswo als in der Vergangenheit gesucht werden. Der Mensch tut, was er tut, aus bestimmten Gründen, doch nicht alle diese Gründe liegen in der Vergangenheit. Bei einem Fernseh-Interview wurde ich gefragt, warum meiner Meinung nach Charles Whitman auf einen Turm der Universität von Texas gestiegen war und von oben in eine Menschenmenge geschossen hatte. Nachdem ich eine Anzahl möglicher Gründe genannt hatte, wurde ich gefragt: «Aber warum tun manche Menschen so etwas und andere nicht?» Diese Frage ist berechtigt. Wenn wir zugeben müssen, einfach nicht genug über die Vergangenheit eines Individuums zu wissen, dann glauben wir immer noch, daß irgendwo «damals» eine Antwort zu finden ist.

Zwischen einem Menschen und einer Billardkugel besteht allerdings ein wesentlicher Unterschied. Der Mensch kann denken und damit in die Zukunft sehen. Er wird von einer anderen Art Kausalordnung beeinflußt, die Charles Harteshorne als «kreatives Kausalprinzip» bezeichnet.** Elton Trueblood entwickelt diese Theorie weiter durch die Vorstellung, daß die Ursachen für menschliches Verhalten nicht nur in der Vergangenheit liegen, sondern auch in der Fähigkeit des Menschen, in die Zukunft zu schauen, das heißt: Wahrscheinlichkeiten ins Auge zu fassen:

«Der menschliche Geist... arbeitet großenteils mit dem Blick auf Endursachen. Das ist so offenkundig, daß es kaum übersehen werden

* Will Durant: ‹*The Story of Philosophy*› (New York: Simon and Schuster, 1933), S. 337–338.

** Vgl. ‹*Causal Necessities, an Alternative to Hume*›. In: *The Philosophical Review* 63 (1954), S. 479–499.

kann; jeder geht darüber hinweg, der mit dem Billardkugel-Vergleich die Freiheit leugnet. Selbstverständlich bewegt sich die Billardkugel primär durch ein wirksames Kausalprinzip, doch der Mensch funktioniert ganz anders. Der Mensch ist ein Geschöpf, dessen Gegenwart ständig von der Rücksichtnahme auf eine nicht wirkliche, aber dennoch wirksame Zukunft beherrscht wird. Was *nicht* ist, beeinflußt das, was *ist*. Ich stehe vor einem schwierigen Problem, doch die Lösung ist nicht nur das Ergebnis des Spiels mechanischer Kräfte wie bei einem physikalischen Körper; statt dessen denke ich, und die meisten meiner Gedanken beschäftigen sich mit dem, was sich ergeben könnte, falls gewisse Schritte getan würden.»*

Ortega y Gasset definiert den Menschen als «ein Wesen, das nicht so sehr aus dem besteht, was es ist, als aus dem, was es sein wird»**.

«... man kann noch nicht einmal sagen, daß der eigene bisherige Charakter das Ergebnis bestimmt, denn in der Realität, an der wir teilhaben, kann selbst aus dem Akt des Denkens etwas authentisch Neues entstehen. Das Denken, wie wir es in der Tat täglich vollziehen, ist nicht nur Bewußtsein im Sinne von Begleiterscheinung (Epiphänomen) des Naturgeschehens, sondern es ist eine echte und kreative *Ursache.* Wenn ein Mensch denkt, geschieht etwas, was sonst nicht geschehen wäre. Das bedeutet Selbst-Verursachung als authentische dritte Möglichkeit in unserem bekannten Dilemma.»***

Das Erwachsenen-Ich ist also der Ort, wo die Dinge geschehen, wo sich Hoffnung regt und wo Veränderung möglich ist.

* Trueblood: ‹*General Philosophy*›, a. a. O.

** Ortega y Gasset: ‹*Was ist Philosophie?*› (München: dtv 1968, Nr. 403).

*** Trueblood: ‹*General Philosophy*›, a. a. O.

5. Wie man die Transaktion analysiert

Denn ich weiß nicht, was ich tue.
Apostel Paulus

Nachdem wir nun eine Terminologie entwickelt haben, kommen wir zu der entscheidenden Frage: Wie wird diese Begriffssprache angewandt bei der *Analyse einer Transaktion*? Die Transaktion besteht aus dem Reiz, den ein Mensch ausübt, und aus der Reaktion eines anderen Menschen auf diesen Reiz, wobei die Reaktion wiederum zum neuen Reiz für die Reaktion des ersten wird. Sinn der Analyse ist die Feststellung, welcher Teil jedes Beteiligten – Eltern-Ich, Erwachsenen-Ich oder Kindheits-Ich – den jeweiligen Reiz und die jeweilige Reaktion auslöst.

Es gibt viele Anhaltspunkte zur Erkennung von Reizen und Reaktionen nach ihrem Ursprung im Eltern-Ich, im Erwachsenen-Ich oder im Kindheits-Ich. Diese Anhaltspunkte oder Indizien finden sich nicht nur in dem, was ein Mensch spricht, sondern auch in dem, wie er spricht: im Ton der Stimme, in Gestik und Mimik. Je sicherer wir diese Indizien erkennen, desto mehr Informationen gewinnen wir für die Transaktions-Analyse. Wir brauchen nicht andekdotisches Material aus der Vergangenheit ans Licht zu zerren, um zu entdecken, was im Eltern-Ich, im Erwachsenen-Ich und im Kindheits-Ich aufgezeichnet ist. Wir offenbaren uns heute.

Woran ist das Eltern-Ich zu erkennen?

Körperliche Indizien für das Eltern-Ich

gerunzelte Brauen
Stirnfalten
gespitzte Lippen
der ausgestreckte Zeigefinger
der «entsetzte Augenaufschlag»
mit dem Fuß auf den Boden klopfen

Zungenschnalzen
Seufzen
einem anderen den Kopf tätscheln
die Arme in die Seiten stemmen
Arme vor der Brust verschränken
Händeringen

Das sind typische Eltern-Ich-Gesten. Es kann jedoch noch andere Eltern-Ich-Gesten geben, die eine Eigentümlichkeit des persönlichen Eltern-Ichs widerspiegeln. Wer zum Beispiel einen Vater hatte, der die Angewohnheit besaß, sich jedesmal zu räuspern und gen Himmel zu blicken, bevor er einen tadelte für schlechtes Benehmen, der wird diese Manieriertheit selber dauernd vorbringen als Vorspiel zu Äußerungen seines Eltern-Ichs, auch wenn dieser Fimmel nicht als Eltern-Ich-Merkmal bei den meisten Menschen anzusehen ist. Außerdem gibt es auch nationale Unterschiede. In Amerika zum Beispiel atmen die Leute aus beim Seufzen, die Schweden dagegen seufzen, indem sie einatmen.

Sprachliche Indizien für das Eltern-Ich:

«Ich werde dafür sorgen, daß das ein für allemal aufhört.»
«Ich kann es auf den Tod nicht leiden, daß ...»
«Du mußt immer daran denken, daß ...»
«Du darfst nie vergessen, daß ...»
(*Immer* und *nie* sind *fast immer* Eltern-Ich-Wörter, die die Trennungslinien um ein archaisches System herum markieren, das keine neuen Informationen hereinläßt.)
«Wie oft habe ich dir schon gesagt ...»
«Wenn ich du wäre ...»

Viele wertende Ausdrücke, seien sie nun positiv wertend oder negativ, *können* charakteristisch sein für das Eltern-Ich, sofern sie ein Urteil über einen anderen Menschen enthalten, und zwar ein Urteil, das nicht nach Abwägung verschiedener Gesichtspunkte durch das Erwachsenen-Ich zustande kommt, sondern sich *automatisch* wie ein archaischer Reflex einstellt. Beispiele solcher «eingefleischten» Vorurteile sind:

«dumm»	«widerlich»	«faul»
«böse»	«froh»	«schlapp»
«unartig»	«empörend»	«unsinnig»
«lächerlich»	«idiotisch»	«sinnlos»
«ekelhaft»		

«Unfug»	«Nein, nein, nein!»	«Wie konntest du nur ...»
«Armes Ding»	«Herzchen»	«Was fällt Ihnen ein ...»
«Tropf»	«Schätzchen»	«Sehr schlau»
«Trottel»	«Mein lieber Mann!»	«Na na!»
«Trampel»	«Mein Allerbester!»	«Und jetzt?»
«Tölpel»	«Kinder [chen]!»	«Schon wieder!»
«Von allen guten Geistern verlassen»	«Menschenskind»	

Man darf nicht vergessen, daß es sich bei solchen Ausdrücken nur um *Indizien* handelt, nicht um endgültige Beweise. Das Erwachsenen-Ich kann nach gründlicher Überlegung und in Übereinstimmung mit den ethischen Grundsätzen des Erwachsenen-Ichs zu dem Urteil kommen, daß bestimmte Dinge tatsächlich dumm, lächerlich, ekelhaft oder empörend *sind.*

Zwei Wendungen, nämlich «sollte» und «müßte», sind häufig Erkennungsworte für das Eltern-Ich, aber sie können auch Erwachsenen-Ich-Wörter sein (darüber mehr im zwölften Kapitel, Seite 231 ff). Wenn diese beiden Wörter automatisch *ohne Nachdenken,* als stehende Redewendungen, als Klischees ausgesprochen werden, dann hört man aus ihnen das Eltern-Ich heraus. Der Gebrauch dieser Redewendungen ergibt zusammen mit der Gebärdensprache des Körpers und im Rahmen der jeweiligen Transaktion ein Bild, in dem wir das Eltern-Ich erkennen können.

Woran ist das Kindheits-Ich zu erkennen?

Körperliche Indizien für das Kindheits-Ich:

Da das Kindheits-Ich zuerst sprachlos auf die Außenwelt reagiert, liegen die klarsten Indizien für das Kindheits-Ich in sichtbaren körperlichen Anzeichen für Gemütsbewegungen. Folgende Gefühlsäußerungen deuten darauf hin, daß das Kindheits-Ich in einer Transaktion angesprochen ist:

Tränen
zitternde Lippen
Schmollen
Wutanfälle
hohe, weinerliche Stimme
rollende Augen
Achselzucken
niedergeschlagene Augen
Betteln
Entzücken
Lachen

die Hand heben, wenn man etwas sagen möchte
Nägelkauen
Grimassen schneiden
Kichern und Glucksen

Sprachliche Indizien für das Kindheits-Ich:

Außer der eigentlichen Babysprache, die natürlich besonders klar das Kindheits-Ich zum Ausdruck bringt, gibt es eine große Zahl von sprachlichen Wendungen, in denen sich das Kindheits-Ich niederschlägt:

«Ich will . . .»
«Ich wünsch mir . . .»
«Ich möchte . . .»
(häufig mit folgendem «aber»)
«Weiß ich doch nicht»
«Ich tu jetzt . . .»
(z. B. «. . . erst mal essen»)
«Mir doch egal!»
«Ich denk mir . . .»
«Wenn ich groß bin . . .»
größer, am größten
besser, am besten
(viele Superlative kommen aus dem Kindheits-Ich, sie bedeuten Trümpfe in dem Spiel «Meins ist besser»)

Im übrigen verfolgen viele Kindheits-Ich-Wörter den Zweck, nach dem Muster von «Mann, guck mal, ich hab keine Hände mehr» dem Eltern-Ich zu imponieren aus dem NICHT O. K.-Zustand herauszukommen.

Es gibt noch eine andere Gruppe von Wörtern, die kleine Kinder ständig gebrauchen. Diese Wörter sind jedoch keine Indizien für das Kindheits-Ich, sondern in ihnen bekundet sich das Erwachsenen-Ich, das sich in dem kleinen Menschen regt. Gemeint sind die Wörter: warum?, was?, wo?, wer?, wann?, wie?

Woran ist das Erwachsenen-Ich zu erkennen?

Körperliche Indizien für das Erwachsenen-Ich:

Welche sichtbaren Züge trägt das Erwachsenen-Ich? Wenn wir uns die Porträtaufnahmen auf den Archivstreifen des Eltern-Ichs und des Kindheits-Ichs einmal wegdenken: was wird dann auf die Leinwand projiziert, das heißt: was spielt sich dann auf dem Gesicht ab? Ist das Gesicht nun ausdruckslos? Oder gütig? Oder teilnahmslos? Oder leer?

Das Gesicht des Erwachsenen-Ichs trägt nicht eine ausdruckslose Miene zur Schau. Wenn jemand mit seinem Erwachsenen-Ich zuhört, kann man beobachten, wie er dabei unablässig Bewegungen macht – mit dem Gesicht, mit den Augen und mit dem ganzen Körper. Messungen haben zum Beispiel ergeben, daß in diesem Zustand das Augenblinzeln alle drei bis fünf Sekunden auftritt. Reglosigkeit ist danach gerade das Zeichen dafür, daß einer nicht zuhört, jedenfalls nicht mit seinem Erwachsenen-Ich. Das Gesicht des Erwachsenen-Ichs ist offen und direkt dem Partner zugekehrt. Hält jemand seinen Kopf zur Seite geneigt, dann läßt das auch auf Zu- oder Abneigung im Hörer schließen. Das Erwachsenen-Ich gestattet auch dem neugierigen, erregten Kindheits-Ich, sein Gesicht zu zeigen.

Sprachliche Indizien für das Erwachsenen-Ich:

Es wurde oben schon gesagt, daß der Grundwortschatz des Erwachsenen-Ichs besteht aus:

«warum?»	«wo?»	«warum?»
«was?»	«wer?»	«wie?»

Dazu kommen Wendungen wie zum Beispiel:

«wieviel?»	«wahrscheinlich»
«auf welche Weise?»	«möglich»
«verhältnismäßig»	«unbekannt»
«richtig» oder «wahr»	«objektiv»
«verkehrt», «falsch» oder «unwahr»	«ich finde»
«ich denke» / «ich glaube»	«ich meine»

Solche Ausdrücke sind Indizien für die Datenverarbeitung im Erwachsenen-Ich. Wendungen wie: «Meiner Meinung nach», «Meines Erachtens» können zwar anzeigen, daß die betreffende Meinung, nach der man etwas für so oder so erachtet, aus dem Eltern-Ich abgeleitet worden ist. Und trotzdem kommt in diesen Wendungen das Erwachsenen-Ich zum Ausdruck, denn hier wird etwas eben als persönliche Meinung deklariert und nichs als unumstößliche Tatsache hingestellt. «Meiner Meinung nach sollten Jugendliche über achtzehn das Wahlrecht haben», ist etwas anderes als die Aussage: «Wer über achtzehn ist, muß wählen dürfen.»

Wir besitzen nunmehr ein Bündel von Indizien. Mit ihrer Hilfe können wir jetzt darangehen, das Eltern-Ich, das Erwachsenen-Ich und das Kindheits-Ich in der Praxis zu erkennen, nämlich in den Transaktionen, die wir selbst mit anderen erleben.

Jede Situation, an welcher zwei oder mehr Menschen teilhaben, ist überreich an Beispielen für jede nur vorstellbare Art von Transaktionen. Vor einigen Jahren fuhr ich mit dem Bus nach Berkeley und notierte mir dabei eine Reihe von Transaktionen. Die erste war ein Austausch auf der Eltern-Ich-Ebene (Abb. 9) zwischen zwei gries-

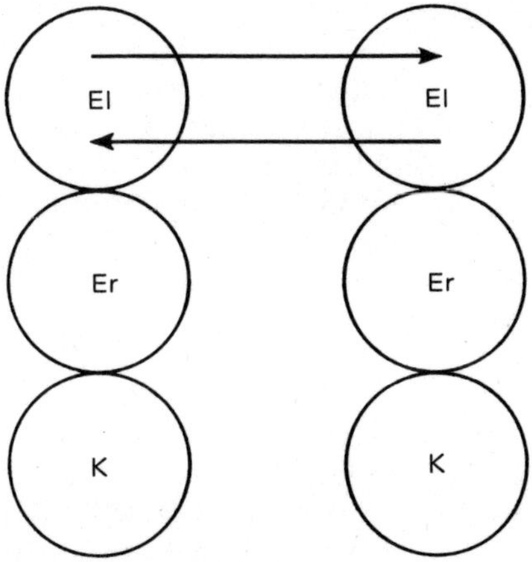

Abb. 9 Transaktion zwischen Eltern-Ich und Eltern-Ich

grämigen Damen, die mir gegenübersaßen. Sie stellten eine umständliche – und langwierige! – philosophische Betrachtung an über die Frage, ob der Bus rechtzeitig in Berkeley ankommen werde. Mit bedeutsamen, wissendem, verständnisinnigem Kopfnicken pflegten sie einen langen Gedankenaustausch, der mit den folgenden Transaktionen begann:

Frau A *(schaut auf ihre Uhr, zieht sie auf, murmelt, zieht den Blick ihrer Nachbarin auf sich, seufzt bekümmert.)*

Frau B *(seufzt zurück, rutscht unbehaglich hin und her, schaut auf ihre Uhr.)*

FRAU A: «Es sieht so aus, als hätten wir schon wieder Verspätung.»
FRAU B: «Ohne die geht's ja wohl gar nicht mehr.»
FRAU A: «Busse sind immer unpünktlich, scheint's, oder?»
FRAU B: «Ja, immer.»
FRAU A: «Genau das habe ich heute morgen zu meinem Mann gesagt. Herbert, hab ich gesagt, heutzutage kriegt man aber auch gar nichts mehr so wie früher.»
FRAU B: «Da haben Sie völlig recht. Es ist ein Zeichen der heutigen Zeit.»
FRAU A: «Aber zahlen muß man trotzdem, und nicht zu knapp. Darauf können Sie sich verlassen!»

Diese Transaktionen spielen sich zwischen Eltern-Ich A und Eltern-Ich B ab, weil sie ohne Absicherung durch Realitätsdaten ablaufen: sie sind eine Wiederholung der «Werturteile», die Frau A und Frau B als Kinder von ihren Muttis und Tanten über die Unzuverlässigkeit der Straßenbahn aufgeschnappt haben. Frau A und Frau B fanden mehr Genuß in der Aufzählung von Widrigkeiten als in der eventuellen Beschaffung von Informationen über den wahren Sachverhalt. Der Grund dafür ist das gute Gefühl, das aus Tadeln und Anschuldigen entsteht. Wenn wir tadeln und anschuldigen, spielen wir das frühe Tadeln und nach einem Schuldigen suchen wieder durch, das in unserem Eltern-Ich aufgezeichnet ist, und dabei empfinden wir uns als O. K., weil das Eltern-Ich O. K. ist und wir uns auf seine Seite stellen. Jemanden zu finden, der mit einem übereinstimmt und mitspielt, erzeugt nahezu ein Gefühl von Omnipotenz.

Frau A machte den Eröffnungszug. Frau B hätte das Spiel beenden können, wenn sie irgendwann mit einer Erwachsenen-Ich-Bemerkung auf Frau A reagiert hätte:

FRAU A *(schaut auf ihre Uhr, zieht sie auf, murmelt, zieht den Blick ihrer Nachbarin auf sich, seufzt bekümmert.)*

Mögliche Reaktionen des Erwachsenen-Ichs:

1. Nichtbeachtung des Seufzers, wegschauen;
2. ein nichtssagendes Lächeln;
3. (wenn Frau A entsprechend bekümmert wirkt): «Fehlt Ihnen etwas?»

FRAU A: «Es sieht so aus, als hätten wir schon wieder Verspätung.»

Mögliche Reaktionen des Erwachsenen-Ichs:

1. «Wieviel Uhr ist es jetzt?»
2. «Dieser Bus ist im allgemeinen pünktlich.»
3. «Hatten Sie auf dieser Linie schon einmal Verspätung?»
4. «Ich werde mich erkundigen.»

FRAU A: «Busse sind immer unpünktlich, scheint's, oder?»

Mögliche Reaktionen des Erwachsenen-Ichs:

1. «Das kann ich nicht finden.»
2. «Ich fahre selten mit dem Bus.»
3. «Darüber habe ich mir noch nie Gedanken gemacht.»

FRAU A: «Genau das habe ich heute morgen zu meinem Mann gesagt. Herbert, hab ich gesagt, heutzutage kriegt man aber auch gar nichts mehr so wie früher.»

Mögliche Reaktionen des Erwachsenen-Ichs:

1. «Da kann ich Ihnen nicht recht geben.»
2. «Was verstehen Sie unter ‹so wie früher›?»
3. «Meiner Meinung nach leben wir heute nicht schlechter als früher.»
4. «Ich habe keinen Grund zur Klage.»

Diese Alternativen wären Reaktionen des Erwachsenen-Ichs, hätten aber nicht zur gegenseitigen Ergänzung beigetragen. Jemand, der mit Genuß ein Spiel wie «Ist es nicht schrecklich» spielt, will nicht Tatsachen hören. Wenn die Frauen der Nachbarschaft beim täglichen Kaffeeklatsch ihr ewiges Thema «Männer sind doof» genüßlich durchhecheln, werden sie die neue Nachbarin nicht begeistert aufnehmen, die strahlend erklärt, ihr Mann sei ein Schatz.

Damit kommen wir zur ersten Kommunikationsregel der Transaktions-Analyse. Wenn Reiz und Reaktion im El-Er-K-Transaktions-Schema auf parallelen Linien verlaufen, dann ist die Transaktion komplementär (d. h. sie ergänzt sich selbst immer wieder von neuem) und kann endlos weitergehen. Es spielt keine Rolle, wie die Vektoren verlaufen (Eltern-Ich–Eltern-Ich, Erwachsenen-Ich–Erwachsenen-Ich, Kindheits-Ich–Kindheits-Ich, Eltern-Ich–Kindheits-Ich, Kindheits-Ich–Erwachsenen-Ich), nur parallel müssen die Linien laufen. Frau A und Frau B redeten, was die Fakten angeht, Unsinn, doch ihr Dialog war komplementär und dauerte immerhin etwa zehn Minuten.

Der «genüßliche Verdruß» der beiden Matronen im Bus endete damit, daß der Mitreisende in der Reihe vor ihnen den Fahrer fragte, ob sie pünktlich in Berkeley ankommen würden. Der Fahrer sagte: «Ja – um elf Uhr fünfzehn.» Auch das war eine Komplementär-Transaktion zwischen dem Mann und dem Fahrer, und zwar zwischen Erwachsenen-Ich und Erwachsenen-Ich (Abb. 10). Es war eine direkte Antwort auf eine direkte Bitte um Information. Die Komponente des Eltern-Ichs («Wie stehen die Chancen, daß wir aus-

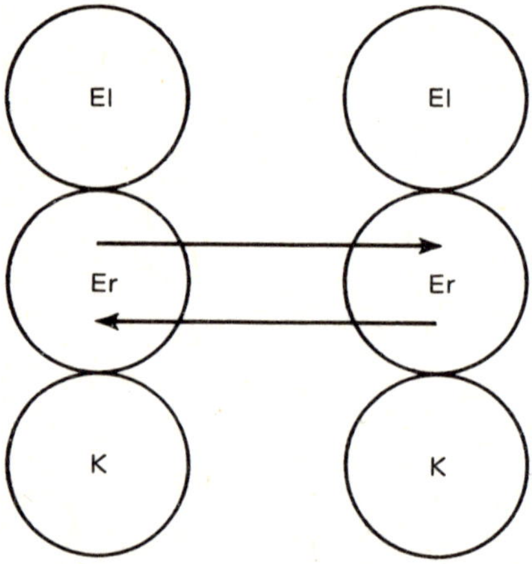

Abb. 10 Transaktion zwischen Erwachsenen-Ich und Erwachsenen-Ich

nahmsweise mal pünktlich in Berkeley ankommen?») fehlte ebenso wie die Komponente des Kindheits-Ichs («Ich weiß nicht, warum ich immer den langsamsten Bus erwische»). Es war ein völlig *sachlicher* Kurzdialog. Bei dieser Art von Transaktion kommt es nämlich nur auf eines an: auf Tat*sachen*.

Hinter den beiden Frauen saßen zwei andere Fahrgäste. Sie taten etwas, worin eine andere Art der Transaktion deutlich wird, nämlich die zwischen Kindheits-Ich und Kindheits-Ich. Der eine war ein mürrisch aussehender Junge mit Bartanflug und ungekämmtem Haar, der staubige schwarze Hosen und eine schwarze Lederjacke trug. Der andere Junge war ähnlich gekleidet und trug eine erzwungene Gleichgültigkeit zur Schau. Beide lasen im selben Taschenbuch, ‹*Geheimnisse des Folterkults*›. Wären zwei Priester in das gleiche Buch vertieft gewesen, so hätte man annehmen können, daß sie sachliche Informationen (mit ihrem Erwachsenen-Ich!) über dieses seltsame Thema suchen. Doch die beiden Halbstarken ließen eher darauf schließen, daß es hier um eine Transaktion zwischen Kindheits-Ich und Kindheits-Ich ging, bei der das gleiche grausame Vergnügen eine Rolle spielte, mit dem zwei Fünfjährige entdecken,

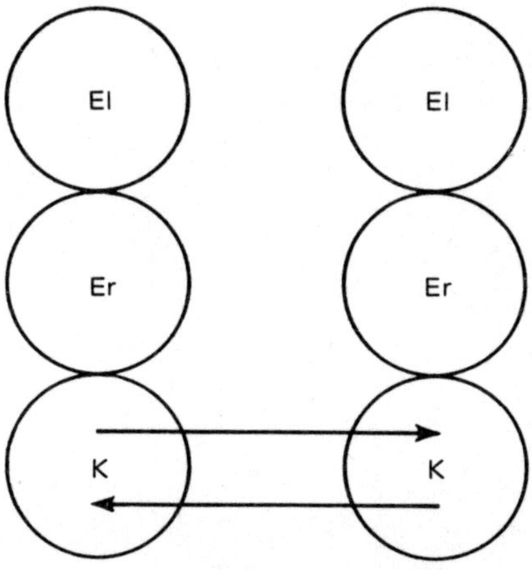

Abb. 11 Transaktion zwischen Kindheits-Ich und Kindheits-Ich

wie man Fliegen die Flügel ausreißt. Nehmen wir an, die Halbstarken würden handeln auf Grund ihres frisch angelesenen Wissens und fänden eine Möglichkeit, jemanden wie in ihrem Buch beschrieben zu foltern. Dabei würde weder das Erwachsenen-Ich eine Rolle spielen (kein Verständnis für die Konsequenzen) noch das Eltern-Ich («Es ist schrecklich, jemandem so etwas anzutun»). Selbst wenn die Transaktion für sie übel enden sollte (die Polizei erwischt sie dabei oder die Mutter im Falle der Fünfjährigen, die Fliegen quälen), wären die beiden an der Transaktion selbst Beteiligten in Übereinstimmung. Deshalb handelt es sich um eine komplementäre Transaktion zwischen Kindheits-Ich und Kindheits-Ich (Abb. 11).

Weitere Beispiele für Komplementär-Transaktionen

Transaktionen auf der Ebene des Eltern-Ichs (vgl. Abb. 9):

Reiz: «Ihre Aufgabe ist zu Hause bei den Kindern.»
Reaktion: «Sie hat offensichtlich kein Pflichtbewußtsein.»

Reiz: «Es ist zum Verrücktwerden, die Steuern steigen und steigen, nur damit wir all diese Nichtstuer auf Staatskosten durchfüttern können.»
Reaktion: «Wo soll das enden?»

Reiz: «Die Kinder von heute sind faul.»
Reaktion: «Das ist ein Zeichen der Zeit.»

Reiz: «Ich werde das ein für allemal klarstellen.»
Reaktion: «Richtig! Man muß den Anfängen wehren.»

Reiz: «Unehelich, weißt du.»
Reaktion: «Oh, *das* erklärt alles.»

Reiz: «Paul entlassen? Was nehmen die sich eigentlich heraus!»
Reaktion: «Laß nur, Schatz. Ich verstehe nicht, warum er überhaupt für diesen blöden Laden gearbeitet hat.»

Reiz: «Sie hat ihn des Geldes wegen geheiratet.»
Reaktion: «Weiter hat sie auch nichts davon.»

Reiz: «Denen darf man nicht trauen.»
Reaktion: «Genau! Die sind alle gleich.»

Transaktionen auf der Ebene des Erwachsenen-Ichs (vgl. Abb. 10):

Reiz: «Wieviel Uhr ist es?»
Reaktion: «Ich habe vier Uhr dreißig.»

Reiz: «Der Anzug steht Ihnen gut.»
Reaktion: «Danke.»

Reiz: «Diese neue Farbe trocknet sehr schnell.»
Reaktion: «Ist sie teurer als die andere Sorte?»

Reiz: «Reich mir doch bitte mal die Butter.»
Reaktion: «Gern. Hier.»

Reiz: «Wonach riecht's hier denn so gut, Liebling?»
Reaktion: «Die Plätzchen im Ofen ... sie sind fast fertig!»
Reiz: «Ich weiß nicht, was ich tun soll. Ich bin mir nicht sicher, was richtig ist.»
Reaktion: «Ich glaube, du solltest dich nicht jetzt entscheiden, wo du so erschöpft bist. Warum gehst du nicht ins Bett, und wir reden morgen früh weiter?»

Reiz: «Public Relations gehört zu den Aufgaben der Geschäftsleitung.»
Reaktion: «Meinen Sie, daß wir das einer Agentur nicht übertragen können?»

Reiz: «Die ‹Bremen› geht am Freitag um ein Uhr in See.»
Reaktion: «Wann müssen wir an Bord sein?»

Reiz: «Ich bin müde.»
Reaktion: «Dann laß uns doch ins Bett gehen.»

Reiz: «Ich kann mir vorstellen, welche Steuern nächstes Jahr erhöht werden.»
Reaktion: «Das sind schlechte Aussichten. Aber wenn wir weiter so viel für öffentliche Ausgaben brauchen, muß das Geld ja auch irgendwo herkommen.»

Transaktionen auf der Ebene des Kindheits-Ichs (vgl. Abb. 11):

Es wird rasch klar, daß es nur wenige Komplementär-Transaktionen von Kindheits-Ich zu Kindheits-Ich gibt, die frei von Spielen sind. Das kommt daher, daß das Kindheits-Ich eher Streicheln sucht als geben will. Menschen brauchen Transaktionen, um gestreichelt zu werden. Bertrand Russell sagte: «Man kann nicht nur aus Pflichtbewußtsein scharf denken. Von Zeit zu Zeit brauche ich kleine Erfolge, die mir ... eine Energiequelle erhalten.»*

Ohne Beteiligung des Erwachsenen-Ichs an der Transaktion wird niemand gestreichelt, und die Beziehung wird unkomplementär oder sie geht an Langeweile ein.

Ein einleuchtendes Beispiel für dieses Phänomen aus dem sozialen Bereich ist die Hippie-Bewegung. Die Blumenkinder priesen ein Leben voller Transaktionen auf der Ebene des Kindheits-Ichs. Doch

* B. Russell: ‹*Autobiographie*› (Frankfurt a. M.: Insel-Verlag, 1970/71).

die große Ernüchterung stellte sich rasch ein: Es macht keinen Spaß, *dein* Ziel zu verfolgen, wenn alle anderen nur daran interessiert sind, *ihr* Ziel zu verfolgen. Indem sie sich vom Establishment trennten, trennten sie sich auch vom Eltern-Ich (Tadel) und vom Erwachsenen-Ich («banale» Realität). Doch als sie den Tadel losgeworden waren, stellten sie fest, daß sie sich auch von der Quelle des Lobs getrennt hatten. (Zwei Vierjährige beschließen, von zu Hause wegzulaufen, doch sie geben ihr Vorhaben auf, wenn ihnen einfällt, daß sie gern ein Eis hätten, und dazu braucht man nun einmal die Mama.) Die Blumenkinder suchten Streicheleinheiten für sich bei ihresgleichen, doch deren Streicheln wurde immer unpersönlicher und bedeutungsloser. Junge zum Mädchen: «Natürlich liebe ich dich. Ich liebe alle!» Das Leben beschränkte sich schließlich auf immer primitivere Methoden des Streichelns: auf illusionäres Streicheln (Drogen) und auf pausenlose sexuelle Aktivität. Sex kann insofern eine Aktivität ausschließlich zwischen Kindheits-Ich und Kindheits-Ich sein, als der Sexualtrieb wie alle primären biologischen Triebe eine genetische Aufzeichnung im Kindheits-Ich ist. Das lustvollste Sexualerlebnis bedeutet jedoch mehr, weil eine Erwachsenen-Ich-Komponente der Aufmerksamkeit, Zärtlichkeit und der Verantwortlichkeit für die Gefühle des anderen hinzukommt. Nicht allen Hippies fehlen diese Werte, wie auch nicht allen Hippies ein Eltern-Ich oder Erwachsenen-Ich fehlt. Viele leben jedoch im Grunde selbstsüchtig dahin und *mißbrauchen* einander gewissermaßen als sinnliche Reizmittel.

Bei glücklichen Hippie-Beziehungen oder bei Kinderfreundschaften, die viel Vergnügen machen, stellt man fest, daß sie nicht nur aus Transaktionen auf der Ebene des Kindheits-Ichs bestehen, sondern ergänzt werden durch Datenverarbeitung des Erwachsenen-Ichs und Wertvorstellungen aus dem Eltern-Ich. Zum Beispiel: Zwischen zwei kleinen Mädchen entspinnt sich folgender Dialog:

MÄDCHEN 1 (Kindheits-Ich): «Ich bin die Mutter, du bist das Kind.»
MÄDCHEN 2 (Kindheits-Ich): «Immer muß ich das Kind sein.»
MÄDCHEN 1 (Erwachsenen-Ich): «Gut, dann wechseln wir ab: Du bist zuerst die Mutter, und beim nächstenmal ich.»

Diese Unterhaltung spielt sich nicht nur auf der Ebene des Kindheits-Ichs ab, weil in der letzten Äußerung ein Einfluß des Erwachsenen-Ichs deutlich wird (Problemlösung).

Überhaupt liegen viele Transaktionen kleiner Kinder auf der

Ebene des Erwachsenen-Ichs, obwohl sie wegen unzulänglicher Daten «kindisch» wirken:

KLEINES MÄDCHEN: «Hilfe! Die Muschi hat einen Zahn verloren.»
SCHWESTER: «Bringt die gute Fee den Katzen Geld, wenn ihnen ein Zahn ausfällt?»

Sowohl Reiz als auch Reaktion kommen vom Erwachsenen-Ich-begründete Äußerungen, die auf den vorhandenen Daten basieren. Gute Datenverarbeitung, falsche Daten!

Komplementär-Transaktionen zwischen Kindheits-Ich und Kindheits-Ich lassen sich leichter an dem beobachten, was Menschen zusammen *tun*, als an dem, was sie einander sagen – genau wie bei sehr kleinen Kindern. Zwei Eheleute, die sich bei einer Fahrt mit der Achterbahn aneinanderklammern und nach Leibeskräften schreien, befinden sich in einer Transaktion auf der Ebene des Kindheits-Ichs. Wenn Tagliavini und Tassinari das Duett aus dem dritten Akt des ‹*Mefistofele*› singen, spürt man, wie die beiden eine intensive Transaktion zwischen Kindheits-Ich und Kindheits-Ich vollziehen. Wenn Großmutter und Großvater barfuß den Strand entlanggehen, könnte man ebenfalls von einer Transaktion zwischen Kindheits-Ich und Kindheits-Ich sprechen. Doch das Erwachsenen-Ich hat diese Glückserlebnisse vorbereitet. Die Fahrt mit der Achterbahn hat Geld gekostet. Tagliavini und Tassinari haben jahrelang geübt, um die Ekstase des Singens erleben zu können. Die Großeltern genießen die Freuden des Zusammenseins, und das haben sie sich durch ein lebenslanges Geben und Nehmen ermöglicht. Eine zwischenmenschliche Beziehung kann ohne das Erwachsenen-Ich nicht lange bestehen. Darum können wir festhalten, daß Komplementär-Transaktionen zwischen einem Kindheits-Ich und einem anderen Kindheits-Ich stattfinden mit der Erlaubnis und unter Aufsicht des Erwachsenen-Ichs. Wenn das Erwachsenen-Ich nicht beteiligt ist, verwickelt sich das Kindheits-Ich in Überkreuz-Transaktionen (*crossed transactions*), die in diesem Kapitel noch beschrieben werden.

Transaktionen zwischen Eltern-Ich und Kindheits-Ich

Eine andere Art von Komplementär-Transaktion ist die zwischen Eltern-Ich und Kindheits-Ich (Abb. 12). Der Ehemann (Kindheits-Ich) ist krank, hat Fieber und will beachtet werden. Seine Frau (Eltern-Ich) weiß, wie krank er sich fühlt, und ist bereit, ihn zu bemut-

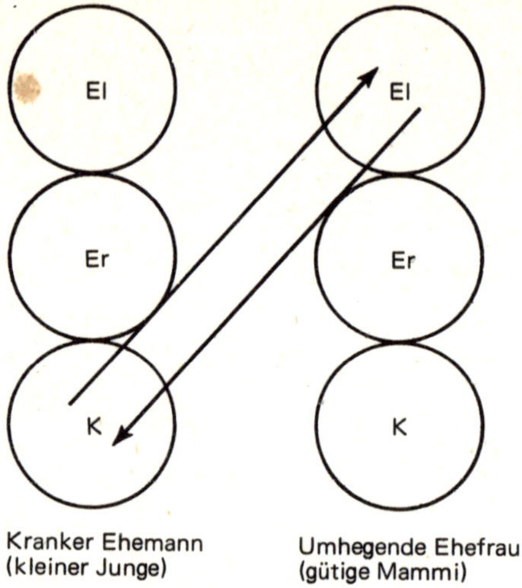

Abb. 12 Transaktion zwischen Kindheits-Ich und Eltern-Ich

Abb. 13 Transaktion zwischen Eltern-Ich und Kindheits-Ich

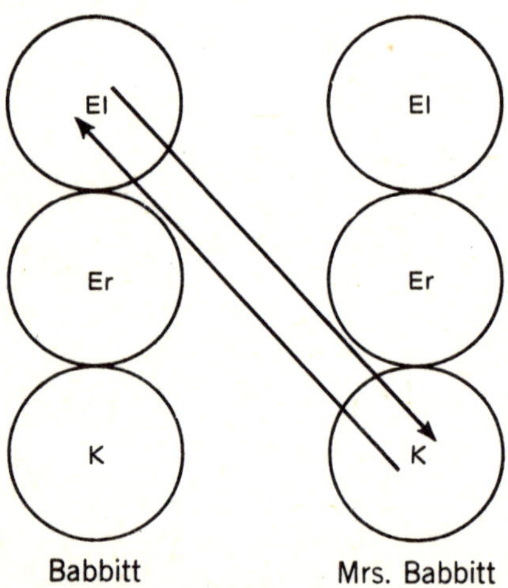

tern. Das kann auf befriedigende Weise unbegrenzt weitergehen, solange die Frau zum Bemuttern bereit ist. Manche Ehen werden nach diesem Muster geführt. Wenn ein Ehemann «kleiner Junge» spielen will und seine Frau bereit ist, in die Elternrolle zu schlüpfen, die Verantwortung für alles zu übernehmen und ihn zu umsorgen, *kann* das solange eine zufriedenstellende Ehe sein, wie keiner die Rollen verändern will. Wenn der eine oder der andere dieser Abmachung überdrüssig wird, dann ist die Parallel-Beziehung gestört, und der Ärger fängt an.

In Abbildung 13 wird eine Komplementär-Transaktion zwischen George F. Babbitt (Eltern-Ich) und Mrs. Babbitt (Kindheits-Ich) graphisch dargestellt.

Babbitt mit einem Blick in die Zeitung: «Menge Neuigkeiten. Ungeheurer Tornado im Süden. Wirklich schweres Unglück. Aber das, siehst du, das ist fabelhaft! Der Anfang vom Ende für die Kerls! Der Stadtrat von New York hat ein paar Gesetze angenommen, die die Sozialisten ganz vogelfrei machen. Und dann ist ein Streik der Liftangestellten in New York, und eine Menge Gymnasialschüler sind für sie eingesprungen. Aus denen werden tüchtige Männer! Und eine Massenversammlung in Birmingham hat verlangt, daß dieser irische Agitator, dieser neue De Valera, deportiert wird. Ganz recht, zum Kuckuck! Alle dieser Aufwiegler sind jedenfalls mit deutschem Gold bezahlt. Und wir brauchen uns wahrhaftig weder bei den Iren noch bei irgendeiner fremden Regierung einzumischen. Immer Hände weg. Und hier ist wieder ein sehr authentisches Gerücht aus Rußland, daß Lenin tot ist. Das ist ausgezeichnet. Es geht über meinen Horizont, warum wir dort nicht sofort eingreifen und diese Schufte von Bolschewiken einfach 'rausschmeißen.»

Mrs. Babbitt: «Ganz richtig.»*

Transaktionen zwischen Kindheits-Ich und Erwachsenen-Ich

Eine andere Art von Komplementär-Transaktion ist die zwischen Kindheits-Ich und Erwachsenen-Ich (Abb. 14). Ein Mensch, der von nicht o. k.-Gefühlen beherrscht wird, kann bei einem anderen Trost und Ermutigung suchen. Ein Mann steht vor einer geschäftlichen Entscheidung, von der seine Karriere abhängt. Er hat Angst.

* Sinclair Lewis: ‹*Babbitt*› (Hamburg: Rowohlt Taschenbuch Verlag, 1953, rororo 83), S. 18.

Obwohl er in jeder Hinsicht qualifiziert ist, wird sein Computer mit Daten aus dem Kindheits-Ich überfüttert. Ich werde es nicht schaffen! Also sagt er zu seiner Frau: «Ich werde es nicht schaffen» und hofft dabei, daß sie ihm die realen Gründe dafür aufzählen wird, daß er es schaffen kann, wenn er sich von seinem NICHT O. K.-Kindheits-Ich nicht die Chancen verderben läßt. Er weiß, daß sie ein starkes Erwachsenen-Ich hat, und «leiht es aus», wenn sein eigenes geschwächt ist. Ihre Reaktion unterscheidet sich freilich von einer

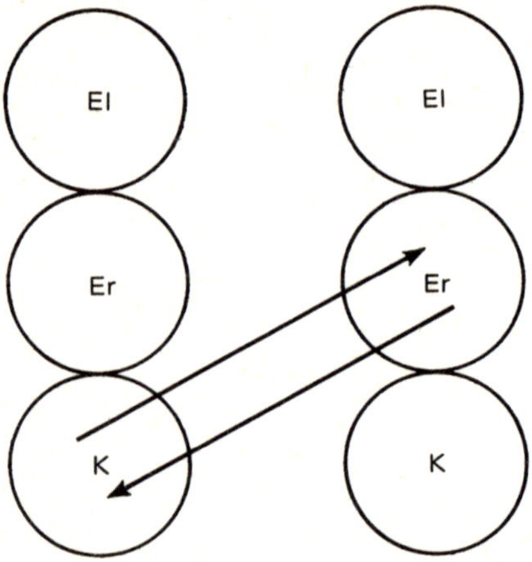

Abb. 14 Transaktion zwischen Kindheits-Ich und Erwachsenen-Ich

Reaktion des Eltern-Ichs. Das Eltern-Ich würde *auch ohne* Realitätsdaten Trost und Halt spenden oder es würde einfach die Angstgefühle des Kindheits-Ichs beiseite schieben. Das Eltern-Ich der Frau würde etwa sagen: «Natürlich wirst du es schaffen. Sei doch nicht töricht!» Das Erwachsenen-Ich wird, wie gesagt, überzeugende Gründe anführen, warum der Mann keine Angst zu haben braucht.

Transaktionen zwischen Erwachsenen-Ich und Eltern-Ich

Eine andere Art von Komplementär-Transaktion ist die zwischen Erwachsenen-Ich und Eltern-Ich (Abb. 15), und als Beispiel dafür bietet sich ein Mann an, der mit dem Rauchen aufhören will. Er kennt zur Genüge die Erwachsenen-Ich-Daten, warum das für seine Gesundheit wichtig ist. Dennoch bittet er seine Frau, Eltern-Ich zu spielen, seine Zigaretten zu vernichten, wenn sie welche findet, ihn daran zu hindern, sich eine anzustecken. Diese Transaktion eröffnet sehr gute Spielmöglichkeiten. Sobald er die Verantwortung auf das Eltern-Ich seiner Frau abgewälzt hat, kann der Ehemann ein unartiger Junge sein und spielen «Wenn du nicht wärst» oder «Fang mich doch».

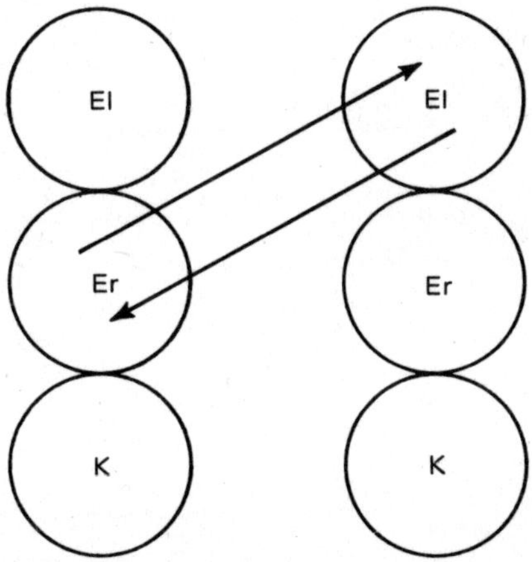

Abb. 15 Transaktion zwischen Erwachsenen-Ich und Eltern-Ich

Nichtkomplementäre oder Überkreuz-Transaktionen

Die Überkreuz-Transaktion (Abb. 16) ist diejenige Transaktionsart, die zu Konflikten führt. Eric Bernes klassisches Beispiel ist die Transaktion zwischen Mann und Frau, bei der sich der Mann erkundigt: «Liebling, weißt du, wo meine Manschettenknöpfe sind?» (Ein Reiz, der vom Erwachsenen-Ich ausgeht; gesucht wird Information.) Eine Komplementärreaktion der Frau wäre: «In der obersten linken Schublade der Kommode», oder: «Ich habe sie nicht gesehen, aber ich helfe dir beim Suchen.» Wenn die liebe Frau aber einen schlimmen Tag gehabt hat, wenn sich Kränkungen und Ärger in ihr aufgestaut haben, dann keift sie zurück: «Da wo du sie gelassen hast!», und das Ergebnis ist eine Überkreuz-Transaktion. Der Reiz ging aus vom Erwachsenen-Ich des Mannes, doch die Frau hat ihre Reaktion an das Eltern-Ich gerichtet.

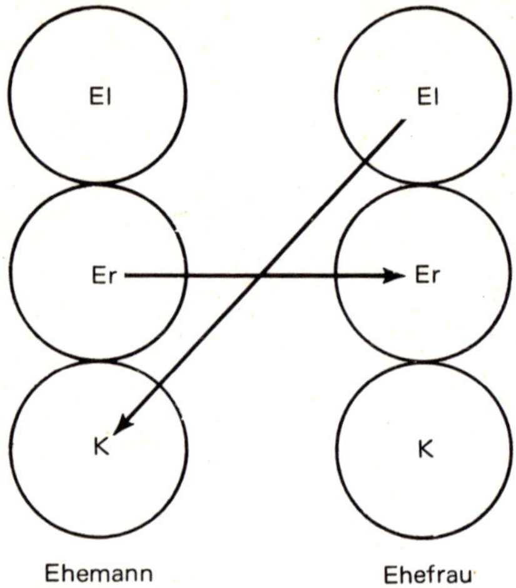

Abb. 16 Überkreuz-Transaktion

Damit kommen wir zur zweiten Kommunikationsregel der Transaktions-Analyse. Wenn Reiz und Reaktion sich im El-Er-K-Schema überkreuzen, wird die Kommunikation unterbrochen. Mann und Frau können jetzt nicht mehr über Manschettenknöpfe reden. Sie müssen zuerst darüber debattieren, warum er nie etwas aufräumt. Wäre ihre Reaktion aus dem Kindheits-Ich gekommen («Warum mußt du mich immer anbrüllen?»), dann wären sie in die gleiche Sackgasse geraten (Abb. 17).

Diese Überkreuz-Transaktionen können eine ganze Serie lautstarker Auseinandersetzungen in Gang setzen, die mit einem Knall irgendwo in der Gegend von «Genau wie dein Vater!» enden. Ewig wiederholte Muster dieser Art von Auseinandersetzung begründen Spiele wie «Sieh bloß, was du angerichtet hast», «Wenn du nicht wärst, dann könnte ich», «Tumult» und «Jetzt hab ich dich endlich, du Schweinehund». Im siebten Kapitel wird das näher ausgeführt.

Der Ursprung nichterwachsener Reaktionen liegt in der NICHT O. K.-Anschauung des Kindheits-Ichs. Ein Mensch, der vom NICHT

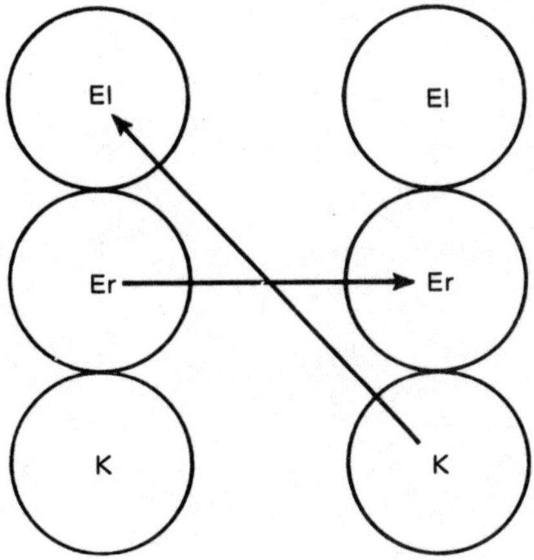

Abb. 17 Überkreuz-Transaktion

O. K. beherrscht wird, «liest» in Bemerkungen etwas hinein, was nicht darin ist:

«Wo hast du die Steaks gekauft?»

«Warum? Sind sie nicht in Ordnung?»

«Deine neue Frisur gefällt mir.»

«Du hast noch nie langes Haar gemocht.»

«Ich habe gehört, Sie ziehen um.»

«Wir können es uns eigentlich nicht leisten, aber wo wir bisher gewohnt haben, kann man es wegen der Leute einfach nicht mehr aushalten.»

«Reich mir bitte mal die Kartoffeln.»

«Und *mich* nennst du dick.»

Eine meiner Patientinnen drückte das so aus: «Mein Mann sagt, ich könnte selbst in ein Kochbuch irgendwelche Hintergedanken hineinlesen.»

Weitere Beispiele für Überkreuz-Transaktionen

PATIENTIN (Er): «In einem solchen Krankenhaus würde ich gern arbeiten.»

KRANKENSCHWESTER (El): «Erst mal müssen Sie mit Ihren eigenen Problemen fertig werden» (Abb. 18).

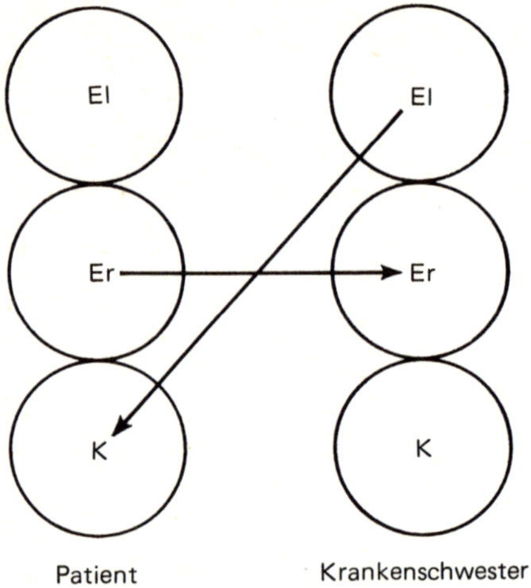

Abb. 18

MUTTER (El): «Geh und räum dein Zimmer auf.»

TOCHTER (El): «Du hast mir nicht zu sagen, was ich tun soll. Du bist hier nicht der Chef. Der Chef ist Vater!» (Abb. 19).

THERAPEUT (Er): «Was ist Ihr Hauptproblem im Leben?»

PATIENT (Ki): «Bin ich hier bei der Fürsorge, oder wo?» (*Klopft auf den Tisch*): «Und so was will Arzt sein!» (Abb. 20).

SOHN (Er): «Ich muß heute abend einen Aufsatz schreiben. Morgen sollen wir abgeben.»

VATER (El): «Warum verschlampst du immer alles bis zur letzten Minute?» (Abb. 21).

MANN (Er), von einem Freund begleitet: «Wir wollten den Tankverschluß aufmachen und haben den Schlüssel durch das Gitter fallen lassen. Könnten Sie uns helfen, ihn herauszubekommen?»

TANKWART (El): «Wer hat das getan?» (Abb. 22).

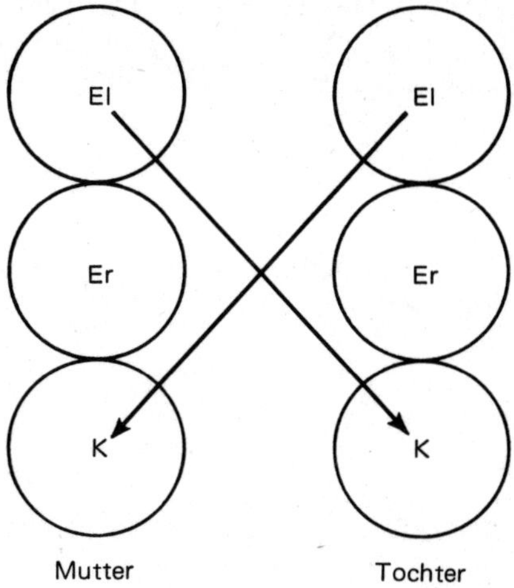

Abb. 19

Abb. 20

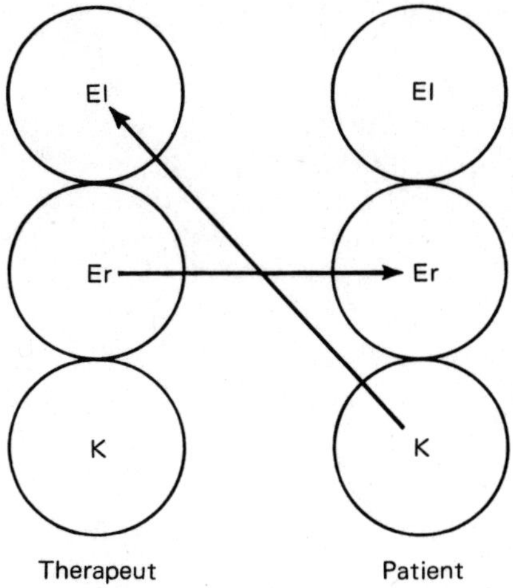

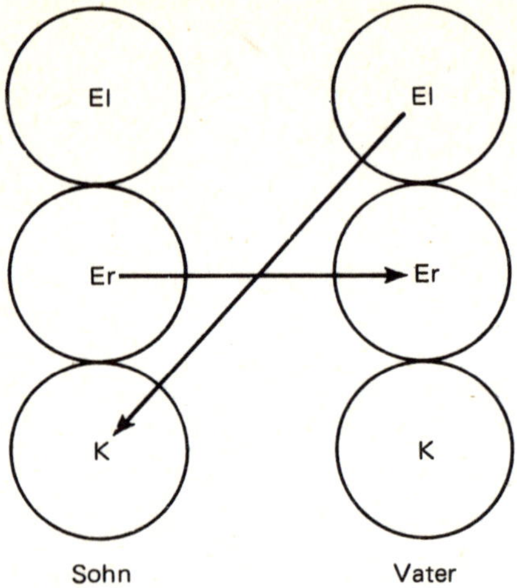

Abb. 21

Abb. 22

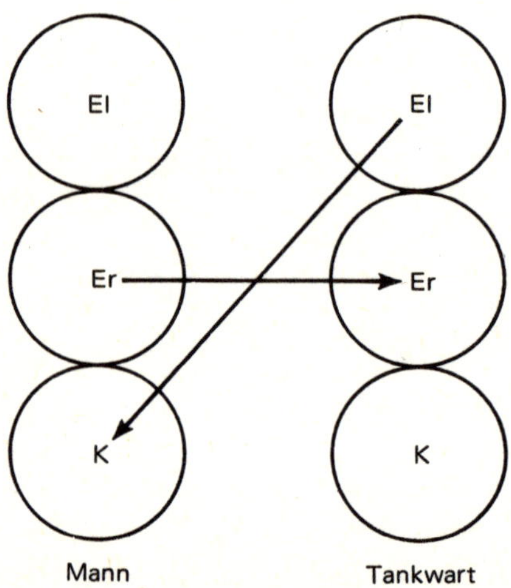

kleines Mädchen (Er): «Schmutzige Hemden sind so schön warm.»

Mutter (El): «Du gehst sofort erst mal in die Badewanne» (Abb. 23).

junges Mädchen (El): «Ehrlich gesagt, meine Eltern fahren am liebsten nach Sylt.»

Freund (El): «Wir gehen in den Ferien nie dahin, wo es so voll ist» (Abb. 24).

kleines Mädchen (K): «Ich kann Suppe nicht ausstehen. Ich esse das nicht. Du kochst immer ekliges Zeug.»

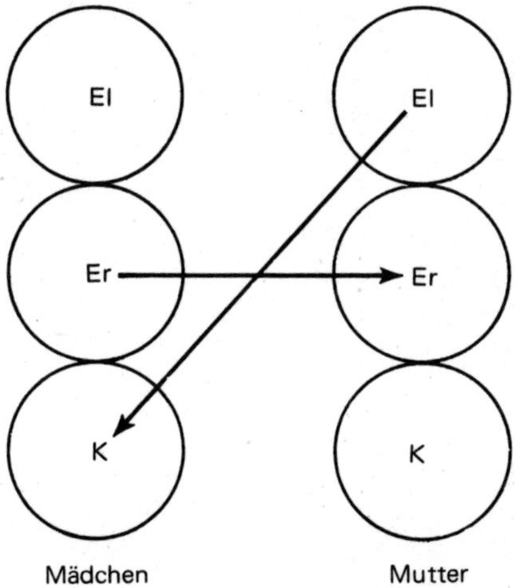

Abb. 23

Mutter (K): «Schön, dann geh ich eben, und du kochst dir dein ekliges Essen selbst» (Abb. 25).

kleiner Junge (K): «Mein Papi hat ganz viel Geld auf der Bank.»

kleines Mädchen (K): «Pöh, auf der Bank! Mein Papi hat man eine ganze Sparkasse voll Geld» (Abb. 26).

Babbitts Tochter Verona (Er): «Ich weiß, aber – ach, ich möchte – beitragen –. Am liebsten möcht ich in einem Versorgungsheim arbeiten. Ob mich wohl eines der Kaufhäuser eine Wohlfahrtsabteilung einrichten ließe, mit einem hübschen Erholungsraum mit buntem Kattun und Strohlehnstühlchen und was so noch alles dazu gehört? Oder ich könnte – –»

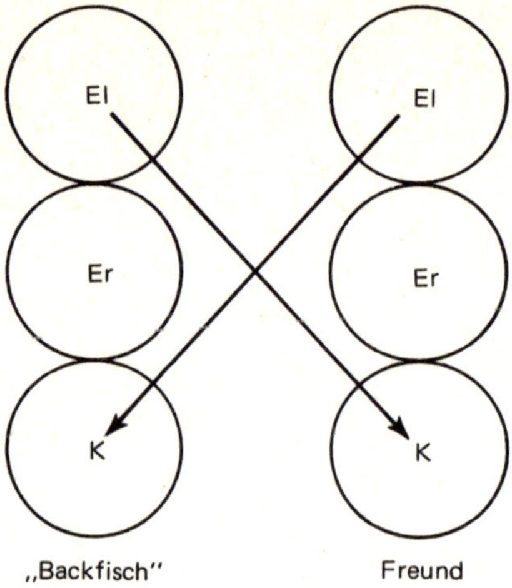

Abb. 24

Abb. 25

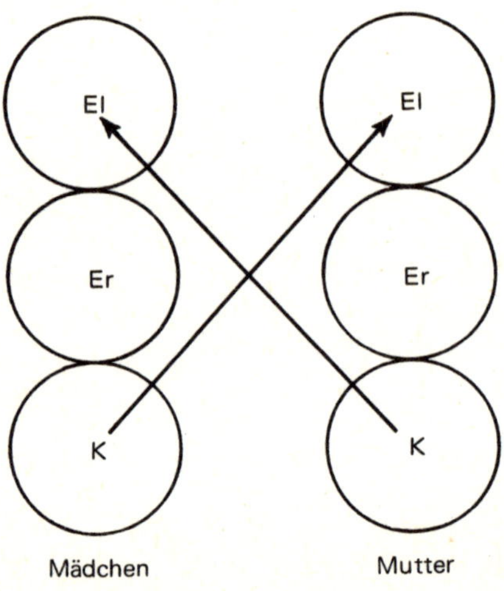

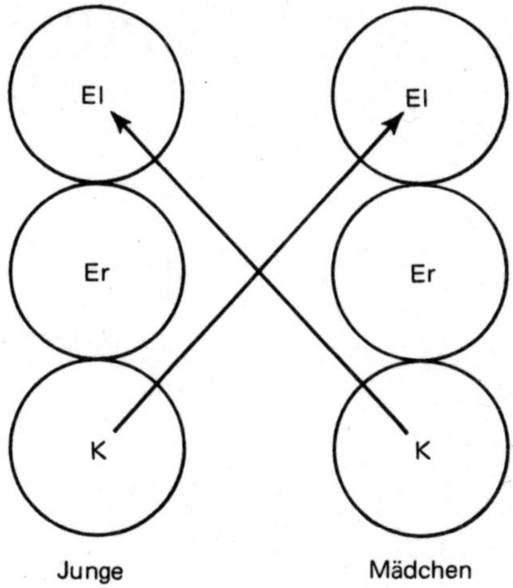

Abb. 26

Babbitt (El): «Jetzt paß mal gut auf! Das erste, was du richtig verstehen mußt, ist, daß all dieses Gleichstellen und dieser Versorgungs- und Erholungsquatsch in Gottes weiter Welt nichts anderes tut, als dem Sozialismus Tür und Tor öffnen. Je eher ein Mann begreift, daß er nicht verhätschelt und umsonst gefüttert werden wird, und, na, alle diese Freischulen und Quatsch und Zeugs für seine Gören kriegt, wenn er sie sich nicht verdient, na, desto eher wird er sich an die Arbeit machen und schaffen – produzieren, produzieren! Das ist's, was der Staat braucht, und nicht all das phantastische Zeug, das nur die Energie der arbeitenden Klasse schwächt und ihren Kindern eine Menge überflüssiger Ideen eingibt. Und du – wenn du dich nur um deinen Beruf kümmern würdest, statt aus Dummheit so viel Wesens zu machen. – Das nimmt kein Ende! Als ich jung war, faßte ich einen Entschluß, was ich tun wollte, und dann blieb ich auch dabei, durch dick und durch dünn, und so hab ich's zu etwas gebracht» (Abb. 27).*

Reaktionen des Eltern-Ichs wie bei Babbitt haben ihre Ursachen dennoch im nicht-o. k. des Kindheits-Ichs. Er hatte das Gefühl, daß

* Lewis: ‹*Babbitt*›, a. a. O.

seine Kinder ihn nicht schätzten, daß sie nicht verstanden, wie schwer er gekämpft hatte. Er fühlte sich immer noch NICHT O. K. in der Gesellschaft derer, die mehr hatten als er. Hätte er sein Kindheits-Ich sich direkt äußern lassen, dann hätte er vielleicht geweint. So schlug er den gefahrloseren Weg ein und übergab die Transaktion seinem Eltern-Ich, in dem Selbstgerechtigkeit, Korrektheit und Besserwisserei sich breitmachten.

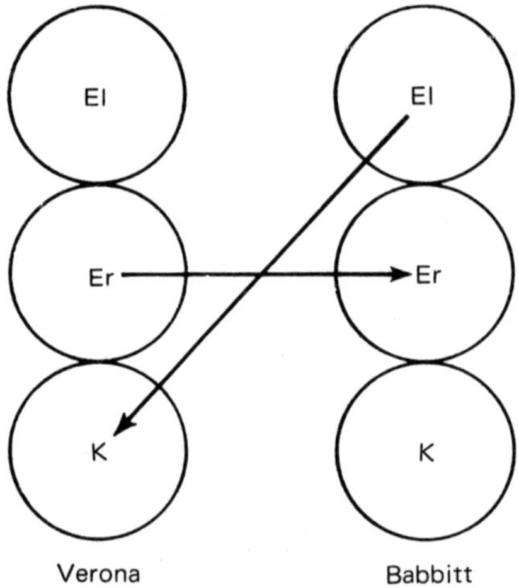

Abb. 27

Der Mensch, dessen NICHT O. K.-Kindheits-Ich ständig auf der Lauer liegt, kann keine Transaktionen durchführen, die seine Auseinandersetzung mit der Realität fördern, weil er immerzu mit unerledigtem Kram aus einer vergangenen Realität beschäftigt ist. Er kann kein Kompliment unverkrampft annehmen, weil er glaubt, es nicht zu verdienen, und irgendwo nach einem Haken sucht. Er kämpft ständig darum, die Lebensanschauung unerschütterlich aufrechtzuerhalten, die in der Kindheitssituation aufgebaut worden ist. Der Mensch, der immer mit seinem Kindheits-Ich reagiert, sagt eigentlich: «Schaut mich an, ich bin NICHT O. K.» Der Mensch, der immer mit seinem Eltern-Ich reagiert, sagt eigentlich: «Schau dich an, du bist NICHT O. K. (und das gibt mir ein Gefühl der Überlegenheit).» Beide Manöver sind ein Ausdruck der NICHT O. K.-Anschauung, und jedes trägt dazu bei, die Verzweiflung weiter zu treiben.

Die NICHT O. K.-Anschauung kommt nicht nur in der Reaktion zum Ausdruck. Sie läßt sich auch im Reiz feststellen. Der Mann sagt zu seiner Frau: «Wo hast du den Dosenöffner versteckt?» Der Hauptreiz kommt aus dem Erwachsenen-Ich, weil es objektive Information sucht. Doch in dem Wort *versteckt* liegt noch ein Hin-

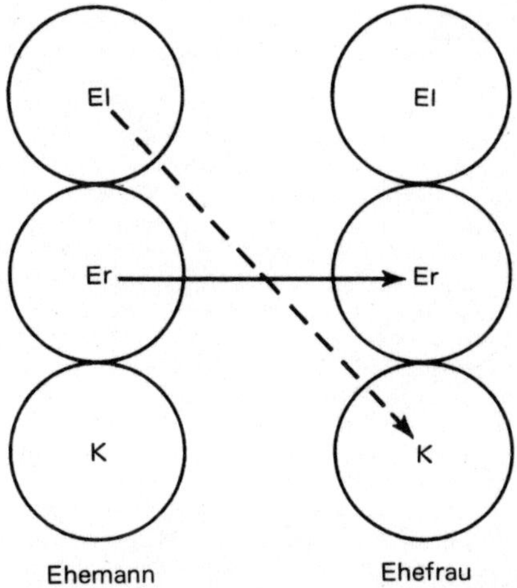

Abb. 28

tersinn. («Wie du den Haushalt führst, bleibt für mich ein Geheimnis. Wenn ich so schlecht Ordnung halten würde wie du, wären wir längst pleite. Ich möchte einmal, ein einziges Mal, etwas dort finden, wo es hingehört!») Diesen Hintersinn liefert das Eltern-Ich. Es liegt darin eine unterschwellige, aber sehr wohl spürbare Kritik, und damit wird eine Zwei-Ebenen- oder *Duplex-Transaktion* eingeleitet (Abb. 28).

Der Fortgang dieser Transaktion hängt davon ab, auf welchen Reiz die Frau reagieren will. Wenn sie will, daß es weiterhin freundlich zugeht, und wenn sie sich O. K. genug fühlt, um keine Bedrohung zu spüren, antwortet sie vielleicht: «Ich habe ihn bei den Löffeln versteckt, Liebling.» Das ist komplementär, denn sie gibt ihm die gewünschte Information und nimmt gutmütig seine Nebenbemerkung über ihre Haushaltsführung zur Kenntnis. Wenn ihr Erwachsenen-Ich zu dem Schluß kommt, daß es für ihre Ehe wichtig ist, die «versteckte» Andeutung ihres Mannes zu berücksichtigen, dann befolgt sie vielleicht den Hinweis und bemüht sich um eine bessere Ordnung. Wenn ihr Erwachsenen-Ich die Transaktion bestimmt, kann sie das.

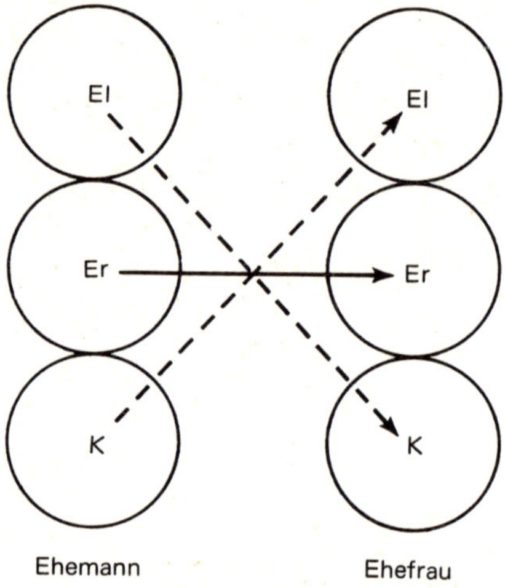

Abb. 29

Wenn jedoch ihr NICHT O. K.-Kindheits-Ich anspringt, wird sie primär auf das Wort *versteckt* reagieren und etwas antworten wie: «Was ist los mit dir – bist du blind, oder was?» Und damit ist die Suche nach dem Dosenöffner beendet. Jetzt streiten sie sich über ihre Stärken und Schwächen in punkto Ordnung, Blindheit, Dummheit etc. Seine Bierdose ist immer noch nicht geöffnet, und ein «Tumult»-Spiel kündigt sich an.

Einige Transaktionen dieser Art können Reize und Reaktionen auf allen Ebenen einschließen. Ein Mann kommt nach Hause und malt in den Staub auf dem Couchtisch: «Ich liebe dich.» Obwohl das Erwachsenen-Ich die Situation beherrscht, sind doch auch Eltern-Ich und Kindheits-Ich beteiligt (Abb. 29). Das Eltern-Ich sagt:

«Warum machst du hier nie sauber?» Das Kindheits-Ich sagt: «Bitte, sei mir nicht böse, wenn ich dich kritisiere.» Das Erwachsenen-Ich übernimmt jedoch das Kommando auf der Basis, daß Liebe für meine Ehe wichtig ist, also lasse ich mein Eltern-Ich oder mein Kindheits-Ich nicht direkt zum Zuge kommen. Wenn ich ihr sage, daß ich sie liebe, wird sie nicht wütend auf mich werden, aber vielleicht versteht sie, daß es für einen Mann in meiner Position immerhin wichtig ist, ein ordentliches Zuhause zu haben.

Daraus kann eine Komplementär-Transaktion werden, wenn die Frau o. k. genug ist, um ein bißchen konstruktive Kritik ertragen zu können. Wenn sie dazu aber nicht fähig ist, wenn sie sich auch von der leisesten Kritik immer gleich verletzt fühlt, dann wird vielleicht ihr Eltern-Ich reagieren: «Wann hast du eigentlich zum letztenmal die Garage saubergemacht?» Oder ihr Kindheits-Ich treibt sie in die Stadt, wo sie mit beiden Händen das Geld ausgibt. Diese Transaktion ist ein Beispiel dafür, daß trotz der Beteiligung von Eltern-Ich und Kindheits-Ich das Ergebnis erfreulich und förderlich für eine gute Ehe sein kann, *wenn* das Erwachsenen-Ich die führende Rolle spielt.

Das Erwachsenen-Ich kann entscheiden, wie es auf komplementäre Weise so auf einen Reiz reagieren will, daß sowohl die Zweierbeziehung als auch die zwei Menschen innerhalb dieser Beziehung geschützt werden. Dazu sind manchmal sehr schnelle (intuitive) Gedanken- und Gefühlsoperationen nötig.

Ort und Handlung: Eine Cocktailparty. Die Transaktion wird von einem Mann begonnen, der (Kindheits-Ich) eine Frau in den Hintern kneift. Sie erwidert (Erwachsenen-Ich): «Meine Mutter hat mir immer gesagt, ich soll auch die andere Backe hinhalten.» Warum sehen wir in dieser Reaktion das Erwachsenen-Ich am Werke?

Die Gekniffene hätte mit ihrem Eltern-Ich reagieren und den Mann vielleicht sogar ohrfeigen können: «Sie Ferkel, Sie unverschämtes!»

Hätte sie mit ihrem Kindheits-Ich reagiert, dann hätte sie geweint, wäre verlegen geworden, ärgerlich, verkrampft oder verführerisch.

Ihre Reaktion war jedoch insofern vom Erwachsenen-Ich bestimmt, als sie damit eine Menge Information übermittelte.

1. Ich hatte eine Mutter, *die mir immer gesagt hat* – also seien Sie vorsichtig!

2. *Die andere Backe hinhalten* – ich weiß Bescheid in der Bibel, Sie sehen also, daß ich nicht zu jener Sorte Mädchen gehöre.

3. Das witzige Wortspiel sagte ihm: «Mein Kindheits-Ich amüsiert sich, und du bist O. K., und ich kann Spaß vertragen.»

4. Die Transaktion ist beendet!

Der Mensch, der aus solchen Transaktionen stets unversehrt und siegreich hervorgeht, tut das nicht zufällig. Er hat ein sehr schnell funktionierendes Erwachsenen-Ich. So praktisch das in gesellschaftlichen Situationen wie der eben beschriebenen sein mag, so ist es dort doch nicht so entscheidend wie zu Hause. Von einer Cocktailparty kann man weggehen. Von zu Hause wegzugehen, ist etwas ganz anderes.

Es stellt sich die Frage: Wie kann das Erwachsenen-Ich besser und schneller funktionieren? Wenn jemand an das Tor zum Leben klopft, wer wird zuerst dort sein – das Eltern-Ich, das Erwachsenen-Ich oder das Kindheits-Ich?

Wie man im Erwachsenen-Ich bleibt

Das Erwachsenen-Ich entwickelt sich später als Eltern-Ich und Kindheits-Ich und scheint das ganze Leben hindurch Schwierigkeiten zu haben, den Vorsprung einzuholen. Eltern-Ich und Kindheits-Ich haben Hauptleitungen besetzt, die direkt geschaltet sind und automatisch auf Anrufe (Reize) reagieren. Der erste Schritt zur Stärkung des Erwachsenen-Ichs ist daher erhöhte Wachsamkeit gegenüber Signalen aus dem Eltern-Ich und Kindheits-Ich. Erregte Gefühle sind ein Hinweis dafür, daß das Kindheits-Ich angesprochen wurde. Das eigene Kindheits-Ich zu kennen und aufmerksam gegenüber den eigenen NICHT O. K.-Gefühlen zu sein, ist die erste Voraussetzung für die Datenverarbeitung im Erwachsenen-Ich. Die klare Erkenntnis: «Das ist mein NICHT O. K.-Kindheits-Ich» läßt es nicht zu, daß sich meine emotionale Aufwallung in unkontrollierte Handlungen umsetzt. Es dauert einen Augenblick, bis diese Daten verarbeitet sind. Bis zehn zählen ist eine nützliche Methode, die automatische Reaktion einen Moment zurückzuhalten, damit das Erwachsenen-Ich die Kontrolle über die Transaktion gewinnen kann. «Wenn du im Zweifel bist, dann laß es» ist eine gute Übung zur Einschränkung archaischer oder destruktiver Reaktionen des Kindheits-Ichs. Aristoteles sagte, wahre Macht zeige sich in der

Beschränkung. Die Stärke des Erwachsenen-Ichs zeigt sich ebenfalls zuerst in der Beschränkung – in der Beschränkung der automatischen, archaischen Reaktionen von Eltern-Ich und Kindheits-Ich. Damit gewinnt man Zeit, bis das Erwachsenen-Ich die richtigen, die angemessenen Reaktionen ausgerechnet hat.

Signale aus unserem Eltern-Ich können ebenso überwacht werden. Es ist nützlich, dem Computer gewisse Fragen des Erwachsenen-Ichs an die Daten des Eltern-Ichs einzuprogrammieren: Ist das wahr? Trifft es zu? Ist es angemessen? Woher habe ich die Vorstellung? Was sind die Beweise?

Je mehr man über den Inhalt von Eltern-Ich und Kindheits-Ich weiß, um so leichter kann man Eltern-Ich und Kindheits-Ich vom Erwachsenen-Ich trennen. Das ist genau der Vorgang, der für die Entwicklung des Erwachsenen-Ichs nötig ist. Je aufmerksamer man dem eigenen Eltern-Ich und Kindheits-Ich gegenübersteht, um so selbständiger, stärker und leistungsfähiger wird unser Erwachsenen-Ich.

Man kann eine beachtliche Fertigkeit beim Aufspüren unseres Eltern- und Kindheits-Ichs erwerben, wenn man sich im «Abhören» unseres inneren Dialogs übt. Das ist relativ einfach, weil von außen keine Reaktionen gefordert werden und man Zeit hat, die Daten zu untersuchen. Wenn man sich schlecht, kaputt, niedergeschlagen, deprimiert fühlt, kann man fragen: «Warum schlägt mein Eltern-Ich auf mein Kindheits-Ich ein?» Innere Anklagereden sind weit verbreitet. Bertrand Russell schrieb über Alfred North Whitehead: «Wie andere Menschen, die äußerst diszipliniert leben, war er ein Opfer quälender Selbstgespräche, und wenn er glaubte, allein zu sein, murmelte er Selbstschmähungen wegen seiner angeblichen Unzulänglichkeit vor sich hin.»*

Wenn jemand sagen kann: «Das ist mein Eltern-Ich» oder «Das ist mein Kindheits-Ich», dann sagt er dies mit seinem Erwachsenen-Ich, auf das er eben durch die innere Beweisaufnahme und Zeugenvernehmung umgeschaltet hat. In einer Streß-Situation kann man augenblicklich Erleichterung verspüren, wenn man sich ganz einfach fragt: «Was reagiert jetzt?»

Wenn man ein Gespür bekommt für das eigene Kindheits-Ich, wird man auch sensibler für das Kindheits-Ich in anderen. Niemand liebt den Menschen, den er fürchtet. Wir fürchten in anderen ihr

* Russell: ‹*Autobiographie*›, a. a. O.

Eltern-Ich. Ihr Kindheits-Ich können wir lieben. In einer schwierigen Transaktion hilft es oft, im anderen den kleinen Jungen oder das kleine Mädchen zu *sehen* und mit diesem kleinen Jungen oder Mädchen nicht herablassend, sondern liebevoll und beschützend zu reden. Im Zweifelsfall soll man streicheln. Wer auf das Kindheits-Ich eines anderen reagiert, fürchtet dessen Eltern-Ich nicht.

Ein Beispiel für das «Reden mit dem kleinen Jungen» gibt Adele Rogers St. Johns in ihrem Buch ‹*Tell No Man*›, in dem Hank Gavin sagt:

«Ich – ich sah plötzlich *durch* das, was sie jetzt war, hindurch. Das ist mir schon ein paarmal bei wichtigen Verhandlungen mit Männern, mit Firmenchefs passiert – ich bekam eine Vorstellung von ihnen, als würde ich *durch* sie *hindurch*sehen – und manchmal zeigte sich da ein seltsamer, sehnsuchtsvoller, verwegener Bursche – wie das Kind, das er einst gewesen war, als er mit einer Dose voll Würmern zum Angeln ging. Das mag weit hergeholt klingen, aber es ist ein paarmal passiert, und – und ich habe *diesen* Burschen angesprochen, und ich hatte Erfolg.»*

Dieser Bursche war das Kindheits-Ich.

Eine andere Möglichkeit zur Stärkung des Erwachsenen-Ichs liegt darin, sich die Zeit zu nehmen und einige große Entscheidungen über Grundfragen zu treffen, wodurch viele kleinere Entscheidungen überflüssig werden. Diese großen Entscheidungen können immer wieder überprüft werden, doch die Zeit, die man braucht, um sie zu treffen, muß nicht auf jeden Vorfall verschwendet werden, in dem Grundwerte eine Rolle spielen. Sie sind ein sicheres moralisches Fundament all die unzähligen kleinen Alltagsprobleme, bei denen man sich fragt: Was soll ich tun?

Diese großen Entscheidungen erfordern bewußte Anstrengung. Mitten in einem Orkan kann man niemandem Navigation beibringen. Ebensowenig läßt sich ein Wertsystem aufbauen in dem Bruchteil einer Sekunde zwischen Wutgeschrei des Sohnes: «Michael hat mir ins Gesicht gehauen» und der eigenen Erwiderung darauf. Man kann keine konstruktive Transaktion unter Führung des Erwachsenen-Ichs durchführen, wenn Grundwerte und Prioritäten nicht zuvor überdacht worden sind.

Wer ein Segelboot besitzt, wird sich anstrengen, ein guter Navigator zu werden, weil er informiert ist über die Konsequenzen, mit

* A. Rogers St. Johns: ‹*Tell No Man*› (New York: Doubleday, 1966).

denen ein schlechter rechnen muß. Er wartet nicht erst den nächsten Sturm ab, um herauszufinden, wie das Funkgerät funktioniert.

Wer verheiratet ist, wird sich anstrengen, ein guter Partner zu werden, weil er gelernt hat, womit ein schlechter rechnen muß. Er arbeitet ein Wertsystem aus, das seiner Ehe zugrunde liegt und sich als nützlich erweist, sobald Schwierigkeiten auftreten. Dann ist das Erwachsenen-Ich darauf vorbereitet, bei Transaktionen die Führung zu übernehmen mit einer Frage wie: «Was ist hier wichtig?»

Das Erwachsenen-Ich kann in seiner Funktion als Wahrscheinlichkeitsberechner ein Wertsystem ausarbeiten, das sowohl auf die Zweierbeziehung in der Ehe als auch auf alle anderen zwischenmenschlichen Beziehungen zutrifft. Anders als das Kindheits-Ich kann das Erwachsenen-Ich Konsequenzen vorher abschätzen und Befriedigungen hinausschieben. Es kann neue Werte festsetzen, die auf einer gründlicheren Untersuchung der historischen, philosophischen und religiösen Wertvorstellungen beruhen. Im Gegensatz zum Eltern-Ich geht es dem Erwachsenen-Ich um die Erhaltung des Individuums statt um die Erhaltung der Institution. Das Erwachsenen-Ich kann sich bewußt zu der Haltung bekennen, daß es wichtig ist zu lieben. Das Erwachsenen-Ich kann in dem Gedanken: «Geben ist seliger denn Nehmen» mehr sehen als einen elterlichen Auftrag.

Mit der «erwachsenen» Art des Gebens hat sich Erich Fromm auseinandergesetzt:

«Das meistverbreitete Mißverständnis ist die Annahme, daß Geben soviel bedeutet wie etwas ‹Aufgeben›, auf etwas verzichten, opfern. Menschen, deren Hauptorientierung nichtproduktiv ist, empfinden Geben als eine Verarmung ... nur weil es schmerzlich ist zu geben, *soll* man (Eltern-Ich) geben; der Wert des Gebens liegt für sie in der Annahme des Opfers ...

Für den Produktiven (Erwachsenen-Ich) hat Geben eine völlig andere Bedeutung. Geben ist der höchste Ausdruck der Potenz. Im Akt des Gebens erlebe ich meine Stärke, meinen Reichtum, meine Macht. Dieses Erlebnis erhöhter Vitalität und Potenz erfüllt mich mit Freude. Ich erfahre mich selbst als überströmend, verschwendend, lebendig, damit als glücklich. Geben ist glücklicher als Nehmen, nicht weil es eine Entbehrung ist, sondern weil im Akt des Gebens der Ausdruck meiner Lebendigkeit liegt (o. k.).»*

* E. Fromm: ‹*Die Kunst des Liebens*› (Berlin, Ullstein 1970, Ullstein-Bücher Nr. 258).

Diese Art des Gebens kann eine Lebensweise sein, die man sich bewußt gewählt hat. Und diese Wahl kann allen Entscheidungen zugrunde liegen, bei denen das Erwachsenen-Ich fragt: Was ist hier wichtig? Bin ich liebevoll? Wenn solche Wertentscheidungen einmal getroffen sind, kann man die Frage: «Wo hast du den Dosenöffner versteckt?» konstruktiv abfangen und mit der tagtäglichen Stärkung der Lebensanschauung ICH BIN O. K. – DU BIST O. K. fortfahren.

Insgesamt gibt es folgende Methoden zum Aufbau eines starken Erwachsenen-Ichs:

1. Lerne dein Kindheits-Ich erkennen, seine verwundbaren Stellen, seine Ängste, die häufigsten Formen, in denen es seine Gefühle ausdrückt.

2. Lerne dein Eltern-Ich erkennen, seine Gebote und Verbote, seine unverrückbaren Grundsätze und seine wichtigsten Möglichkeiten, diese Gebote, Verbote und Grundsätze auszudrücken.

3. Sei aufgeschlossen für das Kindheits-Ich in anderen Menschen, sprich zu ihm, streichle es, beschütze es und erkenne sein Verlangen nach kreativem Ausdruck ebenso an wie die Last des NICHT-O. K., das es mit sich herumträgt.

4. Zähle bis zehn, wenn nötig, um dem Erwachsenen-Ich Zeit zur Verarbeitung der Daten zu geben, die in den Computer kommen, damit es Eltern-Ich und Kindheits-Ich von der Realität trennen kann.

5. Wenn du im Zweifel bist, dann laß es. Man kann dich nicht wegen einer Sache angreifen, die du nicht gesagt hast.

6. Erarbeite ein Wertsystem. Ohne ethisches Fundament kannst du keine Entscheidungen treffen. Wie das Erwachsenen-Ich ein Wertsystem ausarbeitet, wird detailliert im zwölften Kapitel untersucht.

6. Worin wir uns unterscheiden

Die Werkzeuge des Geistes werden zu Ballast,
wenn die Umgebung, die sie notwendig gemacht hat,
nicht mehr existiert.

Henri Bergson

Alle Menschen sind insofern gleich strukturiert, als sie alle ein Eltern-Ich, ein Erwachsenen-Ich und ein Kindheits-Ich haben.

In zwei Dingen sind sie aber untereinander verschieden: das eine ist der Inhalt von Eltern-Ich, Erwachsenen-Ich und Kindheits-Ich, der bei jedem Menschen einzigartig ist, weil er aus Aufzeichnungen einzigartiger, unvergleichlicher Erlebnisse besteht. Das andere ist die Arbeitseinteilung, das Zusammenspiel von Eltern-Ich, Erwachsenen-Ich und Kindheits-Ich.

In diesem Kapitel sollen nun die Unterschiede im Zusammenspiel der Ich-Funktionen untersucht werden. Es gibt zwei Funktionsprobleme: die Trübung und den Ausschluß.*

Trübung

In einer Einführungsstunde sprach ich zu einem sechzehnjährigen Mädchen über die drei Ich-Zustände. Das Mädchen war in sich zurückgezogen, verschlossen, hatte die Schule frühzeitig verlassen und war mir der Fürsorge zugewiesen worden, kurzum: sie war eine von den Schlechtweggekommenen. Am Ende der Stunde fragte ich Sie: «Können Sie mir sagen, was das Eltern-Ich, das Kindheits-Ich und das Erwachsenen-Ich jetzt für Sie bedeutet?»

Nach einer langen Pause sagte sie: «Das bedeutet, daß wir alle aus drei Teilen zusammengesetzt sind, und die halten wir besser auseinander, sonst kriegen wir Ärger.»

Wenn wir «Ärger kriegen», weil sie nicht auseinandergehalten sind, dann handelt es sich um die *Trübung des Erwachsenen-Ichs*.

* Berne: ‹*Transactional Analysis in Psychotherapy*›, a. a. O.

Im Idealfall (Abb. 30) sind die El-Er-K-Kreise voneinander getrennt. Bei vielen Menschen überschneiden sie sich jedoch. Die Überschneidung a auf der Abbildung ist die Trübung des Erwachsenen-Ichs durch liegengebliebene, ungeprüfte Daten aus dem Eltern-Ich, die als wahr objektiviert worden sind. Hierbei handelt es sich um *Vorurteile*. Auf diese Weise werden Dogmen wie: «Weiße Haut ist

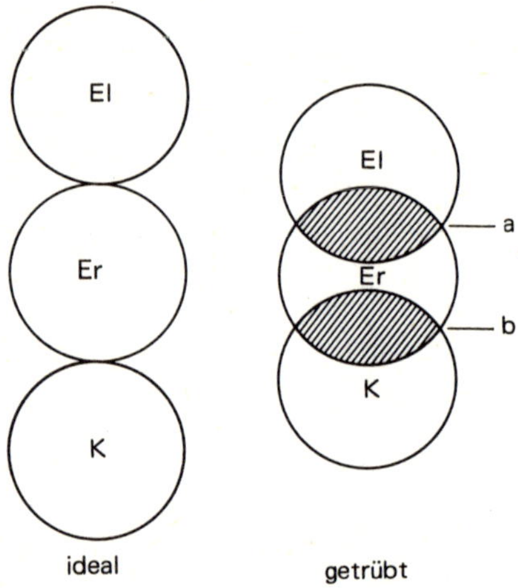

Abb. 30 Trübung a Vorurteil
b Einbildungen

besser als schwarze», «Rechtshänder sind geschickter als Linkshänder» und «Bullen sind böse» bei Transaktionen auf der Basis von Vorurteilen objektiviert, bevor sie durch Informationen über die Realität (Erwachsenen-Ich) kontrolliert werden können. Vorurteile entwickeln sich in der frühen Kindheit, wenn die beschützenden Eltern die nähere Untersuchung bestimmter Gegenstände unterbinden. Aus Furcht vor elterlichem Tadel wagt das Kind nicht, diese Untersuchungen dennoch anzustellen.

Wir alle wissen, wie schwierig es ist, mit einem voreingenommenen Menschen zu diskutieren. Bei manchen Menschen kann man mit einem logischen oder sonstwie beweiskräftigen Argument durchdringen und die Trübung ein wenig aufklären, ob es sich dabei nun um Rassenfragen, Linkshändigkeit oder irgendein anderes Thema handelt, dem gegenüber der Gesprächspartner voreingenommen ist, spielt keine Rolle. Doch das Eltern-Ich in diesen Menschen hat einen Teil ihres Erwachsenen-Ichs fest im Griff, und sie umgeben ihren voreingenommenen Standpunkt mit allen möglichen und unmöglichen Argumenten, nur um bei ihrer Einstellung bleiben zu können. So unlogisch ihre Haltung auch sein mag: die Sturheit ihrer Ansichten bringt ihnen einen Vorteil – *Sicherheit.* Wie im zweiten Kapitel gezeigt wurde, ist es für ein kleines Kind sicherer, einer Lüge zu glauben als den eigenen Augen und Ohren. Deshalb läßt sich ein Vorurteil nicht durch eine sachliche Erörterung (Erwachsenen-Ich) über den Gegenstand des Vorurteils ausräumen. Man kann Vorurteile nur abbauen, wenn man deutlich werden läßt, daß es jetzt nicht mehr gefährlich ist, anderer Meinung zu sein als die Eltern, und wenn man das Eltern-Ich durch Informationen über die heutige Wirklichkeit «auf Stand bringt». Bei der Behandlung geht es also darum, Eltern-Ich und Erwachsenen-Ich zu trennen und die Grenze zwischen beiden (wieder) herzustellen.

Die Überschneidung b auf Abbildung 30 ist die Trübung des Erwachsenen-Ichs durch das Kindheits-Ich mit Gefühlen oder archaischen Erlebnissen, die – vollkommen unangemessen – in der Gegenwart objektiviert werden. Die beiden häufigsten Symptome dieser Art der Trübung sind *Einbildungen* und *Halluzinationen.* Eine wahrhafte Einbildung beruht auf Furcht. Ein Patient, der mir erklärte: «Die Welt ist schrecklich», beschrieb damit, wie die Welt ihm als kleinem Kind erschien. Ein Mensch, der als Kind in ständiger Furcht vor der Brutalität zorniger, unberechenbarer Eltern lebte, kann als Erwachsener unter Streß von der gleichen Furcht so überwältigt werden, daß er sich «logische», scheinbar beweiskräftige Informationen fabriziert. Er mag wähnen, daß der Hausierer, der die Straße entlangkommt, wirklich kommt, um ihn zu töten. Wenn man ihm die Tatsache vor Augen stellt, daß es sich nur um einen Hausierer handelt, kann dieser Mensch seine Furcht durch eine Behauptung untermauern wie: «Ich hab ihn doch sofort erkannt. Das ist er! Er wird von der Polizei gesucht. Ich habe sein Foto auf dem Plakat im Postamt gesehen. Deshalb ist er jetzt hinter mir her.» Wie im Falle der Vorurteile kann dieser Wahn nicht durch eine einfache Feststellung der Wahrheit zerstreut werden, daß es sich nämlich tatsächlich um einen Hausierer handelt. Der Wahn kann sich nur lichten, wenn man klarlegt, daß die ursprüngliche Bedrohung des Kindheits-Ichs real nicht mehr besteht. Erst wenn das Erwachsenen-Ich von der Trübung befreit ist, kann es Wirklichkeitsdaten verarbeiten.

Halluzinationen entstehen ebenfalls durch die Trübung des Erwachsenen-Ichs durch das Kindheits-Ich. Eine Halluzination ist ein Phänomen, das durch äußersten Streß hervorgerufen wird und bei dem eine frühere äußere Erfahrung – Erniedrigung, Zurückweisung, Tadel – wieder äußerlich erlebt wird, obwohl «keiner da ist». Ein aufgezeichnetes Erlebnis «tritt wie wirklich ein», und der Mensch «hört» Stimmen, die in einer vergangenen Realität existierten. Wenn er gefragt wird, was die Stimmen sagen, nennt er – und das ist typisch – Worte des Tadels, der Bedrohung oder der Gewalt. Je abstruser die Halluzinationen sind, desto abstruser war für ihn als Kind das Leben. Bizarre Halluzinationen sind nicht schwer zu verstehen, wenn wir bedenken, welchen Mißhandlungen – ob mit Worten oder mit Tätlichkeiten – manche Kinder ausgesetzt sind.

Ausschluß

Neben der Trübung gibt es eine andere Funktionsstörung, die erklärt, worin wir uns unterscheiden: den *Ausschluß*.

«Ausschluß zeigt sich in einer stereotypen, voraussehbaren Haltung, die angesichts jeder bedrohlichen Situation so lange wie möglich unverändert beibehalten wird. Das konstante Eltern-Ich, das konstante Erwachsenen-Ich und das konstante Kindheits-Ich entstehen alle primär aus dem defensiven Ausschluß der beiden Komplementär-Aspekte in jeden Fall.»*

In einer solchen Situation kann ein Ausschließendes Eltern-Ich das Kindheits-Ich «blockieren» oder ein Ausschließendes Kindheits-Ich das Eltern-Ich.

Der Mensch, der nicht spielen kann

Typisch für die Trübung des Erwachsenen-Ichs durch das Eltern-Ich bei gleichzeitiger Blockade des Kindheits-Ichs (Abb. 31) ist der von seinem Pflichtbewußtsein beherrschte Mann, der immer Überstunden macht, stets an das Geschäft denkt und gereizt reagiert, wenn

* Berne: ‹*Transactional Analysis in Psychotherapy*›, a. a. O.

seine Familie einen Ski-Ausflug oder ein Picknick im Grünen plant. Es ist, als wäre er irgendwann in seiner Kindheit von ernsten, strengen, pflichtbewußten Eltern so rücksichtslos zusammengestaucht worden, daß er die einzig sichere weitere Lebensmöglichkeit darin sah, sein Kindheits-Ich völlig auszuschalten, es zu blockieren. Durch Erfahrung hatte er gelernt, daß es immer Ärger gab, wenn er seinem Kindheits-Ich freien Lauf ließ: «Geh in dein Zimmer», «Kinder soll

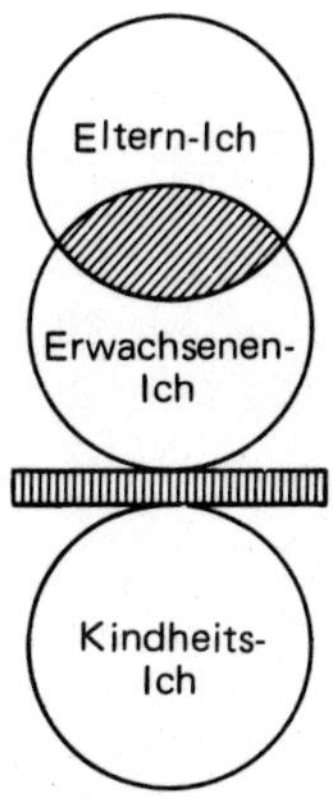

Abb. 31 Eltern-Ich-getrübtes Erwachsenen-Ich
mit blockiertem Kindheits-Ich

man sehen, nicht hören», «Wie oft muß ich dir noch sagen ...», *«Werde endlich erwachsen!»* Wenn dieser kleine Mensch zudem für völlige Anpassung, Fleiß, Anstrengung, Unterwürfigkeit und prompte Befehlserfüllung belohnt wurde, dann mußten ihm die absolute Anpassung an das Eltern-Ich und die totale Blockierung kindlicher Impulse als der Pfad der Tugend erscheinen.

Im Kindheits-Ich eines Menschen dieser Art ist wenig Glück registriert. Wahrscheinlich wird er nie sein glückliches Kindheits-Ich zeigen können, weil er sehr wenig davon hat. Man kann ihm jedoch zu der Erkenntnis verhelfen, daß seine Einstellung nicht fair ist gegenüber seiner Familie und seinen Kindern und daß seine Ehe tatsächlich scheitern könnte, wenn er weiter versucht, das Kindheits-Ich seiner Frau und seiner Kinder zu blockieren. Wenn er sein Erwachsenen-Ich zielbewußt anstrengt, kann er mit seiner Familie eine Reise machen, auf seine Überstunden verzichten, die Geschichten seiner Kinder liebevoll anhören (eine Fähigkeit des Erwachsenen-Ichs) und an deren Leben teilnehmen. Sein Erwachsenen-Ich kann ihm das Ziel setzen, liebevoll zu sein und sein Familienleben zu erhalten. Er wird weder die Art seines Eltern-Ichs ändern noch ein glückliches Kindheits-Ich schaffen können, das nicht in ihm ist. Doch er kann Einsicht gewinnen, die es ihm ermöglicht, ein befriedigendes Leben in der Gegenwart aufzubauen.

Der Mensch ohne Gewissen

Ein ernsteres Problem vor allem für die Gesellschaft stellt die Trübung des Erwachsenen-Ichs durch das Kindheits-Ich dar bei gleichzeitiger Blockade des Eltern-Ichs (Abb. 32). Dazu kommt es bei einem Menschen, dessen Eltern (oder deren Vertreter) so brutal und bedrohlich oder, im anderen Extrem, so sinnlos nachgiebig waren, daß er sie «aussperren» oder blockieren mußte, um überleben zu können. Das ist typisch für den Psychopathen, den Menschen, der irgendwann früh in seinem Leben die erste Grundanschauung: ICH BIN NICHT O. K. – DU BIST O. K. aufgibt und eine neue annimmt, nämlich ICH BIN O. K. – DU BIST NICHT O. K. Dieser kleine Mensch folgert richtig, daß seine Eltern tatsächlich NICHT O. K. sind. Sie sind in einem solchen Maße NICHT O. K., daß er sie völlig ausschließt. Im Extremfall tut er das durch Mord. Sonst schließt er sie zumindest psychisch aus, so daß er in gewissem Sinne keine Eltern und damit auch kein Eltern-Ich hat. Er schließt das quälende Eltern-Ich aus, doch damit schließt er auch das wenige «Gute» aus, das im Eltern-Ich ist. Ein solcher Mensch hat für seine gegenwärtigen Transaktionen keinerlei Aufzeichnungen zur Verfügung, die Daten über alles vermitteln, was mit sozialer Kontrolle zu tun hat, mit angemessenem «Man darf» und «Man darf nicht», mit gesellschaftlichen Normen oder mit dem, was in *einem* Sinne unser Gewissen ist. Sein Verhalten wird vom Kindheits-Ich bestimmt, das mit Hilfe des von ihm getrübten Erwachsenen-Ichs andere Menschen seinen eigenen Zwecken entsprechend manipuliert. Sein Erwachsenen-Ich kann Konsequenzen im voraus berechnen, doch ihn interessiert daran vor allem, ob er erwischt wird oder nicht. Der Gedanke an andere spielt in diesen Berechnungen so gut wie gar keine Rolle. Obwohl es Ausnahmen geben mag, besagt die allgemeine Regel, daß wir nicht lernen zu lieben, wenn wir nie geliebt worden sind. Wenn die ersten fünf Lebensjahre nur aus Kampf um leibliches und seelisches Überleben bestehen, dann wird dieser Kampf sehr wahrscheinlich das ganze Leben hindurch währen. Ob ein Mensch ein Eltern-Ich hat oder nicht, läßt sich unter anderem daran erkennen, ob er die Gefühle der Scham, Reue, Verlegenheit oder Schuld kennt. Diese Gefühle existieren im Kindheits-Ich und kommen zur Geltung, wenn das Eltern-Ich «das Kindheits-Ich schlägt». Wenn diese

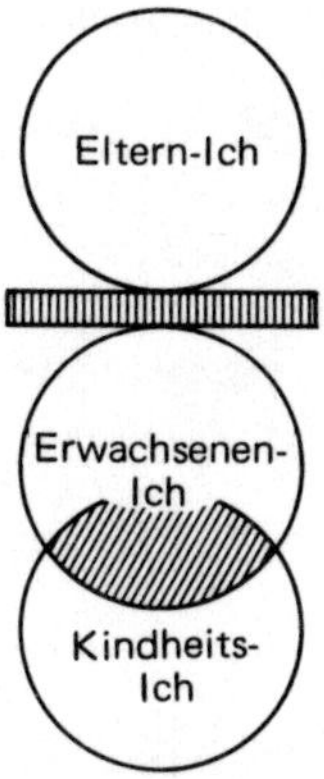

Abb. 32 Kindheits-Ich-getrübtes Erwachsenen-Ich mit blockiertem Eltern-Ich

Gefühle nicht existieren, ist sehr wahrscheinlich das Eltern-Ich blokkiert. Wird ein Mann verhaftet, weil er Kinder belästigt hat, und zeigt keinerlei Gefühle der Reue oder Schuld – außer dem Bedauern darüber, daß er erwischt worden ist –, so läßt sich mit großer Wahrscheinlichkeit annehmen, daß er kein funktionierendes Eltern-Ich hat. Das ist von prognostischer Bedeutung für die Rehabilitation. Die Behandlung eines solchen Menschen ist schwierig. Man kann nicht ein Eltern-Ich wecken, wo keines existiert. Eine Reihe entsprechender Experimente wurde mit Affen durchgeführt, die statt mit ihren wirklichen Müttern mit Attrappen aus Draht und Plüsch großwurden. Im Säuglingsalter entwickelten die kleinen Affen eine starke Zuneigung zu diesen Plüschmüttern. Im Reifealter war jedoch ihre eigene Fähigkeit zur Fortpflanzung und zur Aufzucht ihrer eigenen Jungen minimal.* Es fehlte ihnen die Erfahrung der Mutterschaft, von der man häufig glaubt, sie sei instinktbedingt. Mutterschaft war im Eltern-Ich nicht aufgezeichnet, also konnte auch nichts wiedergegeben werden.

Die Prognose für einen Menschen mit blockiertem Eltern-Ich ist nicht ganz so schlecht, weil er im Gegensatz zum Affen einen Computer mit zwölf Milliarden Zellen hat, der die Realität einschätzen und auch dann Antworten konstruieren kann, wenn früher keine aufgezeichnet worden sind. Ein krimineller Psychopath *kann* sein (El)-Er-K so weit verstehen, daß sein Erwachsenen-Ich bei seinen künftigen Unternehmungen den vorgezeichneten Teufelskreis aus Verbrechen, Verhaftung und Verurteilung durchbrechen kann. Auch wenn kein funktionierendes Eltern-Ich sein Erwachsenen-Ich stärkt, kann das Erwachsenen-Ich doch so gefestigt werden, daß es ihn durch ein erfolgreiches Leben führt, indem er den Respekt und vielleicht sogar die Wertschätzung anderer gewinnt. Diese Möglichkeit muß der Ausgangspunkt für Rehabilitationsbemühungen bei Strafgefangenen sein.

Das ausgeschaltete Erwachsenen-Ich

Der Mensch mit einem blockierten Erwachsenen-Ich (Abb. 33) ist psychotisch. Sein Erwachsenen-Ich funktioniert nicht, und daher hat er keinen Kontakt mit der Realität. Sein Eltern-Ich und Kindheits-Ich äußern sich direkt, häufig in einem wirren Durcheinander archaischer Daten, einer verworrenen Wiedergabe von Früherfahrungen, die heute sinnlos sind, weil sie bereits bei ihrer Aufzeichnung keinen Sinn ergaben. Das ließ sich bei einer Anstaltspatientin beobachten, die Choräle der Zeltmission sang (Eltern-Ich) und dazwischen immer wieder Obszönitäten von sich gab, die im Zusammenhang mit Körperfunktionen standen (Kindheits-Ich). Das Ganze war bizarr, schien jedoch einen alten Konflikt zwischen Eltern-Ich und Kindheits-Ich, zwischen gut und schlecht, erlaubt und verboten, Erlösung und Verdammung wiederzugeben. Der Inhalt dieser verbalen Äußerungen enthüllte rasch sehr viel über ihr Eltern-Ich und Kindheits-Ich. Die Tatsache, daß ihr Erwachsenen-Ich nicht mehr vorhanden war, sprach für die Schwere des Konflikts. «Der Kampf

* H. F. Harlow: *‹The Heterosexual Affectional System in Monkeys›*. In: *American Psychologist* 17 (1962), S. 1–9.

ist zu schwer – ich geb's auf.» Das bedeutet nicht, daß ihre Kapitulation irgendwie trostreich gewesen wäre. Sie war den gleichen bedrohlichen Gefühlen ausgesetzt, die sie als Kind erlebt hatte.

Der erste Schritt bei der Behandlung eines psychotischen Patienten ist die Reduzierung dieser Angstgefühle. Für die Gesundung des Patienten ist ausschlaggebend, daß er von der ersten Begegnung mit dem Therapeuten an dessen Grundanschauung ICH BIN O. K. – DU BIST O. K. nachdrücklich zu spüren bekommt. 1963 berichtete mein Mitarbeiter Gordon Haiberg über die Wirkung dieser Einstellung

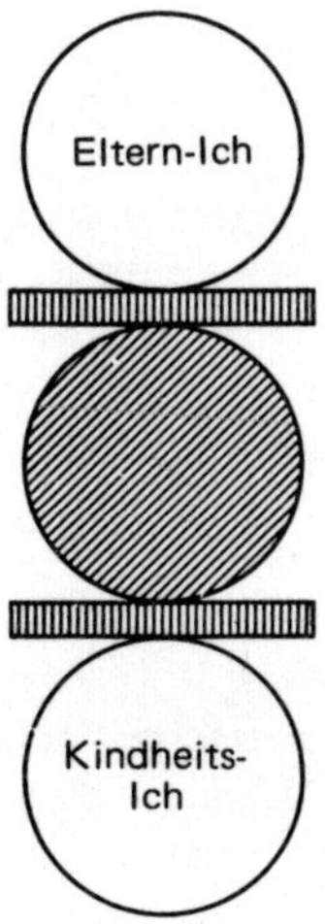

Abb. 33 Das blockierte oder außer Dienst gestellte Erwachsenen-Ich (Psychose)

auf psychotische Patienten, die er im Landeskrankenhaus von Stockton behandelte:

«Die Therapie beginnt mit dem ersten Blickwechsel zwischen Therapeut und Patienten, wenn der Therapeut mit der Grundeinstellung ICH BIN O. K. – DU BIST O. K. eintritt. Psychotiker sehnen sich nach einer sinnvolleren Beziehung zu anderen Menschen ... Wenn diese im allgemeinen sehr wahrnehmungsfähigen Kranken sich einem Menschen gegenübersehen, der die Anschauung: ICH BIN O. K.

– DU BIST O. K. ausstrahlt, dann ist das für sie eine neue und faszinierende Erfahrung. Das Erwachsenen-Ich reagiert auf diese menschliche Einstellung und beginnt zu fragen: ‹Warum sind Sie draußen, und ich bin hier drin?› Die Frage wird nicht sofort beantwortet, sondern zum intuitiv richtigen Zeitpunkt, nachdem der Therapeut das destruktivste Manöver oder Spiel des Patienten darlegen konnte. Der Patient wird dabei einfach und direkt informiert, zum Beispiel: ‹Sie erschrecken andere zu Tode ...› Es wird ihm freimütig erklärt, daß er O. K. ist, daß er wichtig ist wegen seiner Einzigartigkeit als menschliches Wesen, und er fängt an, Hoffnung zu schöpfen. Wenn das Erwachsenen-Ich damit beginnen kann, Daten zu verarbeiten, zuzuhören, zu lernen und bei Entscheidungen zu helfen, arbeiten die angeborenen regenerativen Kräfte ebenfalls wieder, und der Heilungsprozeß beginnt.»*

Meinen ständigen Anstaltsgruppen, die immer zwischen zehn und zwanzig Patienten umfassen, gehören häufig auch psychotische Patienten an. Im Rahmen einer Gruppe, in der grundsätzlich die Abmachung gilt: ICH BIN O. K. – DU BIST O. K., fühlt sich der psychotische Patient unterstützt, gestreichelt und ermutigt, und der Boden für die Rückkehr des Erwachsenen-Ichs ist vorbereitet.

In einer Anstaltsgruppe stand eine Frau während der Sitzung wiederholt auf, um ihren Rock glattzustreichen und ihn über die Knie nach unten zu ziehen. Obwohl diese Handlung nicht unbemerkt bleiben konnte, ging niemand darauf ein, niemand sah sie geringschätzig an. Die Gruppe diskutierte einfach weiter. Die Sitzung begann mit dreißig Minuten Unterricht in El-Er-K, gefolgt von einer Diskussion. Hinterher sagte der Nachbar der Frau zu ihr: «Wissen Sie, ich habe mitgezählt, Sie sind neunzehnmal aufgestanden, um Ihren Rock glattzustreichen.»

Einigermaßen überrascht und erfreut über die Entdeckung sagte sie: «Wirklich?»

Sie konnte diese «erwachsene» Antwort geben, ohne eine Drohung zu befürchten. Wenn das Erwachsenen-Ich in Erscheinung tritt, und sei es zunächst auch nur schwach, dann beginnt sich der Kontakt mit der Realität wieder einzustellen, und nun kann auch El-Er-K gelernt werden, das weitere Entdeckungen des Patienten über sein eigenes Verhalten ermöglicht.

* G. Haiberg: ‹*Transactional Analysis with State Hospital Psychotics*›. In: *Transactional Analysis Bulletin*, Bd. 2, Nr. 8 (Oktober 1963).

In Verbindung mit der Gruppentherapie werden Medikamente verabreicht, die helfen, die Stimmung zu heben und extreme Erregung zu beruhigen. In Fällen schwerer Depression wird die Elektroschock-Behandlung angewandt. Die Wirkung einer Schockbehandlung ist sehr auffällig. Nach zwei oder drei Schocks wird der Patient fröhlich, entspannt und bereit zu reden. Die Behandlung bringt vorübergehend die quälenden, archaischen Aufzeichnungen zum Verschwinden und macht die Wiedereinsetzung des Erwachsenen-Ichs möglich. Wenn das Erwachsenen-Ich erneut funktioniert, kann der Patient anfangen, El-Er-K zu lernen und zu verstehen, woher die archaischen Gefühle kommen und wie er sie selbst ausschalten kann.

Periodisches Blockieren bei der manisch-depressiven Persönlichkeit

Ein Mensch mit einem konstanten Eltern-Ich, einem konstanten Kindheits-Ich oder einem konstanten Erwachsenen-Ich, welche jeweils die beiden anderen Teile der Persönlichkeit ausschließen, reagiert auf äußere Ereignisse ziemlich gleichbleibend und vorhersehbar. Auch seine Stimmung bleibt konstant.

Die meisten von uns erleben Stimmungswechsel, wenn ein Teil unseres El-Er-K nach dem anderen unser Denken und Verhalten beeinflußt. An manchen Tagen fühlen wir uns o. k., an anderen nicht. Wenn wir uns Mühe geben, können wir im allgemeinen den Grund für unser «Hoch» oder «Tief» entdecken. Manchmal sind die Ursachen schwer definierbar, oder sie scheinen mit keinem gegenwärtigen besonderen Anlaß in Zusammenhang zu stehen. Bei vielen Menschen verändert sich die Stimmung mit dem Wechsel der Jahreszeiten. Häufig bewirken Festtage Depressionen. Ein Beispiel dafür ist die starke Zunahme von Krankenhauseinlieferungen an Weihnachten. Der Herbstbeginn führt bei manchen zu einer Hochstimmung – die alten Aufzeichnungen vom Schulbeginn laufen ab, und wir «riechen wieder» die erregenden Düfte von Federtaschen, Bohnerwachs und Tafelkreiden. Die gleichen Gerüche können, je nach den Erfahrungen der ersten Schuljahre, bei anderen Menschen Depressionen auslösen. Viele alte Aufzeichnungen bewirken bei ihrer Wiedergabe die «Hochs» und «Tiefs», die wir alle erleben. Obwohl sie schwer zu fassen sind, lassen sich diese Gründe üblicherweise durch einige Nachforschungen von seiten des Erwachsenen-

Ichs herausfinden. Die meisten von uns nehmen die trüben Stimmungen hin und genießen die guten, weil das Erwachsenen-Ich die Kontrolle behält und dafür sorgt, daß unser Verhalten angemessen bleibt.

Es gibt einen Zustand, bei dem diese Stimmungswechsel extrem sind und zu übertriebenem Verhalten führen, das sich der Kontrolle des Erwachsenen-Ichs entzieht. Das Erwachsenen-Ich kann dann weder das Verhalten beherrschen noch die Ursache des Stimmungswechsels entdecken. Diesen Zustand findet man bei der manisch-depressiven Persönlichkeit. Ein Manisch-Depressiver erlebt periodisch starke und unerklärliche Stimmungsveränderungen. In der manischen Phase fühlt er sich euphorisch, überlegen und voller Energie. Er kann gesprächig und aggressiv sein. Es ist, als ginge sein Kindheits-Ich mit ihm durch. In dieser Phase scheint das Eltern-Ich keinen hemmenden Einfluß zu haben, und das Individuum glaubt, nichts falsch machen zu können. Es springt von einer Sache zur andern, beginnt hochgestimmt eine Beschäftigung und gibt sie wieder auf um eines anderen, noch riskanteren Vergnügens willen, als ob es in gewissem Sinne prüfen wollte, wie weit es in seinem Glücksrausch gehen kann. Das Problem liegt darin, daß trotz seines Wohlbefindens sein Erwachsenen-Ich behindert oder mit dem Kindheits-Ich eingetrübt ist und der Mensch sich nicht realistisch verhält. Er kann anderen gegenüber unangenehm werden, und im Extremfall muß man ihn ruhigstellen oder in eine Klinik einweisen. Allmählich beruhigt er sich und erlebt eine anscheinend stabile Phase, die lange anhalten kann. In dieser Zeit beherrscht das Erwachsenen-Ich sein Verhalten, das realistisch und angemessen erscheint.

Dann versinkt er aus Gründen, die ihm nicht bewußt sind, in tiefste Depression. Das O. K. ist ebenso geheimnisvoll verschwunden, wie es aufgetaucht war. Das Leben erscheint leer, seine Energie ist dahin, und sein Eltern-Ich ist mit aufgestautem Tadel und mit den alten Zwängen zurückgekehrt. Wieder ist das Erwachsenen-Ich ohnmächtig und der Mensch verharrt regungslos in seiner Depression.

Der Manisch-Depressive unterscheidet sich von anderen, die ein übliches, alltägliches «Himmelhoch-jauchzend – Zu-Tode-betrübt» erleben, durch die Tatsache, daß diese Stimmungsveränderungen *unerklärlich* erscheinen. Außerdem treten sie periodisch und immer wieder auf.

Um zu verstehen, was in den manisch-depressiven Zyklen vorgeht, muß man sich klar darüber sein, daß sowohl die Allmacht der manischen Phase wie die Ohnmacht der depressiven Phase *Gefühle* sind, die im Kindheits-Ich aufgezeichnet wurden. Bei beiden handelt es sich um Reaktionen auf archaische Aufzeichnungen im Eltern-Ich. In jeder Phase geht es um einen inneren Dialog zwischen Eltern-Ich und Kindheits-Ich. Im depressiven Stadium schlägt das Eltern-Ich auf das Kindheits-Ich ein, und im manischen Stadium spendet das Eltern-Ich Beifall.

Wie bei jeder Analyse von Gefühlen ist zu fragen: Was war die ursprüngliche Transaktion? Bei der manisch-depressiven Persönlichkeit findet man häufig ein starkes, wenn nicht übermächtiges Eltern-Ich, das widersprüchliche Gebote und Verbote enthält, die sehr früh – nach Piagets Beobachtungen wahrscheinlich in den ersten zwei Lebensjahren – aufgezeichnet wurden, als das Erwachsenen-Ich in dem kleinen Menschen zum erstenmal ein System von Ursache und Wirkung zu erarbeiten versuchte. Wenn sich in dieser kritischen Zeit unüberwindliche Unvereinbarkeiten und Widersprüche vor dem Kind auftürmen, kann es resignieren, sein Intellekt bildet dann keine Kausalitätsstruktur. («Es hat ja doch keinen Sinn, egal, wie ich es betrachte.») Und statt dessen begreift ein solches Kind das, was ihm geschieht, als eine Angelegenheit der *Zeit* und nicht als eine Beziehung von Objekten und Ereignissen. Der Manisch-Depressive kann, genau wie in seiner Kindheit, nicht sagen, was sein Hoch oder sein Tief herbeigeführt hat. Seine Stimmung ist jetzt so wenig vorhersehbar wie damals, weil die strafenden und lobenden Eltern nicht vorauszusehen waren. Freida Fromm-Reichmann stellte fest, daß ein Mensch, der zwischen Überschwang und Mißmut hin und her pendelt, in der Regel sehr widersprüchlich erzogen worden ist. Das Erwachsenen-Ich in dem kleinen Menschen konnte sich die periodischen Veränderungen bei seinen Eltern nicht erklären, darum trat es ab mit einem letzten Versuch, so etwas wie eine Lebensanschauung zu umreißen: ICH BIN NICHT O. K., und ICH BIN MIR NICHT KLAR ÜBER DICH. Immerhin begreift das Kind doch ungefähr: die Ereignisse kommen und gehen gewissermaßen wie Ebbe und Flut, «gleich ist es wieder soweit, dann passiert etwas», oder: «Alle guten Dinge sind einmal zu Ende.» So war das damals – so ist das jetzt.

Die Tatsache, daß es manches Gute, ja *sehr* Gute gab, das nun in der manischen Phase erneut abläuft, legt die Vermutung nahe, daß die Eltern (im allgemeinen die Mutter, die in den ersten beiden

Lebensjahren die einflußreichste Person war) in der Tat neben der vernichtenden Abweisung doch auch viel Streicheln und Beifall vergeben haben. Die Reaktion der Mutter auf ihr Kind war wohl primär nicht auf die Handlungen des Kindes bezogen, sondern auf ihre *eigenen* Stimmungswechsel oder aufwühlenden Persönlichkeitsveränderungen.

Man muß sich einmal überlegen, wie schwierig es für einen zweijährigen Jungen ist, zu verstehen, was vorgeht, wenn seine Mutter sich periodisch aus einer Art Mensch in eine andere Art Mensch verwandelt. Für diese Verwandlung kann es eine Reihe von Gründen geben, unter anderem Alkoholismus. Mutter hat getrunken und ist «in Fahrt». Sie drückt und streichelt und kitzelt ihn, bis er schreit. Sie spielt mit ihm Fangen rund um den Tisch. Sie wirft ihn in die Luft. Sie klatscht in die Hände und lacht hysterisch, wenn er die Katze am Schwanz zieht. Bravo! Das Leben ist schön! Dann wird Mutter benebelt, bewußtlos. Stundenlang ist der kleine Junge verlassen. Er ist hungrig. Er ist ganz leer. Sie ist weg. Das Streicheln ist weg. Wie kann er es zurückbekommen? Was ist geschehen? Er weiß es nicht. Später kommt sie zu sich und ist verkatert. Sie kann seinen Anblick nicht ertragen. Sie stößt ihn weg. Er weint und kommt wieder zu ihr. Sie schlägt ihn. Was ist geschehen? Was hat er getan? Es war *so* schön gewesen. Jetzt ist es so schlimm. Er weint sich in den Schlaf. Der Morgen kommt. Mutter ist wieder beschwipst. Los geht's! Gestern abend war es schlimm. Jetzt ist es wieder gut. Und natürlich wird es wieder schlimm werden. Ich weiß nicht warum, aber *mit der Zeit* verändert sich alles. Es ist schrecklich gut (manisch) und schrecklich schlimm (depressiv). *Schrecklich* trifft für beide Stadien zu, weil nach der erlebten Wirklichkeit dieser Wechsel plötzlich, total und *nicht voraussagbar* eintritt.

Auch andere Leiden der Eltern bewirken Veränderungen dieser Art – Drogensucht, religiöse Schwärmerei (übertriebene, ausschließliche, mystische Beschäftigung mit der Religion) oder Psychosen. Zum Beispiel kann die Mutter manisch-depressiv gewesen sein, und zwar nicht als Reaktion auf Alkohol, sondern als Reaktion auf alte Aufzeichnungen, die sie jetzt ihrerseits in ihrem Kind reproduziert. Manisch-depressive Psychosen werden in Familien übertragen, und es ist leicht einzusehen wie. In einer so verwirrenden Umgebung wurde das NICHT-O. K. des Kindes vergrößert. Eine mögliche Rettung sah es darin, die Eltern zu besänftigen: ICH KANN O. K. SEIN, WENN ... Doch das WENN veränderte sich ständig. («Gestern abend hat sie gelacht und mich in den Arm genommen, als ich die Katze am Schwanz herumschleuderte. Heute morgen habe ich es wieder getan, und sie hat mich gehauen.») Diese widersprüchlichen Reaktionen werden im Laufe der Jahre im Kind verstärkt. Der Junge wird schwer bestraft, weil er «schlimme» Worte gebraucht. Doch am Abend hört er, wie sein angetrunkener Vater die Freunde beim Pokerspiel mit Geschichten über die Maulsauereien seines Jungen unterhält, bis er den Kleinen herbeiruft und (entgegen dem vorherigen Verbot) darauf besteht, daß «Onkel Arthur den Witz noch mal hört, den du vorhin erzählt hast».

Die manisch-depressive Persönlichkeit kann also als ein Mensch gesehen werden, dessen keimendes Erwachsenen-Ich in frühen Jahren von der Errichtung eines Systems von Ursache und Wirkung im Loben und Tadeln der Eltern ausgeschlossen wurde. Da in den ersten Jahren Lob und Tadel am häufigsten durch orale Belohnungen oder Versagungen ausgedrückt wurden, sind die Stimmungswechsel des manisch-depressiven Erwachsenen ebenfalls auf das Gefühl: «Das Leben ist Fülle» in der manischen Phase und auf das Gefühl: «Das Leben ist leer» in der depressiven Phase bezogen.

Wie bei der Behandlung aller emotionalen Probleme muß das Erwachsenen-Ich dazu gebracht werden, seine Gefühle zu überprüfen und zu fragen: *Warum?* Die größte Schwierigkeit bei der Behandlung des Manisch-Depressiven liegt darin, daß es das Kind schon frühzeitig aufgegeben hat, nach dem Warum zu fragen, ja, daß es sogar zu dem Entschluß gekommen ist, nie mehr zu fragen. Freida Fromm-Reichmann stellt fest, daß es Manisch-Depressiven mangelt an «der Fähigkeit zum genauen Beobachten, Mangel an Interesse, an rechtzeitiger Einübung und an Talent zum introspektiven Beobachten und Verstehen». Diese klar erkennbaren Mangelsymptome sind Folgen der früh gefällten Entscheidung des Kindes. Die Behandlung besteht darin, das Erwachsenen-Ich (Er) aus seinem Exil zurückzurufen und ihm wieder die Entscheidungsgewalt in Fragen der Kausalität zu übertragen. («Er soll sagen, welche Wirkungen auf welche Ursachen zurückgehen.») Da die Grenze zwischen Erwachsenen-Ich und Kindheits-Ich zerstört ist und der Mensch von Gefühlen überwältigt wird, muß dem Patienten häufig durch beruhigende oder antidepressive Medikamente oder durch Elektroschock-Behandlung geholfen werden. Wenn das Kindheits-Ich einmal beruhigt ist, fängt das Erwachsenen-Ich an zu funktionieren und läßt sich dazu ermuntern, die Gründe für die «unerklärlichen» Stimmungswechsel des Patienten herauszufinden. Am Anfang war das Kind «ihnen» ausgeliefert. Jetzt kann der Mensch zu der Erkenntnis kommen, daß das, *was er tut*, über Lob oder Tadel entscheidet. Was er heute an Lob und Tadel erhält, mag nicht so intensiv sein wie damals in der Kindheit – das Lob bewirkt nicht das manische Hoch, der Tadel nicht das depressive Tief –, aber er ist befreit von der extremen Angst vor dem Nichtvorhersehbaren, die sogar in der manischen Phase gegenwärtig ist.

Der Langweiler

Es gibt einen Typ der «trockenen» Persönlichkeit, die in ihrem Eltern-Ich und in ihrem Kindheits-Ich so flaue Aufzeichnungen hat, daß ihr innerlich der Rohstoff für einen farbigen Charakter fehlt. Klinisch findet sich das am häufigsten bei einem Menschen, der an einer vagen Depression leidet («Glück ist für andere Menschen da») oder einfach vom Leben gelangweilt ist. Seine Eltern waren stumpf, sie äußerten sich kaum je und ließen ein seltsam zwiespältiges Gefühlsleben (Ambivalenz) erkennen. Es gab selten Strafe und selten Belohnung. Als Kind durfte er nie die Wunder und Abenteuer der lockenden Welt da draußen genießen und erleiden, er hatte selten Beziehungen zu anderen Kindern, und obwohl er ein «braver» Junge insofern war, als er keinen besonderen Ärger machte, gehörte er nicht zu den Kindern, die einem auffallen. Sein Erwachsenen-Ich nahm die Wirklichkeit korrekt auf, doch die Wirklichkeit selbst war langweilig. Als Erwachsener kann er ohne weiteres ein emanzipiertes Erwachsenen-Ich haben, das allerdings keinen positiven Wert darin sieht, sich mit anderen Menschen in nähere Beziehungen einzulassen. (Derartige Werte werden im allgemeinen zuerst im Eltern-Ich aufgestellt, wenn sie überhaupt Eltern-Ich-Werte sind.) Seine Persönlichkeit gleicht einer Rechenmaschine. Während sich andere bei einer Party amüsieren, blättert er in der Ecke eine Illustrierte durch und tut das einzige, was er kann – er sichtet Daten. Wenn er sich endlich in Behandlung begibt, stellt er Fragen wie: «Ist das alles?» Obwohl er für die Gesellschaft kein Problem darstellt, ist er sich selbst ein Problem. Er ist beschränkt, und er empfindet sich selbst und das Leben insgesamt als so eng und eingeschränkt, so klein kariert wie damals in seinen ersten Jahren.

In gewissem Sinne trifft hier der Satz des englischen Mathematikers und Philosophen Alfred North Whitehead (1861–1947) zu:

«Moralische Erziehung ist ohne die ständige Vision der Größe unmöglich.» Wenn «Moral» im Sinne eines Wertsystems verstanden wird, und wenn «kein Langweiler sein» oder «für andere Menschen interessant sein» oder «kreativ und produktiv sein» als positive Werte betrachtet werden, dann leuchtet ein, daß ein Mensch, dessen erste Lebenseindrücke langweilig waren, selbst langweilig wird, es sei denn, er fände sich plötzlich in auf- und anregenden Beziehungen zu anderen Menschen.

Natürlich gibt es noch andere Gründe für Langeweile und für Langweiler. Ein kleiner Mensch, der zu Beginn seines Lebens vor Neugier platzt und erlebnishungrig fragt, warum Rauch aufsteigt, warum Regen niederfällt, wer Gott schuf und wer mich, und der ständig beschwichtigende Antworten bekommt, die seine Verwirrung nur steigern und sich später als falsch herausstellen, hört auf, interessiert zu sein, und wird gelangweilt. Sein Computer «macht dicht» gegen weite Interessengebiete, da die Antworten auf seine Fragen ihn nur noch mehr verwirrt haben. Diese Art Langeweile – Blasiertheit – gibt es häufig bei Oberschülern und Studenten, wenn sie sich zu moralischen oder religiösen Fragen äußern sollen. Ihre Langeweile wächst durch die abgedroschenen Antworten, die sie oft bei ihrer Suche nach der Wahrheit erhalten, durch die Beschränkungen, die ihren späteren Erkenntnissen (nachweisbaren, beobachtbaren Daten) aufgezwungen werden, und durch das Gebot, zwischen Wahrheit und Glaube wählen, als schlösse eins das andere aus. Nicht alle Theologen geben oberflächliche Antworten. Doch in vielen religiösen Gemeinschaften gilt das ungeprüfte Dogma immer noch als Regel.

Unterschiede im Inhalt von El-Er-K

Wir haben gesehen, wie sich Menschen in der «Architektur» und in den Funktionsweisen von Eltern-Ich, Erwachsenen-Ich und Kindheits-Ich unterscheiden. Die meisten dieser Unterschiede traten als klinische Leiden in Erscheinung. Wir sind jedoch auch auf «gesunde» Art verschieden. «Gesund» bedeutet hier, daß ein emanzipiertes Erwachsenen-Ich jede Transaktion leitet. D. h.: bei jeder Transaktion entnimmt das Erwachsenen-Ich dem Eltern-Ich, dem Kindheits-Ich und der Wirklichkeit die nötigen Daten und verarbeitet sie zu einer Entscheidung, was jetzt zu tun ist. Je mehr Daten zur Verfügung stehen, desto größer sind die Möglichkeiten der Befriedigung.

Das kleine Kind, zu dessen Früherfahrungen das unbeschränkte Hantieren mit Töpfen und Pfannen gehört, der Umgang mit Matsch und Gänseblümchen, Haustiere, Freunde, Ausflüge zum Bauernhof, Abende mit Geschichtenerzählen, Feste und Feiertage, Spielsachen, Musikhören und offene freundliche Gespräche mit Eltern, die Zeit haben, wird in seinem Eltern-Ich einen wesentlich reichhaltigeren Datenfundus und in seinem Kindheits-Ich sehr viel mehr positive Gefühle haben als der kleine Mensch, der isoliert und in Watte gepackt ist (ein Opfer elterlicher *overprotection*). Der kleine Mensch, der frühzeitig die verschiedenen Möglichkeiten zur Überwindung der NICHT O. K.-Anschauung erprobt, stärkt sein Erwachsenen-Ich und wird zu weiterer Erkundung und Geschicklichkeit ermutigt. Er wird dann ein «helles Kind», und das Lob und Selbstvertrauen, das er so gewinnt, regen ihn an, noch heller zu werden. Daß er der Familie Ansehen verschafft, schmälert nicht die Tatsache, daß er selber an Ansehen gewinnt – es sei denn, die Eltern würden bei diesem Wachstumsprozeß unangemessenen Druck ausüben und Forderungen an ihn stellen, die nicht wirklich in seinem Selbstinteresse liegen. Wenn wir unser eigenes El-Er-K verstehen, verstehen wir allmählich nicht nur, was im Eltern-Ich und Kindheits-Ich vorhanden ist, sondern auch, was fehlt. Wenn die «alte Jungfer» von zwanzig Jahren sich – mit Recht – beklagt: «Ich bin nun mal ein Mauerblümchen – irgendwie finden mich alle fade und langweilig» und wenn sie begreift, daß ihr Eltern-Ich und Kindheits-Ich keine Farbe bringen, weil das Leben für sie langweilig und farblos begann, dann kann sie mit ihrem Erwachsenen-Ich in der Wirklichkeit das entdecken, was nicht langweilig und farblos ist. Das mag eine Zeitlang dauern, und sie wird nicht über Nacht zum Mittelpunkt jeder Party werden, doch man kann ihr zumindest zu der Erkenntnis verhelfen, *daß sie eine Wahl hat.* Wer seine Natur für seine Fehler verantwortlich macht, äußert nicht die Natur seiner Fehler. «So bin ich eben» hilft gar nichts. «Ich kann anders sein» hilft.

7. Wie wir mit der Zeit umgehen

Vor allem wünschen wir uns Zeit;
aber ach, wir gehen übel mit ihr um.

William Penn

Eines der größten wissenschaftlichen Abenteuer unserer Zeit ist die Erforschung des Weltraums. Wir wissen, er ist unendlich groß, aber dieses Wissen genügt uns nicht. Wir wollen den Raum begreifen, definieren und in gewissem Sinne gebrauchen.

Die andere große kosmische Realität ist die Zeit. Wir können Spekulationen anstellen über Anfang und Ende unserer irdischen Existenz. Wir können angesichts des unbegreiflichen Todes auf die Unsterblichkeit vertrauen. Doch genau wie bei unseren Bemühungen um eine Definition des Raumes müssen wir bei unserer Definition der Zeit dort ansetzen, wo wir selbst stehen. Wir wissen nur, daß die durchschnittliche Zeitration eines Menschen siebzig Jahre beträgt. Jeden von uns beschäftigt es, was er mit diesem Vorrat anfangen soll. Am unmittelbarsten interessiert uns, was wir mit den kleineren Zeitabschnitten anfangen sollen, die zum Greifen nahe sind: die nächste Woche, der nächste Tag, die nächste Stunde, diese Stunde.

Wir alle sind mit Disraeli darin einig, daß das «Leben zu kurz ist, um klein zu sein». Doch unsere größte Enttäuschung rührt daher, daß vieles im Leben so jämmerlich klein ist. Vielleicht ist eine Untersuchung über unseren Umgang mit der Zeit noch bedeutungsvoller und sensationeller als die Raumforschung. «Welch ein Unsinn», sagte John Howe, «den Gedanken zu fürchten, man könne sein Leben auf einmal wegwerfen, und doch bedenkenlos Stück für Stück davon zu verschleudern.»

Wie beim Raum geben wir uns nicht damit zufrieden, die Zeit einfach nur als unendlich zu begreifen. Viele Menschen quält die Frage: «Wie komme ich über die nächste Stunde hinweg?» Je mehr die Zeit strukturiert ist, um so weniger stellt sich diese Frage. Sehr beschäftigte Menschen mit vielen äußeren Verpflichtungen haben keine

Zeit übrig. Die «nächste Stunde» ist immer längst verplant. Diese Planung oder Strukturierung wollen die Menschen, und wenn sie das nicht selbst erreichen können, suchen sie sich andere, die für sie die Zeit strukturieren: «Sag mir, was ich tun soll», «Was mache ich als nächstes?», «Was wir brauchen, ist Führung.»

Strukturhunger ist eine Folge des Hungers nach Anerkennung, der aus dem ursprünglichen Streichelhunger entstanden ist. Das kleine Kind hat noch nicht den nötigen Begriff von Zeit, um sie zu strukturieren. Es tut einfach Dinge, die ihm angenehm sind, es lebt ganz dem Augenblick. Wenn das Kind etwas älter wird, lernt es, Vergnügungen zugunsten größerer Belohnung zu verschieben: «Ich könnte jetzt draußen mit Susi in der Pfütze matschen, aber wenn ich noch eine halbe Stunde warte und mein schönes Kleid anbehalte, dann kann ich mit zum Einkaufen gehen.» Das ist grundsätzlich ein Problem der Zeitstrukturierung. Welche Alternative wird mehr Spaß machen? Welche wird sich mehr lohnen? Wenn wir älter werden, steht immer mehr zur Wahl. Doch die NICHT O. K.-Anschauung hindert uns daran, von diesen Wahlmöglichkeiten so unabhängig Gebrauch zu machen, wie wir es zu tun glauben.

Bei unserer Erforschung der zwischenmenschlichen Transaktionen haben wir sechs formale Erlebniskategorien aufgestellt, die sämtliche Transaktionen umfassen. Die sechs Kategorien sind

Rückzug	Aktivitäten	Spiele
Rituale	Zeitvertreib	Intimität

Obwohl *Rückzug* keine Transaktion mit einem anderen Menschen ist, kann er dennoch in gesellschaftlichem Rahmen stattfinden. Ein Mann, der mit einer Gruppe langweiliger Kollegen zu Mittag ißt, die mehr an ihrem eigenen Streicheln interessiert sind als an seinem, kann sich in die Vorstellung von der letzten Nacht zurückziehen, als das Streicheln gut war. Sein Körper sitzt noch am Tisch, aber «er» ist fort. An einem schönen Frühlingstag sind die Klassenzimmer voll mit Körpern, deren «Einwohner» draußen im Freibad sind, mit einer donnernden Rakete in den Weltraum sausen oder daran denken, wie schön es gestern abend auf der Parkbank war – mit ihr! Wann immer sich Menschen auf diese Weise zurückziehen, bleiben sie von jenen getrennt, mit denen sie körperlich zusammen sind. Das ist ziemlich harmlos, wenn es nicht ständig geschieht oder wenn nicht gerade die eigene Frau mit einem spricht.

Ein *Ritual* ist ein gesellschaftlich programmierter Gebrauch der

Zeit, bei dem jeder bereit ist, das gleiche zu tun. Es bietet Sicherheit, es verlangt weder Bindungen noch Verwicklungen mit anderen Menschen, das Ergebnis ist vorhersehbar, und es kann angenehm sein, sofern man mit den anderen übereinstimmt oder das Richtige tut. Es gibt religiöse Rituale, Grußrituale, Cocktailparty-Rituale, Schlafzimmerrituale. Das Ritual ist dazu bestimmt, eine Gruppe von Menschen über die Stunde hinwegzubringen, ohne daß sie einander zu nahe kommen müssen. Sie können, aber sie müssen nicht. Sexuelle Beziehungen sind im Dunkeln weniger peinlich für Menschen, für die körperliche Intimität nichts mit echter persönlicher Intimität zu tun haben. Wenn man eine Cocktailparty gibt, riskiert man weniger eigenes Beteiligtsein als bei einem Abendessen für sechs. Es entsteht kaum Bindung und daher kaum Befriedigung. Ein Ritual kann wie ein Rückzug zwischen uns und die anderen Distanz legen.

Eine *Aktivität* ist nach Berne eine «allgemeine, angenehme, bequeme und nützliche Methode, die Zeit durch ein Vorhaben zu strukturieren, das mit dem Material der äußeren Realität zu tun hat»*. Zu den üblichen Aktivitäten gehört etwa: Geschäftstermine einhalten, Geschirr spülen, ein Haus bauen, ein Buch schreiben, Schnee schippen und für die Prüfung lernen. Solche Aktivitäten können an sich und aus sich heraus höchst befriedigend sein, wenn sie produktiv oder kreativ sind. Sie können auch zu künftiger Befriedigung führen, weil man für eine gute Arbeit gestreichelt wird. Doch solange die Aktivität andauert, besteht kein Bedürfnis nach Nähe zu einem anderen Menschen. Sie kann vorkommen, doch sie muß nicht sein. Manche Menschen benutzen ihre Arbeit, um menschliche Nähe zu vermeiden. Sie arbeiten nächtelang im Büro, statt nach Hause zu gehen, verwenden ihr Leben darauf, eine Million zu verdienen statt Freunde zu gewinnen. Aktivitäten können uns, wie Rückzüge und Rituale, voneinander entfernt halten. *Zeitvertreib* ist eine Möglichkeit, die Zeit zu vertreiben. Eric Berne definiert Zeitvertreib als «. . . eine Unternehmung, bei der die Transaktionen aufrichtig sind. Mit glücklichen oder ausgeglichenen Menschen, deren Fähigkeit zum Vergnügen unbeeinträchtigt ist, kann ein gesellschaftlicher Zeitvertreib um seiner selbst willen stattfinden. Bei anderen, besonders bei Neurotikern, ist es genau, was der Name sagt: eine Möglichkeit, die Zeit zu vertreiben (d. h. strukturieren): bis man die Leute

* Berne: ‹*Transactional Analysis in Psychotherapy*›, a. a. O., S. 85.

besser kennt, bis man diese Stunde hinter sich gebracht hat, und in größerem Maßstab bis zum Schlafengehen, bis zum Ferienbeginn, bis die Schule anfängt, bis es Zeit ist für die Kur, bis irgendeine Art von Gnade, Rettung oder Tod eintritt. Existentiell ist ein Zeitvertreib eine Methode zur Abwehr von Schuld, Verzweiflung oder Intimität, ein Mittel, das von Natur oder Kultur angeboten wird, um die geheime Verzweiflung zu lindern. Positiv ausgedrückt handelt es sich im besten Falle um etwas, was um seiner selbst willen mit Vergnügen aufgegriffen wird, und zumindest dient es zum Kennenlernen in der Hoffnung, die ersehnte Verbindung mit einem anderen Menschen zu finden. Auf jeden Fall macht jeder Teilnehmer davon einen opportunistischen Gebrauch, um zu den primären und sekundären Gewinnen zu kommen, die der Zeitvertreib ihm geben kann.»*

Menschen, die sich nicht nach Belieben einem Zeitvertreib widmen können, sind gesellschaftlich nicht gewandt. Man kann Zeitvertreib als eine Art von gesellschaftlichem Versuchsballon betrachten, mit dem man auf ungefährliche Weise Informationen über neue Bekannte sucht. Berne hat beobachtet, daß «Zeitvertreib die Grundlage für die Auswahl von Bekannten bildet und zu Freundschaft führen kann» und daß er darüber hinaus von Nutzen ist zur «Bestätigung der Rolle und Festigung der eigenen Einstellung».

Berne hat manchem Zeitvertreib, der bei Cocktailparties, Damenkränzchen, Familientreffen und im Vereinsleben anzutreffen ist, hübsche und entwaffnende Namen gegeben: Variationen von «Geplauder» wie etwa «Daimler-Benz» (Vergleich von Autos) und «Wer hat gewonnen» (beides «Männergespräche»); «Lebensmittel», «Küche» und «Garderobe» (alles «Damengespräche»); «Wie macht man das»; «Wieviel kostet das»; «Jemals dagewesen» (an irgendeinem Ort der Sehnsucht); «Kennen Sie» (den Soundso); «Was ist denn aus ... geworden»; «Der Morgen danach» (welch ein Kater!) und «Martini» (ich weiß, wie man's besser macht).**

Im Zeitvertreib kann Eltern-Ich, Erwachsenen-Ich oder Kindheits-Ich beteiligt sein. Ein Zeitvertreib zwischen Erwachsenen-Ich und Erwachsenen-Ich wurde durch die folgende Transaktion eingeleitet:

* Berne: ‹*Transactional Analysis in Psychotherapie*›, a. a. O., S. 98.

** Ebd., S. 99.

Frau Meier: «Wollen Sie damit sagen, daß Sie Ihre Wohnung selber tapezieren?»
Frau Mauer: «Nur wenn es sein muß.»

Das führte zu einer Diskussion über die hohen Handwerkerrechnungen, über die nachlässige Arbeit heutzutage und, und, und ...

Ein Zeitvertreib zwischen Kindheits-Ich und Kindheits-Ich ist das Gespräch über unmögliche Alternativen. Unmögliche Alternativen repräsentieren symbolisch die ausweglose Lage des kleinen Kindes, dem immer gesagt wird: «Wehe, du tust das!» und «Wehe, du tust das nicht!» Dieser Zeitvertreib kann die Angst vor der Ausweglosigkeit lindern, nicht weil das Problem gelöst wird, sondern weil man es an einen anderen weitergibt – «Hier, kümmere *du* dich eine Zeitlang darum!» Die folgenden Fragen wurden einem Gespräch zwischen zwei Fünfjährigen abgelauscht: Würdest du lieber einen Ameisenhügel essen oder einen Eimer voll kochender Arznei leertrinken? Würdest du lieber von einem wilden Stier gejagt oder deine Schuhe den ganzen Tag lang am falschen Fuß tragen? Würdest du lieber auf einem heißen Ofen sitzen oder dich fünfzigmal durch die Waschmaschine drehen lassen? Würdest du dich lieber von tausend Wespen stechen lassen oder im Schweinestall schlafen? *Entscheide dich für eins von beiden!* Du *mußt* dich für eins von beiden entscheiden. Die Versionen der Erwachsenen können etwas verfeinert sein, zum Beispiel: Sind Sie für die Pille oder für den Papst?

Mitunter dient dem Erwachsenen-Ich ein Zeitvertreib über Themen wie das Wetter dazu, eine Beziehung in Gang zu halten, bis etwas Interessantes oder etwas, was zum Streicheln führen kann, auftaucht:

Herr Ahrens: «Es sieht nach Sturm aus.»
Herr Behrens: «Die Wolken sind wirklich schwarz.»
Herr Ahrens: «Das erinnert mich an damals, als ich mit meinem Boot bei Helgoland in schweres Wetter geraten bin ...»
Herr Behrens: «Oh, Sie segeln?»

So nützlich Zeitvertreib in bestimmten gesellschaftlichen Situationen sein mag, so ist doch erwiesen, daß Beziehungen, die nicht darüber hinausgehen, einschlafen oder bestenfalls in stiller Verzweiflung und wachsender Langeweile fortbestehen. Zeitvertreib kann genau wie Rückzug, wie Rituale und Aktivitäten die Menschen voneinander entfernt halten.

Spiele sind so bedeutsame Transaktions-Phänomene, daß Berne ihnen ein ganzes Buch gewidmet hat, den Bestseller ‹*Spiele der Erwachsenen*›. Die meisten Spiele bringen Ärger. Sie zerstören Beziehungen, sie erzeugen Unglück, und in ihrem Verständnis liegt die Antwort auf die Frage: «Warum passiert das immer mir?» Berne erklärt, daß das Wort «Spiel» nicht irreführen soll. Es bedeutet nicht notwendigerweise Spaß oder auch nur Vergnügen. Wer Spiele ganz verstehen will, dem sei sein Buch empfohlen. Doch die folgende kurze Definition genügt für die Zwecke dieser Einführung in die Transaktions-Analyse.

«Ein Spiel besteht aus einer fortlaufenden Folge verdeckter Komplementär-Transaktionen, die zu einem ganz bestimmten, voraussagbaren Ergebnis führen. Es läßt sich auch beschreiben als eine periodisch wiederkehrende Folge sich häufig wiederholender Transaktionen, äußerlich scheinbar plausibel, dabei aber von verborgenen Motiven beherrscht; umgangssprachlich kann man es auch bezeichnen als eine Folge von Einzelaktionen, die mit einer Falle bzw. einem trügerischen Trick verbunden sind. Spiele unterscheiden sich von Verfahren, Ritualen und allen Arten von Zeitvertreib hauptsächlich durch zwei Merkmale: 1. durch die Tatsache, daß sie von verdeckten Motiven beherrscht werden, und 2. durch ihren Nutzeffekt. Verfahren mögen erfolgbringend, Rituale wirkungsvoll und alle Arten von Zeitvertreib nutzbringend sein, aber ihrem Wesen nach sind sie alle offen und ehrlich; sie können mit einem Wettstreit verknüpft sein, aber nicht mit einem Konflikt, und was dabei herauskommt, mag aufsehenerregend sein, aber dramatisch ist es nicht. Andererseits ist jedes ‹Spiel› im Grunde unehrlich, und das Ergebnis ist nicht nur erregend, sondern erfüllt von echter Dramatik.»*

Wie im dritten Kapitel erklärt wurde, haben alle Spiele ihren Ursprung in dem einfachen Kinderspiel «Meins ist besser als deins», das man leicht bei jeder Gruppe von Vierjährigen beobachten kann. Es ist in dem Alter wie später dazu bestimmt, sich für einen flüchtigen Augenblick Erleichterung zu verschaffen von der Bürde der NICHT O. K.-Anschauung. Wie bei den ausgefeilten Spielversionen der Erwachsenen ist es insofern verdeckt, als es die wirklichen Gefühle nicht ausdrückt. Wenn der kleine Mensch sagt: «Meins ist besser als deins», dann empfindet er in Wirklichkeit: «Ich bin nicht

* Berne: ‹*Spiele der Erwachsenen*›, a. a. O., S. 57.

so gut wie du.» Das ist offensive Defensive – Vorwärtsverteidigung! –, Schutz, weil es das innere Gleichgewicht zu erhalten trachtet. Es hat außerdem, wie die Spiele der großen Leute, seinen Nutzwert. Wenn «Meins ist besser als deins» weit genug getrieben wird, endet das Spiel mit einem kräftigen Stoß, mit einer Ohrfeige oder mit irgendwelchen vernichtenden Beweisen für: «Gar nichts: *meins* ist besser!» Damit wird der kleine Mensch wieder auf seinen Platz verwiesen, das ICH-BIN-NICHT-O. K. wurde wieder einmal bestätigt, und in der Erhaltung dieser festgelegten Position liegt eine gewisse jämmerliche Sicherheit.

Das ist die Substanz aller Spiele. Sie sind eine Art des Umgangs mit der Zeit für Menschen, die die Streichel-Entbehrung des Rückzugs nicht ertragen können, deren NICHT O. K.-Anschauung jedoch die innigste Form der Verbundenheit, die Intimität, unmöglich macht. Obwohl sie Elend bringen, bringen sie doch etwas. Wie ein Komiker sagte: «Besser, man hat Mundgeruch als überhaupt keinen Atem.» Besser, man wird beim Foulspiel verletzt, als daß man überhaupt keine Beziehung hat. «Das Wachsen des Kindes übersteht eher die Hitze des Zorns als die frostige Kälte der Gleichgültigkeit», schrieb Richard Galdston über mißhandelte Kinder.*

So bieten Spiele allen Mitspielern einen Nutzen. Sie schützen den inneren Zusammenhalt der Lebensanschauung, ohne sie entlarvend bloßzustellen.

Um die Natur von Spielen noch deutlicher zu machen, wollen wir hier die Züge eines Spiels von «Warum nicht – Ja, aber» aufzeichnen. Die Spieler sind Lilo, eine junge berufstätige Frau, und ihre Freundin Lola. (Dieses Spiel wird häufig in Situationen gespielt, in denen der eine Hilfe sucht und der andere helfen will: in der Sprechstunde des Pfarrers, in der Praxis des Psychiaters oder am Kaffeetisch einer unglücklichen Freundin.)

LILO: «Ich bin ein richtiges Mauerblümchen, fade und langweilig, niemand will mit mir ausgehen.»

LOLA: «Warum gehst du nicht zum Friseur und läßt dir eine andere Frisur machen?»

LILO: «Ja, aber das kostet zuviel Geld.»

* R. Galdston, M. D.: ‹*Observations of Children Who Have Been Physically Abused and Their Parents*›. In: *American Journal of Psychiatry*, Bd. 122, Nr. 4 (Oktober 1965).

LOLA: «Na gut, aber warum kaufst du dir nicht eine Illustrierte mit ein paar Anregungen für Frisuren zum Selbermachen?»

LILO: «Ja, aber das habe ich versucht – mein Haar ist zu dünn. Es hält einfach nicht. Wenn ich einen Knoten trage, sieht es wenigstens ordentlich aus.»

LOLA: «Wie wäre es, wenn du Make-up benutzen würdest, um deine Züge zu unterstreichen.»

LILO: «Ja, aber meine Haut reagiert allergisch auf Make-up. Ich habe es versucht, und meine Haut wurde ganz rauh und pickelig.»

LOLA: «Heute gibt es viele gute Make-ups für empfindliche Haut. Warum gehst du nicht einmal zu einem Hautarzt?»

LILO: «Ja, aber ich weiß, was er sagen wird. Er wird sagen, daß ich mich nicht richtig ernähre. Ich weiß, ich nasche zuviel, und was ich esse, ist nicht richtig zusammengestellt. So ist es, wenn man allein lebt. Ach, was soll's, Schönheit ist ja auch nur eine Sache der Oberfläche.»

LOLA: «Da hast du recht. Vielleicht wäre es ganz gut, wenn du ein paar Volkshochschulkurse belegen würdest. Vielleicht Kunst oder Zeitgeschichte. Man wird dadurch ein besserer Gesprächspartner.»

LILO: «Ja, aber sie sind alle abends. Und nach der Arbeit bin ich fix und fertig.»

LOLA: «Dann machst du es eben mit Fernstudium.»

LILO: «Ja, aber ich habe noch nicht einmal Zeit, nach Hause zu schreiben. Wie soll ich da Zeit haben für ein Fernstudium?»

LOLA: «Du würdest die Zeit schon finden, wenn es dir wichtig genug wäre.»

LILO: «Ja, aber du hast leicht reden. Du bist voller Energie. Ich bin immer müde.»

LOLA: «Warum gehst du nicht früher ins Bett. Kein Wunder, daß du müde bist, wenn du jede Nacht aufbleibst und das Spätprogramm im Fernsehen anschaust.»

LILO: «Ja, aber *etwas* muß ich doch haben. Wenn man so ist wie ich, dann bleibt einem sonst nichts!»

Hier hat die Diskussion den Kreis geschlossen. Lilo hat systematisch jeden Vorschlag ihrer Freundin verworfen. Sie beginnt mit der Klage, daß sie fade und langweilig ist, und kommt dann nach dem «Kreuzverhör» zu dem – natürlich völlig unbewiesenen – Urteil: «Ich bin fade und langweilig, weil ich halt so bin.»

Ihre Freundin gibt sich schließlich geschlagen und kommt vielleicht irgendwann nicht mehr zu Besuch, wodurch sie Lilos NICHT-O. K. noch unterstreicht. Das «beweist» Lilo, daß es wirklich keine Hoffnung für sie gibt – sie kann sich noch nicht einmal die Freundin erhalten, die sie hat, und das rechtfertigt, daß sie sich in ein neues Spiel vertieft, «Ist es nicht schrecklich». Der Nutzen für Lilo besteht darin, daß sie sich für ihre eigene Person überhaupt nicht anstrengen muß, weil sie wiederholt «bewiesen» hat, daß man nichts tun kann.

«Warum nicht – Ja, aber ...» kann nach Berne von einer beliebigen Anzahl Mitspieler gespielt werden:

«Der agierende Urheber stellt ein Problem zur Diskussion. Die anderen Mitspieler präsentieren verschiedene Lösungsversuche, von denen jeder mit den Worten beginnt: ‹Warum nicht ...?› Auf jede dieser Fragen hat Weiß einen Einwand: ‹Ja, aber ...› Ein guter Spieler ist in der Lage, die Vorschläge der anderen mit seinen Einwänden auf unbegrenzte Zeit hinaus zu parieren; schließlich geben alle das Spiel auf, und Weiß gewinnt. [...]

Da die Lösungsvorschläge, abgesehen von wenigen Ausnahmen, alle verworfen werden, muß das Spiel ganz offenbar einem verdeckten Zweck dienen. ‹WANJA› wird also nicht aus dem äußerlich vorgeschobenen Grund (das Erwachsenen-Ich bittet um Informationen und Lösungsvorschläge) gespielt, sondern um das Kindheits-Ich zu ermutigen und zu befriedigen. Die im Gespräch gewechselten Worte mögen so klingen, als spielte sich das Ganze auf der Ebene des Erwachsenen-Ichs ab, aber zwischen den Sätzen kann man deutlich heraushören, daß Frau Weiß sich mit ihrem Kindheits-Ich präsentiert, das einer bestimmten Situation nicht gewachsen ist; daraufhin schalten die anderen auf ihr lebenskluges Eltern-Ich um und sind eifrig bestrebt, mit ihrer Lebenserfahrung dem Kindheits-Ich von Frau Weiß zu helfen. Das ist genau, was Frau Weiß will, da es ihr Ziel ist, alle diese Eltern-Ichs zu widerlegen.»*

(Das ist eine spätere Version von «Meins ist besser als deins», welche die wirkliche Überzeugung «Du bist besser als ich» leugnet.) Am Ende des Spiels sind alle, die Ratschläge gegeben haben, entmutigt, weil sie Frau Weiß nicht helfen konnten, und Frau Weiß hat bewiesen, daß ihr Problem wirklich unlösbar ist. Jetzt darf sich ihr Kindheits-Ich einem neuen Spiel zuwenden, «Ist es nicht schrecklich». So

* Berne: ‹*Spiele der Erwachsenen*›, a. a. O., S. 152 f.

ist es, und so bin ich (und deshalb muß ich überhaupt nichts tun, denn wie wir gerade gesehen haben, läßt sich gar nichts tun).

Berne beschreibt in *‹Spiele der Erwachsenen›* rund drei Dutzend Spiele. Seine Spieltitel sind der Alltagssprache entnommen, und die meisten legen mit semantischer Präzision den Finger auf das Hauptmerkmal des Spiels, zum Beispiel: «Ist es nicht schrecklich», «Wenn du nicht wärst», «Wer hat gewonnen», «Jetzt hab ich dich endlich, du Schweinehund!» Weil die Titel umgangssprachlich sind, reizen sie häufig zum Lachen. Doch Spiele sind nicht komisch. Sie sind Schutzmaßnahmen, mit denen das Individuum mehr oder weniger heftige Schmerzen eindämmen will, die seiner NICHT O. K.-Anschauung entquellen. Die Popularität von Bernes Spielbuch hat dazu geführt, daß es in vielen intellektuellen Kreisen einen neuen Zeitvertreib gibt: das Spiele-Benennen. Die Theorie der Verhaltensspiele kann ein nützliches therapeutisches Instrument sein, wenn sie zusammen mit einem zuvor erarbeiteten Verständnis von El-Er-K angewandt wird. Doch ohne diese Einsicht in den ganzen Zusammenhang können die Spiele-Theorie und besonders das Spiele-Benennen einfach neue, modische Formen für Feindseligkeiten sein. Menschen mit gründlichem Verständnis für El-Er-K können aus einer wissenschaftlichen Diskussion über Spiele immerhin den Nutzen ziehen, die gewonnenen Erkenntnisse auf sich selbst zu übertragen. Doch von einem anderen für ein Spiel «benannt» zu werden, ohne daß Einsicht oder wirkliche Anteilnahme eine Rolle spielen, führt meist zu Ärger. Nach langer Erfahrung auf diesem Gebiet, glaube ich fest daran, daß die Spiel-Analyse stets der Struktur- und Transaktions-Analyse untergeordnet sein muß. Zu wissen, wie das Spiel heißt, das man spielt, bedeutet noch lange nicht, daß man gelernt hätte, über seinen Schatten zu springen. Es besteht die Gefahr, daß man jemanden die schützende Tarnkappe herunterreißt, ohne ihm vorher dabei zu helfen, seine Grundanschauung – und die Kindheitssituation, in der sie aufgebaut wurde – zu verstehen, die ihn zu diesen Tarnmaßnahmen seine Zuflucht nehmen ließ. Man kann das auch so ausdrücken: Wenn man nur eine Stunde Zeit hätte, um jemandem zu helfen, würde man sich dafür entscheiden, die Bedeutung von El-Er-K und die Formen der Transaktion darzulegen. Ich glaube, daß diese Methode bei einer Kurzbehandlung mehr Chancen zur Änderung eröffnet als die Spielanalyse.

Zusammenfassend können wir Spiele als Methoden zur Zeitstrukturierung begreifen, die wie der Rückzug, wie Rituale, Aktivitäten und alle Arten von Zeitvertreib, Menschen voneinander getrennt halten. Wie können wir dann mit der Zeit so umgehen, daß sie uns nicht voneinander entfernt? George Sarton* kam zu folgendem Ergebnis: «Ich glaube, man kann die Menschen in zwei große Gruppen einteilen: die einen verzehren sich in dem unstillbaren Verlangen nach Einheit, die anderen nicht. Zwischen beiden tut sich ein Abgrund auf – die nach Einheit dürsten, haben es schwer, die anderen sind zufrieden.»

Jahrtausendelang wurde die menschliche Existenz vorwiegend durch Rückzug strukturiert. Skepsis gegenüber dieser Behauptung könnte vielleicht am besten durch den Hinweis auf das böseste aller Spiele widerlegt werden, den Krieg, der im Laufe der Geschichte ständig wiederkehrt. Die meisten Menschen haben dieses Verhalten ohnmächtig als naturgegeben akzeptiert, als den unvermeidlichen Lauf der Dinge, als chronische Wechselfieberanfälle der Geschichte. In einer Resignation dieser Art lag ein gewisser Friede. Doch die wirklich «Mühseligen und Beladenen» der Geschichte waren, wie Sarton sagt, jene, die sich weigerten, die Unvermeidlichkeit des Getrenntseins hinzunehmen, und die von einem unstillbaren Verlangen nach Einheit verzehrt wurden. Der entscheidende Antrieb zum Philosophieren war stets der Impuls zu verbinden. Die Hoffnung ist immer dagewesen, doch hat sie nicht die tief verwurzelte Furcht davor besiegt, dem anderen nahe zu sein, sich in ihm zu verlieren, sich für die letzte unserer strukturierenden Wahlmöglichkeiten zu entscheiden: für Intimität.

Intimität zwischen zwei Menschen kann unabhängig von den fünf anderen Möglichkeiten der Zeitstrukturierung bestehen: unabhängig und neben Rückzug, Zeitvertreib, Aktivitäten, Ritualen und Spielen. Sie beruht darauf, daß beide Menschen von der Grundanschauung ICH BIN O. K. – DU BIST O. K. getragen werden. Sie ruht im wörtlichen Sinne in einer annehmenden Liebe, wo Tarnung und defensive Zeitstrukturierung unnötig sind. Anteilgeben und Anteilnehmen sind eher spontane Äußerungen der Freude als Reaktionen auf gesellschaftlich programmierte Rituale. Intimität ist eine spielfreie Beziehung, weil es darin keine verdeckten Ziele gibt. Intimität wird möglich in einer Situation, wo keine Furcht die Fülle der Wahrnehmung behindert, wo Schönheit getrennt von Nützlichkeit gese-

* George Alfred Leon Sarton, 1884–1956, amerikanischer Gelehrter belgischer Herkunft. Professor in Harvard für Wissenschaftsgeschichte.

hen werden kann, wo Besitzgier durch die Realität des Besitzes unnötig wird.

Eine solche intime Beziehung wird vom Erwachsenen-Ich beider Personen gesteuert, das auch das natürliche Kindheits-Ich zu Wort kommen läßt. In diesem Zusammenhang muß man sich vorstellen, daß das Kindheits-Ich aus zweierlei Wesen besteht: dem natürlichen Kindheits-Ich (kreativ, spontan, neugierig, bewußt, furchtlos) und dem anpassungsfähigen Kindheits-Ich (angepaßt an die ursprünglichen zivilisierenden Forderungen des Eltern-Ichs). Durch die Emanzipation des Erwachsenen-Ichs kann das natürliche Kindheits-Ich noch einmal auftauchen. Das Erwachsenen-Ich kann die Forderungen des Eltern-Ichs als das erkennen, was sie sind – archaisch! Und alsbald darf das natürliche Kindheits-Ich wieder frei hervortreten, ohne Furcht vor dem frühen Zivilisierungsprozeß, der nicht nur sein aggressives antisoziales Verhalten ausgeschaltet, sondern auch seine Fröhlichkeit und Kreativität in Fesseln gelegt hat. Diese Wahrheit macht es frei – frei, um wieder bewußt zu sein, um wieder auf seine Weise zu hören, zu fühlen, zu sehen. Und so kann im Schenken von ein paar Wiesenblumen eher ein spontaner Ausdruck von Liebe und Freude liegen als im teuren Präsent, der berühmten Flasche Parfum zum gesellschaftlich wichtigen Hochzeitstag. Der vergessene Hochzeitstag ist keine Katastrophe für das Ehepaar, das in einer intimen Bindung lebt, häufig aber für jene, deren Beziehung nur auf dem Ritual beruht.

Oft wird die Frage gestellt: Sind Rückzug, Zeitvertreib, Rituale, Aktivitäten und Spiele in einer zwischenmenschlichen Beziehung immer schlecht? Man kann mit Bestimmtheit sagen, daß Spiele fast immer insofern destruktiv sind, als ihre Triebkraft verhüllt ist, und Verheimlichen ist das genaue Gegenteil von Intimität. Die ersten vier sind nicht notwendigerweise destruktiv, es sei denn, sie würden zur vorherrschenden Form der Zeitstrukturierung. Rückzug kann eine entspannte, stärkende Form einsamer Kontemplation sein. Zeitvertreib kann auf angenehme Weise den gesellschaftlichen Motor im Leerlauf schnurren lassen. Rituale können Spaß machen – Geburtstagsfeste, Sitten und Bräuche an traditionellen Feiertagen, den Vater begrüßen, wenn er nach Hause kommt –, weil sie immer wieder vergnügte Augenblicke wiederholen, die erwartet, einkalkuliert und erinnert werden können. Aktivitäten, zu denen auch die Berufsarbeit gehört, sind nicht nur lebensnotwendig, sondern in sich und aus sich heraus lohnend, weil sie Geschicklichkeit, Leistungskraft, Kunstfertigkeit und eine Vielfalt von Fähigkeiten und Talenten zur Geltung bringen. Tritt jedoch in der Beziehung zwischen zwei Menschen Unbehagen auf, sobald diese Formen von Zeitstrukturierung aufhören, dann besteht hier wenig Intimität. Manche Ehepaare verplanen ihre gesamte gemeinsame Zeit für hektische Aktivitäten. Aktivität selbst ist nicht destruktiv, es sei denn, der Drang zu dauerndem Geschäftigsein wird zum Zwang, sich möglichst wenig mit dem anderen zu beschäftigen.

Nun stellt sich die Frage: Wenn wir auf die fünf ersten Möglichkeiten der Zeitstrukturierung verzichten, haben wir dann automatisch Intimität? Oder haben wir dann gar nichts? Es scheint keine einfache Definition für Intimität zu geben, doch es lassen sich die Bedingungen nennen, unter denen sie am besten gedeiht: keine Spiele, Emanzipation des Erwachsenen-Ichs und Festhalten an der Anschauung ICH BIN O. K. – DU BIST O. K. Durch das emanzipierte Erwachsenen-Ich können wir in das große Reich des Wissens über unser Universum und über uns selbst eindringen, können die Tiefen von Philosophie und Religion erforschen, können das Neue wahrnehmen ohne die Brechung durch das Alte, und vielleicht können wir mit der Zeit Antworten finden auf das große Rätsel: «Welchen Sinn hat das alles?»

8. El-Er-K und Ehe

Was wir versprechen, diktieren unsere Hoffnungen,
was wir halten, unsere Ängste.

La Rochefoucauld

Ein Freund erzählte mir folgendes Erlebnis, das er als kleiner Junge hatte: Nach dem Mittagessen verkündete die Mutter den fünf Geschwistern, daß es zum Nachtisch die restlichen selbstgebackenen Plätzchen gebe. Danach holte sie die Keksdose und stellte sie auf den Tisch. Jedes Kind wollte zuerst in die Dose langen, und wie immer war der Kleinste mit seinen vier Jahren als letzter an der Reihe. Als er die Dose endlich hatte, war nur noch ein Keks übrig, von dem ein Stückchen fehlte. Er packte es, warf es in einem Anfall von Verzweiflung heulend auf den Boden und schrie: «Mein Keks ist ganz kaputt!»

Es liegt in der Natur des Kindheits-Ichs, Enttäuschung mit Unglück zu verwechseln, den ganzen Keks kaputt zu machen, nur weil ein Stückchen fehlt oder weil er nicht so groß ist, nicht so rund ist oder nicht soviel Zuckerguß hat wie der Keks eines andern. In dieser Familie lebte die Anekdote weiter als Standardentgegnung auf andauernde Beschwerden: «Was ist los, ist dein Keks kaputt?» Genau das geschieht, wenn eine Ehe zerbricht. In einem oder in beiden Partnern nimmt das Kindheits-Ich überhand, und die ganze Ehe geht zu Bruch, wenn Unvollkommenheiten auftauchen.

Die Ehe ist die komplizierteste aller menschlichen Beziehungen. Wenige Verbindungen können so extreme Emotionen erzeugen oder so rasch vom Gipfel höchster Seligkeit hinabstürzen in den kalten Scheidungsgrund, der seelische Grausamkeit heißt. Wer bedenkt, welche enorme Mitgift an archaischen Daten jeder Partner durch die ständigen «Einzahlungen» seines Eltern-Ichs und seines Kindheits-Ichs mit in die Ehe bringt, der erkennt leicht, wie notwendig ein emanzipiertes Erwachsenen-Ich für jeden ist, damit die Beziehung fruchtbar wird. Doch die durchschnittliche Ehe wird vom

Kindheits-Ich geschlossen. Das Kindheits-Ich versteht unter Liebe etwas, was man fühlt, statt was man tut, und unter Glück etwas, was man sucht, statt ein Nebenprodukt der Arbeit für das Glück eines anderen. Vom Schicksal begünstigt sind die ganz wenigen jungen Partner, deren Eltern-Ich das Vorbild von einer guten Ehe in sich trägt. Viele Menschen haben noch nie eine gesehen. Darum holen sie sich ihre Ersatzvorstellung von einer glücklichen Ehe aus Kitschromanen, in denen der Göttergatte einen Traumjob als Juniorchef in einer großen Werbeagentur hat und jeden Abend mit einem umwerfenden Rosenstrauß heimkommt zu seiner jugendschlanken, strahlenden Frau, die ihn im exklusiven Bungalow mit versiegelten Parkettböden und riesigen Fenstern erwartet, in dem die Kerzen brennen und aus der Stereoanlage Musik zum Verlieben kommt. Wenn die Illusion verfliegt, wenn die Teppiche abgewetzt und von den Schwiegereltern geerbt sind, wenn die Stereoanlage nicht funktioniert, wenn der Mann seine Stellung verliert und aufhört zu sagen «Ich liebe dich», dann kommt das Kindheits-Ich mit seinem Refrain vom «kaputten Keks», und alles endet in Scherben. Die Illusion hat nicht gehalten, das Kindheits-Ich ist beleidigt. Archaische Gefühle des NICHT-O.K. beeinträchtigen das Erwachsenen-Ich jedes Partners, und weil sie sich nirgendwo anders hinwenden können, wenden sie sich gegeneinander.

Man weiß seit langem, daß ein ungefähr gleicher Background und ungefähr gleiche Interessenrichtungen bei beiden Partnern die beste Voraussetzung sind für eine gute Ehe. Doch wenn das Kindheits-Ich die Eheplanung übernimmt, werden wichtige Unterschiede oft ignoriert, und ein Vertrag, der gelten soll, «bis daß der Tod uns scheidet», wird auf so unzulängliche Gleichartigkeiten gegründet wie «wir tanzen beide gern», «wir wollen beide viele Kinder», «wir mögen beide Pferde» oder «wir nehmen beide LSD». Vollkommenheit wird in breiten Schultern, glänzenden Zähnen, üppigen Brüsten, tollen Autos oder anderen recht vergänglichen Wundern gesehen. Manchmal entsteht die Verbindung auf der Basis gemeinsamen Protestes unter der falschen Annahme, daß der Feind meines Feindes mein Freund sein muß. Wie zwei Kinder einander in einem Trotzbündnis trösten, wenn sie auf ihre Mütter wütend sind, so finden sich manche Paare unter dem Motto «Wir gegen die Welt» aus Protest gegen die böswilligen «andern». Sie hassen ihre Familie, sie hassen ihre falschen früheren Freunde, sie hassen das Establishment, oder sie hassen die schalen Institutionen der kapitalistischen Leistungs- und Konsumgesellschaft: Fußball, Fernsehen, Fitness und Arbeit. Sie leben in einer *folie à deux*, beide befangen in demselben Wahn. Doch bald werden sie zum Opfer ihres eigenen Ressentiments, und aus dem Spiel «Es sind immer die andern» wird das Spiel «Immer du!».

Bei der Ehevorbereitung und Eheberatung hat sich die Transaktions-Analyse als höchst hilfreiche Methode zur Feststellung von Ähnlichkeiten und Unterschieden erwiesen. Mit ihrer Hilfe läßt sich ein Persönlichkeitsbild der beiden Verlobten aufstellen, das nicht nur die offenkundigen Ähnlichkeiten oder Unterschiede klarlegt, sondern auch gründlicher untersucht, was Eltern-Ich, Erwachsenen-Ich und Kindheits-Ich jedes Partners enthalten. Verlobte, die sich einer solchen Untersuchung unterziehen, sind bereits in einer günstigen Ausgangsposition, denn sie nehmen ihre Ehe ernst genug, um zu prüfen, bevor sie sich binden. Doch es kommt auch vor, daß einer der Partner mit ernsten Zweifeln an der Richtigkeit der Verbindung sich allein einer solchen Untersuchung stellt. Ein Beispiel dafür ist eine junge Dame aus einer meiner Therapiegruppen. Sie bat mich um eine Einzelstunde, weil sie das Dilemma besprechen wollte, in das sie der Heiratsantrag eines jungen Mannes gebracht hatte, den sie seit kurzem kannte. Ihr Kindheits-Ich fühlte sich ungeheuer von ihm angezogen, und doch kamen andere Daten in ihren Computer, die sie daran zweifeln ließen, ob eine Ehe mit ihm gutgehen würde. Sie hatte die richtige Anwendung von El-Er-K gelernt und bat mich um Hilfe bei der Überprüfung dieser Paarbeziehung. Dazu mußten wir das El-Er-K in beiden jungen Menschen untersuchen.

Zunächst verglichen wir das Eltern-Ich der beiden. Wir stellten fest, daß das Mädchen ein starkes Eltern-Ich hatte, das zahllose Verhaltensregeln und viele «du sollst» und «du mußt» enthielt, darunter auch die Weisung, sich nicht gedankenlos in eine Ehe zu stürzen. Es gab da gewisse Elemente von Selbstgerechtigkeit, etwa: «Menschen von unserer Art sind die besten.» Es fanden sich Vorstellungen wie: «Sage mir, mit wem du umgehst, und ich sage dir, wer du bist», und: «Tue nichts, was unter deinem Niveau ist.» Frühe Aufzeichnungen sprachen von einem wohlgeordneten häuslichen Leben, wo die Mutter den Ton angab, während der Vater schwer und lange im Büro arbeitete. Es gab einen großen Fundus an Wie-man-Material: Wie man Geburtstag feiert, wie man den Weihnachtsbaum schmückt, wie man Kinder erzieht und wie man sich in Gesellschaft benimmt. Ihr Eltern-Ich beeinflußte ihr Leben stark, weil die Eindrücke im großen und ganzen konsequent waren. Obgleich seine Starrheit manchmal beklemmend war und erhebliche nicht o. k.-Gefühle in ihrem Kindheits-Ich hervorrief, war ihr Eltern-Ich dennoch eine höchst einflußreiche Datenquelle bei allen ihren gegenwärtigen Transaktionen.

Danach beschäftigten wir uns mit dem Eltern-Ich des jungen Mannes. Seine Eltern hatten sich scheiden lassen, als er sieben Jahre alt gewesen war. Er wuchs bei seiner Mutter auf, die ihn verwöhnte mit materiellen Besitztümern und ihm sporadische Aufmerksamkeit schenkte. Sie selbst wurde von ihrem Kindheits-Ich beherrscht, war emotional und lebte ihre Gefühle durch wilde Verschwendungssucht aus, dazwischen schmollte sie vorübergehend, zog sich zurück und war voller Ressentiments. Vom Vater kamen überhaupt keine Aufzeichnungen zu Wort außer der Einprägung, daß er ein «falscher Fuffziger wie alle Männer» war. Das Eltern-Ich des jungen Mannes war so zerspalten und gebrochen und widersprüchlich, daß es bei seinen gegenwärtigen Transaktionen keinen kontrollierenden oder modifizierenden Einfluß auf sein impulsives, vom Kindheits-Ich beherrschtes Verhalten ausüben konnte. Das Eltern-Ich seiner Braut und sein eigenes Eltern-Ich hatten nicht nur nichts gemein, das ihre mißbilligte zudem das seine von Grund auf. Es war leicht erkennbar, daß für eine Transaktion zwischen Eltern-Ich und Eltern-Ich über irgendein Thema kaum eine Basis bestand und daß irgendeine Komplementär-Transaktion auf dieser Ebene unmöglich war.

Wir untersuchten dann die Stärke des Erwachsenen-Ichs in beiden und stellten ihre Interessenrichtungen fest. Sie war eine intelligente, gebildete junge Frau mit vielseitigen Interessen. Sie liebte klassische Musik, hatte aber auch Spaß an den neuesten Hits. Sie hatte die Klassiker gelesen, war manuell geschickt und bastelte gern hübsche, einfallsreiche Sachen für die Wohnung. Sie diskutierte mit Vergnügen über philosophische und religiöse Themen, und obwohl sie die religiösen Vorstellungen ihrer Eltern nicht akzeptieren konnte, war sie der Meinung, daß irgendeine Art von «Glaube» wichtig sei. Sie war nachdenklich, neugierig und ein geschickter Gesprächspartner. Sie bedachte die Konsequenzen ihrer Handlungen und fühlte sich für sich selbst verantwortlich. Auf bestimmten Gebieten hatte sie erhebliche Vorurteile, dort war das Erwachsenen-Ich getrübt durch ihr Eltern-Ich: «Jeder alleinstehende Mann über dreißig hat nur das Eine im Sinn», «Eine Frau, die raucht, tut auch noch anderes», «Jeder, der heutzutage sein Studium nicht abschließt, ist faul», «Was kann man von einem geschiedenen Mann schon erwarten?».

Im Gegensatz davon war das Erwachsenen-Ich ihres Freundes von seinem Kindheits-Ich getrübt. Er ließ sich gehen, wie man ihn als kleinen Jungen hatte gehenlassen. Er war ein uninteressierter Schüler gewesen und brach sein Studium nach dem ersten Semester ab, weil «es ihm nichts gab». Er war nicht unintelligent, doch er interessierte sich wenig für die ernsten Themen, die dem Mädchen wichtig waren. Er hielt jede Religion ebenso entschieden für Heuchelei, wie er alle Erwachsenen als Heuchler ansah. Er machte Rechtschreibfehler, was sie besonders störte, und seine einzige Lektüre war die Bildzeitung. «Er gehört zu den Leuten», sagte sie, «die Monteverdi mit Mantovani verwechseln.» Er hatte oberflächliche Vorstellungen von der Politik und hielt die Regierung für schlecht, weil «sie einem die Freiheit nimmt». Er war witzig und amüsant, aber er hatte nicht viel Substanz. Sein primäres Realitätsinteresse gehörte Sportwagen, darüber hatte er umfangreiche Kenntnisse, die er gern zum besten gab. Es zeigte sich klar, daß eine tragende Beziehung von Erwachsenen-Ich zu Erwachsenen-Ich zwischen den beiden von so gut wie nichts unterstützt wurde. Diese Transaktionsebene führte bei ihr zur Enttäuschung und bei ihm zu Langeweile.

Darauf untersuchten wir das Kindheits-Ich beider. Ihr Kindheits-Ich hungerte nach Zuneigung, bemühte sich zu gefallen, war häufig deprimiert und empfindlich gegenüber Anzeichen von Kritik, die in ihr ein starkes Gefühl von NICHT O. K. auslösten. Sie konnte es gar nicht fassen, daß «ein so blendend aussehender Mann» sich in sie verliebt hatte. Sie hatte nicht viele Freunde gehabt und hielt sich für unattraktiv. Sie meinte, sie sehe nach nichts aus, so daß niemand sie nach einem Treffen wiedererkennen würde. Der blonde Adonis hatte sie betört, und sie konnte kaum fassen, wie herrlich es war, geliebt zu werden. Wenn sie mit ihm zusammen war, fühlte sie sich O. K. wie nie zuvor, und das konnte sie nicht ohne weiteres aufgeben.

Sein Kindheits-Ich hingegen war aggressiv, selbstbezogen und manipulativ. Er hatte «immer seinen Kopf durchgesetzt», und das hatte er auch bei ihr vor. Das war ein Teil des Problems, denn ihr Eltern-Ich gestattete ihr nicht, die exotischen Vergnügungen zu genießen, in die er sie einführen wollte. Sein Kindheits-Ich trübte sein Erwachsenen-Ich so stark, und sein Eltern-Ich war so schwach, daß er nicht nur unfähig war, Konsequenzen abzuwägen, sondern die ganze Vorstellung von Konsequenzen für töricht und puritanisch hielt und es wie Scarlett O'Hara in ‹*Vom Winde verweht*› vorzog, «morgen darüber nachzudenken».

Im weiteren Verlauf ihrer Beziehung gab es immer weniger Gesprächsstoff. Auf der Ebene des Eltern-Ichs war nichts, auf der Ebene des Erwachsenen-Ichs war wenig, und was auf der Ebene des Kindheits-Ichs vorhanden war, führte zu ernsten Störungen im Eltern-Ich des Mädchens. Die Beziehung spielte sich schließlich auf ein Eltern-Ich–Kindheits-Ich-Muster ein, wobei *sie* die Rolle des verantwortungsvollen und kritischen Elternteils übernahm und *er* die Rolle des manipulativen, ausprobierenden Kindes, womit er seine ursprüngliche Kindheitssituation reproduzierte.

Diese El-Er-K-Auslotung war etwas ganz anderes als ein Urteilsspruch darüber, wie «gut» oder «schlecht» jeder Partner war. Es handelte sich um die Suche nach objektiven Daten über beide in der Hoffnung, die Art der künftigen Beziehung möglichst zuverlässig vorauszusagen.

Nach intensiver Untersuchung des zutage geförderten Materials beschloß das Mädchen, ihre Beziehung zu dem jungen Mann aufzugeben, die keinem von beiden viel Glück verhieß. Sie kam überdies zu der Einsicht, daß ihr NICHT O. K.-Kindheits-Ich empfänglich war für Annäherungsversuche von Männern, die «weniger waren als sie», weil sie das Gefühl hatte, für einen «richtig netten Mann» nicht gut genug zu sein. Sie stellte nicht nur fest, warum die jetzige Beziehung nicht komplementär war, sondern entdeckte auch, was sie wirklich in einem Mann suchte. Und künftig ging sie nicht von ihrer Grundanschauung ICH BIN NICHT O. K. aus, sondern von ihrer neu gewonnenen Selbstachtung.

Nicht alle Beziehungen sind so klar gegensätzlich wie diese. Sie hatte ein starkes Eltern-Ich und er ein schwaches. Es gibt viele Fälle, in denen beide Partner ein starkes Eltern-Ich haben, allerdings mit unterschiedlichem und häufig gegensätzlichem Inhalt. Unterschiedliche religiöse und kulturelle Aufzeichnungen können zu ernsten Schwierigkeiten führen, wenn jeder Partner sich gezwungen fühlt, an den ungeprüften Anweisungen seines Eltern-Ichs festzuhalten. Manchmal wird dieser Unterschied zu Beginn einer Ehe übertüncht, doch wenn dann Kinder kommen, tritt er um so heftiger wieder hervor. Auch wenn ein Zeuge Jehovas im voraus damit einverstanden ist, daß seine Kinder entsprechend den Wünschen seiner katholischen Braut einmal katholisch erzogen werden, bedeutet das nicht, daß ihm dieser Entschluß später nicht sehr zu schaffen machen kann. Hier geht es um das Gefühl, daß «meine Religion besser ist als deine» und damit «meine Leute besser sind als deine», was bald reduziert wird auf die Formel: «Ich bin besser als du.» Das soll nicht heißen, Schwierigkeiten dieser Art könnten nicht gelöst werden, doch das setzt bei jedem Partner ein emanzipiertes Erwachsenen-Ich voraus, das auf der Basis von ICH BIN O. K. – DU BIST O. K. vorgeht.

Im Idealfall werden diese Unterschiede *vor* der Heirat festgestellt. Doch das geschieht selten. Das junge Paar ist verliebt. Wenn die Verlobten überhaupt irgendeine Art von Eheberatung in Anspruch nehmen, dann verbringen sie meist eine nichtssagende Stunde mit dem Pfarrer und gehen danach ihren Weg, der sie zur Erfüllung des Wunsches nach einer sogenannten glücklichen Ehe bringen soll – von der sie meist nie ein Beispiel gesehen haben.

Welche Möglichkeiten gibt es denn überhaupt für Wiederaufbau oder Rettung einer Ehe, die ohne die Absicherung einer derartigen Analyse geschlossen wurde? Da es nie zwei Menschen gibt, die genau gleich sind, ist der Gedanke vollkommener Vereinbarkeit illusorisch. Vielleicht läßt sich das Problem am besten durch einen Vergleich der Schwierigkeiten darlegen: Es ist schwierig, Unterschiede auszugleichen und Kompromisse zu finden, doch es ist auch schwierig, die Alternative zu betreiben, nämlich die Auflösung der Ehe. Man kann nicht auf der Basis starrer absoluter Forderungen vorgehen wie etwa: «Scheidung ist immer falsch», weil es auch um andere Prinzipien geht, die ebenfalls bedacht werden müssen. Wenn man darauf besteht, daß eine Frau mit einem grausamen und brutalen Mann weiterlebt und niemals mit einem anderen Menschen glücklich wird, dann setzt man die Bedeutung der Menschenwürde herab zugunsten der Strafe: Wie man sich bettet, so liegt man. Wer darauf besteht, daß ein Mann weiterhin eine faule, gehässige Frau ernährt, die jeglichen Anteil am Scheitern ihrer Ehe leugnet, setzt die gleichen Prinzipien der Menschenwürde herab. Das soll nicht heißen, daß wir das Prinzip der Ehe als einer dauerhaften Verbindung nicht mehr aufrechterhalten können. Doch wir dürfen darin keine Ermächtigung sehen, Menschen in einen Käfig zu locken, der sie für immer nicht durch moralische, sondern durch juristische Verpflichtungen gefangenhält. Manchmal überprüfen Menschen erst dann ihre Ehe, wenn die Scheidung sich ankündigt. Dann stellen sich die vergleichbaren Schwierigkeiten heraus, und die armen Leute fangen an zu begreifen, vor welch schwerer Wahl sie stehen.

Eine unglückliche Ehe kann das Leben der lustigen geschiedenen Frau oder des sorglosen Junggesellen tatsächlich großartig erscheinen lassen. Doch eine impulsive Entscheidung für die Scheidung auf der Basis einer ungeprüften Annahme kann zu noch größerer Verzweiflung führen. Daß das Leben der Geschiedenen nicht ganz so lustig ist wie in manchen Witzen, zeigt ein Buch von Morton M. Hunt.* Er beschreibt die vielen Realitäten, die auf eine Scheidung folgen und die von denen bedacht werden müssen, die selbst an eine Scheidung denken, damit sie sich auf der Basis eines Vergleichs der Schwierigkeiten entscheiden können: die Einsamkeit als immer wieder auftretendes Leiden, der Verlust alter Freunde, die nicht «Partei ergreifen» wollen, der Verlust der Kinder, das Elend der Kinder, die finanziellen Auswirkungen, das Gefühl, versagt zu haben, und das ärgerliche Wissen, daß man noch einmal von vorn anfangen muß. Eine «erwachsene» Einschätzung der eigenen Situation muß diese Realitäten berücksichtigen.

Sodann muß die Ehe selbst untersucht werden. Sehr häufig ist nur ein Partner bereit, diese Untersuchung einzuleiten, weil eines der «beliebtesten» Ehespiele «Immer du» heißt. Wenn ein Partner, sagen wir, die Frau, zur Behandlung kommt und El-Er-K lernt, können wir uns darauf konzentrieren, wie sie «das Erwachsenen-Ich ihres Mannes ködern» und ihn daran interessieren kann, ebenfalls diese Sprache zu lernen. Denn nur auf der Basis einer gemeinsamen Sprache kann sich irgend etwas auf der Ebene des Erwachsenen-Ichs entwickeln. Wenn ein Partner die Beteiligung daran verweigert, sind die Chancen für die Rettung der Ehe sehr gering. Doch wenn beide interessiert sind, an ihrer Ehe zu arbeiten, dann gibt El-Er-K ihnen ein Werkzeug, mit dem sie sich von archaischen Anweisungen des Eltern-Ichs und von inzwischen festgefahrenen Spielmustern lösen können.

Wenn sie die Sprache gelernt haben, untersuchen sie wohl mit als erstes die Ehe-Vereinbarung selbst. Die durchschnittliche Ehe-Vereinbarung ist schlecht, ein Halbe-Halbe-Geschäft, bei dem die Betonung auf der Buchhaltung liegt. Erich Fromm nennt diese Art der Ehe-Vereinbarung einen «Handel mit Persönlichkeitspaketen». Ist sie nicht eine gute Partie? Ja, er ist aber auch ein Aktivposten. Was haben sie einander zu bieten? Er bringt eine gehobene Position bei der Industrie- und Handelskammer mit, und sie verkauft sich blendend als Chanel-duftendes und Avon-glänzendes Displaymaterial. Und so werden sie statt Menschen Dinge auf einem Konkurrenz-

* M. Hunt: ‹*The World of the Formerly Married*› (New York: McGraw-Hill, 1966).

markt. Sie müssen die Halbe-Halbe-Sache weiterführen oder sie machen Pleite. Derartige Vereinbarungen trifft das Kindheits-Ich. Das Kindheits-Ich hat eine Vorstellung von Fairness, von halbe-halbe, doch wegen seiner NICHT O. K.-Anschauung kann es ein tiefgründigeres Prinzip nicht begreifen: nämlich das einer unbegrenzten Verpflichtung für einen anderen Menschen, bei der man nicht fünfzig Prozent zurückhält, sondern bereit ist, keine Rechnung aufzumachen und dem Partner ständig alles zu geben in einer Zweckgemeinschaft, die vom Erwachsenen-Ich gegründet wurde.

Das Kindheits-Ich, das ein liebebedürftiges Wesen ist, kann Liebe so nicht sehen. Das Erwachsenen-Ich kann es. Es gibt heute in der Welt eine Verzweiflung als Kalkül, jeder macht die Gleichung mit einer Unbekannten auf, und nur sehr wenige scheinen fähig, die Liebe einzusetzen, sich selbst zu geben. Das ist die Spätfolge des anhaltenden überwältigenden Einflusses der Lebensanschauung ICH BIN NICHT O. K. – DU BIST O. K. im kleinen Kind. Diese Grundanschauung hat in jedem bestanden. Wir dürfen nicht vergessen, wie der kleine Mensch sich früh im Leben von dieser Last zu befreien versucht durch die ursprünglichen Spiele «Meins ist besser» und «Ich habe mehr». Es stimmt, daß eine Halbe-Halbe-Vorstellung aufzutauchen beginnt. Doch das NICHT-O. K. scheint den Gedanken an Fairness früh im Leben niederzuschreien.

Zwei kleine Freundinnen von vier Jahren sollten eine süße Belohnung bekommen. Sie waren beide vor allem daran interessiert, wer das größere Stück kriegen werde, obwohl man sie viele Male darauf aufmerksam gemacht hatte, daß diese Art von Wettbewerb nur Ärger bringe. Die Mutter gab dann jedem Kind eine Rippe Schokolade. Es war auch für die Mädchen offensichtlich, daß die Stücke vollkommen gleich waren. Und doch konnte die eine selbst angesichts dieser Gleichheit den Protest nicht unterdrücken, den sie schon angefangen hatte, und sagte: «Haha – ich habe das gleiche wie du, und du nicht!»

Diese Art vom verstecktem «Eins-Draufgeben» wird vom Kindheits-Ich bei der Halbe-Halbe-Ehe in Reserve gehalten.

Das Paar, das seine Ehe retten will, muß daher in einer gemeinschaftlichen Anstrengung das Erwachsenen-Ich emanzipieren, damit sowohl das NICHT-O. K. im Kindheits-Ich wie der Konfliktstoff im Eltern-Ich eines jeden daraufhin untersucht werden können, wieso diese archaischen Daten weiterhin dominieren und ihre gegenwärtige Beziehung ruinieren.

Einer der häufigsten Liebestöter ist das starre Dogma: «So bin ich eben – versuche nicht, mich zu ändern» und alle Varianten dieses Ausspruches. Wer stur darauf besteht: «Ich bin ein Morgenmuffel», der macht seine Natur für seine Fehler verantwortlich und nicht seine Fehler für seine Natur. Die «Morgenmuffel-Masche» ruiniert bei vielen Familien jeden Morgen. Was der beste Teil des Tages sein könnte, eine schonungsvolle Ouvertüre für die vor einem liegenden Aufgaben, ist statt dessen eine herz-, nerven- und ohrenzerreißende Kakophonie. Die Kinder gehen maulend in die Schule, der Mann hetzt zur Arbeit und sucht nach seinen Tabletten, die Mutter fühlt sich betrogen, weil sie ihr unfreiwilliges Publikum verloren hat. Tatsache ist, daß niemand ein Morgenmuffel oder überhaupt ein Muffel zu sein braucht. Er hat die Wahl, sobald sein Erwachsenen-Ich emanzipiert ist.

In einem alten französischen Lied heißt es: *«... l'amour est l'enfant de la liberté»* («die Liebe ist das Kind der Freiheit»). Die Liebe in der Ehe erfordert die Freiheit des Erwachsenen-Ichs das Eltern-Ich zu untersuchen, es am Heute zu messen, es entweder zu akzeptieren oder zu verwerfen und gleichzeitig die Einstellung des Kindheits-Ichs und seine ärgerlichen Kompensationsversuche – die Spiele – zu überprüfen, die es erfunden hat, um die Last des NICHT-O. K. zu leugnen, zu überwinden oder abzuwerfen.

Ehepaare, die sich in Gruppentherapie begeben, haben dafür die verschiedensten Gründe. Manche haben von der Transaktions-Analyse gehört und kommen, «um etwas Neues zu lernen». Andere suchen eine Antwort auf eine vage, aber ständig leise nagende Frage in der Richtung: «Hat das Leben denn nicht mehr zu bieten?» Manche kommen, weil ihnen ihre Kinder Sorgen machen. Viele kommen, weil ihre Ehe kritisch ist. Unter den Ehepaaren, die ich behandelt habe, waren viele, die als einzige Lösung ihrer Probleme die Scheidung angesehen und darüber auch schon gesprochen hatten. Einige hatten bereits gerichtliche Schritte eingeleitet und waren von ihren Anwälten oder vom Richter zu mir überwiesen worden.

Das Eheleben vieler Paare ist ein komplizierter Dramenzyklus aus Spielen, in dem aufgestauter Groll und giftiger Haß ausgeklügelte, ständig wiederholte Variationen von «Tumult», «Immer du», «Makel», «Genau wie dein Vater» und «Wenn du nicht wärst, dann könnte ich» inszenieren. Die Rollen und stereotypen Abläufe in diesen Spielen sind ausführlich in Bernes *‹Spiele der Erwachsenen›* beschrieben, einem Standard-Lehrbuch für Ehepaare, die ihre Krise verstehen und überwinden wollen. Diese Spiele entstehen alle aus dem Leib-und-Magen-Spiel unserer frühen Kindheit: «Meins ist besser», das die ursprüngliche Furcht, betrogen zu werden, überwinden sollte. Eine der treffendsten Parabeln über ein Leben in Spielen schrieb Edward Albee in dem schon erwähnten Stück ‹*Wer hat Angst vor Virginia Woolf?*› Dieses Drama zeigt, wie trotz aller Verzweiflung noch genügend Nebengewinne entstehen, so daß die Spiele in gewissem Sinne die Ehe aufrechterhalten. Einige Ehen bleiben dank eines «kranken» Partners erhalten. Wenn dieser Partner gesund wird und sich weigert, an den alten Spielen teilzunehmen, zerbricht die Ehe. Ein Mann, dessen Frau gerade nach einem zehntägigen Krankenhausaufenthalt entlassen worden war, rief mich in Alarmstimmung an und sagte: «Meine Frau scheint glücklicher zu sein und sich wohler zu fühlen, aber jetzt komme ich überhaupt nicht mehr mit ihr aus.» Mit der Ehe ist es wie mit der Körperhaltung: wenn der Rücken sich zum Buckel krümmt, muß irgendwo anders eine komplementäre Krümmung entstehen, damit die Balance erhalten bleibt. Wenn in der Ehe ein Partner sich ändert, müssen andere Veränderungen das wieder ausgleichen, damit das Gleichgewicht in der Ehe erhalten bleibt. Hier liegt eine Hauptschwäche der alten psychotherapeutischen Schulen, wo der Psychiater nur einen Partner behandelte und sich oft weigerte, mit dem anderen Partner auch nur zu reden. Das Schwergewicht lag auf der Beziehung zwischen Psychiater und Patient, und die eheliche Beziehung blieb draußen vor der Tür. Wenn Einstellung und Verhalten des Patienten sich änderten, litt häufig die Ehe, weil der andere Partner keine begrifflichen Hilfsmittel hatte, um zu verstehen, was geschah, oder um auch nur seine eigene wachsende Wut und Verzweiflung zu begreifen.

Wenn sein Bankkonto es erlaubte, fing er schließlich eine Behandlung bei einem anderen Therapeuten an und wurde noch weiter entfremdet, weil auch er den Gegenstand seiner Zuneigung wechselte. Bei geringer Kommunikationsbasis war nun der Weg frei für neue und feinere Variationen von «Meins ist besser» in Form von «Mein Therapeut ist besser als dein Therapeut» oder «Ich überwinde die Umstellung schneller als du» oder «Ob ich mit dir ins Bett gehe, werde ich nach meiner Sitzung am Mittwoch entscheiden». Beide ließen ihr Kindheits-Ich eine ausschließliche Selbstbeobachtung treiben. Diese mochte zwar nützliche Anhaltspunkte über den Ursprung ihrer eigenen Gefühle zutage fördern, brachte aber keine wirkliche Auseinandersetzung mit der Realität ihrer Existenz, die eben nicht die Existenz einer isolierten Einzelperson ist, sondern eine schwierige Form der Koexistenz zweier Menschen, genannt Ehe.

Jeder Partner muß bereit sein, seine Mitschuld an den Schwierigkeiten in der Ehe zuzugeben. Der Blickwinkel «Immer du» ist falsch. Das hat Ralph Waldo Emerson klar gemacht mit dem Satz: «Niemand kann mich erreichen außer durch meine eigene Handlung.» Wenn der Ehemann zehn Jahre lang brutal gewesen ist und seine Frau das zehn Jahre lang ertragen hat, dann hat auch sie auf ihre Weise das Übel gefördert. Mitläufer sind nicht ohne Schuld. Wenn jeder Partner sich weigert, seine Mitschuld anzuerkennen, dann gibt es wenig Hoffnung auf Wandel.

Arthur Miller schrieb in seiner einfühlsamen Geschichte über Maggie, die Heldin seines Stückes ‹*Nach dem Fall*› (worin Maggie eine verblüffende Ähnlichkeit mit Millers Frau Marilyn Monroe hat), daß sein Theaterstück «von der Unwilligkeit oder Unfähigkeit der menschlichen Kreatur, in sich selbst den Keim der eigenen Zerstörung zu entdecken» handle.

«Es ist immer und ewig der gleiche Kampf: Irgendwie unsere eigene Mitschuld am Bösen wahrzunehmen, ist ein unerträgliches Entsetzen. Es ist viel beruhigender, die Welt in völlig unschuldige Opfer und absolut böse Anstifter der monströsen Gewalt einzuteilen, welche wir überall um uns herum sehen. Um keinen Preis darf jemand an unserer Unschuld kratzen. Doch was ist der unschuldigste Ort in jedem Land? Ist es nicht das Irrenhaus? Dort treiben Menschen wahrhaft unschuldig durchs Leben, unfähig, in sich selbst hineinzuschauen. Wirklich, der Gipfel der Unschuld ist Wahnsinn.»*

Dieses «unerträgliche Entsetzen» wird verständlich, wenn man bedenkt, daß das Eingeständnis der Mitschuld zu der drückenden Bürde des nicht-o. k., die das Problem überhaupt erst verursacht hat, noch eine weitere Last obendrauf packt. Das Eingeständnis der Schuld ist schwer. Diese letzte Schmach für das erniedrigte Kindheits-Ich, diese zusätzliche Last meint Dietrich Bonhoeffer, wenn er schreibt: «Heißt das nicht, den Menschen eine weitere und noch schwerere Bürde auf die Schultern legen? Ist das alles, was wir tun können, wenn die Seelen und Leiber der Menschen unter dem

* A. Miller: ‹*With Respect for Her Agony – but with Love*›. In: *Life* 55:66 (7. Februar 1964).

Gewicht so vieler menschengeschaffener Dogmen stöhnen?»*

Wenn wir die Strukturanalyse verstanden haben – der Wesen von Eltern-Ich, Erwachsenen-Ich und Kindheits-Ich – zeigt sich uns ein Ausweg aus diesem Dilemma zwischen der Unmöglichkeit der Änderung ohne das Eingeständnis der Mitschuld auf der einen Seite und den katastrophalen Folgen dieses Eingeständnisses auf der anderen Seite. Ins Praktische übersetzt: Es ist ein Unterschied, *wie* wir einen Menschen mit seinen Taten konfrontieren. Wer sagt: «Sie sind eine reizbare, schlechtgelaunte, schwierige, unangenehme Person, und genau das schadet Ihrer Ehe», der verschärft einfach die NICHT O. K.-Anschauung und erzeugt Gefühle, die diese Person noch reizbarer, launischer, schwieriger und unangenehmer machen. Oder er stößt sie in eine immer tiefere Depression hinab. Wer andererseits mitfühlend sagen kann: «Es ist Ihr Kindheits-Ich mit seinem NICHT-O. K., das Ihnen ständig Ärger macht und mit seiner alten Reizbarkeit und schlechten Laune Ihre Glückschancen in der Gegenwart zerstört», der objektiviert das Dilemma in gewissem Maße und gibt dem andern die Möglichkeit, sich nicht als völlige Null zu sehen, sondern als eine Kombination aus positiven und negativen Erfahrungen von früher, die Schwierigkeiten heraufbeschwört. Darüber hinaus ermöglicht es ihm eine Wahl. Ein Mensch kann diese Wahrheit über sich selbst anerkennen, ohne zusammenzubrechen, und dieses Eingeständnis kann sein Erwachsenen-Ich für die Funktion stärken, Eltern-Ich und Kindheits-Ich zu überprüfen und festzustellen, wie diese alten Aufzeichnungen die düsteren Schatten der Vergangenheit wieder aufleben lassen.

Ohne das Bekenntnis zu «meinem Anteil an unseren gemeinsamen Problemen» kann die Transaktions-Analyse oder die Spiel-Analyse einfach zu einer anderen Form der Gehässigkeit verkommen: «Du und dein verdammtes Eltern-Ich», «Das ist schon wieder dein ekelhaftes Kindheits-Ich, Schätzchen». «Da wären wir wieder bei einem deiner Spiele.» Diese Sätze werden dann zu sarkastischen und sadistischen Beschimpfungen in dem neuen Spiel «Spiele-Benennen». Wenn wir einsehen, welche Probleme entstehen können, sehen wir den Gedanken, den Arthur Miller im Titel des Artikels über sein Theaterstück ausgedrückt hat, in einem neuen Licht. «In Ehrfurcht vor ihrem Leiden – aber mit Liebe.»

Diesen Gedanken müssen sich Paare zu eigen machen, die eine

* D. Bonhoeffer: ‹*Nachfolge*› (München: Chr. Kaiser Verlag, 1971).

Therapie anfangen und etwas Wertvolles aus ihrer Ehe machen wollen. Dabei erhebt sich eine letzte Frage: Wenn wir mit den Spielen aufhören – was machen wir dann? Was gibt es sonst? Was fängt man mit einem emanzipierten Erwachsenen-Ich an?

Die Zielsetzung

Ein Schiff ohne Bestimmungsort treibt in der Strömung, mal hierhin, mal dahin, stöhnend und ächzend bei rauher See, still und beschaulich in ruhigen Breiten. Es verhält sich genau wie das Meer ringsum. So sind auch viele Ehen. Sie halten sich über Wasser, doch sie haben kein Ziel. Wenn Entscheidungen zu treffen sind, heißt die wichtigste Frage: Was tun die andern? Sie passen sich in Kleidung, Wohnung, Kindererziehung, in ihren Wertvorstellungen und in ihrem Denken ihrer gesellschaftlichen Umgebung an. «Solange andere das tun, muß es in Ordnung sein», ist die Richtschnur ihres Handelns. Wenn «Man» eine bestimmte Klasse von Luxusautos kauft, dann kaufen sie sich einen solchen Klassewagen, selbst wenn die monatlichen Ratenverpflichtungen ihr Konto fast schon überziehen. Sie haben sich nicht ihre eigenen unabhängigen Wertmaßstäbe aufgebaut, die für ihre ganz speziellen Lebensumstände gelten, und deshalb sind am Ende oft ihre Träume verflogen, und ihr Geld ist futsch.

Nur das Erwachsenen-Ich kann nein sagen, wenn das Kindheits-Ich um etwas *Größeres, Besseres* und um *mehr* bettelt, damit es sich mehr o. k. fühlt. Nur das Erwachsenen-Ich kann die Frage stellen: «Wenn dich fünf Paar Schuhe glücklich machen, werden dich dann zehn Paar doppelt so glücklich machen?» In der Regel bringt jedes Mehr an materiellem Besitz weniger Freude als die unmittelbar vorausgegangene Erwerbung. Wenn man Freude messen könnte, ergäbe sich wohl, daß ein neues Paar Schuhe ein Kind glücklicher macht als ein neuer Wagen einen erwachsenen Mann. Zudem macht das erste Auto glücklicher als das zweite, und das zweite glücklicher als das dritte. H. L. Mencken* hat gesagt: «An seine erste Liebe kann

* Henry Louis Mencken, 1880–1956, ist ein in den USA viel gelesener Journalist und Schriftsteller aus einer ursprünglich deutschen Familie gewesen. Neben zahlreichen eigenen literarischen, satirisch-politischen und philologischen Werken erschienen Arbeiten von ihm, mit denen er als Wegbereiter für Nietzsche und G. B. Shaw in Amerika wirkte. Im übrigen gehörte er zu den bedeutendsten Förderern von Theodore Dreiser und Eugene O'Neill (Anm. d. Übers.).

sich ein Mann immer erinnern. Was danach kommt, behandelt er bündelweise.» Das Kindheits-Ich in uns braucht alles bündelweise – wie am Weihnachtsabend das Kind zwischen Bergen von Geschenken steht und ruft: «Ist das alles?» Im Fernsehen wurde ein kleiner Junge gefragt, was er zu Weihnachten bekommen habe. «Ich weiß nicht», sagte er unglücklich, «es war zuviel.»

Wenn das Erwachsenen-Ich die realen Lebensumstände der Familie prüft, kann es abschätzen, ob der Erwerb eines bestimmten Besitzes die Hypothek, die Rechnung oder die notwendigen Sparmaßnahmen auf anderem Gebiet wert ist oder nicht (gemessen am «Freudenertrag»). Das Erwachsenen-Ich kann auch dem Bedürfnis des Kindheits-Ichs, bündelweise Besitztümer zu sammeln, dadurch nachgeben, daß es sich einem Hobby widmet wie dem Sammeln von Briefmarken, Münzen, seltenen Büchern, Modelleisenbahnen, Flaschen oder Mineralien. Das Erwachsenen-Ich kann entscheiden, ob die Ausgaben für diese Sammlungen realistisch sind. Wenn ja, dann ist das «Bündeln» ein harmloser Spaß. Wenn es jedoch die Familie ruiniert (z. B. beim Sammeln von Häusern, Sportwagen und echten Picassos), dann wird das Erwachsenen-Ich die Steckenpferde des Kindheits-Ichs an die Kandare nehmen müssen.

Entscheidungen über Hobbies, Besitztümer, wo man lebt und was man kauft, müssen entsprechend den Wertmaßstäben und realistischen Überlegungen gefällt werden, die in jeder Ehe anders sind. Sich auf diese Entscheidungen zu einigen ist äußerst schwierig, wenn die Ehe keine Ziele hat. Ein Ehepaar wird während der Behandlung lernen, den Unterschied zwischen Eltern-Ich, Erwachsenen-Ich und Kindheits-Ich zu erkennen, doch es kreuzt noch immer im gleichen gesellschaftlichen Fahrwasser, und wenn es nicht ein bestimmtes Ziel anpeilt, wird es trotz allem Navigieren doch nur ein Spielball der Wellen bleiben, ausgeliefert dem ewigen Auf und Ab seiner Spiele und Spielchen. Wenn man gegen den Strom ansegeln will, darf man kein Sonntagssegler sein. Dazu muß man sein Schiff kennen und den Kurs wissen, den man einschlagen muß, um durch Wind und Wellen die Häfen anzusteuern, die uns das Erwachsenen-Ich weist. Entweder entscheiden sich die Menschen für einen neuen Kurs, oder sie lassen sich weiterhin treiben. Die schönsten Seekarten helfen da wenig.

An diesem Punkt wird es für den Kurs einer Ehe wichtig, die zugrunde gelegten Wertmaßstäbe zu überdenken. Mann und Frau müssen grundsätzlich untersuchen, was ihnen zur Festlegung ihres

Kurses wichtig erscheint. Will Durant drückt das fundamentale Problem der Ethik durch die Frage aus: «Ist es besser, gut zu sein oder stark?»* Diese Frage kommt im Eheleben in tausend Abwandlungen vor: Ist es besser, gütig zu sein oder reich? Ist es besser, seine Zeit der Familie zu widmen oder dem Beruf? Ist es besser, den Kindern zu raten, «alles einzustecken» oder «zurückzuschlagen»? Ist es besser, heute das Leben in vollen Zügen zu genießen, oder jeden Pfennig auf die Bank zu tragen für morgen? Ist es besser, als rücksichtsvoller Nachbar oder als ganz großes Tier bekannt zu sein?

Diese Fragen können zu hoffnungsloser Verwirrung bei der Beweisaufnahme führen, wenn sie nicht vom Erwachsenen-Ich gestellt werden, und selbst dann sind sie noch schwierig genug. Es genügt nicht, die Eltern-Ich-Meinung jedes Partners zu diesen Fragen zu kennen. Es genügt nicht, die Bedürfnisse und Gefühle des Kindheits-Ichs in jedem zu kennen. Wenn die Daten von Eltern-Ich oder Kindheits-Ich nicht übereinstimmen, muß es ein für beide Eheleute verbindliches Grundgesetz geben, das den Kurs ihrer Ehe bestimmt und Maßstab ist für alle Entscheidungen, die gefällt werden müssen. Man sagt, daß «Liebe nicht heißt, einander anzuschauen, sondern zusammen in die gleiche Richtung zu sehen.» Eltern-Ich und Kindheits-Ich jedes Partners können große Meinungsverschiedenheiten wiederaufleben lassen. Nur durch das Erwachsenen-Ich ist eine Annäherung möglich. Doch das Ziel in der «gleichen Richtung» kann nicht ohne moralische und ethische Überlegung festgesetzt werden. Wenn ein Ehepaar bei der Suche: «Was machen wir jetzt?» in eine Sackgasse geraten ist, dann frage ich häufig: «Was wäre die liebevolle Möglichkeit?»

Und damit überschreiten wir die Grenzen wissenschaftlicher Wahrheitsfindung und betreten das Reich anderer geistiger Möglichkeiten, wo wir etwas Besseres erlangen können, als was wir bisher hatten. Was heißt «liebevoll sein»? Was ist Liebe? Was für Worte sind «sollte» und «müßte»? Später, im zwölften Kapitel, werden wir Antworten darauf suchen und versuchen.

* W. Durant: ‹*The Story of Philosophy*› (New York: Simon and Schuster, 1926).

9. El-Er-K und Kinder

Wer sich an seine Vergangenheit nicht erinnern kann,
ist dazu verdammt, sie zu wiederholen.

George Santayana

Wer Kindern helfen will, muß den Eltern helfen. Wenn Eltern nicht gefällt, was ihre Kinder tun, dann müssen sich nicht nur die Kinder ändern. Wenn Karlchen ein schwieriges Kerlchen ist, dann wird er nicht besser, wenn man ihn von einem Experten zum anderen schickt und doch zu Hause alles beim alten bleibt. Dieses Kapitel soll Eltern helfen, ihren Kindern zu helfen. «Experten» können nicht die Aufgabe der Eltern übernehmen.

Sicher gibt es viele professionelle Experten für Kindererziehung einschließlich Kinderpsychiatern, Kinderpsychologen und -psychagogen, die Tests und Therapien durchführen.

Viele Eltern scheinen zu glauben, daß ein Kinderpsychiater ihr Kind sozusagen seelisch «überholen» kann, damit es anschließend wunschgemäß funktioniert. Wenn die Eltern nicht gleichermaßen «überholt» werden, dann halte ich die meisten dieser Bemühungen für eine Verschwendung von Zeit und Geld. Ich glaube, die meisten Eltern empfinden intuitiv ähnlich, doch einige, die nicht wissen, was sie sonst tun sollen, oder die sich selbst nicht engagieren wollen, setzen auf die Kindertherapie, wenn sie sich das leisten können. Viele andere Eltern fürchten die unbekannten Risiken bei der Erziehungshilfe durch Außenstehende und betrachten ihre Situation als eine Art Büchse der Pandora, die man am besten verschlossen hält. Sie lesen die neuesten Bücher, suchen Hilfe in einschlägigen Zeitschriften und spielen beim Frühstück «Ist es nicht schrecklich». Sie üben «Geduld» und wissen doch auf ihre Fragen und Zweifel keine Antwort, sondern bauen statt dessen auf die Hoffnung, daß der Kleine nur «eine schwierige Phase durchmacht», und gründen ihre Zuversicht auf das unsichere Prinzip, daß Erlauben immer gut sein müsse. Die Antworten, die sie suchen, ergeben sich nicht von selbst, und sie quälen sich durch die Kleinkinderzeit mit dem schwachen Trost: «Na, noch bin ich immerhin größer als er.» Manche Eltern demonstrieren ihre «Größe» mit Gewalt und schlagen und kommandieren ihre Kinder, um sie «auf Vordermann zu bringen». Dann kommt der Tag der Abrechnung, irgendwann in der Pubertät, wenn «er größer ist als ich». Eltern und Kinder haben viel zu leiden. Das muß nicht so sein. Dieses Kapitel will das düstere Gesamtbild von der Kindererziehung aufhellen mit Hilfe von El-Er-K, und zwar sowohl in der Beziehung zwischen Eltern und Kindern, als auch in der Beziehung zwischen Kindern und anderen Kindern.

Die psychiatrische Behandlung von Kindern ist eine relativ neue Entwicklung. Während die ersten psychoanalytischen Theoretiker die Bedeutung dessen betonten, was mit einem Kind in seiner familiären Umgebung ganz zu Anfang geschieht, schloß die damalige Anwendung eben dieser Theorie auf die therapeutische Praxis die direkte Arbeit mit Kindern aus. Eine Schwierigkeit lag in der geringen Kommunikationsfähigkeit des kleinen Menschen. Die andere war die frühe Erkenntnis, daß bei einer Arbeit mit dem Kind wenig herauskommen könne ohne die Einbeziehung der wichtigen Erwachsenen in seiner Umgebung, vor allem seiner Eltern.

Die erste umfassende Institution für die Behandlung von Kindern entstand in den zwanziger Jahren. Das waren die sogenannten Child Guidance Clinics in den angelsächsischen Ländern: klinikartige Erziehungsberatungsstellen. Dort wurde ein kombiniertes «Behandlungserlebnis» für Eltern und Kind entwickelt, wobei das Kind mit Spieltherapie behandelt wurde und die Eltern in psychologischer Beratung Hilfe fanden für ihren speziellen Fall. Das Herzstück der Methode war die Herbeiführung von Gelegenheiten für Eltern und Kind, «Gefühle auszudrücken», wodurch einer der Hauptquellen des negativen und destruktiven Verhaltens das Wasser abgegraben werden sollte. Das Kind wurde ermuntert, sich mit Hilfe von Spielsachen und anderen symbolischen Kommunikationsmitteln gegen seine Peiniger, die Eltern, zu wenden und so seine «negativen Gefühle» auf läuternde Weise – kathartisch – abzureagieren. Wenn dann der Kleine die Mutterpuppe im Klo ersäufte oder der kleinen Schwesterpuppe den Arm brach, machte man Notizen für die nächste «Konferenz», eine höchst bedeutsame Einrichtung – für das Personal. Man ging von der Annahme aus, daß diese Äußerungen den Weg frei machen würden für die Entwicklung positiver Gefühle, die auf den neuen Einsichten der Eltern aus ihren psychologischen Beratungsstunden basierten – daß nach einer gewissen Periode des «Ich hasse dich» das «Ich liebe dich» irgendwie folgen werde. Doch da die Eltern meist die Aktionen oder Transaktionen nicht recht verstanden, die solche Gefühle auslösten, blieb die Situation häufig unverändert. Oft verschlimmerte sie sich sogar, weil das Kind, dem man gesagt hatte, daß «es gut ist, wenn du deine Gefühle herausläßt», die Familie in ein Schlachtfeld verwandelte, wobei Karlchen natürlich die Rolle des kommandierenden Generals übernahm. Es war das gleiche wie mit Nasentropfen. Sie lindern eine Zeitlang die Verstopfung der Nase, aber der Schnupfen bleibt, und die nächste Erkältung kommt bestimmt. Manche Menschen gehen durchs Leben, indem sie ständig ihre Gefühle ausdrücken. In beiden Fällen wird das Pferd beim Schwanz aufgezäumt. Äußerung von Gefühlen und Anwendung von Nasentropfen haben sicher ihren Nutzen, doch es geht um mehr als das.

Bei den damaligen Behandlungsmethoden lag der Schwerpunkt darauf, was das *Kind* erreichen und wie sein Verhalten sich ändern könnte, obwohl man doch schon sah, daß auch die Eltern beteiligt sein mußten. Bei der Transaktions-Analyse verlagern wir den Schwerpunkt auf das, was die *Eltern* erreichen können, damit die Art der Transaktionen zwischen Eltern und Kind sich ändert. Wenn das geschieht, wird sich bald darauf auch das Kind ändern.

Jeder erkennt die zunehmende Kompliziertheit der kulturellen und sozialen Organisation, in der wir heute leben, und die vielen Zwänge, die dazu angetan sind, die Familie als die primäre soziale Struktur zur Befriedigung der emotionalen Bedürfnisse der Kinder zu schwächen oder gar zu zerstören. Unter der drohenden Wolke von Ungewißheiten, im Geprassel der Informationen aus den Massenmedien, in der steigenden Flut von Aufgaben und Pflichten kämpft die moderne Mutter, der das Wasser oft bis an den Hals geht, verzweifelt gegen die Verzweiflung an. Alles um sie herum ist im Widerstreit. Ihre Aufnahmefähigkeit ist abgestumpft, und das muß sie auch sein, wenn das Fernsehen ihr innerhalb von Sekunden die grauenvollsten Bilder vom Krieg zeigt und die Wonnen eines neuen Lebens mit Lenor vorgaukelt. Ihr Eltern-Ich streitet sich mit dem Eltern-Ich ihres Mannes über das, was beide eine gute Kinderstube nennen, wobei sie allerdings zwei sehr verschiedene Dinge damit meinen. Ihr Eltern-Ich drangsaliert ihr Kindheits-Ich in einem inneren Dialog, so daß sie sich in ihrer Mutterrolle als Versager vorkommt. Ihre Kinder schreien sich an und zanken sich ewig mit ihr herum. Sie liest Bücher, um sich über ihre Probleme zu informieren, doch die Informationen sind widersprüchlich. Der eine Experte sagt: «Man darf schlagen», der andere sagt: «Schlagen darf man unter keinen Umständen», und der dritte empfiehlt: «Unter gewissen Umständen darf man wohl schlagen.» Inzwischen hat sie einen Punkt erreicht, wo sie «die kleinen Teufel windelweich schlagen will, damit sie zur Besinnung kommen». In ihrem Haushalt wimmelt es von Apparaten und Maschinen, die ihr möglichst alle Arbeit abnehmen sollen. Und trotzdem fehlt ihr das entscheidende Stück in ihrer sonst so perfekten Ausrüstung, etwas, mit dem sie Ordnung in das Chaos bringen kann, mit dem sie das Wesentliche finden kann, was nämlich wirklich wichtig ist für sie und ihre Familie. Sie sucht nach einer praktikablen Lösung für ihr Problem, warum sie zwar mit dem Haushalt verhältnismäßig leicht fertig wird, mit ihren Kindern aber überhaupt nicht. Alles läuft auf die Frage hinaus: «Wie soll ich meine Kinder richtig erziehen?»

Auf diese Frage könnte die Großmutter weise antworten: «Damals, in der guten alten Zeit, als es noch nicht alle diese Bücher über moderne Psychologie gab, da hatten wir nicht soviel Ärger.» Die Großmutter hat nicht unrecht, denn in der guten alten Zeit gab es tatsächlich recht viel Gutes. Arnold Gesell und Frances Ilg stellten fest:

«Früher breitete sich die Welt der Natur und der menschlichen Beziehung recht geordnet aus und hielt Schritt mit dem Reifegrad des Kindes. Das Haus war groß, die Familie zahlreich, und gewöhnlich war gerade ein weiteres Kind unterwegs. Immer war jemand in der Nähe, der sich um das Vorschulkind kümmerte und es in abgestuften Etappen in seine größer werdende Welt führte, Schritt um Schritt, wie seine Ansprüche allmählich wuchsen. Es gab freien Raum rund um sein Haus, ein Feld, eine Wiese, einen Garten. Es gab Tiere im Stall, im Hühnerhof, im Koben und auf der Weide. Einige dieser Geschöpfe waren jung wie das Kind. Es konnte sie betrachten, sie berühren und manchmal sie sogar umarmen.

Die Zeit hat diese Umwelt verwandelt. Das Kind, das heute in einer Wohnung oder vielleicht sogar in einem Eigenheim im Vorort aufwächst, muß auf viele der früheren menschlichen und tierischen Gefährten verzichten. Der häusliche Lebensraum hat sich verringert auf die Dimensionen einiger weniger Zimmer, eines Balkons, eines Hofes; vielleicht besteht er nur aus einem einzigen Zimmer mit einem oder zwei Fenstern.»*

Die Autoren bedauern, daß das kleine Kind von heute «den großzügigen, intimen Kontakt mit dem wachsenden Leben, mit anderen Kindern, mit einer Vielfalt von Erwachsenen» verloren hat. Zu diesem Mangel an positiven Früherfahrungen kommt eine Überschwemmung mit erschreckenden Informationen. Es stimmt, daß es schon immer Krieg und Grausamkeiten gegeben hat, doch sie spielten sich nicht im Wohnzimmer auf dem Fernsehschirm ab. Lange bevor das Kind mit den elementaren Schwierigkeiten des Zusammenlebens in der Familie fertig werden kann, lernt es kennen, was meine kleine Tochter eine «Plemplem-Welt» nennt: eine Welt von Rassenunruhen, Kriegsgefangenen, Kindern mit verbundenen Augen vor blitzenden Bajonetten, Massenmord und Politikern, die über die Möglichkeit einer Vernichtung der ganzen Welt diskutieren. Dazu kommt für das kleine Kind die Schwierigkeit, zwischen Dichtung und Wahrheit zu unterscheiden: Ist das die Tagesschau, oder ist das ein Film? Ist das ein Obergangster, oder ist das ein Staatsoberhaupt? Verursacht Rauchen Krebs, oder bringt es den Duft der großen weiten Welt? Das also ist die Welt, in der wir leben, keine behütete Idylle mit kleinen Lämmchen und gelben Blümchen, sondern eine Welt des Hasses und zischender Düsenjäger, die so hautnah ins Bild kommt, daß man versucht ist, sie abzuschalten und sich nicht mehr um den Unterschied zwischen Lenor und Napalm oder zwischen der Jagd auf «Baader-Meinhof» und der Jagd nach dem Schatz am Silbersee zu kümmern.

Will Rogers** hat einmal gesagt: «Die Schulen sind nicht mehr, was sie zu sein pflegten und niemals waren.» Vielleicht hat es auch die gute alte Zeit nie gegeben, doch das Schlechte berührte die Kinder nicht so früh und nicht so direkt wie heute. Das schafft das Problem nicht aus der Welt, sondern zeigt nur, daß die Eltern so dringend wie noch nie ein Instrument brauchen, mit dem sie ihren Kindern früh zur Entwicklung eines Erwachsenen-Ichs verhelfen können, um in der Welt zurechtzukommen.

* A. Gesell und F. L. Ilg: ‹*Säugling und Kleinkind in der Kultur und Gegenwart*› (Bad Nauheim: Christian-Verlag, 1952).

** Will Rogers, 1879–1935, war ein sehr populärer amerikanischer Schauspieler, Conférencier und Humorist, Star zahlreicher Filme und Autor vieler satirischer Artikel und Bücher.

Wo soll man beginnen?

Im Idealfall soll man am Anfang beginnen. Wirksam eingesetzt wurde die Transaktions-Analyse bei einem Unterrichtsprogramm für künftige Eltern, das Erwin Eichhorn und seine Frau seit 1965 in der kalifornischen Hauptstadt Sacramento leiteten. Er ist Gynäkologe und Geburtshelfer, sie arbeitet in der Schwesternausbildung am Sacramento City College. Bei den meisten Ärzten besteht die Schwangeren-Beratung aus allgemeinen Hinweisen für die künftigen Eltern, vor allem die Mütter, was sie während der Schwangerschaft und bei der Geburt zu erwarten haben, und aus Informationen zur Säuglingspflege. Das wird häufig ergänzt durch verschiedene Bücher und Bilder, die ein idyllisches Leben mit dem Neugeborenen zeigen. Vielleicht gibt es auch eine Aussprache über die negativen Aspekte wie etwa eventuelle Depressionszustände nach der Geburt, Erschöpfung oder Koliken, doch tiefergehende Untersuchungen über die Beziehung zwischen Mann und Frau, jungem Vater und junger Mutter und diesem prächtigen und manchmal erschreckenden neuen kleinen Menschen, dem Baby, sind selten. Die meisten Ärzte hätten dem jungen Paar gerade in dieser wichtigen Frage gern geholfen, doch es gab kein System, das schnell gelehrt, leicht verstanden und ohne weiteres angewandt werden konnte. So mancher Arzt hat viele Stunden darangesetzt, hilfsbereit die Schwierigkeiten in der Familiensituation zu besprechen, Ängste durch die Beantwortung von Fragen auszuräumen und Furcht durch freundliche Unterstützung zu beschwichtigen. Andere haben sich auf eine eher väterliche Position zurückgezogen, die im wesentlichen besagt: «Folgen Sie meinen Anweisungen und tun Sie, was ich Ihnen sage, dann kommt schon alles in Ordnung.» Wenn es jedoch ernste Beziehungsprobleme zwischen den Ehepartnern gibt, dann werden sie durch diese Einstellung in den Hintergrund verdrängt, denn schließlich muß das Baby an erster Stelle kommen. Aber die ungelösten Probleme bleiben für Mutter und Vater eine Quelle ständiger Gereiztheit und Entfremdung, und das in den ersten Lebensmonaten oder -jahren des Säuglings, in denen das Kind entscheidend geprägt wird – vor allem von seinen Eltern!

Die Eichhorns, die beide dem Aufsichtsrat des Instituts für Transaktions-Analyse angehören, führten 1965 den El-Er-K-Unterricht in ihren Kursen für künftige Eltern ein. Mann und Frau finden sich einmal in der Woche zu abendlichen Zusammenkünften ein. Die

Teilnahme ist freiwillig, doch die meisten Paare kommen regelmäßig. Neben den üblichen Unterweisungen über Schwangerschaft und Entbindung werden die Grundsätze der Transaktions-Analyse gelehrt, und zwar im Hinblick auf die aktuelle Situation des Ehepaars: die Erwartung ihres ersten Kindes.

Es handelt sich bei dieser El-Er-K-Lehre um ein Instrument, das für einen besonderen Zweck eingesetzt wird; doch die Paare stellen fest, daß sie dieses Instrument auch auf viele andere Lebensprobleme nach der Ankunft des Babys anwenden können. Der Gruppenunterricht in El-Er-K umfaßt für jedes Ehepaar etwa vierundzwanzig Stunden, aber die dabei entwickelte Sprache wird zur Grundlage für weitere Diskussionen, wenn die werdende Mutter zu ihren regelmäßigen Schwangerschaftsuntersuchungen kommt. Häufig wird sie dabei von ihrem Mann begleitet, der eher als Beteiligter denn als Zuschauer behandelt wird.

Man entdeckte, daß die Kenntnis von El-Er-K früh in der Schwangerschaft dem Paar dazu verhilft, den Ursprung einiger neuer, ziemlich komplizierter und nicht nur positiver Gefühle zu verstehen. Junge Menschen, deren Eltern-Ich viele maßgebende undifferenzierte Aufzeichnungen über Geschlechtsverkehr und Schwangerschaft enthält, müssen damit rechnen, daß diese Aufzeichnungen bei dem emotional aufgeladenen Erlebnis zu Wort kommen. Selbst wenn ein junges Paar die Schwangerschaft geplant und sehnlich erwartet hat, kann es doch zeitweilig unter «unerklärlichen» Depressionen leiden. Eine Heiratsurkunde und eine eigene Wohnung löschen nicht das Band des Eltern-Ichs, auf dem «Ich bin schwanger» eine schreckliche Nachricht bedeutet. Auch die Aufzeichnung im Eltern-Ich des Mannes bleibt unverändert, deren Wiedergabe ihn zu der Erkenntnis bringt: «Ich bin schuld, daß du schwanger bist.»

Viele andere starke Gefühle sind mit der Schwangerschaft verbunden. Gerald Caplan bezeichnet diese neun Monate als «eine Periode verstärkter Anfälligkeit für Krisen, eine Periode, in der wichtige Probleme in zunehmendem Maße auftreten»*. Zu den äußeren wirtschaftlichen und sozialen Veränderungen treten innere, die sowohl den Stoffwechsel wie das Gefühlsleben betreffen. Die Mutter muß eine neue Rolle erlernen, besonders wenn es ihr erstes

* G. Caplan: ‹*An Approach to Community Mental Health*› (New York: Grune and Stratton, 1961).

Baby ist. Sie muß mit der Einsamkeit bei der Entbindung fertig werden und mit der Einsamkeit zu Hause, wenn sie mit dem Baby allein ist, ein Problem vor allem für die bisher berufstätige Frau. Und sie steht vor der neuen Verantwortung, die Zeit einzuteilen, zu strukturieren. Die Frau, die ihr erstes Baby bekommt, steht außerdem vor der grundlegenden Erkenntnis, daß ihre Mädchenzeit ein für allemal vorbei ist, daß sie die Grenze zur älteren Generation überschritten hat: jetzt gehört sie zu den Müttern. Hier stellt sich das gleiche Empfinden von der Kürze des Lebens und dem unaufhaltsamen Zerrinnen der Zeit ein, das Leute bei Hochzeiten weinen läßt. Die feierlichen Momente im Leben öffnen zwar Türen zur Zukunft, doch sie schließen auch die Tür hinter der Vergangenheit, und eine Umkehr ist unmöglich. Diese Gefühle erlebt auch die junge Mutter.

Manchmal wirken diese Gefühle so depressiv, daß sich daraus eine sogenannte Post-partum- oder Wochenbett-Psychose entwickelt. In solchen Fällen wird das Kindheits-Ich so unter Druck gesetzt, daß es über die Ufer tritt und das Erwachsenen-Ich eintrübt. Die Mutter kann mit ihren eigenen übermächtigen Bedürfnissen nicht fertig werden und ist völlig unfähig, für ihr Kind zu sorgen.

Eine Patientin, die ich zuerst in einer akuten Phase der Wochenbett-Psychose nach der Geburt ihres ersten Kindes sah, konnte drei Wochen später das Krankenhaus verlassen, nachdem sie in El-Er-K eingeführt worden war. Sie konnte die Pflege ihres Kindes übernehmen, und während sie weiter an der Gruppentherapie teilnahm, wurde ihr Erwachsenen-Ich stärker. Dessen Widerstandskraft wurde zwei Jahre später bei ihrer zweiten Schwangerschaft auf die Probe gestellt. Nach allem, was sie bereits durchgemacht hatte, war sie während ihrer Schwangerschaft recht besorgt. Doch sie konnte diese Besorgnis in El-Er-K-Begriffen mit ihrem Arzt besprechen. (Bereits die Tatsache war beruhigend, daß zwei Ärzte, ein Geburtshelfer und ein Psychiater, die gleiche Sprache sprachen.) Sie brachte ihr Kind zur Welt und blieb als Wöchnerin guter Dinge (obwohl es nicht selten vorkommt, daß die Wochenbett-Psychose bei jeder Schwangerschaft erneut auftritt).

Das also sind einige der Gefühle, die durch El-Er-K verstanden und bewältigt werden können. Wenn Mann und Frau ihre neu erworbene Sprache anwenden können, nehmen sie *beide* an dem bevorstehenden aufregenden Ereignis teil. Eichhorn berichtet, daß es dem Ehemann leichterfällt, seine Vaterrolle zu übernehmen, wenn der Arzt das Erwachsenen-Ich sprechen läßt. Die El-K-Beziehung zwischen manchen Geburtshelfern (Eltern-Ich) und ihren Patientinnen (Kindheits-Ich) schließt ihrem Wesen nach den Vater aus. Mutter und Arzt scheinen in eine Aktivität verwickelt zu sein, in der sie die einzigen Experten sind, und dem Ehemann bleibt es überlassen, im Wartezimmer eine Zigarette nach der anderen zu rauchen. Moderne Kliniken ermöglichen es dem Ehemann, bei seiner Frau zu bleiben und ihr während der Wehen beizustehen, und einige wenige erlauben es ihm, auch im Kreißsaal dabei zu sein.* Eichhorn berichtet, daß bei seinen Klienten die Vater–Kind-Beziehung sehr früh zustande kommt. Der Ehemann interessiert sich zunehmend dafür, was er während der Wehen helfen, wie er seine Frau massieren kann, womit er ihr körperliche Anstrengungen erleichtert und wie er sie vor der Einsamkeit der Niederkunft beschützt. Das alles bedeutet, daß sie sich auch *dann* auf sein Erwachsenen-Ich verlassen kann, wenn bei ihr im Zustand der Erschöpfung und ängstlichen Erwartung das Kindheits-Ich das Kommando übernimmt. Steht ein Ehepaar eine solche Krise gemeinsam durch, dann hat es einen Präzedenzfall für jede spätere Krise im Leben. «Wenn wir das geschafft haben, schaffen wir alles.» Diese Väter sprechen schnell von «unserem» Baby. Sowohl Vater wie Mutter haben ein gutes Gefühl gegenüber sich selbst, und das überträgt sich auf den Säugling.

Diesen Vätern wird geholfen, schon zu Beginn der Schwangerschaft zu erkennen, daß «die schwangere Frau ebensosehr wie zusätzliche Vitamine und Proteine zusätzliche Liebe braucht. Das gilt besonders für die letzten Monate der Schwangerschaft und für die Stillzeit. Während der Schwangerschaft wird eine Frau oft intro-

* In der Bundesrepublik Deutschland setzen sich die neuen Erkenntnisse über ein auch psychisch gesundes Geburtserlebnis, an dem Mutter, Kind *und Vater* aktiv teilhaben, nur mühsam durch gegen traditionelle Vorurteile, Geschlechtsrollen-Mystifikationen und medizinbürokratische Widerstände. Wie rückständig, inhuman und folgenschwer das «Kinderkriegen» bei uns noch verwaltet wird und was Eltern praktisch tun können, um ihrem Kind einen möglichst günstigen Start ins Leben zu verschaffen, ist aus zwei jüngst erschienenen Büchern zu lernen: Ingrid Mitchell: ‹*Wir bekommen ein Baby. Ein praktisches Übungsprogramm für Übungen während der Schwangerschaft. Die modernste Methode zur Vorbereitung beider Eltern auf ein harmonisches Geburtserlebnis*› (Reinbek: Rowohlt Taschenbuch Verlag, 1971, rororo sachbuch Nr. 6698), sowie Paul und Jean Ritter: ‹*Freie Kindererziehung in der Familie*› (Reinbek: Rowohlt Verlag, 1972) (Anm. d. Übers.).

vertiert und passiv abhängig. Je mehr sie sich in diesen Zustand fallenlassen kann und je mehr Liebe und Trost sie bei den Menschen ihrer Umgebung findet, um so mütterlicher kann sie zu ihrem Kind sein. Professionelle Helfer können ihr die nötige Liebe nicht geben, doch sie können die Familienmitglieder und besonders ihren Ehemann darauf aufmerksam machen, wie wichtig die Liebe ist. In unserer Kultur fürchten Ehemänner und andere Verwandte oft, die werdende Mutter zu ‹verwöhnen›, und gegen diese Einstellung muß besonders angekämpft werden.»*

Das Zusammensein während der Entbindung selbst ist ein idealer Höhepunkt für das vorbereitete Ehepaar. Aber auch wenn die beiden während der Niederkunft nicht beisammen sind, sorgt ihre Kenntnis von El-Er-K, die sie sicher durch die Schwangerschaft gebracht hat, für optimale Konfliktfreiheit. Und auf die kommt es ganz entscheidend an in der ersten Stillzeit des Säuglings. Die warmherzige, streichelnde Mutter ist von dem inneren Disput zwischen Eltern-Ich und Kindheits-Ich befreit, der das NICHT-O. K. in ihr auf den Plan ruft. Ihr emanzipiertes Erwachsenen-Ich kann die Tatsachen zur Kenntnis nehmen, kann über die «Ammenmärchen» hinweggehen und auf die spontanen mütterlichen Gefühle und Wünsche reagieren, das Kind zu halten, zu streicheln und zu liebkosen – ohne erst nachzuprüfen, ob das auch richtig ist. Eines der zählebigsten Vorurteile lautet, daß «man ein Baby nicht ständig hochnehmen soll, weil es dadurch verwöhnt wird». Wird diese Aufzeichnung jedesmal abgespielt, wenn die junge Mutter ihr Kind streicheln will, dann entsteht hier deutlich ein Konflikt, den das Kind spürt. Das Erwachsenen-Ich der Mutter kann diesen dogmatischen Lehrsatz überprüfen und mit ihrer eigenen Beurteilung der Lage verarbeiten, die wohl eher besagt: Wenn man ein Baby bemuttert, solange es ein Baby ist, braucht man es ihn nicht für den Rest seines Lebens zu bemuttern.

(Diese Vorstellungen, man könne ein Kind «verwöhnen» oder müsse ihm seine Angewohnheiten «abgewöhnen», sind mir immer so roh und grausam erschienen, daß nur irgendeine böse Stiefmutter aus dem Märchen sie erfunden haben kann in einem dunklen, dumpfen Turm irgendwo im Moor!)

Die Mutter mit einem starken Erwachsenen-Ich kann die oftmals krisenreichen Beziehungen zur Großmutter oder zur Schwieger-

* Caplan, a. a. O.

mutter so meistern, daß die verheerenden Überkreuz-Transaktionen auf ein Minimum beschränkt bleiben. Sie kann einsehen, daß auch die Großmutter ein El-Er-K hat und daß sowohl El wie K leicht zu «locken» sind. Oder ihr Erwachsenen-Ich kann ihrer Schwiegermutter erklären, daß um den Haushalt sich ein Mädchen kümmern wird und sie, die Mutter, um das Baby. Ihr Erwachsenen-Ich kann ihr die Freiheit geben, daß sie sich einen Dreck kümmert um den Staub auf den Möbeln, während sie sich mit ihrem Kind abgibt, selbst wenn die reiche Tante Adelheid am gleichen Abend mit einem großartigen Geschenk erscheinen wird. Kurz, die jungen Eltern haben die Wahl, wie sie diese neue köstliche Einheit, ihre Familie, gestalten wollen, die aus einem jungen Kind, einem jungen Vater und einer jungen Mutter besteht.

Bei der Erziehung kleiner Kinder ist es höchst hilfreich, an der Grundanschauung ICH BIN NICHT O. K. – DU BIST O. K. festzuhalten. Das Kind ist zufrieden dank dem O. K. der Mutter. Es empfindet sich selbst als NICHT O. K., doch solange sie O. K. ist, hat es einen Halt. Der Wert des elterlichen Streichelns entspricht genau dem Wert, den das Kind in seinen Eltern sieht. Wenn das Kindheits-Ich der Mutter hervor«gelockt» wird und sie auf der Ebene des Kindheits-Ichs in den Clinch geht mit ihrem kleinen Sohn, dann spürt der, daß seine Welt wirklich in schlechtem Zustand ist. Auf beiden Seiten steht ein NICHT O. K.-Kindheits-Ich. Wenn diese Art der Transaktion in der ersten Lebenszeit eines Menschen vorherrscht, dann ist der Boden bereitet, aus dem die Lebensanschauung ICH BIN NICHT O. K. – DU BIST NICHT O. K. hervorgeht, oder im Extremfall sogar die Grundeinstellung ICH BIN O. K. – DU BIST NICHT O. K.

Mutter und Vater (aber besonders die Mutter, da sie in den ersten Lebensjahren der einflußreichste Elternteil ist) müssen auf ihr eigenes NICHT O. K.-Kindheits-Ich achten. Bis zu dem Zeitpunkt, an dem Eltern, besonders Mütter, die nötige Sensibilität, die Wahrnehmungsfähigkeiten und das Interesse entwickelt haben, ein Werkzeug wie El-Er-K bei der Kindererziehung anzuwenden, ist zu erwarten, daß sich die Bösartigkeit der NICHT O. K.-Einstellung ausbreiten und verschlimmern wird. Wenn das Kindheits-Ich der Mutter eine hartnäckige NICHT O. K.-Einstellung einnimmt und sich leicht provozieren läßt von solchen Hindernissen oder Enttäuschungen wie dem Trotzverhalten eines kleinen Kindes, das ebenfalls ein NICHT O. K.-Kindheits-Ich hat, dann ist der Weg frei für die Machtergreifung des Kindheits-Ichs in der Mutter. Dies setzt eine sich rückwärts drehende Spirale von Ereignissen in Gang, wobei immer archaischere Kreisläufe sich zu einem schreiend ausgetragenen Spiel von «Meins ist besser» verengen, dessen letzte Runde die Mutter gewinnt, denn: «Ich bin größer.»

Es ist leicht einzusehen, daß der kleine Mensch nur durch das Erwachsenen-Ich zu einem besseren Lebensvollzug geführt werden kann. Doch Kinder fragen mit Recht: Wie soll ich ein Erwachsenen-Ich entwickeln, wenn die Erwachsenen, die ich kenne, so wenig erwachsen sind? Kinder lernen durch Nachahmung. Am besten kann ein kleines Kind sein Erwachsenen-Ich mit zunehmend stärkeren Sicherungen entwickeln, wenn es nicht dauernd sieht, wie bei den großen Leuten die Sicherungen durchknallen, also wenn es bei seinen Eltern beobachten kann, wie das Kindheits-Ich der Eltern offensichtlich hervorgelockt wurde und in einem Zornausbruch die Transaktion an sich reißen will, wie die Eltern aber das Kindheits-Ich unter Kontrolle halten und mit dem Erwachsenen-Ich reagieren, also vernünftig und überlegt.

Es ist wesentlich wirkungsvoller, ein Erwachsenen-Ich zu demonstrieren als es zu definieren. Damit sind wir bei der Frage, ob Eltern ihren Kindern El-Er-K beibringen sollen. Nach den bisherigen – reichen – Erfahrungen kann das Kind die Grundlagen von El-Er-K überraschend früh verstehen, mit drei oder vier Jahren. Das ist möglich, wenn das Kind die Transaktions-Analyse seiner Eltern miterlebt. Wenn Eltern dabei sind, mit offensichtlichem Vergnügen eine Transaktion zu analysieren, erfaßt das kleine Kind die Bedeutung dessen, was vorgeht. Kinder finden die El-Er-K-Sprache meist lustig. Rasch legen sie die Scheu vor dem Ungewohnten ab und nehmen munter die «Erwachsenenwörter» in den Mund.

Wenn ein Fünfjähriger sagt: «Vater, verbrauche nicht dein ganzes Eltern-Ich», dann zeigt er sein Verständnis dafür, daß auch der Vater «Teile» hat, daß er ein Eltern-Ich und ein Kindheits-Ich hat, die «gelockt» werden können. Wenn der Vater zu dem Fünfjährigen sagt: «Wenn du jetzt nicht aufhörst, lockst du mein Eltern-Ich heraus, und dann ärgern wir uns beide», dann ist der Weg frei für eine Einsicht auf der Erwachsenen-Ebene, daß nämlich sowohl Vater wie Sohn Gefühle haben und gereizt werden können. Diese Übereinkunft zwischen Erwachsenen-Ich und Erwachsenen-Ich kann unmöglich entstehen, wenn der Vater schreit: «Noch einmal, und ich hau dir eine runter, daß dir Hören und Sehen vergeht!» Damit wird nur der Computer im Kind abgeschaltet; es kann nicht das Für und Wider dessen erwägen, «was ich getan habe», sondern kann sich nur noch mit der Tatsache beschäftigen, daß es verhauen werden soll. Und damit: Ende der Nachrichten. Wahrscheinlich hat sein Vater das gleiche von seinem Vater gehört, und so weiter und immer weiter.

Hier ist ein Wort der Warnung angebracht. Wenn das Kind von seinem Kindheits-Ich beherrscht wird, versteht es jeden Hinweis der Eltern auf El-Er-K (und besonders das Benennen von Spielen) als Äußerung des Eltern-Ichs. In kurzer Zeit kann aus der ganzen Sache eine Angelegenheit des Eltern-Ichs werden, und das beeinträchtigt die Nützlichkeit von El-Er-K als Instrument zur Erzeugung von häuslichen Transaktionen auf der Erwachsenen-Ebene. Einem zornigen, Rotz und Wasser heulenden Kind kann man nicht El-Er-K beibringen. Die Lösung liegt darin, erwachsen zu *sein*, wenn der Sturm tobt. Bei anderen Gelegenheiten kann El-Er-K ruhig und sachlich behandelt werden, damit das Kind die Fakten kennenlernt, die ihm zu seinem eigenen «Aha»-Erlebnis verhelfen: Ach sooo, jetzt weiß ich, warum ich so bin! Mit der Zeit können die Kinder durch den Gebrauch dieser Worte ihre Gefühle ausdrücken, statt ihre Frustration in Wutausbrüchen explodieren zu lassen, um die Situation mit dem einzigen Werkzeug, das sie haben, mit ihren Emotionen, zu beherrschen.

Wenn man die fast unüberwindbaren Hindernisse für die Entwicklung des Erwachsenen-Ichs in der Kindheit bedenkt, dann ist das heute herrschende Ausmaß an Irrationalität oder simpler Bösartigkeit nicht überraschend. Die Neugier des Kindes, sein Wissensbedürfnis sind Manifestationen seines entstehenden Erwachsenen-Ichs und sollten von aufmerksamen, verständnisvollen Eltern geschützt und unterstützt werden. Doch Aufmerksamkeit und Wahrnehmungsfähigkeit kann man kaum bei Ehepaaren finden, die *wegen* der stärkeren Forderungen ihres eigenen Eltern-Ichs und Kindheits-Ichs mit den ständigen Forderungen ihrer Kinder kaum fertig werden. Die Emanzipation des Erwachsenen-Ichs von archaischen Daten kann so positive Haltungen wie Geduld, Güte, Respekt und Rücksichtnahme zum erreichbaren Ziel einer persönlichen Wahlentscheidung machen. Zur Wahl steht gegenüber dem kleinen Kind, entweder immer hilfsbereit zu sein oder es in die Ecke zu boxen und fertigzumachen, bis es sich in namenlosem Entsetzen am Boden windet, über sich, brüllend und fauchend, das archaische Eltern-Ich, ein Produkt generationenlanger elterlicher Selbstgerechtigkeit.

Wie der Philosoph gewohnt ist, bei jedem Schritt zu fragen: «Was folgt daraus?», so wäre für Eltern die Frage: «Was ging voraus?» Ein nützlicher Reflex. Was war die ursprüngliche Transaktion? *Wer* hat *was* gesagt? Die Reaktionen von Kindern sind nicht weit von dem entfernt, was sie hervorgerufen hat. Wer sich darin übt, die richtigen Fragen zu stellen und auf die Antworten zu hören, wird rasch auf den Grund der Schwierigkeit stoßen. Wenn ein Kind weinend zu seiner Mutter kommt, hat sie zwei Aufgaben. Einmal muß sie sein verstörtes Kindheits-Ich trösten, zum anderen sein Erwachsenen-Ich zum Funktionieren bringen. Sie kann etwa sagen: «Ich kann sehen, daß jemand dich unglücklich gemacht hat ... und es ist schwer, klein zu sein ... und manchmal kann man nichts tun als weinen ... kannst du mir sagen, was passiert ist? Hat jemand etwas zu dir gesagt, was dich unglücklich gemacht hat?» Sehr rasch erzählt das Kind, welche Transaktion den Kummer ausgelöst hat, und Mutter und Kind können darüber von Erwachsenen-Ich zu Erwachsenen-Ich reden. Manchmal stellen wir fest, daß Kinder einander ausnutzen. Zum Beispiel tauscht die große Schwester ihre Groschen gegen die Fünfziger der kleinen Schwester, weil «Zehner größer sind». Zwar tadeln wir sofort die große Schwester für diesen unfairen Handel, aber wir müssen uns fragen: «Wo hat sie das gelernt?» Vielleicht war es nur angeborener Einfallsreichtum, vielleicht aber hat sie von den Eltern gelernt: Sei schlau und sieh zu, daß du eine Menge Geld hast; eigentlich ist Geld wichtiger als Menschen (selbst als kleine Schwestern).

Wir vergessen oft, wie rasch sich unsere Werturteile in den Handlungen unserer Kinder wiederspiegeln. Ein neunjähriges Mädchen verdichtete die Lebensweisheit ihrer Eltern zu folgender Dichtung: «Es war einmal ein Mädchen, das hieß Clarissa Nancy Imogene LaRose. Sie hatte eine Glatze und riesige Plattfüße. Aber sie war sehr reich, und der Rest war leicht.»

Neben der Frage: «Was ging voraus?» kann das Erwachsenen-Ich auch fragen, was hier *die* wichtige Überlegung ist. Das Eltern-Ich ist redegewandt und kann alle möglichen Gründe dafür angeben, warum man muß, soll, nicht darf usw. Dieser Redefluß trifft das kleine Kind, als käme er aus einem Wasserschlauch, und verstanden wird überhaupt nichts. Das Erwachsenen-Ich kann auswählen und nur den besten Grund nennen, nicht alle Gründe. Besonders verwirrend ist für ein Kind eine Transaktion, bei der die Eltern als Antwort auf eine Frage des Kindes umständlich *alle* Gründe aufzählen, warum es etwas nicht tun soll, statt einfach den *Hauptgrund* anzugeben. Wenn dieser Hauptgrund nicht triftig genug ist, um in einfachen Worten dargestellt zu werden, dann sollte man vielleicht die ganze Sache fallenlassen.

Eine Sechsjährige kommt mit ihren vier Freunden in die Küche. Es ist kurz nach halb eins. Die Mutter bereitet das Mittagessen zu und kostet davon. Die Sechsjährige sagt: «Mutter, können wir etwas zu essen haben?»

Die Mutter antwortet mit vollem Mund: «Nein, es gibt gleich Mittagessen. Du ißt zuviel Süßigkeiten. Das ist schlecht für deine Zähne. Du wirst Plomben kriegen.» (Die Mutter hat Plomben!) «Wenn du jetzt etwas ißt, schmeckt dir das Essen nicht.» (Die Mutter ißt jetzt!) «Geh hinaus und spiele. Immer machst du die Küche schmutzig. Warum räumst du nie etwas auf?» Das ist eine großartige Gelegenheit für das Eltern-Ich der Mutter, die Kleine mit einer ganzen Reihe moralisierender «Außerdems» zu quälen. Die Kinder murren und gehen, und zehn Minuten später sind sie wieder da, um ihr lustiges (oder weniger lustiges) Spielchen zu wiederholen.

Der *wirkliche* Grund für die Verärgerung der Mutter war: «Warum mußt du immer alle Nachbarskinder mitbringen? Ich habe es satt, alle Bonbons den Nachbarskindern zu geben. Für uns sind nie welche übrig.» In diesem Moment war das der wirkliche Grund, und es war ein stichhaltiger Grund. Aber weil sie sich nicht direkt äußern konnte, überschüttete sie ihre Tochter mit einer Lawine von allerlei Vorwürfen. Statt an dieser Art von Transaktion zu wachsen, duckt sich das Kind und beginnt Umwege (oder Irrwege) zu lernen, auf denen es das Establishment schlagen kann. Wenn «Höflichkeit» ihre Mutter daran hinderte, den wahren Grund zu nennen, dann hätte sie besser sagen sollen: «Nein – wir sprechen später noch darüber.» Dann, in Abwesenheit der anderen Kinder, hätte sie ihrem eigenen Kind die Realitäten erklären können. Oder sie hätte sich eine Nascherei ausdenken können, die auch den anderen Kindern zugute gekommen wäre, aber die «teuere» Leckerei, die Bonbons, verschont hätte.

So belud sie die Transaktion mit Widersprüchen, die das Kind veranlassen, sich zu fragen: «Wie kommt es, daß du gegessen hast und wir nichts essen dürfen? Was ist so schlimm an Plomben? Du hast selbst Plomben. Du machst die Küche auch schmutzig. Du ißt Süßigkeiten. Wieviel sind zuviel Süßigkeiten?» Für das Kind ist das genauso erniedrigend, wenn nicht empörend, wie wenn ein Erwachsener, der seinen Chef um eine Gehaltserhöhung gebeten hat, darauf eine Deklamation der Zehn Gebote anhören müßte.

Wer etwas beweisen will, verläßt sich am besten auf sein *stärkstes* Argument. Er verwirrt seinen Fall nicht durch Belanglosigkeiten. Die gleiche Regel gilt für Eltern. Sie sind erfolgreiche Erzieher, wenn sie sich auf den *besten* Grund beschränken. Dann hat das Erwachsenen-Ich des Kindes eine feste Richtschnur, und sein Computer wird nicht mit widersprüchlichen Daten überladen. Es hat zudem die Möglichkeit, aus der Transaktion mit Selbstachtung, statt mit einem überwältigenden NICHT-O. K. hervorzugehen. Man liest seinem Angestellten nicht die Zehn Gebote vor, denn man achtet sein Erwachsenen-Ich. Wer will, daß in seinem Kind das Erwachsenen-Ich wächst, der muß es respektieren.

Das Kind im Schulalter

Wenn der Sechsjährige mit mutigen Schritten an jenem festlichen ersten Tag in die Schule geht, dann hat er etwa 25 000 Stunden zweifach bespieltes Bandmaterial dabei. Auf einer Spur ist sein Eltern-Ich, auf der anderen sein Kindheits-Ich aufgezeichnet. Außerdem hat er einen großartigen Computer, der Reaktionen auswerfen und tausende gescheiter Einfälle produzieren kann, *wenn* er nicht übermäßig damit beschäftigt ist, die Probleme des NICHT-O. K. zu lösen. Der helle kleine Junge ist derjenige, der viel gestreichelt worden ist, der gelernt hat, sein Erwachsenen-Ich anzuwenden und ihm zu vertrauen, und der weiß, daß sein Eltern-Ich O. K. ist und auch dann O. K. bleiben wird, wenn er sich NICHT O. K. vorkommt. Er wird die «erwachsene» Kunst des Kompromisses gelernt haben (obwohl mit Rückschlägen gerechnet werden muß), er wird die Selbstsicherheit besitzen, die aus dem erfolgreichen Umgang mit Problemen entsteht, und er wird ein gutes Gefühl gegenüber sich selbst haben. Das andere Extrem ist der schüchterne, verschlossene Junge, dessen Bandaufnahmen aus 25 000 Stunden eine Kakophonie bellender Kommandos und beißender Kritik wiedergeben zum langsamen, gleichmäßigen Rhythmus von NICHT O. K., NICHT O. K., NICHT O. K.... Auch er verfügt über einen leistungsstarken Computer, doch er hat kaum einen Nutzen davon.

Wenn das Kind seinen Computer nicht richtig einsetzen kann, dann hat es höchstwahrscheinlich niemals einen bei der Arbeit gesehen, oder es hatte niemanden, der ihm half, seinen Computer in

Gang zu setzen. Wenn ein Kind in der Schule schlechte Leistungen zeigt, beklagt es sich über seine Schwächen mit der Äußerung: «Ich bin dumm», und seine Eltern werden sagen: «Er leistet längst nicht soviel, wie er könnte.» Das Grundproblem ist die Hartnäckigkeit seiner Grundanschauung ICH BIN NICHT O. K. – DU BIST O. K. Wenn die Schule nicht wirklich fähige Lehrer hat, dann ist sie der Ort, wo im schulischen Sinne «die Reichen reicher werden und die Armen ärmer». Bei einem Kind, das offenkundige Schulprobleme hat – störendes Verhalten, Tagträumen oder schwache Leistungen –, kann man voraussetzen, daß es sich ständig mit seinem ICH BIN NICHT O. K. – DU BIST O. K. beschäftigt. Die Schule ist eine Wettbewerbssituation mit zu vielen verstärkenden Drohungen für das Kindheits-Ich und zu wenig Möglichkeiten am Anfang, durch vielleicht nur symbolische Leistungen sein NICHT O. K. zu verringern. Die ersten Schuljahre können das Grundmuster sich wiederholender Prüfungs-Transaktionen festlegen, die nach Auffassung des Kindes die Richtigkeit seiner NICHT O. K.-Anschauung mit den daraus resultierenden Gefühlen der Sinnlosigkeit und der Verzweiflung immer nur unterstreichen. Das wirklich Mißliche an dieser Situation ist, daß heute das ganze Leben ein einziger Wettbewerb ist, angefangen beim Familienleben und fortgesetzt durch die ganze Schulzeit bis zum Berufsleben innerhalb der Gesellschaft. Ein Mensch kann lebenslänglich dazu verurteilt sein, wie Sisyphos gegen den Stein, gegen seine erdrückende NICHT O. K.-Gefühle anzukämpfen, ohne sie je abwälzen zu können und damit über den Berg zu sein. Das fängt an in der Familie und Schule und geht weiter während der erwachsenen Jahre, und es versagt ihm die Leistungen und Befriedigungen, die auf der eigentlichen Freiheit beruhen, sein eigenes Schicksal zu steuern.

Ich rate Eltern von Kindern mit Schulschwierigkeiten, El-Er-K zu lernen, es ernst zu nehmen und anzufangen, ihre Transaktionen mit dem Kind auf der Erwachsenen-Ebene durchzuführen. Sie müssen immer an den primären Einfluß des NICHT-O. K. denken. Als Regel gilt: Im Zweifelsfalle streicheln. Das wird das ängstliche, eingeschüchterte Kindheits-Ich trösten, während das Erwachsenen-Ich sich mit den Realitäten der Situation auseinandersetzen kann. Sehr häufig werden jedoch diese Realitäten dem Kind nicht klargemacht. Ein Kind, das ein Zeugnis mit der Bemerkung: «Muß sich mehr Mühe geben» nach Hause bringt, übersetzt das in ein elterliches, undifferenziertes DU BIST NICHT O. K. Was das Kind wissen muß, ist «wieviel Mühe und wobei». Die Feststellung: «Ist zu langsam» schließt die Frage ein: Wie schnell wäre etwa richtig? Man muß dem Kind helfen, ein Gebiet zu finden, wo es erfolgreich ist oder sein kann. Das läßt sich nicht durch eine schriftliche Prüfung erreichen, weil dabei natürlich die alte Aufzeichnung abgerufen wird, die besagt: «Ich kann es nicht, warum soll ich es also versuchen?» Viel läßt sich erreichen, wenn man dem Kind zuhört und mit ihm redet. Hat ein Kind Schulschwierigkeiten, so ist es sinnlos, anzunehmen, daß mehr vom gleichen Stoff bei Nachhilfestunden, in den Ferien und an den Wochenenden in seinen Kopf hineingetrichtert werden könne, wenn nicht ein klar abgegrenztes Problem herausgegriffen und für sich gelöst wird. Das Eltern-Ich sagt: «Du mußt mehr arbeiten.» Das Erwachsenen-Ich fragt: «*Was* mehr?»

Ist es möglich und ratsam, die Transaktions-Analyse in der Schule anzuwenden? Erziehung wird als das größte Heilmittel für die Übel dieser Welt gepriesen. Diese Übel kommen jedoch tief aus den Wurzeln unseres Verhaltens. Daher könnte eine *Erziehung zur Einsicht in das Verhalten* durch ein leicht verständliches System wie El-Er-K sehr wohl einen entscheidenden Beitrag zur Lösung der Probleme leisten, die uns bedrängen und zu zerstören drohen. Die Aufgabe, die vor uns liegt, ist fast unvorstellbar groß; doch irgendwie und irgendwann müssen wir den unaufhaltsamen Marsch der Generationen in den Irrsinn oder in anderen Formen der Selbstzerstörung, die ihren Ursprung in der Kindheit haben, doch zum Stillstand bringen.

Die Behandlung von Kindern in der Vorpubertät

Manche Eltern betrachten die Vorpubertät als die letzte Ruhepause vor dem Aufstand der Hormone und Haarmähnen der Pubertät und Adoleszenz, die eine vielleicht schon schwierige Beziehung zwischen Kindern und ihren Eltern noch schwieriger machen. In dieser Zeit kommen die Kinder in der Schule und bei anderen sozialen Kontakten am meisten mit neuen Gedanken ihrer Umwelt in Berührung. In dieser Zeit ergänzen die Kinder ihre frühen Spiele durch neue, einfallsreiche Züge, die manche Eltern zur Raserei und andere zum Arzt treiben. Wir dürfen nicht vergessen, daß das Kindheits-Ich die Sicherheit braucht, die durch Verbundenheit, Beständigkeit, Streicheln, Anerkennung, Beifall und Unterstützung vermittelt wird. Manche Kinder haben festgestellt, daß sie diese Sicherheit am besten erreichen, wenn sie sich anpassen, mit anderen zusammenarbeiten und, falls ihre Eltern das erlauben, kreativ sind. Andere, die nicht gelernt haben, auf diesem Weg ihr Streicheln zu bekommen, gebrauchen weiterhin die manipulierenden Methoden des Dreijährigen wie etwa: ein großes Theater machen, andere auf die Probe stellen, Wettstreit, Ausweichen, Stehlen und Verführen. Diese Kriegslisten können vor allem dann die Familie zerrütten, wenn das Kind sie in der Vorpubertät mit seiner scharfen Intelligenz noch verfeinert und vergiftet.

Viele Eltern behandeln ihre Kinder in der Vorpubertät, als seien sie noch vier Jahre alt. Häufig geschieht das, weil sich die Eltern die strenge Kontrolle erhalten wollen, doch noch häufiger erkennen sie einfach nicht, wie sehr sich das Kind von Jahr zu Jahr verändert und seine Fähigkeiten zum Gebrauch des Erwachsenen-Ichs entwickelt. Schließlich lernt das Kind durch sein Erwachsenen-Ich die realistische innere Kontrolle. Die Erkenntnis, daß es ein Erwachsenen-Ich hat und nicht mehr nur ein «dummes kleines Kind» ist, befreit Familien-Transaktionen sofort von sehr erheblichen Spannungen.

Meine Patienten in der Vorpubertät lernten El-Er-K ziemlich leicht und fanden es aufregend und nützlich. Bestärkt durch die Anteilnahme ihrer Eltern entwickelte sich rasch ihr Verständnis für die Transaktions-Analyse. Während der innere *und* der äußere Dialog zwischen Eltern-Ich und Kindheits-Ich weniger polemisch wurde, gewann das Erwachsenen-Ich an Freiheit und konnte sich der wichtigen Aufgabe widmen, das Leben kennenzulernen. In dieser Zeit hängen Jungen und Mädchen Tagträumen darüber nach, was sie einmal werden wollen. Sie werden begeisterte Idealisten und sehnen sich nach Nähe und Wärme im verwandelten Umgang mit ihren Freunden. In dieser Zeit beginnen sie schwierige Fragen zu stellen: «Was ist richtig, was ist falsch? Was ist gut, was ist schlecht oder böse?» Es ist eine Zeit, in der sich die Tom Sawyers und Huckleberry Finns Blutsbrüderschaft schwören und mehr und immer mehr vom Leben erwarten. In dieser Phase wird das Kind besonders feinfühlig dafür, was für ein Leben seine Eltern führen. In den Jahren der Vorpubertät wird deutlich, daß es nicht genügt, ein guter Vater oder eine gute Mutter zu sein, als wäre das die einzige Funktion des Erwachsenen, sondern daß mehr dazugehört, daß man eine abgerundete Persönlichkeit sein muß mit vielseitigen und produktiven Interessen am ganzen Leben und sich nicht immer im selben engen Kreis herumdrehen darf voller Sorgen und Ängste um «*mein* Kind, *meine* Familie und die Frage, ob *ich* meine Elternaufgabe gerecht werde oder nicht».

Es gibt eine selbstzerstörerische Haltung der Eltern, die «zu Hause sitzen und sich sorgen, ob sie das Beste für ihr Kind tun, und leben, als wäre ein wohlerzogenes Kind der einzige Sinn ihres Lebens. Das Schlimme ist, daß in so vielen Familien bei Vater und Mutter ein Schuldbewußtsein erzeugt wurde darüber, ob sie ihre Kinder richtig erziehen. Sie glauben, ihre jeweiligen Pflichten nur treu erfüllen zu müssen, damit in ihrem Kind ein gutes Ergebnis entsteht. Das ist, als versuche man nur glücklich zu sein, um glücklich zu sein. Doch Glück ist ein Nebenprodukt ...»*

Auch das Glück der Kinder kann man nicht direkt herbeizaubern oder herbeirackern, es entsteht von selbst, nebenbei! Wenn ein Junge nur damit rechnen kann, später ein Vater zu werden, der sich «um ein Gör kümmern muß» (wie er eins ist), warum soll er sich dann anstrengen? An diesem Punkt sollten sich Vater und Mutter lieber fragen: Was für ein Mensch bin ich in Gegenwart meines Kindes? statt: Was für ein Vater, was für eine Mutter bin ich? Ich möchte, daß es glücklich ist. Geht es bei uns zu Hause fröhlich zu? Ich möchte, daß es kreativ ist. Begeistere ich mich für neue Dinge? Ich möchte, daß es etwas lernt. Wie viele Bücher habe ich in den letzten Monaten, Jahren gelesen? Ich möchte, daß es Freunde hat. Wie freundlich bin ich? Habe ich meinem Kind jemals gesagt, woran ich glaube? Ich möchte, daß es großzügig ist. Habe ich ein Gefühl für die Bedürfnisse anderer außerhalb meiner eigenen Familie?

Menschen ziehen nicht das zu sich heran, was sie möchten, sondern das, was sie sind. Menschen erziehen auch nicht die Kinder, die sie möchten, sondern die Kinder, die das reproduzieren, was die Eltern sind. Im «Aus-sich-herausgehen» der Eltern können die Kinder den Weg erkennen, der sie wegführt von ihrer eigenen Beschäftigung mit dem NICHT-O. K. «Dort draußen», in der Welt und bei den Menschen, wo die Dinge geschehen, können unter der Leistung des immer stärker werdenden Erwachsenen-Ichs Erfahrungen gemacht werden, die O. K.-Gefühle hervorrufen als Gegengewicht zu den frühen Gefühlen des NICHT-O. K. und der Verzweiflung.

* A. Watts: ‹*A Redbook Dialogue*›. In: *Redbook*, Bd. 127, Nr. 1 (Mai 1966).

Das adoptierte Kind

Die Vorpubertät ist eine besonders schwierige Zeit für Kinder, die mit zusätzlichen Belastungen zu kämpfen haben. In dieser Zeit kann zum Beispiel das adoptierte Kind plötzlich in erbitterte Rebellion gegen seine Eltern ausbrechen trotz all der gutgemeinten Geschichten, die man ihm über sein «Auserwähltsein» erzählt hat. Es war lange die Standardansicht der Adoptionsvermittler, daß dem kleinen Kind so früh wie möglich gesagt werden müsse, daß es ein Adoptivkind ist – so früh, daß sein Erwachsenen-Ich der Transaktion noch längst nicht gewachsen sein kann. Aus einer solchen Belehrung entnimmt das Kind nur, daß es anders ist. Im Alter von drei oder vier Jahren hat es unmöglich genügend Daten zur Verfügung, um zu begreifen, was Adoption bedeutet. Es muß nur wissen, daß es zu jemandem gehört, nämlich zu seinen Eltern. Die Einzelheiten der biologischen Herkunft bedeuten ihm in diesem Alter wenig. Doch manche Adoptiveltern machen aus der Adoption, aus der Tatsache, daß «wir dich unter all den anderen ausgewählt haben», eine so große Sache, daß der kleine Mensch eine Verpflichtung fühlt, der er unmöglich gewachsen ist. Wie kann ich jemals gut genug zu dir sein, wenn du so gut warst, mich auszuwählen? Es ist die gleiche Art von Demütigung, wie wenn ein Mensch sich bei einem anderen dafür bedankt, daß er ihn als Menschen behandelt – zum Beispiel, wenn ein älterer Mensch sich bei einem jüngeren dafür ausdrücklich bedankt, daß der ihn gegrüßt hat. Das Gefühl der Andersartigkeit kann in dem adoptierten Kind die NICHT O. K.-Einstellung auf die Spitze treiben, bis es nur noch aus schreiender, bockiger Frustration besteht. Ich bin in dieser Frage der Ansicht, daß ein Gespräch über die Adoption hinausgeschoben werden sollte, bis das Kind, vielleicht mit sechs oder sieben Jahren, ein entsprechend starkes Erwachsenen-Ich hat. Eltern mögen davor zurückschrecken und mit dem Bedürfnis nach «völliger Aufrichtigkeit gegenüber meinem Kind» argumentieren. Vielleicht geht es hier um ein wichtigeres Prinzip als um abstrakte Aufrichtigkeit, nämlich um eine echte Rücksichtnahme auf den kleinen Menschen, der unmöglich all die komplizierten Daten dieser Transaktion verarbeiten kann. Wir schreiten doch auch sonst ein und beschützen unsere Kinder vor anderen Dingen, die sie noch nicht verstehen können. Warum sollten wir hier nicht einschreiten und sie vor einer «Wahrheit» beschützen, die sie nicht begreifen?

«Aber die Nachbarskinder werden es ihm sagen», protestieren die Eltern. Sicher werden sie. Aber wie diese Information von dem Kind aufgenommen wird, hängt weitgehend von der Reaktion seiner Eltern ab. Wenn der Vierjährige kommt und berichtet, daß die anderen Kinder sagen, er sei adoptiert, und nun fragt: «Was heißt ‹adoptiert›?», dann kann die Mutter das zu etwas Unwichtigem machen. Sie versichert dem Kind: «Du gehörst zu uns.» Ich glaube wirklich, daß es für das Kind besser ist, wenn man ihm sagt: «Ja, du bist in Mutters Bauch gewachsen», obwohl das nicht der objektiven Wahrheit entspricht, als wenn man ihm in allen Einzelheiten erklärt, wie es im Bauch irgendeiner anderen Mutter gewachsen ist. Wenn das Kind das Empfinden bekommt, daß es wirklich dazugehört, wird es etwas später im Leben ein Erwachsenen-Ich haben, das stark genug ist, zu begreifen, warum seine Eltern es «belogen» haben: aus Liebe zu ihm, um es nicht mit einer verwirrenden und beängstigenden Wahrheit zu belasten.

Es bleibt eine schwierige Frage für die Eltern, was sie dem Adoptivkind sagen sollen. Es ist fragwürdig, ihm zu sagen, daß es adoptiert ist, und es ist nicht minder fragwürdig, ihm das nicht zu sagen. Allmählich wird das Kind es wissen. Doch wenn die Eltern den Zeitpunkt, die Methode und die Einzelheiten auswählen, können sie die Mitteilung so modifizieren, daß das Kind vor den NICHT O. K.-Folgen geschützt wird. Es mag für das Kind leichter sein, später, wenn es ein Erwachsenen-Ich entwickelt hat, die «Lüge aus Liebe» zu akzeptieren, als in zartem Alter zu erfahren, daß es grundsätzlich und wesentlich anders ist als alle anderen. Es läßt sich nicht festlegen, was man sagen soll. Aber es ist möglich, den Eltern zu helfen, die Situation des NICHT O. K.-Kindheits-Ichs und die unterschiedlichen Einflüsse ihres eigenen El-Er-K zu erkennen. Mit dieser Einsicht können die Eltern «nach dem Gehör spielen» und frei improvisieren über folgendes Thema:

«In jeder konkreten Situation ist das ‹Beste› identisch mit dem ‹geringsten Übel›. In jedem Lügen ist etwas Übles, weil es allmählich die Vertrauensbasis zerstört. Ein Mensch, der gut sein will, muß sorgsam gegeneinander abwägen, was das geringere Übel ist und was seine Pflicht, weil die *einzige Alternative schlimmer ist.* Oft wünschen wir in einer solchen Situation, wir könnten die grausame Entscheidung umgehen, aber das ist unmöglich, denn wir stehen vor einer erzwungenen Wahl. Selbst der Verzicht auf eine Entscheidung ist in sich eine Entscheidung, und vielleicht eine Entscheidung für die schlimmere der einzig möglichen Alternativen. Der Mensch, der die Entscheidung verweigert, ist dadurch nicht von der Verantwortung befreit, sondern offenkundig schuldig. Wir sind ebenso verantwortlich für das Übel, das wir zulassen, wie für das Übel, das wir begehen.»*

Deshalb müssen wir hoffnungsvoll auf der Grundlage dessen vorgehen, was wir wissen. Verständnis für die Situation des kleinen Kindes ist ein Wissensfaktor, der den Eltern zu jenen Entscheidungen verhilft, die maximales Streicheln, maximale Abschwächung des NICHT-O. K. und maximale Bestätigung der Wahrheit, daß «du zu uns gehörst», bewirken. Dieses Verständnis wird auch den Adoptiveltern helfen, wachsam gegenüber ihrem eigenen NICHT O. K.-Kindheits-Ich zu sein. Viele Menschen, die keine Kinder haben können, fühlen sich so NICHT O. K., daß sie das Adoptivkind überfordern: *Dieses* Kind kann uns jedenfalls nicht blamieren, usw.

Die Last des NICHT-O. K. ist noch drückender für das Pflegekind, aber wie bei jedem Kind müssen wir dort anfangen, wo wir uns jetzt befinden. Wir können nicht in eine Vergangenheit zurückgehen, die nie existiert hat, und dort die Umstände rekonstruieren. Der Nutzen von El-Er-K liegt darin, daß es Ordnung in das Chaos der Gefühle bringt, daß es Eltern-Ich, Erwachsenen-Ich und Kindheits-Ich trennt und eine Wahl ermöglicht.

Die Kinder aus geschiedenen Ehen sind auch Waisen, wenn auch Opfer einer anderen Katastrophe: der furchteinflößenden, zermalmenden Explosion der Gefühle, die eine Familie auseinandergerissen hat. Im besten Fall ist eine Scheidung eine NICHT O. K.-Situation, die garantiert, das NICHT O. K.-Kindheits-Ich aller Beteiligten hervorlockt. Bei diesen unglücklichen menschlichen Vorfällen ist das Erwachsenen-Ich gewöhnlich sehr wenig beteiligt. Und hier liegt das Hauptproblem. Mutter und Vater sind so völlig in Überkreuz-Transaktionen befangen, daß die Kinder sich allein durchwurschteln müssen. Selbst wenn die Eltern sich wirklich kümmern um ihre Kinder, *können* sie ihnen häufig nicht so viel Hilfe geben, daß sie das Zerbrechen der Familie ohne die Ängste und Demütigungen überstehen, die das NICHT-O. K. so sehr verstärken. In dieser Situation wie in allen Situationen, in denen Kinder unter starker Belastung leben müssen, gibt es immer noch die Möglichkeit, daß sie sich selbst vom

* Elton Trueblood: ‹*General Philosophy*› (New York: Harper & Row, 1963).

Chaos der Vergangenheit befreien. Man muß ihnen helfen, ihr Erwachsenen-Ich zu erkennen, mit dem sie ihre eigene Realität und ihren eigenen Ausweg aus dem Dschungel der Gefühle finden können.

Das mißhandelte Kind

Das mißhandelte Kind ist auf Mord programmiert. Dieses Kind wurde wiederholt so brutal geschlagen, daß Haut und Knochen verletzt wurden.

Was wird im Kindheits-Ich und was im Erwachsenen-Ich des kleinen Menschen während solcher Prügel aufgezeichnet?

Im Kindheits-Ich werden katastrophale Gefühle von Entsetzen, Furcht und Haß registriert. Ein Kind, das in solchen Folterqualen kämpft und um sich schlägt (man muß sich in seine Lage versetzen), schnaubt und keucht innerlich: Wenn ich so groß wäre wie du, dann würde ich dich töten! Hier verändert sich die Grundanschauung zum psychopathischen ICH BIN O. K. – DU BIST NICHT O. K.

Im Eltern-Ich wird die Erlaubnis zur Grausamkeit, wenn nicht zum Töten aufgezeichnet, außerdem die Einzelheiten, wie man's macht.

Später in seinem Leben kann dieser Mensch unter entsprechender Belastung diesen alten Aufzeichnungen nachgeben: Er hat den Wunsch zu töten (Kindheits-Ich) und die Erlaubnis dazu (Eltern-Ich). Und er tut es!

In vielen Staaten gibt es im Zusammenhang mit Kindesmißhandlung Gesetze, nach denen Ärzte die Behörden verständigen müssen, wenn sie bei bestimmten Verletzungen ihrer Patienten den Verdacht der Mißhandlung haben. Die Frage ist: was dann? Die Prognose sieht schlecht aus, wenn das Kind nicht bis zur Vorpubertät in intensive Behandlung kommt, damit es den Ursprung seiner Mordgelüste verstehen und außerdem erkennen kann, daß es trotz seiner Vergangenheit eine Wahl für die Zukunft hat. Wenn die Gesellschaft dem mißhandelten Kind weniger als das anbietet, dann spielt sie mit einem geladenen Revolver.

Es gibt natürlich verschiedene Arten von Mißhandlung. Ich bin der festen Überzeugung, daß jede körperliche Mißhandlung von Kindern wiederholbare gewalttätige Gefühle erzeugt. Der aufgezeichnete Befehl lautet: Wenn alles andere fehlschlägt, *schlag zu*! Die letzte Instanz ist Gewalt.

Ich halte nichts von Züchtigungen, gleich welcher Art, mit einer Ausnahme: wenn das Kind zu klein ist, um eine Gefahr zu begreifen. Schläge können dann die einzige Möglichkeit sein, ihm einzuprägen, daß es nicht auf die Straße laufen darf. In dieser Situation sind sie höchst effektiv, wenn sie nicht täglich bei völlig ungefährlichen Übertretungen angewandt werden: wenn eins zum Beispiel die Milch umkippt oder die Schwester haut. Denn es ist unmöglich, mit Gewalt Gewaltlosigkeit zu lehren.

Auch Eltern, die im allgemeinen eher menschlich als unmenschlich sind, holen gelegentlich bei ihren Kindern aus. Mit Hilfe von El-Er-K kann über die Gefühle in Kind und Eltern gesprochen werden, so daß sich aus dem Vorfall etwas Konstruktives ergeben kann: zum Beispiel, wie man ihn beim nächstenmal vermeidet. Für die Eltern ist es wichtig, zu erkennen, daß ihr eigenes Kindheits-Ich durchdreht, wenn sie sich zu körperlicher Bestrafung hinreißen lassen. Mit Disziplin hat das gar nichts zu tun, am wenigsten mit Selbstdisziplin (der Eltern!).

Der amerikanische Psychoanalytiker Bruno Bettelheim schrieb einmal: «Wir wollen uns einen Augenblick lang der einfachen Übung widmen, das Wort ‹Disziplin› wirklich zu definieren. Es kommt aus dem Lateinischen und hat die gleiche Wurzel wie *discipulus*, der Schüler. Nun ist ein Schüler nicht jemand, dem man eins auf den Kopf haut. Es ist jemand, der sich zu einem Lehrer begibt und lernt, was der Lehrer weiß. Dieses Konzept liegt der Disziplin zugrunde. Wenn Sie also Ihren Kindern zeigen: ‹Wenn man wütend ist, dann schlägt man; auf diese Weise erreicht man etwas›, dann werden die Kinder das nachahmen. Und dann beschweren Sie sich über die Gewalttätigkeit in unseren Städten.»*

El-Er-K und geistig behinderte Kinder

Wenn wir erkennen, daß alle Kinder unter der Bürde des NICHT-O. K. leiden, fangen wir an zu verstehen, welch bedrückende Last das geistig behinderte Kind zu tragen hat. Es fühlt sich nicht nur NICHT O. K., es ist tatsächlich in bezug auf seine intellektuelle Begabung weniger O. K. als andere Kinder. Zu seiner geistigen Behinderung kommen häufig andere körperliche Schäden und sichtbare Entstellungen, sie

* B. Bettelheim: ‹*Hypocrisy Breeds the Hippie*›. In: *Ladies Home Journal*, März 1968.

rufen bei anderen Menschen Reaktionen hervor, die sein geringes Selbstwertgefühl nur noch mehr schwächen. Es hat zusätzliche Schwierigkeiten, seinen defekten Computer zu gebrauchen, weil er durch den ständigen zerstörerischen Einfluß des NICHT-O. K. noch weiter beschädigt wird.

Seine Unfähigkeit, in einer Gesellschaft des dauernden Vergleichs und des Wettbewerbs zu bestehen, führt manchmal zu Konflikten, die eine Pflege in einer Anstalt erforderlich machen, wo dieser Wettbewerb auf ein Minimum reduziert ist. Doch sein emotionaler Aufruhr quält das Kind weiterhin selbst und seine Umgebung. Die Wirksamkeit der Psychotherapie bei geistig Behinderten ist ein viel diskutiertes Thema. In der psychiatrischen Literatur ist wenig darüber zu finden. Die Gruppentherapie steckt noch in ihren Anfängen. Die traditionellen Methoden, die in den meisten Anstalten angewandt werden, umfassen gütige elterliche Kontrolle, strukturierte Zeit, Vermeiden übermäßigen Wettbewerbs und eine Chance für relativen Erfolg bei Arbeiten, die der Patient tun kann. Solche Methoden waren insofern recht erfolgreich, als sie dem Behinderten ein sicheres und manchmal auch glückliches Leben ermöglichten. Sie bestehen jedoch vorwiegend aus Transaktionen zwischen Eltern-Ich und Kindheits-Ich, die dem Kind wenig dabei helfen können, innere Kontrolle durch die Stärkung seines Erwachsenen-Ichs zu entwickeln. Ein ständiges Problem für das Anstaltspersonal war immer die langwierige Aufgabe, mit emotionalen Krisen fertig zu werden.

Dennis Marks, Kinderarzt und Direktor von Laurel Hills, einem vor kurzem fertiggestellten, 100 Betten umfassenden Behandlungszentrum für Behinderte, führte 1966 in Sacramento ein neues Programm zur Unterrichtung Behinderter in El-Er-K ein. Marks kam zu der Ansicht, El-Er-K sei ein so leicht verständliches System, daß es den Patienten seines Zentrums beigebracht werden könne. Diese Patienten sind zwischen sechs Monaten und siebenundvierzig Jahr alt und repräsentieren alle Formen und Grade der geistigen Behinderung. Jene, die an den El-Er-K-Gruppen teilnehmen, haben einen Intelligenz-Quotienten im Bereich von 30 bis 75. Ein Drittel leidet an deutlichen bis schweren körperlichen Behinderungen, und viele leiden an krampfhaften Störungen. Ein Drittel besteht aus Privatpatienten, zwei Drittel wurden durch öffentliche Einrichtungen wie Sozialämter und gelegentlich auch durch die Bewährungshilfe überwiesen. Sie kommen aus ihren Elternhäusern, von Pflegeeltern und gelegentlich von Landeskrankenhäusern oder Besserungsanstalten für Jugendliche. Im Sinne des chronologischen Alters sind die meisten Jugendliche und junge Erwachsene.

Die Anwesenheit hilfloser behinderter Kinder bedingt den Ausschluß von Kinder, die ihr aggressives Verhalten nicht kontrollieren können. Die offene Einrichtung (ohne verschlossene Türen) erfordert zudem den Ausschluß von Kindern, die entweder extrem destruktiv oder stark antisozial sind oder beabsichtigen, davonzulaufen. Ausnehmend aktive und lärmende Kinder haben bei dieser Organisationsstruktur jedoch beachtliche Freiheit und können akzeptiert werden.

Die beiden dringlichsten Probleme sind deshalb, wie man das stark erregte, kampflustige Kind beruhigt, und wie man das Kind davon abhält, davonzulaufen. Besonders in diesen beiden Situationen hat sich nach Marks' Berichten die Anwendung der Transaktions-Analyse als sehr erfolgreich erwiesen.

Die Gruppe von dreißig jungen Menschen trifft sich einmal wöchentlich in einem großen Aufenthaltsraum des Zentrums. Sie sitzen in zwei Reihen in einem Kreis, von dem aus Marks und die Tafel für jeden sichtbar sind. Der Vertrag (ein Begriff, der ihnen vertraut ist) besagt: «Wir sind hier, um El-Er-K zu lernen. Es soll uns helfen zu begreifen, wie Menschen funktionieren, damit wir die ganze Erregung und den ganzen Aufruhr gegen angenehmen Zeitvertreib und unterhaltsame Aktivitäten eintauschen können.» Die Gruppe wird zuerst in die Grundlagen von El-Er-K eingeführt: die Kennzeichnung der drei Teile einer Persönlichkeit, die durch die drei Kreise Eltern-Ich, Erwachsenen-Ich und Kindheits-Ich dargestellt werden. Marks hilft dann den Kindern, zu identifizieren, «welcher Teil spricht», wenn ein Teilnehmer der Gruppe etwas sagt. Zum Beispiel fragt er die Gruppe: «Wer spricht jetzt?», «Ist das Johns Eltern-Ich oder sein Erwachsenen-Ich oder sein Kindheits-Ich?» Auf diese Weise lernen sie auch, Worte zu identifizieren. «Wenn du ein Stück Obst anschaust, und es ist verdorben, und du sagst ‹das ist *schlecht*›, dann ist das das Erwachsenen-Ich. Wenn du ein Bild anschaust, das jemand malt, und es gefällt dir nicht, und du sagst ‹das ist schlecht›, dann ist das das Eltern-Ich. Es ist kritisch, und du fällst ein Urteil. Wenn du weinend in das Spielzimmer läufst und schreist: ‹Alle sind *schlecht* zu mir›, dann ist das das Kindheits-Ich.» Die Jugendlichen lernen sehr schnell, auf diese Weise Worte und Handlungen zu identifizieren. Sie finden es befriedigend und halten es für eine Erfahrung, die ihnen hilft, ihr Erwachsenen-Ich oder ihren Computer zu erkennen.

Auch mit dem Wort «Computer» sind die Kinder vertraut. Daß sie unter ihrem Erwachsenen-Ich einen Computer verstehen, hat es möglich gemacht, über geistige Behinderung zu sprechen, ein Thema, das in den meisten Anstalten kaum erwähnt wird. Marks stellt das der Gruppe so dar:

«Ein Mann hat vielleicht einen Computer für eine Million Dollar, und ein anderer hat einen für zehntausend Dollar, aber darum kümmern wir uns nicht. Alles, was wir tun müssen, ist, herauszufinden, wie wir am besten den Computer einsetzen, den wir haben. Schließlich braucht man keinen Computer für eine Million Dollar, um nett zu den Leuten zu sein oder um eine Arbeit gut zu machen.»

Das ganze Programm beruht auf der häufig wiederholten Feststellung: ICH BIN O. K. – DU BIST O. K. Die Jugendlichen wiederholen sie im Chor am Anfang und Ende jeder Sitzung, und in ihrem Alltag wird sie zu einem Schlüssel, der Emotionen aus- und ihr Erwachsenen-Ich einschaltet. Man hilft ihnen zu verstehen, daß das Kindheits-Ich vergleichen will. Marks erklärt:

«Das Kindheits-Ich will sagen: ‹Meins ist besser›, und: ‹Ich habe einen besseren Computer als du.› Auf diese Weise fühlt das Kindheits-Ich sich besser. Das Kindheits-Ich sorgt sich auch immer darum, wer klüger ist. Aber das Erwachsenen-Ich kann einsehen, daß Klugheit nicht die wichtigste Sache im Leben ist, denn sonst gäbe es nur wenige glückliche Menschen auf der Welt: den besten Maler, oder den besten Mathematiker, oder den besten Musiker. Und alle anderen wären unglücklich, weil sie nicht so gut sind. Die Gruppe versteht diese Erklärung und akzeptiert sie.»

Zu dem Problem der Kontrolle aggressiven Verhaltens berichtet Marks, daß ein stark erregtes, kampflustiges Kind innerhalb von zwei oder drei Minuten beruhigt werden kann. Er erklärt, daß die Grundlage dafür in der Gruppe gelegt wird. Es wird klar gemacht, daß es dreierlei Methoden der Zügelung gibt: die des Eltern-Ichs, die des Erwachsenen-Ichs und die des Kindheits-Ichs. Er läßt einen Jungen aufstehen und tut so, als wolle er ihn schlagen. «Dann packe ich ihn am Arm und halte ihn», sagt Marks, «und frage die Gruppe: ‹Wie halte ich Joe zurück?›» Sie werden zugeben, daß es sich hier um eine Zügelung durch das Erwachsenen-Ich handelt, weil er nur daran gehindert wird, zuzuschlagen. Dann tut Marks, als schlage er zurück, und sie identifizieren das ohne weiteres als Zügelung durch das Kindheits-Ich. Dann tut Marks, als lege er ihn übers Knie und schlage ihn, und das wird rasch als Zügelung durch das Eltern-Ich erkannt. Wie dieses Verständnis bei Problemen der emotionalen Kontrolle eingesetzt wird, erklärt Marks so:

«Eines Tages kam ich in ein Zimmer, in dem drei Personen einen Jungen festhielten, der entsetzlich erregt war, vor Zorn zitterte und jeden um ihn herum schlagen wollte. Es war ein Junge mit einem IQ von 50, der meistens freundlich und angenehm war. Ich ging zu ihm und legte meine Arme eng um ihn, um ihn zurückzuhalten. Er zitterte und schrie: ‹Laß mich in Ruhe, laß mich in Ruhe . . .› Nach etwa zwanzig Sekunden sagte ich:

‹Hör mal, Tom, wie halte ich dich zurück? Durch das Eltern-Ich, das Erwachsenen-Ich oder das Kindheits-Ich?›

Er brüllte: ‹Eltern!›

Ich sagte: ‹Wirklich nicht, Tom. Ich schlage dich doch nicht. Dann wäre Eltern richtig. Und ich kämpfe nicht mit dir. Was wäre das?›

‹Das wäre das Kindheits-Ich›, sagte er.

‹Also wie halte ich dich zurück? Durch mein Eltern-Ich, Erwachsenen-Ich oder Kindheits-Ich?›

‹Mit dem Erwachsenen-Ich›, erwiderte Tom.

‹Okay, das ist prima, Tom›, sagte ich. ‹Und jetzt zeigen wir diesen Leuten, wie wir das machen. Nimm meine Hand, und dann sagen wir, was wir immer sagen.› Er ergriff meine Hand und murmelte: ‹ICH BIN O. K. – DU BIST O. K.›, und wir gingen zusammen in den Fernsehraum, wo ich ihm vorschlug, sich mit den anderen eine Sendung anzuschauen.

Die ganze Episode von der Begegnung mit einem zitternden, wutschnaubenden Kind bis zu dem gemeinsamen Gang in den Fernsehraum dauerte genau drei Minuten. Es kam darauf an, das Kindheits-Ich aus- und das Erwachsenen-Ich einzuschalten. Das geschah durch die einfache Frage: ‹Wie halte ich dich zurück?› Es gab keine Möglichkeit, sich mit diesem zornigen, wilden Gefühlsknäuel, genannt Kind, zu unterhalten; es gab in diesem Augenblick bestimmt keine Möglichkeit zu erfahren, was Tom ärgerte. In diesem Moment war meine Absicht nur, sein Verhalten zu modifizieren und die Krise hinter uns zu bekommen. Solange mein Kindheits-Ich ihn beherrschte, konnte nichts ‹Vernünftiges› gesagt oder gehört werden.»

Das traditionelle Eltern-Ich hätte zur Auseinandersetzung mit dieser Situation wesentlich länger gebraucht, und Toms NICHT O. K.-Kindheits-Ich hätte heftiger als je zuvor darunter gelitten, ein so «schlimmer Junge» gewesen zu sein. So aber kam durch die Beherrschung des Erwachsenen-Ichs durch den Gewinn der Selbstkontrolle und die Rückkehr zur Gruppenaktivität ein gewisses Maß an O. K. ins Spiel.

Die Jugendlichen reagieren ohne weiteres auf die Vorstellung, «das Erwachsenen-Ich einzuschalten» und das ängstliche Kindheits-Ich oder das vorwurfsvolle Eltern-Ich abzudrehen (wie man das bei einem Fernsehapparat tut).

Ein anderes Beispiel von Marks betrifft eine Fluchtsituation. Hier ging es um ein schüchternes achtzehnjähriges Mädchen mit einem IQ von 68, das mit leiser Stimme spricht und gewöhnlich sehr wenig zu sagen hat. Eines Tages kam Marks an ihrem Zimmer vorbei und stellte fest, daß sie alles gepackt hatte und reisefertig war. Als sie ihn sah, schluchzte sie unter Tränen: «Ich brauche diesen Ort nicht mehr. Ich gehe weg!»

Die übliche elterliche Reaktion hätte darin bestanden, ihre Gefühle abzustreiten durch etwas wie: «Natürlich gehst du nicht weg. Du gehst jetzt und ißt mit den anderen Kindern zu Mittag. Sonst gehst du überhaupt nirgends hin. Überhaupt, womit willst du denn verreisen?»

Das hätte ihr Kindheits-Ich nur noch entschlossener und aufsässiger und zorniger gemacht. Es gibt keine Möglichkeit, mit dem Gefühlswirrwarr im Kindheits-Ich zu «argumentieren», wenn es die Situation beherrscht.

Marks setzte sich statt dessen auf das Bett des Mädchens und sagte: «Du fühlst dich heute bestimmt nicht O. K. Carolyn. Jemand muß dein Kindheits-Ich wirklich herausgelockt haben.»

«Ja», gab sie rasch zur Antwort.

«Was ist denn passiert?» fragte Marks.

«Sie erlauben mir nicht, ein Taschenbuch zu kaufen», sagte Carolyn.

«Weißt du», sagte Marks, «ich mag dein NICHT O. K.-Kindheits-Ich, aber jetzt möchte ich mit deinem Erwachsenen-Ich reden. Weißt du was? Du nimmst meine Hand, und wir sagen: ICH BIN O. K. – DU BIST O. K.» Das taten sie. Und das war der Schlüssel, der in wöchentlichen Sitzungen seit Jahresbeginn geformt worden war. Dann konnte Marks mit ihrem Erwachsenen-Ich reden, und ihr Erwachsenen-Ich konnte erkennen, daß an diesem Tag keiner mit ihr gehen konnte, um das Taschenbuch zu kaufen, daß sie aber vielleicht morgen oder übermorgen gehen könne. Das war einfach, sobald ihr Erwachsenen-Ich wieder dominierte, aber unmöglich, solange das Kindheits-Ich die Kontrolle hatte. Carolyn räumte ihre Koffer weg und ging zum Essen. Das ganze dauerte vier Minuten.

«In beiden Fällen», kommentierte Marks, «haben wir erreicht, was wir wollten. Wir unterdrückten die emotionale Krise und bereicherten unsere Beziehung. Ich wage zu sagen, daß diese jungen Leute in einem Zeitraum von einigen Monaten, vielleicht Jahren genug Selbstkontrolle und Datenverarbeitung lernen könnten, damit sie sich als o. k. empfinden und entsprechend handeln – vorausgesetzt, daß sie eine ausreichende Zahl solcher Beziehungen haben.»

Zusammenfassend können wir sagen, daß die Lösung für die Probleme aller Kinder ungeachtet ihrer Situation die gleiche Lösung ist, die auf die Probleme der Erwachsenen zutrifft. Wir müssen mit der Erkenntnis beginnen, daß wir die Vergangenheit nicht ändern können. Wir können nur die Vergangenheit von der Gegenwart trennen, indem wir das Erwachsenen-Ich gebrauchen. Es kann lernen, die Aufzeichnungen des Kindheits-Ichs mit seinen archaischen Ängsten und die Aufzeichnungen des Eltern-Ichs mit ihrer verwirrenden Wiedergabe einer vergangenen Realität «herauszuhören». Eltern, die das durch ihre Kenntnis und Anwendung von El-Er-K beherrschen, können auch ihren Kindern helfen, zu unterscheiden zwischen dem Leben, das sie empfunden haben (Kindheits-Ich) und dem Leben, wie es wirklich ist und wie es auch für sie sein kann (Erwachsenen-Ich). Sie werden feststellen, daß diese Methode von größtem Wert in der bevorstehenden Zeit der Umstellung ist, in den Jahren der Pubertät, die wir im nächsten Kapitel untersuchen.

10. El-Er-K und Jugendliche

Wenn du dich mit mir unterhalten willst,
dann definiere deine Begriffe.

Voltaire

Eines Tages berichtete ein Sechzehnjähriger aus einer meiner Jugend-Gruppen den folgenden Vorfall: «Ich stand an der Straßenecke, und die Ampel war rot. Mein Eltern-Ich sagte: ‹Geh nicht über die Straße›, mein Kindheits-Ich sagte: ‹Geh trotzdem›, und während ich überlegte, was ich tun sollte, wurde die Ampel grün.»

So sind die Jahre der Adoleszenz. Teenager werden mit großen und kleinen Entscheidungen konfrontiert. Doch häufig scheinen sie auf Umstände warten zu müssen, die an ihrer statt entscheiden, weil sie nicht wirklich frei sind, für sich selbst zu entscheiden. Ihr Gehirn hat fast den Höchststand seiner Entwicklung erreicht. Ihr Körper ist reif. Doch rechtlich und wirtschaftlich sind sie abhängig, und ihre Bemühungen um Emanzipation werden oft durch die Erkenntnis unterhöhlt, daß sie sowieso nicht wirklich ihre eigenen Entscheidungen treffen können – warum sollen sie sich also um gute Entscheidungen bemühen. Sie haben das Gefühl, sie könnten sich ebensogut durch die Adoleszenz treiben lassen und darauf warten, daß die Ampel grün wird. Unter diesen Umständen kann sich das Erwachsenen-Ich nicht entwickeln. Wenn sie plötzlich nach dem Gesetz mündig sind, kommen sie sich hilflos vor, sie wissen nicht, was sie tun wollen, und viele von ihnen verbringen die Zeit in der Hoffnung, daß etwas geschehen wird, daß ihnen jemand begegnen wird, daß irgendwie irgendwas sie begeistern und aktivieren wird. Doch zu diesem Zeitpunkt ist ein Viertel ihres Lebens vorbei.

Durch äußere und innere Zwänge fallen die Transaktionen des Teenagers häufig in die alten Muster von Kindheits-Ich gegen Eltern-Ich zurück. Wenn in der Pubertät die Hormone aktiv werden und sich der Jugendliche von seinen Eltern als Hauptquelle des Streichelns abwendet und in seiner eigenen Altersgruppe eine neue Art von Streicheln sucht, werden die Gefühle des Kindheits-Ichs verstärkt wiedergegeben. Die NICHT O. K.-Aufzeichnungen kommen mit vermehrter Häufigkeit zu Wort, doch die in der Kindheit erlernten Methoden, mit den NICHT O. K. fertig zu werden und es kleiner zu machen, können jetzt gefährlich sein. Die verführerische Niedlichkeit des kleinen Mädchens muß jetzt zum Schutz sowohl vor äußeren wie vor inneren neuen Entwicklungen unter Kontrolle gebracht werden. Die Prahlerei «Meins ist besser» des kleinen Jungen muß um des guten Benehmens willen modifiziert werden, wenn der Jugendliche den schmerzlichen Vorgang der Selbstkontrolle erlernt. Kommunikation muß neu gelernt und revidiert werden. Der Jugendliche wird auf die Bühne gestoßen mit einer neuen Rolle in den Händen, die er noch nie gelesen hat, und zunächst wird er mit seinem Text nicht sehr gut fertig. Er ist wie ein Flugzeug, das mit voller Geschwindigkeit zwischen zwei Wolkenschichten hindurchrast. Unter ihm steigen schnell die brodelnden Wolken sexueller Begierden und des rebellischen Kampfes um Unabhängigkeit auf; von oben senkt sich drohend das Gewölk elterlicher Besorgnis und Mißbilligung auf ihn herab. Er hat das Gefühl, daß er in die Enge getrieben wird, und sucht verzweifelt nach einem Ausweg.

Das zentrale Problem liegt darin, daß er und seine Eltern häufig noch unter den Voraussetzungen des alten Vertrags zwischen Eltern-Ich und Kindheits-Ich leben. So sehr er sich selbst auch als Erwachsenen sieht, er *empfindet* immer noch wie ein Kind. Die Eltern können eine ihrer Meinung nach völlig vernünftige Handlungsweise vorschlagen und werden frustriert, verwirrt und verletzt durch seine wütende Zurückweisung, mit der er *ihr* Kindheits-Ich herauslockt. Häufig besteht das Problem darin, daß er seine realen Eltern mit seinem subjektiven Eltern-Ich verwechselt. Er kann Mutter und Vater seiner Teenager-Zeit nicht verstehen, weil die alten Aufzeichnungen Mutter und Vater des Dreijährigen wiedergeben mit all den Klapsen, entsetzten Blicken und donnernden Nein-Rufen dieser ersten Jahre. Der äußere Reiz wirkt auf Eltern-Ich, Erwachsenen-Ich und Kindheits-Ich des Teenagers gleichzeitig ein. Die Frage ist: Wer übernimmt die Transaktion? Während der Kindheit wird ständig das Kindheits-Ich aktiviert, obwohl es je nach Individuum eine große Zahl von Transaktionen des Erwachsenen-Ichs gibt. Das Kindheits-Ich ist in dieser emotional belasteten Lebensphase äußerst verletzlich oder «leicht zu locken». Während bei dem kleinen Menschen die Reaktionen des Kindheits-Ichs rasch als «kindisch» rationalisiert werden konnten, wirken diese gleichen Reaktionen jetzt auf die Eltern bedrohlich und zerstörerisch. Das Türenknallen des Fünfjährigen kann recht erschreckend sein, wenn es von einem ein Meter siebzig großen Fünfzehnjährigen ausgeführt wird. Das Schmollen des kleinen Mädchens wirkt häßlich und macht einen rasend, wenn man es bei einem Teenager sieht. Was bei dem kleinen Jungen als gewohnheitsmäßiges «Geschichten erfinden» gilt, erscheint bei dem Heranwachsenden unter der Überschrift «Lügen». Die frühen Aufzeichnungen sind die gleichen. Viele Schutzmethoden des Kindheits-Ichs werden in den Jahren der Adoleszenz weiter angewandt. Bertrand Russell schreibt darüber:

«So viele Dinge waren mir verboten, daß ich mir angewöhnte, meine Umwelt zu hintergehen. Diese Methode behielt ich bis zum Alter von einundzwanzig Jahren bei. Der Gedanke wurde mir zur zweiten Natur: was immer ich tat, besser für mich zu behalten, und ich habe nie ganz den Impuls überwunden, meine Lektüre zu verstecken, wenn jemand ins Zimmer kommt. Nur durch eine gewisse Willensanstrengung kann ich diesen Impuls unterdrücken.»*

Diese «Willensanstrengung» bewirkt das Erwachsenen-Ich. Das Erwachsenen-Ich kann die alten Aufzeichnungen identifizieren. Es kann auch erkennen, daß ihre Wiedergabe in der Adoleszenz unangemessen und unwirksam ist. Es ist also ganz entscheidend wichtig, dem Erwachsenen-Ich die Kontrolle über diesen seiner Größe nach erwachsenen Menschen zu überlassen, damit die Realitäten der Gegenwart gegenüber den Realitäten der Vergangenheit den Vorrang erhalten können.

Bei der Behandlung geht es vor allem darum, sowohl bei dem Jugendlichen wie bei seinen Eltern das Erwachsenen-Ich zu befreien, damit es zu einer Abmachung zwischen Erwachsenen-Ich und Erwachsenen-Ich kommen kann. Ohne emanzipiertes Erwachsenen-Ich wird das Leben für beide Teile zu einem unerträglichen *double bind*. Das Problem des Heranwachsenden ist, daß er in sich ein starkes, unruhestiftendes Eltern-Ich hat und in eben der Umgebung leben muß, in der sich dieses Eltern-Ich entwickelt hat und noch immer von den realen Eltern verstärkt wird. Wenn die Eltern sich bedroht und geängstigt fühlen, suchen sie immer öfter bei ihrem eigenen Eltern-Ich nach «Großeltern-Lösungen», die so unange-

* Russell: ‹*Autobiographie*›, a. a. O.

messen sein können wie der Versuch, ein Düsenflugzeug mit Heu zu betreiben. Sowohl die Eltern wie der Jugendliche sind so bedroht, daß beide ihr Erwachsenen-Ich ausschalten. Der Jugendliche lebt die Gefühle seines Kindheits-Ichs aus, und die Eltern übergehen die Transaktionen aus Angst, ihre Gefühle könnten die Oberhand gewinnen, meist *ihrem* Eltern-Ich (Großmutter und Großvater). Ohne eine Abmachung zwischen Erwachsenen-Ich und Erwachsenen-Ich existiert keine gemeinsame Realität, und die Kommunikation hört auf.

Seit langem bewundere ich die jüdische Zeremonie des Bar-Mizwa. Sie ist die symbolische und öffentliche Unterzeichnung eines neuen Vertrags oder eine Darlegung gegenseitiger Erwartungen. Am Ende des dreizehnten Lebensjahres wird der jüdische Junge ein jüdischer Mann, der Verantwortung und religiöse Pflichten übernimmt. Das tut er nicht ohne Vorbereitung. Dieser Moment ist ein seit langem feststehendes Ziel, und durch vom hebräischen Gesetz (Bar-Mizwa heißt «Sohn des Gebots») vorgeschriebene strenge Ausbildung und Disziplin wird er auf die Übernahme der Verantwortung vorbereitet.

Es ist bedauerlich, daß nicht im Leben jedes Jugendlichen ein ähnliches Ereignis stattfinden kann. Ich kenne eine nicht-jüdische Familie, die am vierzehnten Geburtstag ihres Sohnes zu Hause eine ähnliche Zeremonie abhielt. Dabei wurde ihm erklärt, daß er jetzt für alle seine ethischen Entscheidungen verantwortlich sei. Er nahm diese Verantwortung mit Ernst an, obwohl er einige Bedenken über die Konsequenzen äußerte. In diesem Fall wird es zweifellos gutgehen, weil dieser junge Mann auf seine Verantwortung vorbereitet ist. Seit seiner frühen Kindheit hat man ihm dabei geholfen, ethische Entscheidungen zu treffen, und er hat beobachtet, wie seine Eltern auf Grund ihrer eigenen verbindlichen ethischen Maßstäbe schwierige Entscheidungen trafen.

Häufig werden Jugendliche gefragt: «Was willst du werden?» Es ist schwierig, diese wichtige Frage frei und eigenständig zu verarbeiten, wenn die Computerzeit dauernd von dem nicht abgeschlossenen Thema: «Was bin ich gewesen?» beansprucht wird.

Wenn die Vergangenheit verstanden und eingeordnet ist, wird der Computer nicht ständig von archaischen Themen in Anspruch genommen und ist frei für Kreativität und für Auseinandersetzungen mit der Realität. Dann hat der Jugendliche eine echte freie Wahl, kann sehen, wohin die Reise geht, und schwierige Entscheidungen über sein Ziel treffen, statt sich fatalistisch mit einer Route abzufinden, die er nicht gewählt hat.

In meiner Praxis habe ich mehrere Jugendgruppen, die wöchentlich zusammenkommen. Die Eltern haben ebenfalls Möglichkeiten, sich abends zu treffen. Das Hauptproblem ist die Kommunikation. Ermüdend häufig durchgespielte Überkreuz-Transaktionen lassen das Gespräch in der Familie kaum noch über Phrasen wie: «Gib mir bitte die Butter» und «Ich brauche Geld fürs Wochenende» hinausgehen. Der erste Schritt in der Behandlung besteht darin, Jugendlichen und Eltern die Sprache und Begriffe von El-Er-K beizubringen. Das ist eine wirksame *Sortiermethode*, die sowohl beim Teenager wie bei seinen Eltern in das Chaos der Gefühle und elterlicher Gebote Ordnung bringt. Die Eltern sind beherrscht von Furcht, Schuld, Ungewißheit und Wunschdenken. Die Jugendlichen – auch! Wenn man ihnen eine Sprache gibt, die das erklärt, stellen sie viele Gemeinsamkeiten fest, vor allem, daß beide Teile ein Eltern-Ich, ein Erwachsenen-Ich und ein Kindheits-Ich haben. Wenn ein Jugendlicher erkennt, daß seine Eltern ein Kindheits-Ich mit ebenso vielen schmerzlichen Aufzeichnungen haben wie er selbst, dann nimmt diese Entdeckung dem Konflikt schon viel von seiner Schärfe. Mit Hilfe dieser neuen Sprache lassen sich die Schwierigkeiten verringern.

Es ist jedoch nicht immer eine einfache Sache, eine Familie aus einem Schlachtfeld in eine Oase des Friedens zu verwandeln. Manche Jugendliche trennen sich nicht leicht von ihrem Spiel «Es sind immer die andern», auch wenn sie einigermaßen einsehen können, wie es funktioniert. Ebenso hängen Eltern an ihrem Spiel «Sie sehen, ich gebe mir wirklich die größte Mühe». Wenn das Klima in einer Familie besonders stürmisch und feindselig ist, kann man die Spiele wirksam dadurch beenden, daß man den Jugendlichen für kurze Zeit, vielleicht für eine Woche, in ein Krankenhaus aufnimmt. Das unterstreicht nicht nur die Tatsache, daß zu Hause etwas falsch ist, es reißt ihn auch aus dem häuslichen «Mistbeet» heraus, wo das Kindheits-Ich so leicht ins Kraut schießt, und versetzt ihn in eine förderliche Umwelt, wo er sein Erwachsenen-Ich aktivieren kann.

Viele Eltern haben Angst davor, dem Erwachsenen-Ich ihrer heranwachsenden Kinder schwierige Entscheidungen zuzutrauen. Ein Vater eines jungen Mädchens sagte: «Als sie fünf war und mit meinem Rasiermesser spielte, mußte ich ihr das wegnehmen. Jetzt sehe ich, wie sie mit anderen, noch viel gefährlicheren Dingen spielt, und was soll ich nun sagen – mach nur weiter und spiel damit?» Der Unterschied ist, daß sie mit fünf noch nicht über genug Daten verfügte, um ganz zu begreifen, welche Folgen ihr Tun haben könnte. Doch mit vierzehn stehen dem jungen Mädchen genügend Daten zur Verfügung (oder können ihm zur Verfügung stehen), um alle möglichen Folgen zu begreifen – unter der Voraussetzung, daß die Eltern sich im Laufe der Jahre bemüht haben, ihm Maßstäbe, Realitäten, die Bedeutung der Menschen und den eigenen Wert zu vermitteln.

Vertrauen in das Erwachsenen-Ich ist die einzige konstruktive Möglichkeit, mit den vielen alarmierenden Schreckensnachrichten fertig zu werden, die Jugendliche nach Hause bringen können. Wenn die Tochter nach Hause kommt und verheult gesteht: «Ich krieg ein Kind», dann schlägt wahrscheinlich die Nadel vom El-Er-K-Seismographen mächtig aus. Das Eltern-Ich der Eltern wird sich in großer Verärgerung und Verachtung äußern. Ihr Kindheits-Ich wird jammervoll und traurig (wieder ein Versagen) und zornig (wie konntest du uns das antun!) und schuldbewußt sein (weil das elterliche Eltern-Ich das elterliche Kindheits-Ich mit seiner Mißbilligung straft). Womit begegnen die Eltern dem Geständnis ihrer Tochter? Wenn Eltern-Ich und Kindheits-Ich dastehen und die Hände ringen, könnte man sagen, daß das Erwachsenen-Ich still in der Ecke sitzt und überlegt, was zu tun ist. Das Erwachsenen-Ich kann bestimmen, welche Inhalte von Eltern-Ich und Kindheits-Ich zugelassen werden als konstruktive Daten, mit denen man der Tochter vielleicht doch ein wenig helfen kann, mit dieser schwierigen Situation fertig zu werden. Es stärkt wesentlich die innere Kraft der Tochter, wenn sie sieht, wie ihre Eltern mit den eigenen verzweifelten Gefühlen kämpfen und dennoch das Erwachsenen-Ich dominieren lassen, das auf der Grundlage des Realen und des Liebevollen sein Vorgehen plant.

In den kommenden Monaten wird die blutjunge werdende Mutter selbst diese Vorherrschaft des Erwachsenen-Ichs dringend benötigen. Das Erwachsenen-Ich kann alle Realitäten verarbeiten: die Gefühle von Eltern und Tochter, den schmerzlichen inneren Dialog bei beiden, das extreme NICHT-O. K., das in beiden abläuft, die Familienschande, die von beiden getragen werden muß, die Schwierigkeit, zu tun, was getan werden muß, die Entscheidung für oder gegen eine Heirat, die Entscheidung, ob das Kind in ein Heim gegeben werden soll oder nicht – kurz, die Folgen.

Ein Beispiel für die Wirklichkeitsfremdheit gewisser elterlicher

Verfügungen ist die Behandlung von Sex vor der Ehe. Die roten Alarmflaggen, mit denen Eltern seit Generationen mit mehr oder weniger Erfolg vor einer Schwangerschaft oder vor Geschlechtskrankheiten gewarnt haben, sind beide nach den Entdeckungen der Wissenschaft kein rotes Tuch mehr. Es gibt immer noch die sehr reale Konsequenz der «Familienschande», obwohl auch sie an Bedeutung verloren hat, weil heute viele Mitglieder der Elterngeneration eine positive Einstellung zu außerehelichen sexuellen Erfahrungen haben. Wie sehr sich die Einstellung zur Sexualität überhaupt und auch zur vor- und außerehelichen Liebe (mit und ohne Anführungszeichen) gewandelt hat, wird an jedem Zeitungskiosk, in jedem Kino und an jeder Litfaßsäule augenfällig.

Die Betrachtungsweise des Erwachsenen-Ichs kann ganz anders aussehen, wenn es um die Frage geht: «Was wird damit Menschen angetan?»

«Viele junge Leute vertreten die Ansicht, wenn zwei Menschen sexuelle Aktivitäten bejahen, wenn sie sich darin einig sind, daß es um keine dauernde Bindung geht, und wenn keiner einen Nachteil hat, dann könne das alles nicht schaden. Der Schaden besteht darin, daß etwas Wertvolles – Sexualität – entwertet worden ist. Sie war zufällig und nicht all das wert, was aus ihr gewonnen werden könnte. Es kommt darauf an, die Erfahrung ungefährdet zu überstehen. Der Fehler an der vorehelichen sexuellen Aktivität ist nicht, daß etwas weggegeben wurde, sondern daß etwas fehlte, daß nicht genug gegeben wurde.»*

Kein Dogma ist absolut gültig außer dem Satz, man darf nie Menschen als Dinge benutzen, selbst wenn einer dieser Menschen man selbst ist. Wenn eine flüchtige Verbindung auf lange Sicht einen Mangel an Selbstwertgefühl und eine Verstärkung der NICHT O. K.-Anschauung bewirkt, dann hat die vor- oder außereheliche Sexualität nur eine körperliche Entspannung gebracht und nicht die andauernde Ekstase zweier Menschen, die eine unbegrenzte Verantwortlichkeit füreinander teilen. Denn wie kann man diese Beziehung unbegrenzt respektieren, wenn so viele andere ein vorrangiges Recht auf die Zuneigung der Partner haben? Außerdem berichten viele Mädchen, daß die Erfahrung unangenehm ist und daß sie keinen Orgasmus erreichen können. «Es soll so großartig sein», sagte

* Forrest A. Aldrich, Vortrag bei einer Konferenz über Familienfragen in Zephyr Point, Nevada, 30. August 1966.

ein Mädchen. «Ich kapier das nicht.» Ein Junge antwortete auf die Frage, ob seine Freundin den Orgasmus erreicht: «Oh, danach konnte ich sie nicht fragen. So gut kannte ich sie nicht.» Sexualverkehr ohne persönliche Intimität kann nur zu einem Verlust an Selbstwertgefühl führen. Das gilt auch für die Ehe.

Es bleibt das Problem: Wie können Sexualität und Liebe zum Gesprächsthema zwischen einem Heranwachsenden und einem Erwachsenen werden, wenn die beiden getrennt sind durch Schweigen, durch Ungeschicklichkeit, durch Mißtrauen, durch Verbitterung oder durch die dogmatische Weigerung des Jugendlichen, mit Vater oder Mutter überhaupt noch über solche Dinge zu reden? («Was soll's? Die Platte kenne ich!»)

Das folgende Gespräch zwischen mir und einer Fünfzehnjährigen zeigt eine Möglichkeit, mit Hilfe von El-Er-K über komplizierte Beziehungsprobleme einschließlich Sex zu reden, die Teenager beschäftigen. Zum Zeitpunkt dieses Interviews war das Mädchen vier Stunden in Einzelbehandlung und achtmal in der Therapiegruppe gewesen. Hier handelt es sich um eine Einzelstunde. «A» bedeutet Arzt, «P» steht für Patientin.

P: Wissen Sie, Sie reden genau wie ein Psychiater – natürlich sind Sie einer. Aber das ist ganz typisch.

A: Ist das schlimm?

P: Es ist genau wie eines dieser Fernsehprogramme. Diese psychiatrischen Sendungen sind mir widerwärtig. Ich hasse sie. Und ich rede genau wie ein typischer Patient. Ich meine, ich weiß, daß ich wirklich einer bin.

A: Warum sprechen Sie nicht über El-Er-K?

P: Oh, das kann ich heute nicht. Ich kann es nicht anwenden, ich wende es jetzt nicht an. Heute mache ich alles völlig falsch.

A: Wissen Sie, was Sie damit sagen?

P: Nein.

A: Sie sagen zu diesem Menschen, der sich benimmt wie ein Psychiater: «Ich fordere Sie heraus, mich zu ändern.» Sagen Sie das nicht in Wirklichkeit?

P: Wann habe ich das zu Ihnen gesagt?

A: Nun, das ist es, was Sie eigentlich meinen. Ich frage Sie, warum Sie Ihr El-Er-K nicht anwenden, und Sie sagen: «Ich wende es nicht an, ich werde es nicht anwenden, ich fordere Sie heraus, mich zu zwingen, es anzuwenden.»

P: Ich sagte nicht, daß das immer so sein soll. Ich sagte nur, daß ich es heute nicht anwende und daß mir nicht danach ist. Ich bin nervös, daran liegt es. Schon seit ein paar Tagen bin ich nervös.

A: Sie wollen also heute nervös spielen.

P: Nein. Ich will überhaupt nichts spielen. Ich will ein stärkeres Beruhigungsmittel.

A: Sie wollen ein stärkeres *Beruhigungsmittel*?

P: Warum nicht? Ich brauche ein stärkeres Beruhigungsmittel. Ich hätte heute gar nicht kommen sollen. Wissen Sie, ich wollte gar nicht kommen.

A: Sie wollen ein stärkeres Beruhigungsmittel, weil Sie keine Lust haben, Ihr El-Er-K anzuwenden.

P: Ich habe es angewandt, und ich habe es versucht, aber ich bin ungeduldig, und ich –

A: Was ist so neu daran?

P: Was neu daran ist? *(Lacht.)* Das war nicht nett. Ich meine, ich bin sehr ungeduldig, und das war ich nicht, als ich aus dem Krankenhaus kam.

A: Ist das die einzige Wahl, die Sie haben: ungeduldig zu sein?

P: Nein, ich versuche es nicht zu sein, aber manchmal bin ich es.

A: Drehen Sie dann durch?

P: Nicht unbedingt, aber ich merke, wie ich wütend werde, und dann, wenn ich meine Wut nicht herauslasse, werde ich ganz zitterig. Verstehen Sie? ... Ich hasse das alles, und heute hasse ich jeden. Ich höre auf mit dieser Behandlung. Na, klingt das nicht nach typisch Patient?

A: Nach Patient mit Lächeln – ich freue mich, daß Sie lächeln.

P: Oh, ich kann darüber lächeln. Ich bin ... es macht mich nervös. Aber wissen Sie, was ich mache?

A: Was?

P: Wenn ich lächle, dann lache ich, und dann komme ich ganz durcheinander, und –

A: Können Sie mir sagen, was Sie durcheinanderbringt?

P: Nein!

A: Kommen Ihnen die Tränen?

P: Ich hoffe nicht. Nein, mir geht es gut. Ich bin heute durcheinander, ich weiß – ich *hasse* das. Das bringt uns nicht weiter – warum hören wir nicht einfach auf mit meiner Therapie, und ich nehme Pillen. Was ist denn los mit mir – außer Kopfweh und dem normalen Kram, der –– Was ist mein Problem?

A: Sie wollen nicht größer werden.

P: Das haben Sie mir schon einmal gesagt. Sie sagten, ich wolle nicht erwachsen werden. Das war nicht fair.

A: Ich sagte «größer werden», nicht wahr, aufgeschlossen werden für neue Gedanken.

P: Was für Gedanken?

A: El-Er-K.

P: Dafür war ich aufgeschlossen, als ich im Krankenhaus war. Als ich nach Hause kam, ging es mir ziemlich gut.

A: Warum ist Ihr Erwachsenen-Ich heute nicht eingeschaltet?

P: Ich weiß nicht.

A: Alles, was Sie sagen, ist: «Ich bin nervös, ich kann nicht, ich wäre heute am besten nicht hergekommen, Sie sind auch nur so ein Psychiater, und ich bin ein Patient.»

P: Na, das *sind* wir heute doch auch.

A: Gut, das war eine Feststellung. Das kam durch das Erwachsenen-Ich. Das sind wir heute.

P: Ich kann nicht Tag für Tag El-Er-K treiben.

A: Das wäre keine schlechte Idee. Ich tu es.

P: Gut, das ist prima, wenn Sie es tun können, aber ich kann es jetzt im Moment nicht.

A: Oh, warum nicht?

P: Weil ich –

A: Ihr Kindheits-Ich will an die Macht.

P: Na gut, ich nehme an, das passiert von Zeit zu Zeit. Ich habe El-Er-K nicht mein Leben lang angewandt, noch nicht mal ein Jahr lang oder so. Ich weiß nicht.

A: Wie kommen Sie mit Ihrem Vater aus?

P: Ich bin – ich bin sehr gut zu meinen Eltern gewesen.

A: Wie geht es Ihrer Mutter?

P: Gut – wir haben eine engere Beziehung als je zuvor, und ich war zu beiden sehr freundlich, und ich habe versucht, Ihnen eine Tochter zu sein, die sie leiden mögen, weil, ich weiß auch nicht, ich entwickle einen Schuldkomplex wegen – ich habe das Gefühl, daß ich so gemein war und alles.

A: Gut, wir wollen uns mal eine Minute lang damit befassen, weil ich mir nicht vorstellen kann, daß Sie das weiterbringt – darüber nachzudenken, wie gemein Sie sind.

P: Wenn ich mit dieser Behandlung hier weitermache, dann werde ich mich psychoanalysieren bis zum Jüngsten Tag.

A: Ist das schlimm?

P: Ja.

A: Doch wohl nicht, wenn Sie dabei auf einige Lösungen für Ihre Probleme stoßen.

P: Aber das passiert nicht immer. Ich habe einen sehr guten Freund, und der ist meiner Meinung nach echt verrückt. Er geht zu keinem Psychiater, ich kenne ihn seit Jahren, und der lebt in einer ganz anderen Welt, es ist irre. Er psychoanalysiert sich selbst die ganze Zeit. Er liest solche Bücher.

A: Ist er in Ihrem Alter?

P: Ja.

A: Nun, Selbst-Psychoanalyse auf eigene Faust, das ist eine Sache für sich, aber Sie haben zu diesem Zweck El-Er-K, und El-Er-K kann Ihnen die Lösungen geben, die Sie brauchen.

P: Trotzdem – na gut, ich werde Ihnen etwas erzählen. Ich weiß nicht, ob ich immerzu erwachsen sein will, dauernd mein Erwachsenen-Ich gebrauchen will. Die meiste Zeit versuche ich es. Manchmal will ich es einfach nicht, es ist wie ein Kampf, man will dann immer ganz perfekt sein, alles zur richtigen Zeit auf die richtige Weise tun. Manchmal geht das aber über die Kräfte des Menschen hinaus.

A: Ich weiß, was Sie meinen. Wir haben früher festgestellt, daß Ihr Kindheits-Ich Sie für andere zu einer charmanten und reizenden jungen Dame macht, also wollen wir Ihr Kindheits-Ich natürlich nicht vertreiben. Aber El-Er-K ist immer dabei, ich meine, das Eltern-Ich, das Erwachsenen-Ich und das Kindheits-Ich sind immer gegenwärtig. Es stimmt, das Kindheits-Ich kann das Erwachsenen-Ich vertreiben, dann bestimmen die Gefühle, was geschieht. Oder das Eltern-Ich kann das Erwachsenen-Ich vertreiben und das Kommando an sich reißen. Ich glaube, es kommt darauf an, das Erwachsenen-Ich auch dann eingeschaltet zu lassen, wenn das Kindheits-Ich spielt. Wenn das Kindheits-Ich spielen will, dann soll das Erwachsenen-Ich dabei sein und dafür sorgen, daß alles im Rahmen bleibt, weil junge Damen in Schwierigkeiten kommen, wenn das Kindheits-Ich das Kommando übernimmt und gefährliche Spiele treibt. Stimmt das?

P: Ja. Sie meinen, wenn man herumflirtet oder so?

A: Nein –

P: Wenn man nicht weiß, wann man aufzuhören hat?

A: Ja, richtig, wenn man es nicht kann. – Wenn das Erwachsenen-Ich dem Kindheits-Ich nicht nein sagen und sich durchsetzen kann, dann ist jeder von uns in Schwierigkeiten.

P: Das gilt für alles, nicht nur für –

A: Richtig. Für alles. Das Kindheits-Ich will vielleicht etwas nehmen, was ihm nicht gehört, oder es will einen anderen Menschen ausnutzen. Das Kindheits-Ich will vielleicht eine andere Person nach seiner Pfeife tanzen lassen.

P: Ach, hören Sie auf damit.

A: Ich habe erlebt, wie kleine Kinder Erwachsene nach ihrer Pfeife tanzen lassen.

P: Also ich mache das auch oft so. Ich *spiele* mit anderen Menschen, sie sind dann Marionetten für mich, und ich ziehe an den Fäden, wie ich will. Eine einzige Manipulation ist das, ich weiß. Und so soll man nicht mit Menschen umgehen, nicht wahr?

A: Nun, woher wissen wir, was *man soll* und was *man nicht* soll! Aber wenn Sie andere Menschen manipulieren und sie dann zappeln lassen oder verärgern oder unglücklich machen, dann würde ich sagen, das ist etwas, was Sie loswerden wollen. Wenn andererseits ich zulasse, daß man mich manipuliert, dann werde ich sauer. Wenn ich andere unwissentlich manipuliere und sie sich dagegen wehren, dann bringt mich das durcheinander. Verstehen Sie? Wann aber haben wir gelernt, zu manipulieren und zuzulassen, daß andere uns manipulieren? Im Alter von zwei oder drei Jahren.

P: Aber wie – ich meine, wieso hält das an? Es stimmt, ich habe meinen Vater manipuliert und tue das immer noch bis zu einem gewissen Grad, ich weiß nicht, vielleicht bezeichnen Sie das nicht als Manipulation, aber ich könnte – ja sicher, ich könnte es. Und er hat es zugelassen – weil – ich weiß nicht warum – vielleicht, weil – vielleicht habe ich ihn manipuliert, vielleicht auch nicht.

A: Was sich zwischen Ihnen und Ihrem Vater abspielt, enthält wahrscheinlich eine gewisse Manipulation, aber ein Teil davon ist das Vergnügen eines Vaters an seiner heranwachsenden Tochter. Er freut sich, wenn Sie glücklich sind, und freut sich, wenn Sie alles mögliche unternehmen, und freut sich, wenn er Ihnen etwas schenken kann. Das gehört dazu, wenn man Vater einer reizenden Tochter in Ihrem Alter ist. Aber Sie können seine Großzügigkeit auch ausnutzen, ja? Sie können seine Gefühle ausnutzen, und das ist weder für Sie noch für ihn gut, weil es zu einer Art Kampf führt.

P: Das habe ich getan.

A: Was haben Sie getan?

P: Ich habe ihn ausgenutzt und habe seine Gefühle ausgenutzt. Ich habe erwartet, alles zu bekommen, was ich wollte, ich habe erwartet – also, ich habe ziemlich viel erwartet, und dennoch hatte er soviel Liebe für mich, und wenn ich gerade nicht bei Laune war, dann habe ich noch nicht einmal zugelassen, daß er mich auch nur berührte. Ich wandte mich einfach ab, und manchmal war ich wirklich grausam. Selbst im Krankenhaus war das so, und eines Abends habe ich etwas Schreckliches gesagt, als er mich ins Krankenhaus brachte. Er stand schon am Fahrstuhl und wollte mich, glaube ich, umarmen, und ich wich zurück und sagte ihm, er solle das bleiben lassen. Und dann lachte ich und sagte: «Das frustriert dich, was?», als wollte ich ihn wirklich verletzen, und er sagte «ja» und gab mir recht. Damals kam ich mir scheußlich vor.

A: Haben Sie ihn dann doch noch in den Arm genommen?

P: Nein.

A: Das ist schade, denn Ihr Erwachsenen-Ich hätte Ihrem Kindheits-Ich – immerhin *sind* Sie sein Kind – zugeraten, ihn zu umarmen, weil es nach den Maßstäben Ihres Erwachsenen-Ichs wichtig sein könnte, niemanden zu verletzen.

P: Verletzen will ich ihn jetzt auch nicht mehr. Wenn er mich umarmen will, dann lasse ich ihn. Wenn mir nicht danach ist, viel Liebe zu zeigen, dann laß ich ihn einfach mich umarmen, und aus. Aber es kommt auch vor, daß ich ihm meine Gefühle zeige.

A: Haben Sie nicht manchmal den Wunsch, ihn auch zu umarmen?

P: Nun ja, ich küsse ihn auf die Backe oder so, und ich zeige ihm, daß ich ihn mag, und ich bin sehr nett, und meiner Mutter gegenüber verhalte ich mich ebenso. Ich habe ihnen ganz absichtlich gezeigt, daß ich sie lieb habe. Also, es war nicht nur Schauspielerei, denn ich habe doch gefühlt –

A: Wissen Sie, wenn es um Liebhaben und Gefühle gegenüber dem anderen Geschlecht geht, dann liegt das Problem darin, daß sich das Kindheits-Ich vor dem Geschlechtlichen fürchtet. Ihr Eltern-Ich beobachtet Ihr Kindheits-Ich, und Ihr Kindheits-Ich hat deshalb Angst vor allem, was mit dem Geschlecht zusammenhängt. Aber Ihr Erwachsenen-Ich kann sagen: Schau, es ist ganz in Ordnung, ganz richtig, wenn du deinem Vater deine Zuneigung durch eine Umarmung zeigst. Und wenn Sie das tun können, dann zeigt das eine gewisse Herrschaft des Erwachsenen-Ichs über das Kindheits-Ich.

P: Ich habe das auch schon getan.

A: Gut.

P: Ich habe das manchmal so richtig doll getan.

A: Aber Sie wissen sicher, daß das ein Problem für Mädchen in Ihrem Alter ist.

P: Also, das hab ich nicht gewußt.

A: Es ist aber so.

P: Wirklich?

A: Es geht hier um ein großes, schwerwiegendes Wort, und das heißt TABU.

P: Ich verstehe nicht. Warum?

A: Nein? Das hat es zu allen Zeiten, in allen Generationen gegeben, dieses Tabu. Liebe und alles, was irgendwie mit dem Geschlecht zusammenhängt, ist vollkommen in Ordnung, solange es nicht um Blutsverwandte geht. Das ist ein großes, wichtiges Tabu. Aber darüber muß gesprochen werden. Ich habe die Erfahrung gemacht, daß ich jedem Teenager helfen kann, völlig natürlich und liebevoll und aufgeschlossen gegenüber seinen Eltern zu sein, wenn ich so einen jungen Menschen dazu bringen kann, sich dieser Tabu-Daten bewußt zu werden und sie mit ihrem Erwachsenen-Ich zu verarbeiten. Man kann nicht zärtlich gegenüber einem Angehörigen des anderen Geschlechts sein, basta. Das ist, als könnte man nicht wirklich unterscheiden, auswählen. Wenn sie das einmal erkannt haben, wenn sie sich dieser Daten bewußt sind, dann sind sie unabhängig genug, auf der Ebene des Erwachsenen-Ichs und auf der Ebene des Kindheits-Ichs zärtlich zu sein, und das Erwachsenen-Ich kümmert sich um das Eltern-Ich. Das Kindheits-Ich muß sich nicht vor dem Eltern-Ich fürchten, weil das Erwachsenen-Ich die Daten im Hinblick auf die Realität verarbeitet. Daten des Eltern-Ichs datieren zurück in ein bestimmtes Alter.

P: Ja, auf das dritte Lebensjahr etwa.

A: Das stimmt, und im Vergleich zu damals sieht die Realität heute völlig anders aus. Und außerdem haben Sie, wie wir beide wissen, einen sehr gut aussehenden Vater, und wenn ich Sie beide zusammen sehe und beobachte, wie er Sie anschaut, dann weiß ich, daß Sie der Stolz und die Freude seines Lebens sind.

P: Das stimmt nicht. Ich bin so gemein, richtig fies!

A: Warum halten Sie sich für so gemein?

P: Weil ich ihn so unglücklich gemacht habe. Es tut mir leid. Er ist ein Naivling.

A: Nun, vielleicht lieben Sie ihn so sehr, daß Sie – Sie haben mir einmal gesagt, daß Sie diese Dinge tun müssen, um gewissermaßen eine Distanz zu wahren, um ihm nicht zu nahezukommen.

P: Wir standen einander immer nahe, zu nahe, wirklich zu nahe, tatsächlich zu nahe.

A: Immerhin sind Sie seine einzige Tochter.

P: Ja, manchmal will er – wissen Sie, das ist in gewisser Beziehung auch nicht gut – es geht hier nicht um Jungsgeschichten. Wirklich, ich muß mir jetzt einen Ruck geben. Ich habe viele Jungs zu Freunden, und die haben etwas an sich, was ich nicht mag, weil sie so oft an Sex denken. Und viele von ihnen schauen mich immer so komisch an, na ja, weil sie etwas Bestimmtes wollen von mir, und –

A: Wie fühlen Sie sich dann?

P: Nicht sehr gut. Ich weiß nicht, ich mag es nicht, wenn man mich anfaßt, außer wenn ich es will. Und die Jungs fummeln ja dauernd an einem herum, und das gefällt mir nicht. Aber ich tue mich sehr schwer, nein zu sagen. Ich kann nein sagen, aber ich kriege es dann immer mit der Angst. Im allgemeinen verstehen sie mich, aber wenn einer das nicht tut, dann werde ich in die Pfanne gehauen, darum muß ich aufpassen.

A: Wir wollen mal einen Moment lang überlegen. Es gibt immer drei Datenkombinationen. Das Kindheits-Ich will spielen, das Eltern-Ich sagt: «Du solltest dich schämen» oder «Benimm dich» oder «Sei besser vorsichtig» oder irgendwelche anderen Formeln, wie man mit einer solchen Situation fertig werden soll. Das Erwachsenen-Ich berücksichtigt, daß das Kindheits-Ich spielen will, daß das Eltern-Ich kritisieren und eine lange Liste von Normen anbringen will, aber vorwiegend fragt das Erwachsenen-Ich nach der Wirklichkeit: Was bedeutet die Transaktion wirklich für mich? Zum Beispiel, was bringt sie mir an Positivem? Welche Gefahren birgt sie? Welche Risiken? Welche Folgen? Bestimmt erinnern Sie sich daran, daß in der Therapiegruppe die Mädchen, die in Schwierigkeiten steckten, völlig blind für die Konsequenzen waren. Nun wissen wir ja beide, daß sich mit den Konsequenzen das Erwachsenen-Ich befaßt, das Kindheits-Ich interessiert sich nicht dafür, es will nur spielen. Wie viele Teenagermädchen, die in Schwierigkeiten steckten, vielleicht ein Kind erwarteten, haben sorgfältig die Konsequenzen geprüft, bevor sie ihre Entscheidung trafen? Keine einzige hat das getan. Es gibt aber doch auch andere, die ein gutes Erwachsenen-Ich haben. Ich kenne selbst einige. Viele von ihnen haben hier in der Gruppe gelernt, ihr Erwachsenen-Ich zu entwickeln.

P: Das ist aber auch wirklich schwer zu lernen, ehrlich. Aber zum anderen, da dreht es sich um moralische Maßstäbe. Die bekommt man für gewöhnlich von seinen Eltern. Bei mir war das wenigstens so. Und man lernt von den anderen. Ich rede jedenfalls ungeheuer viel mit meinen Gleichaltrigen.

A: Gut, das sind in der Tat moralische Maßstäbe, aber es sind realistische Maßstäbe des Erwachsenen-Ichs, die sagen: «Ich will nicht zu Schaden kommen.» Wenn Sie der wichtigste Mensch auf der Welt sind, und das sollten Sie in gewisser Beziehung für sich selbst sein, dann wollen Sie nicht, daß dieser Mensch zu Schaden kommt, und Sie wollen nicht in Situationen geraten, die übel ausgehen können, und so weiter.

P: Wissen Sie, was ich tue?

A: Was?

P: Ich flirte für mein Leben gern, und Jungs nennen mich schon eine Edelschaffe, und das ist nicht sehr freundlich gemeint.

A: Was meinen sie damit? Meinen sie, daß Sie sie aufreizen wollen?

P: Nun, in gewisser Beziehung, mit einer Geste oder einem Blick, oder einfach weil man da ist oder einfach irgend etwas tut, manchmal weiß ich es nicht, und manchmal tu ich es absichtlich.

A: Nun, das kann man so oder so betrachten. Auf der einen Seite sind Sie charmant und hübsch, und es macht Spaß, mit Ihnen zusammenzusein. Auf der anderen Seite sind Sie verführerisch, und das ist –

P: – schlecht, und manchmal lege ich es direkt darauf an.

A: Und wissen Sie, wann Sie das gelernt haben? Verführung ist ein Spiel, das kleine Mädchen sehr früh lernen, weil sie dadurch hübsche Sachen bekommen, und darum bringt man ihnen früh bei –

P: Wann?

A: Der Vater schaut sein kleines Püppchen an, und sie tut süß, und Vater holt ein Stück Schokolade hervor und holt ein Spielzeug hervor, und so wird sie dafür bezahlt, daß sie süß ist.

P *(lachend)*: Vielleicht habe ich es so gelernt. Dann ist also mein Vater schuld daran.

A: Hier gibt es keine Schuld. Das Ganze ist ein Spaß für Vater und Tochter.

P: Ja, aber man tut es einfach nicht gegenüber anderen –

A: Aber es macht Spaß, oder nicht?

P: O ja.

A: Und hier macht das Erwachsenen-Ich mit, wenn das Kindheits-Ich in Ihnen spielt – Verführung spielt, oder Aufreizen spielt, oder wie immer Sie es nennen wollen. Das Erwachsenen-Ich übernimmt die Transaktion, wenn der Junge darauf eingeht –

P: Es geht nicht nur um die Jungs, es geht um Männer. Wenn ein Mann mir nachschaut, fühle ich mich manchmal geschmeichelt, wenn es kein fieser Blick ist. Und manchmal, meistens sogar, lege ich es richtig darauf an, daß sie es tun. Aber wenn sie dann Feuer gefangen haben und mich ganz gierig ansehen – und die meisten Männer tun das –, dann bin ich nicht eigentlich beleidigt, wissen Sie, aber ich bekomme Angst, vielleicht nicht direkt Angst, aber ich würde den Mann nicht zum zweitenmal anschauen.

A: Was sagt er dann, und was sagen Sie dann? Der Mann sagt: «Na, Kleine, mit dir würde ich gerne mal», und Sie sagen darauf: «Das möchtest du wohl gern, du alter Bock, aber daraus wird nichts.» Und hier sind wir wieder bei der Manipulation. Sie möchten Aufreizen oder Verführung spielen, weil Sie dann Extrarabatt bekommen. Hier sind wir wieder bei der Transaktion, sich Rabatt zu ergattern. Sie sagen, Sie brauchen das für Ihr Selbstbewußtsein. Aber das haben Sie gar nicht nötig. Jede Frau spielt dieses Spiel, und es trägt bei zur Rolle des Weiblichen, zum weiblichen Selbstbewußtsein, aber der Mann, der Ihnen Rabatt einräumen soll, will dafür etwas haben. Und das Erwachsenen-Ich ist darauf vorbereitet, mit dieser Situation fertig zu werden, damit – nun ja, manche dieser Männer sind echte Sonderangebote, sie fallen gleich ins Auge und sind enorm billig. Da fällt einem die Entscheidung nicht leicht: Groß, blendende Figur, breite Schultern und was sonst noch alles. Aber Sie müssen nur, wie hier in unserem Gespräch, alle Daten auf den Tisch legen, und sobald Sie die mit Ihrem Erwachsenen-Ich verarbeitet haben, können Sie Ihre Wahl treffen. Sie brauchen es ja nicht bis zum Letzten kommen zu lassen wie manche Mädchen, die keine andere Wahl haben. Sie haben ein gutes Erwachsenen-Ich. Sie haben die Wahl, das Spiel bis zu einem bestimmten Punkt zu treiben und dann zu sagen: Gut, daß ich dich kennengelernt habe, und dann tun Sie, was immer –

P: Oh, da bekomme ich Angst. Ich könnte das nie zulassen, es sei denn, es geschehe mit Gewalt. Weil ich so Angst davor habe. Ich will nichts dergleichen.

A: Warum haben Sie Angst?

P: Ich weiß nicht, aber *davor* habe ich Angst.

A: Vielleicht müssen Sie Angst haben, um zu verhindern, daß das Kindheits-Ich in Ihnen außer Kontrolle gerät. Aber sobald Sie Vertrauen zu Ihrem Erwachsenen-Ich entwickelt haben – und Sie haben ein gutes Erwachsenen-Ich –, dann haben Sie es geschafft. Denn Ihr Erwachsenen-Ich wird mit jeder Transaktion fertig, und auch wenn das Kindheits-Ich seinen Spaß an der Transaktion hat, setzt das Erwachsenen-Ich die Regeln fest. Und das wird Sie retten.

P: Die Stunde ist herum. Wir sehen uns ja am nächsten Gruppenabend. Auf Wiedersehen.

A: Gut. Und vergessen Sie nicht: ICH BIN O. K. – DU BIST O. K.

Während der beunruhigenden Zeit der Adoleszenz, wenn die jungen Leute taube Ohren für die Worte ihrer ängstlichen Eltern zu haben scheinen, besteht dennoch ein Bedürfnis, die Liebe und Sorge der Eltern zu spüren. Die Sehnsucht danach demonstrierte kürzlich zwingend meine fünfjährige Tochter Gretchen. Gretchen balancierte über die Ziegeleinfassung des Blumenbeets, als ihre Mutter dazukam.

Die Mutter sagte: «Gib acht, oder du fällst in die Blumen.»

Gretchen sagte: «Machst du dir Sorgen um die Blumen oder um mich?»

Das «Fünfjährige» im Heranwachsenden stellt die gleiche Frage ohne Worte. Eltern, die empfänglich für diese unausgesprochene Bitte sind und die durch Beispiele von Liebe, Besorgnis, Zurückhaltung und Respekt wiederholt demonstrieren: «Du bist es, um den wir uns sorgen», werden feststellen, daß die Jahre der Adoleszenz bei ihren Kindern Belohnungen und Überraschungen hervorbringen können, die man nicht (mehr) für möglich gehalten hätte.

11. Wann ist eine Behandlung nötig?

Wir denken nur, wenn wir mit einem Problem
konfrontiert werden.
John Dewey

Wer sich den Fuß verstaucht, kann weiterhumpeln, und allmählich wird der Fuß wieder gesund. Auch beim Humpeln ist er noch von einem gewissen Nutzen. Wer sich ein Bein bricht, braucht eine Schiene, solange der Knochen heilt. Die eine Verletzung kann zu einer Schwächung führen, die andere zur Verkrüppelung. Im ersten Fall wäre ärztliche Versorgung hilfreich gewesen, im zweiten Fall war sie unerläßlich.

Ähnlich steht es mit der Notwendigkeit, emotionale Probleme zu behandeln. Das Erwachsenen-Ich eines Menschen kann durch alte Aufzeichnungen aus der Vergangenheit geschädigt sein, und dennoch wird er mit seinen Schwierigkeiten und Problemen ohne Behandlung fertig. Die Behandlung könnte die Dinge erleichtern. Aber er schafft es auch so. Bei manchen Menschen ist das Erwachsenen-Ich jedoch so geschwächt, daß sie nicht mehr weiterkommen. Sie sind durch wiederholtes Versagen verkrüppelt oder durch Schuldgefühle erstarrt. Häufig kommt es zu körperlichen Symptomen. Mütter können ihre Aufgabe als Mütter nicht erfüllen, Berufstätige versagen am Arbeitsplatz, Kinder geben in der Schule auf, das Verhalten mancher Menschen wird so unangemessen, daß sie mit dem Gesetz in Konflikt kommen. Diese Menschen brauchen eine Behandlung; doch auch jeder andere könnte davon profitieren.

Jeder kann ein Transaktions-Analytiker werden. Die Behandlung beschleunigt einfach den Vorgang. Eine Therapie mit der Transaktions-Analyse ist im wesentlichen eine Lernerfahrung, durch die das Individuum entdeckt, wie man Daten für Entscheidungen sortiert. Es gibt keinen Zauber, den ein omnipotenter Experte anwendet. Der Therapeut übermittelt mit Worten, was er weiß und was er in seinen eigenen Transaktionen mit dem Patienten gebraucht, so daß der Patient die gleiche Methode kennenlernen und anwenden kann. Das Ziel der Behandlung ist, jeden Patienten zu einem Experten zu machen, der seine eigenen Transaktionen analysiert.

Viele Formen der psychiatrischen Behandlung sind sehr unterschiedlich. Die öffentliche Vorstellung davon ist bestimmt unterschiedlich. Darum entschließt man sich im allgemeinen erst nach langen inneren Kämpfen dazu, einen Psychiater aufzusuchen. Vielen Patienten bereitet der Gedanke Unbehagen, sich jemanden auszuliefern, selbst wenn es sich um einen «Experten» oder professionellen Helfer handelt, wie der Psychiater ihn darstellt. Wenn der Patient zum erstenmal die Praxistür öffnet, fühlt er sich häufig einsam, ängstlich und beschämt durch das Eingeständnis seines Versagens.

Selbst wenn das Erwachsenen-Ich dafür sorgt, daß ein Mensch den Psychiater aufsucht, übernimmt bald das Kindheits-Ich das Kommando, und es entsteht eine Eltern–Kind-Situation. Das Kindheits-Ich des Patienten drückt seine Gefühle aus und erwartet von den Transaktionen der ersten Stunde eine Beziehung zu dem Eltern-Ich des Psychiaters. Die Psychoanalytiker bezeichnen das als Übertragung – das heißt, die Situation provoziert eine Übertragung von Gefühlen und Verhaltensweisen aus der frühen Vergangenheit des Patienten in die Gegenwart, in der das Kindheits-Ich des Patienten so wie einst auf die Autorität der Eltern reagiert. Diese Übertragung tritt im Leben ziemlich häufig auf, und Elemente davon sind in jeder Begegnung mit Autoritäten vorhanden, zum Beispiel, wenn man von einem Verkehrspolizisten angehalten wird. Psychoanalytiker sind nun der Ansicht, daß der Patient Fortschritte gemacht hat, wenn es ihm gelingt, diese Art der Übertragung von Gefühlen aus seiner Kindheit zu vermeiden. Zu diesem Zeitpunkt muß der Patient in der Analyse nicht mehr auswählen, was er seinem Analytiker über sich selbst enthüllt. Mit anderen Worten, der Patient muß sich nicht mehr vor dem Eltern-Ich des Analytikers fürchten. Die traditionelle Psychoanalyse nennt dies die Überwindung des Widerstandes.

In der Transaktions-Analyse umgehen wir viele der Hindernisse, die sich aus Übertragung und Widerstand ergeben, durch den wechselseitig partnerschaftlichen Charakter und Inhalt von El-Er-K. Der Patient stellt bald fest, daß er unter gleichen Bedingungen in einer Beziehung zu einem anderen Menschen steht, bei dem er Hilfe sucht, einem Menschen, der daran interessiert ist, sofort die Selbstkenntnis des Patienten zu fördern, damit der Patient so schnell wie möglich sein eigener Analytiker werden kann. Wenn der Patient durch Übertragungs- und Widerstandsgefühle behindert wird, dann behandelt man diese direkt mit ihm in der ersten Stunde, nachdem er in die Begriffe von Eltern-Ich, Erwachsenen-Ich und Kindheits-Ich eingeführt wurde.

In meiner Praxis verläuft die erste Stunde nach einem ziemlich festgelegten Muster. Die Hälfte der Stunde gehört dem Bericht des Patienten über seine Probleme, die andere Hälfte der Einführung in die Grundlagen von El-Er-K. Wenn der Patient die Bedeutung von Eltern-Ich, Erwachsenen-Ich und Kindheits-Ich verstanden hat, wird sein Problem in der Sprache diskutiert, die er gerade gelernt hat. Diese Transaktion «lockt sein Erwachsenen-Ich», und meistens will der Patient mehr darüber hören. Das geängstigte Kindheits-Ich gibt jedoch nicht so leicht auf und kann bei folgenden Einzelsitzungen oder in der Gruppenbehandlung weiter dominieren oder wieder auftreten (Widerstand). Immer wenn das Kindheits-Ich sich meldet, wird in einer Interpretation zwischen Erwachsenen-Ich und Erwachsenen-Ich auf die Art der Transaktion hingewiesen, die aus dem Kindheits-Ich kommt, und auf ihre problemverursachende Belastung für die Transaktionen des Individuums in der Gegenwart.

In der Anfangsphase ist die Transaktions-Analyse im wesentlichen eine Lehr- und Lernmethode mit dem Ziel, bestimmte spezifische Begriffe einzuführen als Basis für die gegenseitige Erkundung der Funktionen von Eltern-Ich, Erwachsenen-Ich und Kindheits-Ich in den gegenwärtigen Transaktionen. Dieser Prozeß, in der Anfangsphase einer Therapie eine Sprache mit spezifischen Bedeutungen festzulegen, ist wohl einzigartig bei dieser Behandlungsmethode. Auf ihn ist es denn auch zurückzuführen, daß Patienten sich häufig schon nach der ersten Stunde verändert fühlen und dies auch äußern, indem sie sagen: «Mir geht es viel besser», oder: «Das gibt mir Hoffnung.»

Zur ersten Stunde gehört auch ein Gespräch über den «Behandlungsvertrag» (*treatment contract*). Wir gebrauchen dieses Wort als Ausdruck gegenseitiger Erwartungen (ich bin hier, um dir etwas beizubringen, und du bist hier, um etwas zu lernen). Eine Heilungsgarantie ist darin nicht eingeschlossen. Der Behandlungsvertrag verspricht lediglich, was der Therapeut tun wird und was der Patient tun wird. Wenn einer von beiden von der ursprünglichen Erwartung abweicht, ist es einfach, den Vertrag neu zu fassen. Dieser Dialog wird erleichtert durch die neue Sprache, die es ermöglicht, den konkreten Fall anzusprechen. Der Patient ist bereit, die Sprache der Transaktions-Analyse zu lernen und sie bei der Überprüfung seiner alltäglichen Transaktionen anzuwenden. Das Behandlungsziel liegt darin, das auftretende Symptom zu *heilen*, und die Behandlungsmethode ist die Befreiung des Erwachsenen-Ichs, damit das Individuum die Freiheit der Wahl und die Schaffung neuer Wahlmöglichkeiten über die beschränkenden Einflüsse der Vergangenheit hinaus erleben kann.

Diagnose

Im Laufe der ersten Stunde fragt ein Patient gelegentlich mit beklommener Stimme und mit einer Haltung, als erwarte er eine Urteilsverkündung von höchster Instanz: «Wie lautet meine Diagnose?» Das ist eine Provokation für eine Eltern-Ich/Kindheits-Ich-Transaktion, die ich umgehe mit Fragen wie: «Brauchen Sie denn eine Diagnose?», oder: «Was könnte Ihnen eine Diagnose helfen?» Ich glaube, daß psychiatrische Diagnosen mehr Menschen behindert haben, als daß sie ihnen halfen. Karl Menninger* ist der gleichen Ansicht: «Patienten kommen nicht zu uns, um sich mit einem verurteilenden Etikett bepflastern zu lassen. Sie kommen, um Hilfe zu finden. Menschen können von den Symptomen psychischer Erkrankung genesen, aber sie genesen nicht von einem Etikett.»

Bei der traditionellen medizinischen Diagnose handelt es sich um eine wirksame Kommunikationsmöglichkeit für die Ärzte. Die Kenntnis der Diagnose hilft ihnen zu wissen, *was sie tun müssen.* Akute Appendicitis, Bursitis, Lungenkarzinom, Herzmuskelinfarkt – diese Begriffe kennzeichnen einen spezifischen Zustand und verlangen eine spezifische Behandlung. In der Psychiatrie wurde die diagnostische Tradition weitergeführt, doch sie versagt größtenteils bei ihrer ursprünglichen Aufgabe, der Kommunikation. Die Feststellung, daß ein Mensch eine chronische pseudo-schizophrene passiv-abhängige Angstneurose mit Verfolgungswahn hat, besagt nicht viel mehr, als das es lange, lange dauern wird. Die Feststellung, daß ein Mensch an Schizophrenie leidet, besagt auch nicht viel, weil es keine klare Definition der Schizophrenie gibt. Dem Patienten mag

* Karl Augustus Menninger (geb. 1893), bedeutender amerikanischer Psychiater, Begründer der renommierten Menninger Clinic in Topeka, Kansas (Anm. d. Übers.).

es ein gewisser Trost sein, zu wissen, daß er eine so seltsame und schwierige Krankheit hat. Ohnehin sind sich die wenigsten Therapeuten darüber einig, wie man Schizophrenie behandeln sollte oder was auch nur die Grundeinheit der Beobachtung sein sollte. Darum sind diagnostische Begriffe als solche bedeutungslos und dienen hauptsächlich dazu, psychiatrischen Bemühungen medizinische Anerkennung zu verschaffen und den Vorschriften des Krankenhausarchivs zu genügen. Jedes Wort, das zur Kommunikation nicht taugt, ist nutzlos und sollte abgeschafft werden. In der endgültigen Analyse kommt es darauf an, was wir *wissen.* Worte, die die Wahrheit verschleiern, müssen zugunsten anderer abgeschafft werden, die etwas einfach, präzis und direkt sagen. Und die Wahrheit darüber, wie wir im großen und ganzen zusammengesetzt sind, macht uns frei.

Die Sprache der Transaktions-Analyse, die Beobachtungen auf Grund einer allgemein anerkannten Einheit (der Transaktion) und die spezifischen Bedeutungen von Eltern-Ich, Erwachsenen-Ich und Kindheits-Ich ermöglichen eine neue, sinnvolle, umgangssprachliche Kommunikation nicht nur zwischen den Ärzten, die sich damit beschäftigen, sondern auch zwischen Ärzten und Patienten. Ein vom Eltern-Ich beherrschter Mensch mit einem blockierten Kindheits-Ich weiß, wo sein Problem liegt, und kann sich von der Vergangenheit emanzipieren ohne Hinweis darauf, daß er noch dazu an chronischem Verfolgungswahn leidet. Wenn ein Gruppenteilnehmer darauf besteht, seine Diagnose zu erfahren («Und was fehlt mir?»), dann antworte ich gewöhnlich mit einer Formulierung, die er verstehen kann und die auf meiner Kenntnis von ihm beruht, wie ich sie durch Beobachtung seines Verhaltens in der Gruppe gewonnen habe. Eine solche Formulierung könnte lauten: «Sie haben eine Menge NICHT-O. K. in Ihrem Kindheits-Ich, und Ihr Erwachsenen-Ich ist dadurch erheblich getrübt. Darum läßt es Sie zuweilen unangemessen reagieren und gibt Ihrem drohenden Eltern-Ich eine Gelegenheit, auf Ihr Kindheits-Ich einzuschlagen. Woher, glauben Sie, kommen all diese Schuldgefühle?»

Selbstquälerische Beschäftigung mit Symptomen kann ebenso nachteilig sein wie das Lechzen nach einer Diagnose. Wir haben niemals die Annahme bestätigt gefunden, daß eine wiederholte Diskussion von Symptomen wie Depression, Kopfschmerzen, Schlaflosigkeit oder Bauchweh irgendeine Wirkung auf die Symptome habe. Wir haben feststellen können, daß eine Verminderung des inneren Konflikts bei Bauchweh Wunder wirken kann. Diagnosen und

Symptome haben nämlich einen großen Haken: sie eignen sich nur allzu gut als «Joker» für die Verhaltensspiele, denen die Menschen so leidenschaftlich-verbohrt frönen, oder als Trumpfkarte, mit der die meisten von uns ihre unselige Sucht stillen können, die anderen immerzu ausstechen zu müssen. Diese Karten tragen etwa die Aufschrift: «Meins ist besser», oder: «Sie ahnen ja gar nicht, was ich durchmache.» Wenn ein Mensch Lebensprobleme hat (gleichgültig welche) und wenn er für seine Probleme Hilfe sucht, dann kann man ihn Transaktions-Analyse lehren, damit er seine gegenwärtigen Lebens-Transaktionen untersuchen und danach die Einflüsse aus der fernen Vergangenheit entdecken kann, die das Fundament seiner Gegenwart unterspülen.

«Wie lange dauert das?» ist eine Frage, die in der ersten Stunde häufig gestellt wird. In vielen, wenn nicht den meisten psychiatrischen Sprechzimmern war die Antwort auf diese Frage zumindest «vorsichtig» und bedeutete: *eine lange Zeit.* Es ist eine bekannte Tatsache, daß die Erwartungen der Patienten im Hinblick auf die Behandlungsdauer primäre Faktoren zur Bestimmung der Zeitspanne sind, in der vergleichbare therapeutische Resultate erreicht werden können. Man hat zwei Gruppen vergleichbarer «psychosomatischer» Patienten, die das gleiche Behandlungsziel erreichten, auf den Zeiterwartungsfaktor hin untersucht. Die eine Gruppe brauchte sechs Wochen, die andere ein Jahr, je nach ihrer Zeiterwartung. Ich glaube, die Erwartung hängt vom Verständnis der therapeutischen Ergebnisse ab, die erreicht werden sollen.

Unser Behandlungsziel wird in der neuen, gerade gelernten Sprache deutlich dargelegt, und so weiß der Patient, was ihm bevorsteht. Ich verhelfe meinen Patienten gern zu der Einsicht, daß die Beschränkungen, die ihnen durch die Realitäten von Zeit und Kosten auferlegt werden, eher eine Herausforderung als eine Behinderung sind. Das drückt sich häufig in dem Vorschlag aus: «Am besten kommen Sie zu der Dienstagsgruppe um zwei Uhr, Sie nehmen an zehn Sitzungen teil und wir sehen, wieviel wir in dieser Zeit schaffen.» Wenn der Patient nach dieser Sitzungsperiode weitermachen will, können wir zehn weitere Sitzungen festlegen. Er weiß, daß er zurückkommen kann. In meiner Praxis kommt eine Gruppe im Durchschnitt zwanzigmal zusammen. Natürlich gibt es Abweichungen, die bei individuellen Unterschieden anfangen. Wir unterscheiden uns in unserem Eltern-Ich, Erwachsenen-Ich und Kindheits-Ich. Wir unterscheiden uns in unserer Lebenssituation: Eheprobleme, unbefriedigende Arbeit, keine Freizeitventile usw. Es hat Patienten gegeben, die nach drei oder vier Gruppensitzungen einen Durchbruch erreichten, das heißt, sie brachten es fertig, ihr Erwachsenen-Ich so weit zu befreien, daß sie anfangen konnten, ihr Eltern-Ich scharf vom Kindheits-Ich und beide von der Realität zu trennen – von der äußeren Welt.

Eines der ersten Anzeichen für das Gelingen dieser Differenzierung ist die Feststellung des Patienten: «Mein NICHT O. K.-Kindheits-Ich war ...» oder «ist ...» Der Gebrauch dieses Ausdrucks signalisiert, daß eine bewußte, eindeutige und reale Trennung des Kindheits-Ichs vom Erwachsenen-Ich gelungen ist – das heißt, diese Trennung ist sowohl intellektuell als auch subjektiv wie objektiv in seine Persönlichkeit integriert.

Warum Gruppentherapie?

Transaktions-Analytiker bevorzugen die Behandlung von Individuen in Gruppen. Ist das gut oder schlecht? Bedeutet die Behandlung von mehreren Individuen in einer Gruppe «Psychiatrie mit Mengenrabatt»? Viele Menschen reagieren auf das Wort «Gruppe», wie sie auf Franklin Roosevelts Begriff vom «gemeinen Mann» (*common man*) reagierten. Wer will schon gemein sein? Wer will sich zu einem statistischen Begriff oder zu nichts als einem Gruppenmitglied entpersönlichen lassen? Was passiert in der Gruppentherapie? Was passiert in einer Gruppentherapie, in der die Transaktions-Analyse angewandt wird?

Ein weitverbreiteter Eindruck ist, daß die Patienten in der Gruppentherapie ihre Gefühle äußern, «alles loswerden», anderen Menschen sagen, was sie von ihnen halten, und schon «läuft alles bestens». Tatsächlich haben viele Veröffentlichungen über Gruppentherapie zu dieser Ansicht ermuntert. S. R. Slavson, einer der Pioniere bei der Entwicklung gruppentherapeutischer Methoden, schreibt in seinem Buch ‹*Einführung in die Gruppentherapie*›:

«Der allgemeine und hauptsächliche Wert der Gruppe liegt darin, daß sie das Austragen instinktiver Antriebe gestattet; durch die katalysierende Wirkung der anderen Teilnehmer wird das beschleunigt. In einer Gruppe, in der die Teilnehmer sich gegenseitig unterstützen und in der die Furcht vor Selbstenthüllung überraschend reduziert ist, gibt es weniger Vorsicht und mehr Ungezwungenheit. Dadurch offenbaren die Patienten leichter ihre Probleme, und die

Therapie wird beschleunigt. Abwehrmechanismen werden verringert, die Zwanglosigkeit der ganzen Umgebung und das Beispiel anderer erlaubt es jedem, sich mit verminderten Selbstschutz-Hemmungen gehenzulassen. Obwohl die Gruppen auch die Abwehrhaltung von Erwachsenen schwächen, gilt das besonders für Kinder und Jugendliche. Das freie Darstellen und Durchsprechen der Probleme bringt Befriedigung. Zugleich werden dadurch die Patienten sehr früh in der Behandlung mit ihren Problemen konfrontiert. Auch die Abwehrmechanismen gegen eine Verletzung des Selbstwertgefühls werden herabgesetzt. Die freundliche Gruppenatmosphäre und das gegenseitige Akzeptieren fordern von keinem eine Verteidigungsstellung. Alle haben die gleichen oder ähnlichen Probleme, und niemand erwartet negative Reaktionen. Der Status ist gesichert. Es gibt keine Furcht vor Vergeltung oder Entwürdigung.»*

In meiner eigenen klinischen Erfahrung *habe ich die obige Behauptung nicht bestätigen können.* Dem Kindheits-Ich zu erlauben, sich hervorzutun, instinktive Impulse auszuagieren und in der Behandlungsgruppe aufs Geratewohl seine Spiele zu treiben, ist eine Zeitverschwendung für die Gruppe und eine Beeinträchtigung der Rechte und Absichten jedes individuellen Gruppenteilnehmers. Wenn es damit fortfahren darf, sabotiert es den therapeutischen Vertrag der Transaktions-Analyse. Bevor nicht jeder Gruppenteilnehmer zumindest eine gewisse Befreiung seines Erwachsenen-Ichs erreicht hat, trägt die Selbstenthüllung sehr wenig, wenn überhaupt etwas, zu dem Ziel bei, die Individuen in der Gruppe zu heilen. Die Behandlung wird nur dadurch beschleunigt, daß man das Erwachsenen-Ich in der Führungsposition hält. Nur das Erwachsenen-Ich kann dem Kindheits-Ich oder dem Eltern-Ich auf die Schliche kommen. Das Enthüllen von Problemen ist eine Einladung zu dem Spiel «Warum nicht – Ja, aber ...» Das Darstellen und «Durchsprechen» von Gefühlen mag Eltern-Ich und Kindheits-Ich genau wie im täglichen Leben befriedigen, doch in der Gruppentherapie stören solche Transaktionen das Erlernen grundsätzlicher Übereinkünfte und Konzepte, die für den Aufbau eines emanzipierten Erwachsenen-Ichs wesentlich sind.

Das Wort «Gruppe» enthält keinerlei Magie. Da die Transaktions-Analyse in ihrer Anfangsphase ein Lehr-Lern-Erlebnis ist, hat

* S. R. Slavson: ‹*Einführung in die Gruppentherapie*› (Göttingen: Verlag für medizinische Psychologie, 1956).

die Gruppenform einige klare Vorteile gegenüber der traditionellen «Mann-gegen-Mann»-Begegnung bei der individuellen Behandlung. Alles, was in der Gruppe gesagt wird, muß von jedem anderen Gruppenteilnehmer gesehen und gehört werden – jede Frage, jede Antwort, jede Transaktion. Die versteckten und verzweigten Schleichwege, auf denen sich das Eltern-Ich bei Transaktionen ins Spiel bringt, müssen ausgespäht und kartiert werden. Sowohl die inneren wie die äußeren Bedrohungen des Kindheits-Ichs müssen zuerst allgemein erkannt werden, bevor man die einzigartigen und spezifischen Charakteristika des Kindheits-Ichs in jedem einzelnen Gruppenteilnehmer untersucht. Es kommt zu einer Konfrontation aller Teilnehmer mit den Spielen, mit den Realitäten aller, in denen jeder einzelne lebt, die sich sehr wesentlich von dem stummen, geduldigen Zuhören in der Einzeltherapie unterscheidet. In der Gruppentherapie sieht man die Menschen in ihrer natürlichen Umgebung, nämlich in Beziehung zu anderen Menschen, statt ganz allein in einer Isoliertheit, die draußen nicht herstellbar ist. Der Hauptnutzen der Gruppenbehandlung mit Transaktions-Analyse liegt darin, daß die Patienten rascher danach streben, gesund zu werden, ein neues Leben anzufangen, zu sehen und zu fühlen, was wirklich ist, oder «Erwachsene zu werden», oder wie immer das Individuum sein Behandlungsziel bezeichnen mag.

Bevor wir diesen Hauptnutzen näher untersuchen, soll jedoch darauf hingewiesen werden, welche Lösungsmöglichkeiten die Gruppentherapie für die Probleme der bekanntlich sehr hohen Kosten bei der Einzelbehandlung und der Kluft zwischen der Zahl der Hilfesuchenden und der Zahl der verfügbaren Therapeuten anbietet. Alle empfinden heute die Dringlichkeit, Menschen in Not zu helfen, vielen Menschen in Not. Wenn wir eine Lösung suchen, müssen wir eine immer wieder laut werdende Kritik an der psychiatrischen Behandlung berücksichtigen: sie kostet zuviel. Im Verhältnis zu ihren unsicheren Ergebnissen dauere sie zu lang. Wir können diese Kritik nicht einfach durch das Argument entkräften, daß Menschen mit dieser Meinung nicht in der Lage sind, wirklich Wesentliches vom Unwesentlicheren zu unterscheiden, wie etwa derjenige, der in innerer Not ist und seine Rettung im Besitz eines neuen Autos sieht statt darin, die so sehr benötigte Hilfe zu suchen.

Es gibt heute viele Menschen, die zwar völlig den Gedanken gutheißen, daß «psychische Gesundheit wichtig ist», aber dennoch nicht die Mittel haben, neben den bereits hohen Lebenskosten auch noch die Belastung einer langfristigen psychiatrischen Behandlung zu tragen. Zu dieser Kategorie gehören viele Menschen aus den mittleren und alle in den niedrigen Einkommensgruppen. Ist psychische Gesundheit nur für die Reichen? Ist die psychiatrische Behandlung, wie man immer wieder – übrigens auch aus Medizinerkreisen – zu hören bekommt, «ein Luxus»? Oder kann viel mehr Menschen durch die Gruppentherapie geholfen werden? Kann man die psychiatrische Betreuung als eine ebenso unentbehrliche ärztliche Versorgung betrachten wie die Unfallchirurgie? Der Medizinsoziologe Leonard Schatzmann schrieb 1966 über die sozialen Dienste der Psychiatrie:

«Das ältere medizinische Modell der Einzelbehandlung für die Wohlhabenden und die daraus resultierende Vernachlässigung der Masse der Armen gelten als unzeitgemäß. Heute fordern wachsende Bevölkerungsgruppen mehr psychiatrische Betreuung. Der psychoanalytisch orientierte Psychiater bleibt in seiner Praxis, bietet einer eng begrenzten Bevölkerungsgruppe seine persönlichen Dienste an und muß sich auf die Wohlhabenderen konzentrieren, um die Kosten seiner Praxis zu decken. Ob gut, schlecht oder keins von beiden, seine Dienstleistungen sind genau auf den Patienten zugeschnitten, und zwar mit Sitz und Schick. Aber wer kauft schon Maßanzüge? Wer speist schon regelmäßig in Schlemmerlokalen bei Wein und Kerzenschimmer? Wer kann sich schon seinen Wagen als Spezialversion nach Gusto umbauen lassen?»

Durch die Behandlung in Gruppen können die Kosten so reduziert werden, daß sie auch für die meisten Lohnempfänger erschwinglich sind. Außerdem habe ich die Erfahrung gemacht, daß die Gruppentherapie durch Transaktions-Analyse die Behandlungsdauer reduziert hat, was ebenfalls zu einer Kostenverringerung für den Patienten führte.

Wichtiger als diese Überlegungen ist jedoch die Tatsache, daß nach meiner Erfahrung Einzelpersonen schneller bei der Gruppentherapie durch Transaktions-Analyse genesen als in der traditionellen Behandlung mit ihrer Zweierbeziehung. Mit «genesen» meine ich das Erreichen der Ziele, die im Vertrag der ersten Stunde festgelegt wurden. eines davon ist die Entschärfung des Symptoms (z. B. das Scheitern der Ehe, Erschöpfung, Kopfschmerzen, Versagen am Arbeitsplatz etc.), das andere liegt darin, die richtige und effektive Anwendung von El-Er-K zu erlernen. Ein Beurteilungsmaßstab für die Genesung des Patienten ist seine Fähigkeit, das, was bei irgendeiner Transaktion geschieht, für die anderen Gruppenteilnehmer verständlich darzulegen. Wenn mir jemand erzählt, er habe eine lange Therapie durchgemacht und sie sei «sehr hilfreich» gewesen, mir aber nicht die Frage beantworten kann: «Was geschah in der Therapie?», dann glaube ich nicht, daß er gelernt hat, seine eigenen Handlungen zu beherrschen. Hier gilt die aristotelische Vorstellung, daß wir ausdrücken, was uns zuvor eingedrückt worden ist. Wenn ein Patient in Worte fassen kann, warum er tut, was er tut, und wie er damit aufgehört hat, dann ist er insofern geheilt, daß er das Heilmittel kennt und es immer wieder anwenden kann.

Sobald ein Patient die Grundbegriffe von El-Er-K gelernt hat, kann er in der transaktionsanalytischen Gruppe etwas ganz anderes sehen als das, was er infolge der Prägung durch sein Eltern-Ich und Kindheits-Ich in ihr sieht. Vielleicht hat man ihm früh beigebracht, «nicht in der Öffentlichkeit schmutzige Wäsche zu waschen» oder «nicht über Familiengeheimnisse zu reden». Das tritt nun als deutlich erkennbare Aufzeichnung des Eltern-Ichs zutage. Andererseits will das Kindheits-Ich, während das Spiel «Armer Teufel» läuft, «stundenlang die Szene beherrschen». Ein Individuum, das «Beichte», «Psychiatrie», «Ist es nicht schrecklich» und «Er ist schuld» spielen will, stellt bald fest, daß er in der Gruppe keinen Mitspieler findet. Der Therapeut übernimmt die Rolle eines Lehrers, Trainers und Beraters, wobei sein Beteiligtsein von besonderer Bedeutung ist. Die Gruppe ist der Rahmen für Aktivität, Teilnahme und Bewegung, in dem immer gelacht werden darf, damit nicht die Tendenz aufkommt, das Erlebnis als «anstrengende Angelegenheit» zu werten.

Jeder Teilnehmer an der El-Er-K-Gruppe hat ein klares, präzises und leicht faßbares Ziel: seine *Heilung* durch die Befreiung seines Erwachsenen-Ichs von den störenden Einflüssen und Forderungen seines Eltern-Ichs und Kindheits-Ichs. Das Ziel wird dadurch erreicht, daß man jeden Gruppenteilnehmer lehrt, sein Eltern-Ich, Erwachsenen-Ich und Kindheits-Ich zu erkennen und zu beschreiben, wenn es bei Transaktionen innerhalb der Gruppe auftritt.

Da Lehren, Lernen und Analysieren die wesentlichen Kennzeichen der Gruppenarbeit sind, beruht die Wirksamkeit des Transaktions-Analytikers auf seiner Begeisterung und Fähigkeit als Lehrer und auf seiner Wachsamkeit, über jede Kommunikation, jedes Signal in der Gruppe auf dem laufenden zu sein, handle es sich dabei nun um verbale oder um andere Äußerungen. Im Rahmen der Gruppe tritt das Eltern-Ich auf unterschiedliche Weise auf: durch den erhobenen Zeigefinger, gerunzelte Brauen, zusammengekniffene Lippen oder Redewendungen wie: «Hab ich nicht recht?» – «*Jeder* weiß, daß ...» – «*Man* sagt ...» – «Immerhin ...» – «Ich werde diesen Dingen *ein für allemal* auf den Grund gehen!»

Auch die Äußerungen des Kindheits-Ichs sind leicht zu erkennen: Weinen, Lachen, Schüchternheit, Nägelbeißen, körperliche Unruhe, Abkapseln und Schmollen. Dazu kommen die Spiele des Kindheits-Ichs wie «Armer Teufel», «Ist es nicht schrecklich» und «Jetzt hat's mich wieder erwischt». Die Gruppenteilnehmer unterstützen das NICHT O. K.-Kindheits-Ich eines anderen Teilnehmers und *tadeln* nicht nach Elternart sein Auftreten. Statt dessen kommt es zu mitfühlenden Reaktionen wie: «Ich sehe, Ihr Kindheits-Ich ist verletzt; warum?» oder: «Können Sie mir sagen, was Ihr Kindheits-Ich hervorgelockt hat?»

Durch zahlreiche Transaktionen innerhalb der Gruppe füllen die Patienten rasch die Informationslücken über das Eltern-Ich, Erwachsenen-Ich und Kindheits-Ich des anderen. So kommt es zu einer «Teambewertung» von Daten, die nicht längst verschüttet, sondern beobachtbar sind und sich gegenwärtig offen in Transaktionen manifestieren, an denen alle beteiligt sind. Das Team besteht jedoch aus Teilnehmern und nicht aus den «keimfreien» Beobachtern, die «Behandlungsteam» genannt werden.

Zu Beginn meiner therapeutischen Anwendung El-Er-K standen manche Patienten dem Eintritt in eine Gruppe mißtrauisch gegenüber und beharrten entsprechend ihrer Kenntnis traditioneller Behandlungsmethoden darauf, daß sie gekommen seien, um unter vier Augen mehrmals über ihre Probleme sprechen zu können. Ihre Einstellung war: Ich bezahle Sie fürs Zuhören, und irgendwie wird schon irgendwas dabei herauskommen. Diese Einstellung beginnt sich dank der positiven Berichte über die Effektivität der Gruppentherapie langsam zu ändern. Es gibt bei uns keine Auswahl der Gruppenteilnehmer nach diagnostischen Kategorien. Sie werden auch nicht auf der Basis symptomatischer Ähnlichkeiten in Gruppen eingeteilt. Zum einen ist das nicht nötig, zum anderen verzichtet man darauf wegen der stigmatisierenden Aspekte psychiatrischer Diagnosen. Es empfiehlt sich nicht, alle Alkoholiker, alle Homosexuellen oder alle Schulversager immer in jeweils eine Gruppe zu tun, denn das fördert die Neigung, sich dem Gedanken hinzugeben: «Geht es nicht allen so?», wobei der Therapeut die einzige Ausnahme ist.

Daraum kann die Gruppe alle möglichen diagnostischen Kategorien umfassen einschließlich Patienten von geringer Intelligenz oder mangelnder Schulausbildung. Aus vielen Autodidakten werden gute Transaktions-Analytiker. Viele meiner Patienten konnten miterleben, wie ein Patient in der Gruppe eine akute Psychose (außer Kraft gesetztes Erwachsenen-Ich) mit zahlreichen Wahnvorstellungen (Dominanz des archaischen Kindheits-Ichs) durchmachte. In der Gruppe erlebten und hörten sie Patienten, die in ihren Halluzinationen den Eltern-Kind-Dialog beschrieben, den der Patient durch äußere Stimmen wahrnahm. Patienten mit befreitem Erwachsenen-Ich werden durch solche Manifestationen vorübergehender psychischer Störung nicht beunruhigt. Sie sind eher hilfreich, beruhigend und streichelnd und übersehen das Ungewöhnliche.

Jede meiner transaktionsanalytischen Gruppen trifft sich wöchentlich, außer den Krankenhausgruppen, die täglich zusammenkommen. Nach dem Krankenhausaufenthalt, der im Durchschnitt zwei Wochen dauert, tritt der Patient einer der Gruppen in meiner Praxis bei. Die Gruppenteilnehmer lernen, gegenüber der Lust des Kindheits-Ichs am Vergleichen wachsam zu sein – «Ich lerne schneller als du», oder: «Du bist kranker als ich.» Darum fühlen sich neue Patienten in einer Gruppe «alter Hasen» bald wohl und sie widmen sich rasch der Transaktions-Analyse. Die Gruppensitzungen finden in einer bequemen und akustisch einwandfreien Umgebung statt. Alles kann gehört werden, selbst ein Seufzer. Einen wichtigen Platz nimmt die Tafel ein, die bei jeder Sitzung häufig zur graphischen Darstellung wichtiger Formulierungen durch Symbole benutzt wird.

Manche Menschen lernen schnell, Eltern-Ich, Erwachsenen-Ich und Kindheits-Ich sowie deren Anteil an gegenwärtigen Transaktionen zu erkennen. Andere brauchen dazu länger. Doch die langsamen Lerner kommen mit der Zeit zu der Einsicht, daß ihr Widerstand gegen das Lernen aus ihrem NICHT O. K.-Kindheits-Ich herrührt, das unter einer alten Realität leidet: Damals erlaubte man dem kleinen Menschen nicht, allein zu denken.

Die Existenz des NICHT O. K.-Kindheits-Ich in sich selbst einzusehen, ist einer der ersten und wichtigsten Schritte zum Verständnis der Verhaltensgrundlagen. Damit beginnt die objektive Einschätzung der eigenen Persönlichkeitsstruktur. Es ist etwas anderes, das intellektuell zu verstehen, als diese Realität in sich selbst zu begreifen. *Das* NICHT O. K.-Kindheits-Ich kann als interessante Idee aufgefaßt werden. *Mein* NICHT O. K.-Kindheits-Ich ist Wirklichkeit.

Der Inhalt der Gruppen-Transaktionen bezieht sich meist auf die aktuellen Probleme der Teilnehmer. Was gestern oder in der letzten Woche passiert ist, wird viel häufiger untersucht als das, was lange Zeit zurückliegt. Die Teilnehmer lernen, ihr Eltern-Ich, Erwachsenen-Ich und Kindheits-Ich durch deren Auftritt in gegenwärtigen Transaktionen zu erkennen, vor allem in der Transaktion innerhalb der Gruppe. Das unterscheidet sich sehr von dem Material, das wir manchmal aus psychologischen Untersuchungen zu erhalten glauben. In einem Vortrag vor der American Psychological Association im September 1967 stellte der Präsident der Vereinigung, Abraham Maslow, fest, das seine Kollegen im allgemeinen allzu gern triviale Tatsachen unter Etikett «wissenschaftliche Forschung» konservieren:

«Die Informationen, die sie sammeln, sind nützlich, aber sie sind leicht trivial, eher eine Ansammlung von Tatsachensplittern ... Viel zuviel Psychologen arbeiten über so hochspezielle Themen wie ‹Der linke Quadrant des Augapfels von Soundso›.»*

Der höchste Wert jeglicher Forschung liegt in der Bereitstellung von Informationen, die es dem Menschen ermöglichen, sich zu ändern. Die Veränderung, die in Individuen entsteht, wenn ihr Erwachsenen-Ich die Führung übernimmt, wird rasch in der Gruppe deutlich. Sie wird auch anderen Familienangehörigen deutlich. Nicht selten ergeben sich daraus gewisse Risiken für den einzelnen. Ein Mann, dessen Frau an einer meiner Gruppen teilnahm, rief an und beschwerte sich: «Was machen Sie denn eigentlich in dieser Gruppe – meine Frau wird immer glücklicher, aber unsere Ehe geht vor die Hunde.» In solchen Fällen lade ich den Ehepartner zu einer Einzelsitzung ein und erkläre ihm die Grundbegriffe von El-Er-K. Im allgemeinen führt das dazu, daß Mann *und* Frau einer Ehepaargruppe beitreten. Wenn ein Familienmitglied in eine Gruppe geht und anfängt, sich zu ändern, dann betrifft das fast zwangsläufig die ganze Familie, weil die Spielstruktur gestört wurde.

Wenn zum Beispiel ein Familienmitglied das «schwarze Schaf» ist und anfängt, aus seiner Rolle auszusteigen, werden die Rollen der anderen, besonders der Geschwister, verwirrt, umgekehrt oder sonstwie gestört. Auf dieser Grundlage beruhen die im allgemeinen hervorragenden Ergebnisse, die bei der Familientherapie erreicht

* *San Francisco Chronicle*, 15. September 1967.

werden. In meinen Jugendgruppen fordert der Vertrag eine gleichzeitige Beteiligung der Eltern. Zu den immer wieder auftauchenden Diskussionsthemen dieser Gruppentreffen gehört: «Wie man die Behandlung sabotiert.» Manche Eltern untergraben unwissentlich die therapeutischen Bemühungen, weil sie in Wirklichkeit nicht die Eltern-Kind-Beziehung aufgeben wollen, die ihrer Meinung nach in der Vergangenheit «so gut funktioniert hat». Ihre Machtposition ist bedroht, wenn der Jugendliche sein Erwachsenen-Ich anwendet, und falls die Eltern nicht auch «erwachsen» reagieren, überkreuzen sich die Transaktionen. Diese Eltern sehen in der neuen Selbständigkeit eine Bedrohung ihrer Kontrolle über ihr Kind und können zu dem Schluß kommen, daß ihnen die Situation vor der Behandlung angenehmer war. Verängstigte Eltern scheinen bekannte Sorgen dem Risiko vorzuziehen, darauf zu vertrauen, daß ihr heranwachsendes Kind seine eigenen inneren Kontrollinstanzen entwickelt.

Die Gruppenteilnehmer werden dazu ermuntert, ihre Beziehungen außerhalb der Gruppe verantwortungsbewußt und liebevoll zu betrachten. Manche Beziehungen existieren nur kraft der Spiele. Nicht mehr mitspielen heißt oft Abbruch der Beziehung. Das ist nicht immer menschenfreundlich und auch nicht immer notwendig. Wenn in den letzten zwanzig Jahren Besuche bei der Großmutter durch Spiele wie «Ist es nicht schrecklich» strukturiert waren, dann ist es nicht unbedingt liebevoll, die Großmutter nicht mehr zu besuchen, weil man «Ist es nicht schrecklich» nicht mehr ausstehen kann. Das Erwachsenen-Ich hat die Wahl: entweder weiterzuspielen oder nicht mehr zu spielen, das Spiel in etwas weniger Destruktives zu verwandeln oder zu versuchen, die Erkenntnisse mitzuteilen, die Menschen dazu bewegen, mit den Spielen aufzuhören. Immerhin können wir unseren alten Adam nicht kündigen, so spielbesessen er auch sein mag. Wenn wir uns vom Bösen nicht überwältigen lassen wollen, müssen wir das Böse mit dem Guten überwältigen. Das ist unmöglich, wenn wir uns von allen Beziehungen zurückziehen, in denen Spiele vorkommen.

Von Zeit zu Zeit weise ich auf die eingebauten Sicherungen in El-Er-K hin. Während ich dies hier niederschreibe, sitze ich vor Bücherregalen voller Wälzer über das Thema der Therapie. Sie sind zum größten Teil der Darstellung «psychischer Krankheiten» oder menschlichen Unglücks gewidmet und liefern detailliertes Fachwissen über die Gefahren der Therapie. Viel davon hat mit der sogenannten Übertragungs- und Widerstandsproblematik zu tun, die in der psychoanalytischen Praxis eine so zentrale Rolle spielt. Zu oft kümmern sich diese Schriften mehr um den Schutz des Therapeuten als um die Heilung des Patienten. In der Psychoanalyse ist der Analytiker der Held. In der Transaktions-Analyse ist der Patient der Held. Die Sicherungen in El-Er-K bestehen in seiner gegenseitig partnerschaftlichen Art und in einer Sprache, die eine Grundlage für Transaktionen von Patient zu Patient und von Patient zu Therapeut herstellt, um alle Aspekte von Verhalten und Gefühlen ungeachtet ihrer Natur sinnvoll zu untersuchen. In der El-Er-K-Gruppe wirken die Teilnehmer aufeinander sowohl hemmend wie fördernd. Es gibt keinen omnipotenten Therapeuten, der in einer abgeschirmten Ecke vor seinem armen, liegenden kleinen Patienten sitzt, wobei sich beide über die Gefahren dieses ernsten Geschäfts im klaren sind. Ein Aspekt des El-Er-K-Gruppenvertrags ermuntert das Kindheits-Ich jedes Teilnehmers einschließlich des Therapeuten dazu, hervorzukommen und zu lachen. El-Er-K-Gruppen sind typischerweise lachende Gruppen, die andererseits die große Fähigkeit haben, mit dem fürsorglichen Eltern-Ich zu schützen und zu unterstützen, während das wachsame Erwachsenen-Ich nach neuen Lösungen sucht.

Die «Gefahr» liegt hier also darin, daß weder der Therapeut noch sonst jemand von vornherein weiß, was die NICHT O. K.-Anschauung im Kindheits-Ich dem Leben eines Menschen oder dem Leben anderer in seiner Umgebung antun kann. Wenn ein Gruppenteilnehmer sagt: «Damit haben Sie mein NICHT O. K.-Kindheits-Ich hervorgelockt», dann ist der Weg frei für die Untersuchung eines der Geheimnisse unseres Daseins, deren Ergebnis sich als äußerst nützlich für alle Gruppenteilnehmer erweisen mag.

12. El-Er-K und moralische Werte

Ich wage zu behaupten, daß die Spannung zwischen Naturwissenschaft und Glaube nicht im Sinne von Elimination oder Dualität, sondern im Sinne einer Synthese gelöst werden sollte.

Teilhard de Chardin

Sie sagen Ihrem sechsjährigen Sohn, er soll dem anderen Jungen genauso ins Gesicht schlagen, «wie er dich geschlagen hat!» Warum?

Sie beteiligen sich an einer Protestdemonstration gegen Krieg, Terror und Unrecht. Warum?

Sie zeigen Ihren Freund nicht bei der Steuerfahndung an, obwohl Sie wissen, daß er umfangreiche Steuerhinterziehungen begeht. Warum?

Sie übernehmen die Verantwortung für den Fehler eines Mitarbeiters. Warum?

Sie sagen Ihrer Tochter, daß sie mit einem bestimmten Freund, der «kein anständiges Zuhause hat», nicht mehr verkehren soll. Warum?

Sie melden die Schlamperei eines Kollegen nicht, obwohl Sie wissen, daß Menschen dadurch geschädigt werden. Warum?

Fast alle Menschen haben tatsächlich derartige Entscheidungen zu fällen. Es handelt sich um moralische Entscheidungen, oder um Entscheidungen über gut und schlecht. Woher bekommen Sie die Informationsgrundlage für diese Entscheidungen? Aus dem Eltern-Ich, aus dem Erwachsenen-Ich und aus dem Kindheits-Ich. Was tun Sie, wenn Sie alle Daten Ihres Eltern-Ichs geprüft, manche behalten und manche verworfen haben und immer noch glauben, nicht die nötigen Richtlinien für die Entscheidung zu haben? Auf die Entscheidung verzichten? Wenn Sie ein emanzipiertes Erwachsenen-Ich haben, was tun Sie damit? Können Sie bei Fragen der Moral die Dinge selbst entscheiden – oder müssen Sie eine «Autorität» um Rat bitten? Können wir alle Ethiker sein? Oder bleibt das den Moraltheologen und Philosophieprofessoren vorbehalten?

Wo können wir neue Daten suchen, wenn wir nicht besonders gut zurechtzukommen scheinen? Woran fehlt es uns? Welche Aspekte der Wirklichkeit kann das Erwachsenen-Ich untersuchen? Die Realität ist unser wichtigstes Mittel bei der Behandlung. Der Realität begegnen wir in der Geschichte und erfahren sie durch die Beobachtung des Menschen. So gewinnen wir den Stoff, aus dem wir ein gültiges ethisches System aufbauen. Aber es wäre ganz unvernünftig zu glauben, die einzige Wahrheit über die Wirklichkeit des Menschen liege in dem beschlossen, was wir persönlich erfahren und verstanden haben. Für manche Menschen ist die Wirklichkeit umfassender als für andere, weil sie mehr gesehen, mehr gelebt, mehr gelesen, mehr erfahren und mehr gedacht haben. Oder ihre Realität ist einfach anders als die eines anderen.

Unser Bedürfnis nach einem Richtungsweiser bei der Reise durchs Leben ähnelt dem Navigationsproblem eines Flugzeugpiloten. Zu Beginn der Luftfahrt konnten sich die Piloten nur auf ihr Sehvermögen verlassen – sie verglichen das, was sie unter sich sahen, die Flüsse, Buchten, Eisenbahngleise und Städte, mit den Karten, die sie vor sich ausgebreitet hatten. Das war natürlich eine riskante Sache, wenn die Sicht auch nur für kurze Zeit behindert war. Darum dachte man sich Navigationshilfen aus, die eine Peilung mit Hilfe zweier Punkte ermöglichen. Die zwei Punkte sind besondere Radiosender. Jeder strahlt ein Signal aus, das den Piloten die Funkstandlinie anzeigt. Der Punkt, in dem sich die Funkstandlinien schneiden, ist der Standort des Flugzeugs. Wenn der Navigator nur einen festen Punkt hätte, könnte er seinen Standort nicht ermitteln. Er könnte feststellen, daß er über dem Äquator ist. Aber *wo* über dem Äquator? Er müßte in einer anderen Richtung nach Daten suchen, die ihm diese Frage beantworten.

Ich glaube, daß viele Psychiater und Psychologen sich bei ihrer Behandlung auf nur einen festen Punkt verlassen haben: Sie verwandten ihre ganze Zeit darauf, nur eine Realität zu betrachten, die Vergangenheit des Patienten – *was er getan hat* –, und vernachlässigten weitgehend die Prüfung jener Realitäten, die ihm helfen könnten, zu verstehen, *was er tun sollte*. Wir sitzen rettungslos in einer Sackgasse, wenn wir glauben, unsere psychische Gesundheit beruhe einzig und allein auf solchen Realitäten, die sich in Aussagen widerspiegeln wie: «Ich bin so geworden, weil damals, als ich drei Jahre alt war, meine Mutter am Weihnachtsabend meinen Vater mit dem Kochlöffel verhauen hat.» Archäologie dieser Art erinnert mich an die Geschichte von dem kleinen Mädchen, das seiner Großmutter nach Weihnachten einen Dankeschönbrief für ein Buch über Pinguine schrieb: «Liebe Großmutter, vielen Dank für das hübsche Buch, das Du mir zu Weihnachten geschickt hast. Dieses Buch erzählt mir mehr über Pinguine, als ich wissen will.»

Wir können ein Leben lang im Schutt der Vergangenheit graben, als wäre das der einzige Ort, an dem Realität existiert, und andere zwingende Realitäten völlig außer acht lassen. *Eine dieser Realitäten ist, daß der Mensch ein Bezugssystem moralischer Werte braucht und Mangel litte, wenn er es nicht hätte.*

Viele Psychologen pochen darauf, ihre Disziplin sei eine wertfreie Wissenschaft, und sehen folglich in Werturteilen eine verabscheuungswürdige Abkehr von der wissenschaftlichen Methode, die unter allen Umständen umgangen werden muß. Diese Schule behauptet standhaft, daß moralische Wertvorstellungen wissenschaftlich nicht zugänglich seien. «*Das* ist ein Werturteil; darum können wir es nicht – untersuchen.» – «*Das* liegt im Bereich des Glaubens; deshalb können wir keine schlüssigen Nachweise dafür beibringen.» Sie übersehen die Tatsache, daß die wissenschaftliche Methode selbst völlig von einem moralischen Wert abhängt – der Vertrauenswürdigkeit des Berichterstatters über seine wissenschaftlichen Beobachtungen. Warum sagt ein Wissenschaftler die Wahrheit? Weil er in einem Labor nachweisen kann, daß er das tun sollte? Nathaniel Branden schrieb eine Arbeit über das ernste Problem, das jene heraufbeschwören, die der Ansicht sind, daß es nicht zur Aufgabe von Wissenschaftlern gehört, sich mit moralischen Werten auseinanderzusetzen:

«Ein Hauptproblem für die Wissenschaft der Psychologie ist die *Motivation.* Die Grundlage des Faches Psychologie ist das Bedürfnis, zwei fundamentale Fragen zu beantworten: Warum handelt ein Mensch so, wie er es tut? Was wäre nötig, damit er anders handelt? Der Schlüssel zur Motivation liegt im Bereich der Werte. Die Tragödie der heutigen Psychologie ist, daß sie die *Werte* als einzigen Sachverhalt nachdrücklich aus ihrem Gebiet verstoßen hat. Es stimmt nicht, daß allein durch die Bewußtmachung von Konflikten ihre Lösung garantiert wird. Das Moralische versteht sich nämlich keineswegs von selbst. Es erfordert vielmehr einen komplizierten philosophischen analytischen Denkprozeß. Effektive Psychotherapie braucht einen bewußten, rationalen, wissenschaftlichen Moralkodex, ein Wertsystem, das auf den Fakten der Realität beruht und den

Bedürfnissen des Menschenlebens auf der Erde angepaßt ist.»*

Branden behauptet, daß Psychiater und Psychologen eine schwere moralische Verantwortung übernehmen, wenn sie erklären, daß «philosophische und moralische Fragen sie nicht betreffen, daß die Wissenschaft keine Werturteile verkünden darf», wenn sie «ihre beruflichen Verpflichtungen mit der Erklärung abschütteln, daß ein rationaler Moralkodex unmöglich sei, und durch ihr Schweigen geistigen Mord sanktionieren».

Was ist ein rationaler Moralkodex?

Auf eine solche Frage erfolgt häufig die Antwort: «Wenn jeder nach dem moralischen Grund-Satz: ‹Was du nicht willst, daß man dir tu, das füg auch keinem andern zu› leben würde, wäre alles in Ordnung.» Das Unbefriedigende dieser Antwort liegt in der Tatsache, daß selbst dann, wenn wir anderen nur antun, was wir von ihnen angetan bekommen wollen, unser Tun destruktiv sein kann. Ein Mensch, der sein NICHT-O. K. durch ein hartes und andauerndes Spiel von «Schlag mich» beruhigen will, tut niemandem einen Gefallen, wenn er diese «Lösung» auf andere projiziert. Dieser moralische Grund-Satz ist keine angemessene Richtschnur, nicht weil ihr Ideal falsch wäre, sondern weil die meisten Menschen nicht genügend Daten haben über das, was sie für sich selbst wollen, oder warum sie es wollen. Sie kennen die Lebensanschauung ICH BIN NICHT O. K. – DU BIST O. K. nicht und sind sich der Spiele nicht bewußt, die sie treiben, um ihre Last zu erleichtern. Menschen hören auf, diesen Grund-Satz der Moral und viele ähnliche «Glaubensinhalte» ernst zu nehmen, weil sie nach ihren eigenen Erfahrungen nicht funktionieren.

Bertrand Russell schreibt:

«Viele Erwachsene glauben im Herzen immer noch alles, was man ihnen in der Kindheit beigebracht hat, und kommen sich sündhaft vor, weil ihr Leben mit den Maximen der Sonntagsschule nicht übereinstimmt. Der Schaden wurde nicht nur durch die Einführung einer Trennung zwischen der bewußten vernünftigen Persönlichkeit [Erwachsenen-Ich] und der unbewußten infantilen Persönlichkeit [Kindheits-Ich] angerichtet; der Schaden liegt auch in der Tatsa-

* Nathaniel Branden: ‹*Psychotherapy and the Objectivist Ethics*›. Vortrag, gehalten vor der psychiatrischen Abteilung der San Mateo County Medical Society, 24. Januar 1966.

che, daß die gültigen Bestandteile der konventionellen Moral zusammen mit den ungültigen diskreditiert werden. Diese Gefahr läßt sich von einem System nicht trennen, das die Jungen en bloc eine Anzahl von Glaubenssätzen lehrt, die sie fast mit Sicherheit verwerfen, sobald sie reif geworden sind.»*

Gibt es also, wie Russell sagt, «gültige Bestandteile der konventionellen Moral»? Eine Funktion des befreiten Erwachsenen-Ichs ist die Untersuchung des Eltern-Ichs, damit es die Wahl hat, Daten aus dem Eltern-Ich zu akzeptieren oder zu verwerfen. Wir müssen uns vor dem Dogma hüten, das Eltern-Ich *in toto* zu verwerfen, wir müssen vielmehr fragen: Gibt es hier noch etwas, was sich zu bewahren lohnt? Es ist klar, daß viele Daten des Eltern-Ichs zuverlässig sind. Immerhin wird unsere Kultur durch das Eltern-Ich übermittelt. Der Anthropologe Ralph Linton bemerkte, daß «ohne die Kultur, die vergangenen Errungenschaften bewahrt und jede folgende Generation nach ihren Mustern formt, der Homo sapiens nichts anderes wäre als ein auf dem Erdboden lebender anthropoider Affe, etwas abweichend im Körperbau und leicht überlegen an Intelligenz, doch ein Bruder von Schimpanse und Gorilla»**.

Es läßt sich also feststellen, daß moralische Werte zuerst im Eltern-Ich auftauchen. Wir betrachten «sollte» und «müßte» als Worte des Eltern-Ichs. *Die zentrale Frage dieses Kapitels heißt: Können «sollte» und «müßte» Worte des Erwachsenen-Ichs sein?*

Ist eine Übereinkunft über moralische Werte möglich?

Gibt es eine objektive Moral, die Forderungen an alle Menschen stellt, oder müssen wir jeweils unsere eigene, individuelle, situationsgebundene Moral konstruieren? Victor Frankl spricht von der Verzweiflung der heutigen Jugend, die sich in einem, wie er es nennt, existentiellen Vakuum befindet, wo jeder Mensch der Mittelpunkt seines eigenen Universums ist, wo geleugnet wird, daß es irgendwelche Forderungen gibt, die von «außerhalb» seiner selbst kommen.***

* B. Russell: ‹*Warum ich kein Christ bin*› (Reinbek: Rowohlt Taschenbuch Verlag, rororo sachbuch 6685).

** R. Linton: ‹*The Study of Man*› (New York: Appleton-Century-Crofts, 1936).

*** V. Frankl, Vortrag am Sacramento State College, 5. Mai 1966.

Alle Moral in diesem Vakuum ist subjektiv. Wenn das stimmt, dann müssen wir in Betracht ziehen, daß es heute auf der Welt drei Milliarden «Moralitäten» gibt, drei Milliarden Menschen, die ihre eigenen Wege gehen und leugnen, daß irgendwelche objektiven Prinzipien die Beziehungen zwischen den Menschen regieren. Doch es ist eine Tatsache, daß die Suche nach diesen objektiven Prinzipien und die Sehnsucht nach Beziehung eine universale Realität ist, die auch als persönliche Erfahrungstatsache empfunden wird. Es ist eine Tatsache, daß Menschen nicht ohne Beziehungen zu anderen Menschen leben können und wollen. Manche, die Rauschmittel nehmen, begründen ihren Drogengebrauch mit der von ihnen berichteten Transzendenz der psychedelischen Erfahrung, daß sie «dort draußen» ein gemeinsames Sein entdecken, das alle Menschen verbindet. Obwohl ihr Medium der Transzendenz äußerst fragwürdig ist, müssen wir die auch darin sich äußernde, allgemeine Sehnsucht nach Beziehung anerkennen, die Fähigkeit zum Empfinden der Einheit, die Evolution des menschlichen Geistes bis zu einem Punkt, wo er begreift und fühlt und akzeptiert, daß Menschen, weil sie in Verbindung stehen, Forderungen aneinander haben.

Die Sehnsucht nach Verbundenheit ist eine Tatsache, auch wenn die Prinzipien dieser Verbundenheit nicht empirisch erfaßt werden können. Wer aber den Gedanken verwirft, daß es eine objektive moralische Ordnung oder ein universales «Soll» gibt, muß die Schwierigkeiten bedenken, die in dieser Ablehnung enthalten sind. Die Existentialisten haben diese Vorstellung abgelehnt. Sartre behauptet, der Mensch schaffe sein eigenes menschliches Sein durch eine Folge von Entscheidungen, durch Handlungen, die ihn gestalten. Er argumentierte, daß der Mensch durch seine Taten seine eigene Definition des Menschen schafft, daß, um es verkürzt zu sagen, die Existenz des Menschen seinem menschlichen Sein vorausgeht. Der Mensch schafft danach nicht nur seine eigene wesentliche Menschlichkeit, er kreiert gleichzeitig auch die gesamte menschliche Würde. Er kann nur wählen, was gut für ihn ist, doch was gut für ihn ist, muß gut sein für die ganze Menschheit.

Joseph Collignon weist uns jedoch auf die Kehrseite der Medaille hin: «Der Mensch muß also die Verantwortung für jede Handlung übernehmen, und zwar nicht nur für sich selbst, sondern für die ganze Menschheit. Nicht ohne Grund sieht Sartre ‹Schmerz, Preisgegebensein und Verzweiflung› als Teil dieses Loses – und des Loses jedes Existentialisten. Denn wenn kein Mensch und kein Glaube bei einer Entscheidung helfen können, *die in ihrer Bedeutung kosmisch ist*, dann kann man sich leicht die Verzweiflung vorstellen, die eine solche Philosophie beinhaltet... Der Existentialismus hat eine starke Anziehungskraft für die Jugend. Es ist aufregend, die Welt für absurd zu halten, denn das gibt einem ein Gefühl der Überlegenheit über die etablierte Ordnung, ein Gefühl der Beherrschung seiner selbst. Die Welt hört auf, eine fix und fertige philosophische Geschlossenheit zu haben; es gibt Raum für die Tat, für die Erschaffung menschlicher Würde, auch wenn man sie nur für sich selbst kreiert.

Aber es gibt auch die Desillusionierung. Vor einem Jahr stellte ich nach Beendigung einer Vorlesungsreihe über den Existentialismus fest, daß viele Studenten von dieser Philosophie begeistert waren. Die letzte Vorlesung wurde von der Schreckensmeldung vom Tod Präsident Kennedys unterbrochen. In die darauf folgende bestürzte Stille schrillte heftig und scharf eine Stimme: ‹Das war eine vollkommene existentialistische Tat.› Obwohl er aufs bestimmteste von den anderen, unter denen viele weinten, zum Schweigen gebracht wurde, blieb der Gedanke bestehen: Ja, es *war* eine vollkommene existentialistische Tat. Darüber brauchte nicht geredet zu werden; es war herrlich, individuell und frei zu handeln, gewiß, aber durfte die Befreiung durch die Tat zum Mord an einem jungen Präsidenten werden? Die Tat, einen Präsidenten zu töten, mag eine lohnende Erfahrung bei der freien Ausübung des Willens für Harvey Lee Oswald gewesen sein, doch nicht für die übrige Bevölkerung und für die ganze Welt...»*

Wenn es kein universales «Soll» gibt, kann man nicht sagen, daß Albert Schweitzer ein besserer Mensch war als Adolf Hitler. Dann können wir lediglich feststellen, daß Albert Schweitzer dies und jenes getan hat, und daß Adolf Hitler dies und jenes getan hat. Auch wenn wir weiter anführen, daß Albert Schweitzer soundso viele Menschenleben gerettet hat und Adolf Hitler Millionen Menschen sterben ließ, sind das nur statistische Daten im Buch der Geschichte ohne Bedeutung für eine ethische Reflexion über die Veränderbarkeit menschlichen Verhaltens. Der Wert von Völkern, von Menschen kann schließlich nicht wissenschaftlich bewiesen werden. Albert Schweitzer dachte, er habe recht. Adolf Hitler dachte, er habe

* J. Collignon: ‹*The Uses of Guilt*›. In: *Saturday Review of Literature*, 31. Oktober 1964.

recht. Daß beide recht hatten, ist ein offenkundiger Widerspruch. *Doch nach welcher Norm bestimmen wir, wer recht hatte?*

Der Wert des Menschen

Ich möchte behaupten, daß eine sinnvolle Annäherung an diese objektive moralische Ordnung oder letzte Wahrheit der Gedanke ist, *daß Menschen wichtig sind*, weil sie alle in einer universalen Beziehung miteinander verbunden sind, die ihre eigene persönliche Existenz übersteigt. Ist das eine sinnvolle Voraussetzung? Das hilfreichste analytische Konzept bei dem Versuch, diese Frage zu beantworten, ist der Schwierigkeitsvergleich. Es ist schwierig, zu glauben, daß Menschen wichtig sind, und es ist auch schwierig, zu glauben, daß sie es nicht sind.

Die Verneinung der Wichtigkeit von Menschen macht alle unsere Anstrengungen ihretwegen sinnlos. Warum dieses große Getue um die Psychiatrie, wenn Menschen nicht wichtig sind? Die Vorstellung, daß Menschen wichtig sind, ist ein *moralischer Gedanke*, ohne den jedes System zum Verständnis des Menschen sinnlos ist. Doch wir können diese Wichtigkeit nicht durch einen Syllogismus beweisen. Die Geschichte aller Zeiten scheint mit den unzähligen Zeugnissen von Erniedrigung und Zerstörung des Menschen umgekehrt eher die Ansicht zu bestärken, daß Menschen ohne besondere Bedeutung sind. Geburt, Qual und Tod von Milliarden Menschen, die auf dieser Erde gelebt haben, scheinen, falls es weder Richtung noch Plan für die menschliche Existenz geben sollte, logischer eine Einstellung zu unterstützen, nach der alle unsere Bemühungen, die Psyche der Menschen zu verstehen und Veränderungen im menschlichen Verhalten zu bewirken, sinnlos sind. Wir können nicht beweisen, daß die Menschen wichtig sind. Wir glauben es nur, weil es schwieriger ist, nicht daran zu glauben.

«Ein Mensch», schrieb Teilhard de Chardin, «wird nur so lange weiterforschen, wie ein leidenschaftliches Interesse ihn dazu treibt, und dieses Interesse wird von der für die Wissenschaft nicht exakt zu beweisenden Überzeugung abhängen, daß der Kosmos einen Sinn hat.»*

Wir sind keine gewissenhaften Wissenschaftler, wenn wir die Tat-

* Pierre Teilhard de Chardin: ‹*Der Mensch im Kosmos*› (München: C. H. Beck, 1964).

sache außer acht lassen, daß dieses «leidenschaftliche Interesse» tatsächlich in der ganzen menschlichen Geschichte, in Pogromen und dunklen Zeiten, in Kriegen und Konzentrationslagern fortbestanden hat. Wir mögen glauben, daß der Kosmos einen Sinn hat, oder wir mögen es nicht glauben. Aber wir können nicht die Tatsache ignorieren, daß die Frage nach der Bedeutung des Menschen immer ein philosophisches Rätsel gewesen ist. Wenn wir weder die Bedeutung der Menschen beweisen noch vernünftigerweise das Problem ignorieren können, was sollen wir dann tun?

Da jede Kultur den Wert von Menschen unterschiedlich einschätzt und da diese Information durch das Eltern-Ich vermittelt wird, können wir uns nicht auf das Eltern-Ich verlassen, wenn wir zu einer Übereinstimmung über die Bedeutung von Menschen kommen wollen. In vielen Kulturen einschließlich unserer eigenen wird das Töten vom Eltern-Ich verziehen. Der Wert von Menschen ist also bedingt. Im Krieg wird das Töten akzeptiert. Die Todesstrafe ist in vielen Ländern sogar eine gesetzliche Vorschrift. Kindermord wurde in vielen Frühkulturen nach dem Prinzip praktiziert, die Besten der (eigenen!) Art zu erhalten. Selbst im 20. Jahrhundert kommt Kindermord noch vor. Zum Beispiel gibt es unter den Tanala auf Madagaskar zwei Gruppen, die sich deutlich durch ihre Hautfarbe unterscheiden, obwohl sie sich in anderen körperlichen Merkmalen sehr ähneln und in bezug auf Kultur und Sprache fast identisch sind. Diese Gruppen sind unter Bezeichnungen bekannt, die man grob als Roten Clan und Schwarzen Clan übersetzen könnte. Die normalen Angehörigen des Roten Clans sind hellbraun, die normalen Angehörigen des Schwarzen Clans tief dunkelbraun. Wenn im Roten Clan ein dunkles Kind geboren wird, über dessen Eltern kein Zweifel besteht, dann glaubt man, daß aus ihm ein Hexenmeister, ein Dieb, ein Blutschänder oder ein Leprakranker werden wird. Darum wird das Kind getötet.* Dieser Glaube über den Wert «dieser Sorte Mensch» wird durch das Eltern-Ich von Generation zu Generation übermittelt. Das kulturelle Eltern-Ich der meisten westlichen Länder stimmt damit nicht überein. Es entschuldigt jedoch andere Formen der Diskriminierung, die ebenfalls zum Tod führen können.

Auch auf das Kindheits-Ich können wir uns nicht stützen, wenn wir zu einer Einigung über den Wert von Menschen kommen wollen.

* Linton: ‹*The Study of Man*›, a. a. O.

Das Kindheits-Ich ist verstümmelt durch sein eigenes NICHT-O. K. Darum enthält es wenige positive Aussagen über seinen eigenen Wert, schon gar nicht über den Wert anderer. In jeder Gesellschaft braucht das Kindheits-Ich nur ausreichend «angeheizt» zu werden, und schon explodiert es in einer Mordswut, die durchaus zum Mord führen kann, ja zum Massenmord.

Nur das emanzipierte Erwachsenen-Ich kann sich mit dem emanzipierten Erwachsenen-Ich anderer darüber einigen, worin der Wert von Menschen liegt. Wir sehen ein, wie unangemessen Worte wie «Gewissen» sind. Wir müssen fragen: «Was ist diese kleine dünne Stimme in uns? Was ist dieses Gewissen, nach dem wir leben? Kommt es vom Eltern-Ich, vom Erwachsenen-Ich oder vom Kindheits-Ich?»

Bertrand Russell, den kein Dogma ruhen ließ, und sei es auch noch so verschleiert, schrieb: «Dieser inneren Stimme, diesem gottgegebenen Gewissen, das die ‹Bloody Mary›, Königin von England und Irland, antrieb, die Protestanten zu verbrennen, dem sollen wir vernünftigen Menschen folgen? Ich halte den Gedanken für verrückt, und ich trachte danach, mit der Vernunft so weit wie möglich zu kommen.»*

«Ich bin wichtig, du bist wichtig»

Nur das Erwachsenen-Ich in uns kann sich für den Gedanken entscheiden: «Ich bin wichtig, du bist wichtig.» Eltern-Ich und Kindheits-Ich haben dazu nicht die Freiheit, weil sie einesteils an das gebunden sind, was sie in einer bestimmten gesellschaftlichen Umwelt gelernt und beobachtet haben, anderenteils an das, was sie dabei empfunden und verstanden haben.

Eine Versicherung des Erwachsenen-Ichs, daß Menschen wichtig sind, ist etwas ganz anderes als die Behauptung einer Patientin, die, mit geballten Fäusten, überschwenglich ausrief: «Ich *liebe* die Menschen.» Diese Behauptung oder Variationen davon kamen aus ihrem anpassungsfähigen Kindheits-Ich: «Jetzt geh schön und gib Tante Erna einen Kuß, Liebling!» Die vierjährige Kleine tut es pflichtbewußt, obwohl Tante Erna ihr Furcht einflößt. Aber das kleine Mädchen tut es, und zwar mit emphatischer Todesverachtung: «Ich *liebe* Tante Erna!» Und schließlich macht sie ein Dogma daraus: «Ich

* Russell: ‹*Autobiographie*›, a. a. O.

liebe die Menschen!» Aber immer noch ballt sie die Fäuste.

Wir müssen alle unsere eigenen Versionen von «Ich liebe die Menschen» untersuchen, um zu verstehen, was wir wirklich empfinden und woher diese Daten kommen. Die meisten von uns halten an bestimmten Überzeugungen fest, die häufig aus der Indoktrination des Kindheits-Ichs durch das Eltern-Ich stammen, statt Folgerungen des Erwachsenen-Ichs auf der Grundlage mit Überlegung gesammelter Daten zu sein.

Im Gegensatz dazu geht das Erwachsenen-Ich etwa so an die Frage von der Wichtigkeit des Menschen heran:

Ich bin ein Mensch. Du bist ein Mensch. Ohne dich bin ich kein Mensch, denn nur durch dich wird die Sprache möglich, und nur durch die Sprache wird das Denken möglich, und nur durch Denken wird das Menschsein möglich. Du hast mich wichtig gemacht. Darum bin ich wichtig, und du bist wichtig. Wenn ich dich entwerte, entwerte ich mich selbst. Das ist das Grundprinzip der Lebensanschauung ICH BIN O. K. – DU BIST O. K. Allein im Lichte dieser Anschauung sind wir Menschen und nicht Dinge. Die Rückkehr des Menschen auf seinen angestammten Platz als unverwechselbare Person ist das Thema der Erlösung oder Versöhnung oder Erleuchtung, das im Mittelpunkt aller großen Weltreligionen steht. Diese Grundanschauung erfordert, daß wir füreinander verantwortlich sind, und diese Verantwortung ist der äußerste Anspruch, der allen Menschen gegenüber gleichermaßen erhoben wird. Die erste Folgerung, die wir daraus ziehen können, heißt: TÖTET EINANDER NICHT.

«Es funktioniert nicht»

Das Problem des Bösen ist freilich eine Realität dieser Welt. Angesichts all des Bösen um uns herum mag die vierte Lebensanschauung, ICH BIN O. K. – DU BIST O. K., wie ein unmöglicher Traum erscheinen, und scheint keineswegs der Anschauung des Lebens, wie es ist, zu entspringen. Aber vielleicht nähert sich der Lauf der Welt rasch einer beispiellosen Konfrontation: Entweder wir respektieren die Existenz des anderen, oder wir gehen alle unter. Und selbst bei größter Gleichgültigkeit müßten wir zugeben, daß es eine Schande wäre, eine Sache zu einem solchen Ende zu bringen, die unter so langen Mühen aufgebaut wurde. Teilhard, der mit seismographischem Erstaunen die Entfaltung des Kosmos als einen immer noch andauernden, sich stets höher entwickelnden und einem Ziel zustrebenden evolutionären Prozeß begreift, schließt sein großes Buch ‹*Der Mensch im Kosmos*› dennoch mit einer schmerzlichen Betrachtung über das Böse im Kosmos. Er überlegt, ob vielleicht all das Leiden und Versagen, all die Tränen und das Blut nicht einen gewissen Exzeß anzeigen, der, für unsere Vernunft unerklärlich, eintritt, wenn zu dem normalen Wirken der Evolution nicht der außerordentliche Anstoß einer Katastrophe oder Ur-Abweichung hinzugefügt wird.

Sind wir ein Irrtum der Evolution? Oder versprechen die erstaunlichen Ereignisse bei der Evolution zum Menschen hin noch größere arterhaltende Entwicklungsschritte in der Zukunft? Teilhard nennt den Augenblick, als der erste Mensch reflektierte, als er sein Sein wußte, «eine Mutation von Null zu allem». Vielleicht nähern wir uns einem anderen bedeutsamen Punkt, wo wir wegen der Notwendigkeit der Selbsterhaltung eine weitere Mutation durchmachen, wo wir wieder einen Sprung machen können, um – mit neuer Hoffnung, die auf der Erkenntnis unseres Seins beruht – zu reflektieren: Ich bin wichtig, du bist wichtig. ICH BIN O. K. – DU BIST O. K.

Ich glaube, daß die Transaktions-Analyse eine Lösung für das Dilemma des Menschen anbieten kann. Trotz der scheinbaren Vermessenheit dieser Behauptung lasse ich mich von J. Robert Oppenheimers Vision ermutigen, daß es zu einem «gemeinsamen Gespräch, einem ständigen Austausch zwischen der Welt der Wissenschaftler und der Welt der Menschen allgemein, der Künstler, Farmer, Juristen und Politiker» kommen werde. 1947 schrieb er: «... Weil die meisten Wissenschaftler, wie alle Gelehrten, zum Teil auch Lehrer sind, haben sie eine Verantwortung für die Vermittlung der Wahrheiten, die sie entdeckt haben.» Nach seiner 1960 formulierten Ansicht müssen «Menschen, die mit höchst intellektuellen Unternehmungen beschäftigt sind, zur allgemeinen Kultur beitragen, wo wir miteinander reden, nicht nur über die Fakten der Natur ... sondern über die Natur des menschlichen Dilemmas, über die Natur des Menschen, über das Gesetz, über das Gute und das Schlechte, über die Moral, über politische Tugend und über Politik.»*

Wir sind dafür verantwortlich, unsere Entdeckungen bei der Beobachtung von Transaktion zwischen Menschen auf das größere Problem der Erhaltung der Menschheit anzuwenden.

* T. B. Morgen: ‹*With Oppenheimer*›. In: *Look*, 27. Januar 1966.

Das ursprüngliche Spiel ist die ursprüngliche Sünde

Ich glaube, daß es nach den vorliegenden Daten möglich ist, etwas Neues zum Problem des Bösen zu sagen. Sünde, oder Schlechtigkeit, oder das Böse, oder «die menschliche Natur», wie immer wir auch den Makel in unserer Spezies nennen mögen, tritt in jedem Menschen auf. Mit der rätselhaften «Verfluchtheit» des Menschen können wir einfach nicht argumentieren. Ich glaube, das universale Problem liegt darin, daß von Natur aus jedes kleine Kind, gleichgültig, in welche Kultur es hineingeboren wurde, aus seiner Situation heraus (*der* menschlichen Situation überhaupt) sich für die Lebensanschauung ICH BIN NICHT O. K. – DU BIST O. K. entscheidet oder für die beiden anderen Variationen des Themas: ICH BIN O. K. – DU BIST NICHT O. K. oder ICH BIN NICHT O. K. – DU BIST NICHT O. K. Das ist eine Tragödie, aber sie wird nicht nachweislich böse, ehe nicht das erste Spiel begonnen ist, ehe nicht der erste Schachzug gegen einen anderen Menschen getan wird, um die Last des NICHT-O. K. zu verringern. Diese erste Vergeltungsmaßnahme beweist seine «eingeborene Schlechtigkeit» – oder ursprüngliche Sünde, die er, wie man ihm sagt, bereuen muß. Je härter er kämpft, um so größer ist seine Sünde, um so gekonnter werden seine Spiele, um so verdeckter wird sein Leben, bis er tatsächlich die große Entfremdung oder Isolierung empfindet, die Paul Tillich als Sünde definiert.* Doch nicht, was er tut (die Spiele), ist das primäre Problem, sondern was er von sich hält (seine Grundanschauung). Tillich sagt: «Bevor Sünde eine Handlung wird, ist sie ein Zustand.» Bevor es zu Spielen kam, wurde eine Lebensanschauung ausgebildet. Ich bin davon überzeugt, daß wir in diesem Zustand – mit der Grundanschauung ICH BIN NICHT O. K. – DU BIST O. K. – das Grundproblem unseres Lebens sehen müssen und daß dieses Grundproblem das Ergebnis einer Entscheidung ist, die früh im Leben unter Druck, ohne entsprechende Verarbeitung und ohne Beistand getroffen wurde. Doch wenn wir die wahre Situation erkennen, können wir den Fall wiederaufnehmen und eine neue Entscheidung fällen.

Einer meiner Patienten sagte: «Ich spiele ‹innerer Gerichtssaal›, wobei mein Eltern-Ich die Rollen des Richters, der Geschworenen und der Urteilsvollstrecker übernimmt. Es ist eine Scheinverhand-

* P. Tillich: ‹*Gesammelte Werke*› (Stuttgart: Evangelisches Verlagswerk).

lung, denn mein Eltern-Ich entscheidet schon im vorhinein, daß ich schuldig bin. Mir ist nie klar geworden, daß ein Angeklagter das Recht auf einen Verteidiger hat. Ich habe nie versucht, mein Kindheits-Ich zu verteidigen. Mein Eltern-Ich hat mir nicht erlaubt, sein Urteil anzufechten. Aber schließlich hat mein Computer funktioniert und mir bewußt gemacht, daß ich eine andere Möglichkeit habe: mein Erwachsenen-Ich kann die Rechtslage richtig einschätzen und für mein Kindheits-Ich sprechen. Das Erwachsenen-Ich ist der Rechtsanwalt.»

Durch die Einsicht, daß ICH BIN NICHT O. K. eine falsche Entscheidung war, kann jetzt die Strafe zur Bewährung ausgesetzt werden. In der Bewährungszeit kann sich die Erkenntnis durchsetzen, daß es ungefährlich ist, die Spiele aufzugeben.

El-Er-K und Religion

Die meisten westlichen Religionen sind bestimmt vom Widerstreit zwischen Eltern-Ich und Kindheits-Ich. Und das ist eigentlich paradox, wenn man bedenkt, daß die revolutionäre Wirkung der großen Religionsstifter das direkte Ergebnis ihres Mutes war, Eltern-Ich-Einrichtungen zu überprüfen und mit dem Erwachsenen-Ich weiter die Wahrheit zu suchen. Im Laufe nur einer Generation kann aus einer guten Sache eine schlechte Sache werden, aus einer Erfahrung ein Dogma. Das Dogma ist der Feind der Wahrheit und der Feind der Menschen. Das Dogma sagt: «Denke nicht! Sei weniger als ein Mensch!» Die Ideen, die in einem Dogma eingeschlossen sind, mögen gut und weise sein, doch das Dogma ist schlecht an sich, weil es ohne Überprüfung als gut akzeptiert wird.

Im Mittelpunkt der meisten Religionen steht ein Glaubensakt, durch den das Kindheits-Ich ein autoritäres Dogma übernimmt, wobei das Erwachsenen-Ich wenig oder gar nicht beteiligt ist. Darum ist die Moralität, die in die Struktur der Religion eingeschlossen ist, im wesentlichen vom Eltern-Ich bestimmt. Sie ist veraltet, häufig ungeprüft und oft widersprüchlich. Ich habe bereits darauf hingewiesen, daß wir mit Hilfe des Eltern-Ichs nicht zu einer Einigung über den Wert von Menschen kommen können, weil jede Kultur diesen Wert unterschiedlich einschätzt und weil diese Information vom Eltern-Ich übermittelt wird. *Darum* behindert die Moralität des Eltern-Ichs eher die Idee einer universalen Ethik, die alle Menschen fordert, statt ihre Formulierung zu fördern. Die Grund-

anschauung ICH BIN O. K. – DU BIST O. K. ist nicht möglich, wenn sie davon abhängt, daß du akzeptierst, was ich glaube.

Ich beschränke die folgenden Beobachtungen auf die christliche Religion, weil sie die einzige ist, über die ich genug Daten zur Rechtfertigung meiner Behauptung habe. Die zentrale Botschaft Christi war der *Begriff der Gnade*. Gnade ist ein «vorbelastetes» Wort, aber man findet kaum einen Ersatz dafür. Der Begriff der Gnade ist nach der Interpretation von Paul Tillich, dem Vater aller «neuen christlichen Theologen», eine theologische Formulierung von ICH BIN O. K. – DU BIST O. K. Es heißt nicht: DU KANNST O. K. SEIN, WENN oder DU WIRST ANGENOMMEN, FALLS, sondern DU BIST ANGENOMMEN – ohne jede Bedingung.

Tillich illustriert das durch den Hinweis auf die Geschichte von der Dirne, die zu Jesus kam. Tillich schrieb: «Nicht Jesus vergibt der Frau, sondern er stellt fest, daß sie Vergebung erfahren hat. Ihr Gemütszustand und die Ekstase ihrer Liebe deuten darauf hin, daß ihr etwas Besonderes widerfahren ist.» Tillich stellte weiter fest: «Die Frau in Simons Haus kommt zu Jesus, weil ihr vergeben worden *war*», nicht um Vergebung zu erlangen.* Vielleicht wäre sie nicht zu ihm gekommen, wenn sie nicht bereits gewußt hätte, daß er sie mit Liebe, oder Gnade, oder ICH BIN O. K. – DU BIST O. K. empfangen würde.

Dieses Konzept ist für viele «religiöse Menschen» unverständlich, weil es nur vom Erwachsenen-Ich begriffen werden kann, und viele religiöse Menschen sind von ihrem Eltern-Ich beherrscht. Das Eltern-Ich hat zu viele Vorbehalte gegenüber dem anderen, sein Credo heißt: DU KANNST O. K. SEIN, WENN. Das Kindheits-Ich hat sich andererseits viele Spiele ausgedacht, um dem Urteil des Eltern-Ichs zu entgehen. Ein Beispiel für ein solches Spiel ist «Religiöser Schlemihl», eine Variation von «Schlemihl», das Berne beschrieben hat.** Bei diesem Spiel verbringt der Sünder (der das Spiel inszeniert) die Woche damit, daß er seine Mieter hinauswirft, seine Angestellten unterbezahlt, seine Frau demütigt, seine Kinder anschreit, Klatsch über seine Konkurrenten verbreitet, und dann sagt er am Sonntag Gott in feierlicher Verbrämung: «Tut mir leid» und verläßt danach die Kirche mit dem schönen Gefühl: «Geschafft! Ende gut, alles gut» – und das ist der Nutzeffekt für ihn.

* P. Tillich: ‹*Das neue Sein*› (Stuttgart: Evangelisches Verlagswerk, 1959).

** Berne: ‹*Spiele der Erwachsenen*›, a. a. O.

Nicht alle «Sünder» sind so deutliche Spieler. Doch weil ihr innerer religiöser Dialog sich vorwiegend zwischen Eltern-Ich und Kindheits-Ich abspielt, sind sie unentwegt in einer ängstlichen Buchhaltung guter und schlechter Werke befangen, wobei sie nie wissen, wie der Saldo aussieht. Paul Tournier stellt fest, daß die religiöse Moral «das befreiende Erlebnis der Gnade [ICH BIN O. K. – DU BIST O. K.] durch die besessene Furcht vor einem Fehler ersetzt»*.

Wenn wir mit Tillich unser Ur-Problem als einen *Zustand* (eine Entfremdung, eine NICHT O. K.-Einstellung, oder Sünde im Singular) begreifen und nicht als eine *Handlung* (Taten der Sünde, Spiele zur Überwindung der Grundeinstellung oder Sünden im Plural), dann verstehen wir, wie wenig eine ständig wiederholte «Beichte von *Sünden*» eine Veränderung im Leben eines Menschen bewirken kann. Tillich schreibt, daß manche Menschen in der Gnade die Bereitschaft eines göttlichen Königs und Vaters sehen, immer wieder die Torheit und Schwäche seiner Untertanen und Kinder zu vergeben; ein solches Konzept der Gnade müssen wir zurückweisen, denn es ist nichts anderes als eine kindische Zerstörung der menschlichen Würde. Eine solche Sicht verstärkt nur noch das NICHT-O. K. Unsere *Grundanschauung* ist es, die wir «beichten», anerkennen, begreifen müssen. Dann können wir Spiele verstehen und unabhängig genug werden, auf sie zu verzichten.

Eine Beichte des Erwachsenen-Ichs unterscheidet sich sehr von einer Beichte des Kindheits-Ichs. Wo das Kindheits-Ich sagt: «Es tut mir leid ... ICH BIN NICHT O. K. ... verzeih mir bitte ... ist es nicht schrecklich», kann das Erwachsenen-Ich kritisch feststellen, wo eine Änderung möglich ist, und dann die Konsequenzen ziehen. *Beichte ohne Änderung ist ein Spiel.* Das gilt für das Gotteshaus genauso wie für das Arbeitszimmer des Pastors oder die Sprechstunde eines Psychiaters.

Die nicht vom Erwachsenen-Ich ausgestrahlte Übertragung christlicher Doktrinen war der größte Feind der christlichen Gnadensbotschaft. Im Laufe der Geschichte wurde die Botschaft verzerrt, bis sie in die Spielmuster jeder Kultur paßte, in die sie eingeführt wurde. Die Botschaft ICH BIN O. K. – DU BIST O. K. wurde immer wieder verdreht bis zu der Anschauung WIR SIND O. K. – DU BIST NICHT O. K. Unter dieser Sanktion wurden Juden verfolgt, Rassenfanatis-

* P. Tournier: ‹*The Seasons of Life*› (Richmond, Virginia: John Knox Press, 1961).

mus wurde moralisch *und* gesetzlich gerechtfertigt, immer wieder kam es zu bestialisch geführten Religionskriegen, Hexen wurden verbrannt und Ketzer zu Tode gefoltert. Die Lehre von der Gnade ICH BIN O. K. – DU BIST O. K. ist kaum mehr zu erkennen in Doktrinen wie jenen von den Auserwählten und der Prädestination, die unter den Flüchen des Eltern-Ichs und unter dem Toben des Kindheits-Ichs von Figuren wie Elmer Gantry* und Jonathan Edwards** verkündet wurden. Sie verstanden unter den Freuden des Himmels einen Logenplatz zur Rechten Gottes, wo sie zuschauen können, wie die Verdammten in der Hölle braten.

Das war ein hartes Spiel, das die Menschen dazu bringen sollte, sich zu krümmen und zu winden. Heute bleiben viele Pfarrer gelassen, wenn es um die Sünde und Buße von Einzelpersonen geht. Sie attackieren die Sünde der Gesellschaft und wollen die Gesellschaft dazu bringen, sich zu winden. Dieser «Angriff» reicht von einem milden soziologischen Vortrag bis zur wütenden Attacke auf die soziale Ungerechtigkeit. Doch Slums und Gettos und Menschenverachtung werden aus der Gesellschaft erst dann verschwinden, wenn Slums und Spiele aus den Herzen der Menschen verschwinden. Traurige Beispiele dafür sind viele Volksabstimmungen. So wurde 1964 in Kalifornien ein Volksentscheid über die sogenannte Proposition 14 herbeigeführt. Die Proposition 14 beantragte, daß die von Washington erlassenen Gesetze über die Freiheit der Wohnungswahl für Angehörige *aller* Rassen in Kalifornien *nicht* rechtskräftig werden sollten. Die Wahlberechtigten sollten also entscheiden, ob sie Ernst machen wollten mit der Rassenintegration vor ihrer eigenen Haustür. Proposition 14 war ein reaktionäres Apartheitsgesetz. Der Standpunkt der «Gesellschaft» war klar: Fast jede wichtige

* Elmer Gantry ist die Hauptfigur des gleichnamigen Romans von Sinclair Lewis, in welchem die fragwürdige Karriere des heuchlerischen Sektenpredigers Gantry geschildert wird (Anm. d. Übers.).

** Der amerikanische Theologe Jonathan Edwards lebte von 1703 bis 1758. Der fulminante Prediger und zeitweilige Indianermissionar begründete die «New English Theology» und hatte starken Einfluß auf die Erwekkungsbewegung («The Great Awakening») in Amerika. J. Edwards versuchte, das Denken Lockes und Newtons mit dem strengen Determinismus Calvins zu einer neuen Lehre sittlich verantworteter Freiheit des Menschen zu verbinden. Sein harter moralischer Rigorismus kommt auch in der berühmt gewordenen Predigt von 1741 zum Ausdruck, die den bezeichnenden Titel trägt: «Sünder in der Hand eines zornigen Gottes» (Anm. d. Übers.).

Organisation im Staat Kalifornien war offiziell dagegen – fast alle religiösen Vereinigungen, Schulträgerschaften, die großen politischen Parteien, die Handelskammer, die Gewerkschaften, die Vereinigung der Rechtsanwälte und der Lehrer-Eltern-Verband, um nur einige der repräsentativen Organisationen zu nennen. Aber die «apartheitliche» Proposition 14 wurde trotzdem mit Zwei-Drittel-Mehrheit angenommen. Was die Gesellschaft tun *sollte*, steht auf einem anderen Blatt als was die Individuen zu tun *wagen*.

Daß sie auf diesen *ausschlaggebenden* Gebieten keine Änderung bewirken konnten, hat viele Pfarrer zur Verzweiflung getrieben, hat viele bewogen, ihr Amt zu verlassen, und andere dazu gebracht, resigniert den «konservativen Standpunkt» zu teilen, nach dem trotz erhabener Verkündigung die Kirche im Grunde nur eine Quelle von Eltern-Ich-Diktaten ist, die alles beim alten lassen wollen – der Staat soll weiterhin den Mammon (die Kirchensteuer) eintreiben, die Kirche verwaltet möglichst effektiv ihre Millionen wie sie Taufen, Hochzeiten und Beerdigungen verwaltet. Es geschieht viel Gutes, doch angesichts des Zustands der Welt reichen diese Aktivitäten kaum aus. Junge Theologen, die heute aus den Seminaren kommen und von Bonhoeffer, Tillich und Buber inspiriert sind, werden deprimiert und desillusioniert, wenn sie feststellen, daß ihre Aufgabe darin besteht, Schiedsrichter bei den Spielen der Kirche zu sein, auf die Kinder aufzupassen, nette gesellschaftliche Veranstaltungen für die Jugendlichen zu planen und junge Mädchen davor zu schützen, daß sie schwanger werden. Der Kontrakt besagt: *Eigentlich müssen wir uns nicht ändern: wir sind doch so nette Leute.* Es ist sehr wahrscheinlich, daß der historische Jesus heute von vielen Sonntagmorgen-Gottesdiensten ausgeschlossen würde. Jesus wurde als Weinsäufer und Fresser beschimpft, weil er gern in der Gemeinschaft gewöhnlicher Menschen war. Das bürgerliche Eltern-Ich der Sonntagschristen im 20. Jahrhundert sagt: «Man beurteilt dich nach deinen Freunden; verkehre nicht mit *solchen* Leuten.» Jesus sagte: «Füttert meine Schafe.» Das Eltern-Ich sagt: «Dafür bezahlen wir Kirchensteuern.» Jesus sagte: «Gesegnet sind die Armen und Schwachen.» Das Kindheits-Ich sagt: «Meins ist besser als deins.» Jesus nannte als wichtigstes Gebot: «Du sollst Gott deinen Herrn von ganzen Herzen lieben und deinen Nächsten wie dich selbst.» Das Eltern-Ich sagt: «Wir wollen keine Gastarbeitermassen in unserer Nachbarschaft.» Auch das Kindheits-Ich ist beteiligt. Es hat Angst vor *«denen da»*.

Unglücklicherweise haben viele, deren Erwachsenen-Ich «all diese Widersprüche und Heuchelei nicht verkraften» kann, das Kind mit dem Bad ausgeschüttet und die ursprüngliche Botschaft Christi zusammen mit dem trüben Wasser des «Christentums» ausgekippt. Die «neuen Theologen» haben sich der Aufgabe zugewandt, die einfache Botschaft der persönlichen Befreiung wieder einzusetzen und den Schlamm des institutionellen Dogmas zu beseitigen.

Wenn die persönliche Befreiung der Schlüssel zur sozialen Veränderung ist und wenn die Wahrheit uns frei macht, dann besteht die Hauptfunktion der Kirche darin, einen Ort zur Verfügung zu stellen, wo die Menschen die Wahrheit hören können. Die Wahrheit ist nicht etwas, was bei einem kirchlichen Gipfeltreffen beschlossen oder in ein schwarzes Buch gebunden wurde. *Die Wahrheit ist eine wachsende Sammlung von Daten über das, was nach unseren Beobachtungen wahr ist.* Wenn die Transaktions-Analyse zu der Wahrheit gehört, die den Menschen befreit, dann sollten die Kirchen für ihre Verbreitung sorgen. Dieser Meinung sind viele Pfarrer, die in der Transaktions-Analyse ausgebildet wurden und nun entsprechende Kurse für ihre Kirchenmitglieder leiten oder die Methode bei ihrer Seelsorge anwenden.

Was ist eine religiöse Erfahrung?

Gibt es so etwas wie ein religiöses Erlebnis, oder handelt es sich dabei einfach um eine psychologische Verirrung? Wird der Geist nur von einem Wunsch mitgerissen, wie Freud* meinte, oder ist hier mehr im Spiel als Einbildung? Die Fähigkeit, über ein religiöses Erlebnis zu reflektieren, ist an sich schon bedeutsam. Woher kommt unser Vorstellungsvermögen von Gott oder «dem Mehr» oder der Transzendenz? Entsteht die Gottesidee einfach aus der Furcht vor dem Unbekannten? Berichtete man anfänglich von religiösen Erlebnissen, um andere durch die Behauptung der Existenz außerirdischer Kräfte zu manipulieren? Entstand und überlebte die Gottesidee einfach, weil sie irgendwie mit dem darwinistischen Überleben des Tüchtigsten in Zusammenhang stand?

In ‹*Der Mensch im Kosmos*› vertritt Teilhard den folgenden Standpunkt zur Evolution:

* Vgl. E. Jones: ‹*The Life and Work of Sigmund Freud*›, Bd. 3 (New York: Basic Books, 1957), S. 349–360.

«Wir sind definitiv gezwungen, die Vorstellung aufzugeben, jeden Fall einfach mit dem Überleben des Tüchtigsten zu erklären oder mit einer mechanischen Anpassung an Umwelt und Nutzen. Je häufiger ich auf dieses Problem stoße und je länger ich darüber nachgrüble, um so stärker gewinne ich den Eindruck, daß wir es tatsächlich mit einem Effekt nicht äußerer Kräfte, sondern der Psychologie zu tun haben. Entsprechend der gegenwärtigen Denkweise entwickelt ein Tier seine fleischfressenden Instinkte, *weil* seine Backenzähne schneidend und seine Klauen scharf werden. Sollten wir die Behauptung nicht umkehren? Mit anderen Worten, wenn der Tiger seine Fänge in die Länge zieht und seine Klauen schärft, geschieht das nicht eher, weil er entsprechend seiner Abkunft die ‹Seele eines Fleischfressers› empfängt, entwickelt und weitergibt?»

Es könnte sein, daß sich durch den langen Evolutionsprozeß etwas im Zustand des Menschen verändert hat, das zunächst als die Vorstellung der Transzendenz und dann als die Transzendenz selbst erscheint.

Teilhard schreibt weiter im gleichen Buch:

«Das Gesetz ist formal. Wir haben bereits darauf hingewiesen, als von der Geburt des Lebens die Rede war. Keine Größe der Welt kann immerzu weiterwachsen, ohne früher oder später einen kritischen Punkt zu erreichen, der eine Zustandsveränderung mit sich bringt.»

Zur ersten bemerkenswerten Zustandsveränderung bei der Entwicklung des Menschen kam es, als er die Schwelle der Reflexion überschritt. Teilhard nennt das eine kritische Verwandlung, eine «Mutation von Null zu allem». Durch die Kraft der Relexion ist aus der Zelle «jemand» geworden. Teilhard meint, diese Schwelle habe mit einem Schritt überquert werden müssen und sei ein «transexperimentales Intervall» gewesen, «über das wir aus wissenschaftlicher Sicht nichts sagen können, jenseits der wir uns jedoch auf einer völlig neuen biologischen Ebene befinden».

Ist es angesichts der «unmöglichen, beispiellosen» Entwicklung des denkenden Menschen nicht sinnvoll und mit dem evolutionären Prozeß im Kosmos vereinbar, zu sagen, daß sich ein «unmöglicher, beispielloser» *transzendenter Mensch* entwickelt haben könnte? Transzendenz bedeutet ein Erlebnis dessen, was mehr ist als ich selbst, eine Realität außerhalb von mir, die Das Andere, Das All oder Gott genannt worden ist. Es handelt sich nicht um ein «Aufsteigen» wie auf den vorkopernikanischen Gemälden; in der Vorstellung der

Tiefe ist es besser ausgedrückt. So versteht es auch Tillich in ‹*Das neue Sein*›:

«Der Name dieser unendlichen und unerschöpflichen Tiefe, des Grunds alles Seins, ist *Gott*. Diese Tiefe ist, was das Wort *Gott* bedeutet. Und wenn das Wort diese Bedeutung für euch nicht hat, dann übersetzt es und sprecht von den Tiefen eures Lebens, von der Quelle eures Seins, von euren äußersten Belang, von dem, was ihr ohne Einschränkung ernst nehmt. Vielleicht müßt ihr dazu alles Traditionelle vergessen, was ihr über Gott gelernt habt, vielleicht sogar das Wort selbst. Denn wenn ihr wißt, daß Gott Tiefe bedeutet, dann wißt ihr viel über ihn. Dann könnt ihr euch nicht Atheisten oder Ungläubige nennen. Denn ihr könnt nicht denken oder sagen: Das Leben hat keine Tiefe! Das Leben ist seicht. Sein selbst ist nur Oberfläche. Wenn ihr das in vollem Ernst sagen könntet, wärt ihr Atheisten; doch andernfalls seid ihr es nicht.»

Was geschieht also bei einem religiösen Erlebnis? Meiner Meinung nach ist das religiöse Erlebnis eine einmalige Verbindung des Kindheits-Ichs (ein Gefühl der Intimität) mit dem Erwachsenen-Ich (eine Reflexion über die letzten Dinge) bei völligem Ausschluß des Eltern-Ichs. Ich glaube, um den völligen Ausschluß des Eltern-Ichs handelt es sich bei der *Kenose* oder Selbstentäußerung. Diese Selbstentäußerung ist ein gemeinsames Kennzeichen aller mystischen Erlebnisse. Ich glaube, man entäußert sich dabei des Eltern-Ichs. Wie kann man Glück oder Ekstase in Gegenwart jener Aufzeichnung im Eltern-Ich erleben, die ursprünglich das NICHT-O. K. bewirkt haben? Wie kann ich das Angenommensein in Gegenwart der am frühesten *empfundenen* Ablehnung *empfinden*? Es stimmt, daß die Mutter anfangs an der Intimität teilnahm, doch diese Intimität hatte keinen Bestand, sie war bedingt und «nie genug». Ich glaube, die Funktion des Erwachsenen-Ichs beim religiösen Erlebnis besteht darin, das Eltern-Ich auszusperren, damit das natürliche Kindheits-Ich wieder zu seinem eigenen Wert und seiner eigenen Schönheit als Teil von Gottes Schöpfung erweckt werden kann.

Der kleine Mensch empfindet das Eltern-Ich als O. K. oder, religiös ausgedrückt, als gerecht. Tillich sagt: «Die Gerechtigkeit der Gerechten ist eine harte, selbstgewisse Gerechtigkeit.» (So sieht der kleine Mensch seine Eltern, selbst wenn sie tatsächlich nach anderen Maßstäben nicht gerecht sind.) Tillich fragt: «Warum wenden Kinder sich von ihren rechtschaffenen Eltern ab, Männer von ihren rechtschaffenen Frauen und umgekehrt? Warum wenden Christen sich von ihren rechtschaffenen Pastoren ab und so viele Menschen von ihren rechtschaffenen Mitmenschen? Warum gibt es so viele, die einem rechtschaffenen Christentum den Rücken kehren und sich damit abwenden von einem Jesus, wie ihn dieses Christentum darstellt, von dem Gott, den es verkündet? Warum wenden sie sich denen zu, die nicht als die Gerechten gelten? Oft zweifellos, weil sie einer Verurteilung entgehen wollen.»*

Das religiöse Erlebnis ist das Ausbrechen aus dem Gefängnis der Urteile und der Verurteilungen, ist bedingungslose Aufnahme. Der «Glaube der Väter» ist nicht das gleiche wie *mein* Glaube, auch wenn ich in der Ausübung *meines* Glaubens das gleiche Erlebnis entdecken kann wie sie, mit dem gleichen Gegenstand wie sie.

Es gibt eine Art des religiösen Erlebnisses, die sich qualitativ von dem gerade beschriebenen, sich des Eltern-Ichs entäußernden Erlebnis unterscheiden mag. Das ist das Gefühl großer Erleichterung, das aus der totalen Anpassung an das Eltern-Ich entsteht. «Ich werde mein böses Tun aufgeben, und genauso sein, wie ihr (das Eltern-Ich) mich haben wollt.» Ein Beispiel dafür ist eine «bekehrte» Frau, die sich zum Beweis ihrer Erlösung als erstes den Lippenstift abwischt. Rettung wird nicht als unabhängige Begegnung mit einem gnädigen Gott verstanden, sondern als die endlich gewonnene Anerkennung der Frommen, von denen die Regeln stammen. Der «Wille Gottes» ist der Wille des Eltern-Ichs in der Gemeinde. Freud glaubte, daß die religiöse Ekstase so entsteht: Das Kindheits-Ich fühlt sich omnipotent, weil es sich dem omnipotenten Eltern-Ich ergeben hat. Die Grundeinstellung heißt ICH BIN O. K. SOLANGE ICH ... Die Versöhnung bewirkt so köstliche Gefühle, daß man nach einer Wiederholung hungert. So kommt es zum «Rückfall», der den Weg zum nächsten «Versöhnungs»-Erlebnis pflastert. Das Erwachsenen-Ich ist an diesem Erlebnis nicht beteiligt. Das religiöse Erlebnis von Kindern mag dem entsprechen. Wir können die religiösen Erlebnisse anderer nicht beurteilen, weil es keine sichere, objektive Möglichkeit gibt zu wissen, was ihnen wirklich widerfährt. Wir können nicht sagen, das Erlebnis eines Menschen sei echt und das eines anderen nicht. Eine subjektive Einschätzung läßt sich jedoch glauben, daß ein Unterschied besteht zwischen einem religiösen Erlebnis, das auf dem Beifall des Eltern-Ichs beruht, und einem religiösen Erlebnis auf der Basis einer bedingungslosen Annahme.

* Tillich: ‹*Das neue Sein*›, a. a. O.

Wenn es stimmt, daß wir uns bei dem zuerst beschriebenen religiösen Erlebnis des Eltern-Ichs entäußern, dann bleiben Kindheits-Ich und Erwachsenen-Ich zurück. Ob Gott vom Kindheits-Ich oder vom Erwachsenen-Ich erlebt wird, ist eine faszinierende Frage. Man hat gesagt, der Gott der Philosophen sei nicht der gleiche Gott wie der Abrahams, Isaaks und Jakobs. Der Gott der Philosophen ist eine «Denk»-Konstruktion, eine erwachsene Suche nach dem Sinn, eine Reflexion über die Möglichkeit Gottes. Abraham, Isaak und Jakob «gingen mit Gott und sprachen mit Gott». Sie haben Transzendenz *erlebt*. Sie haben sie empfunden. Ihr Kindheits-Ich war beteiligt.

Die Theologie ist eine Sache des Erwachsenen-Ichs. Das religiöse Erlebnis betrifft auch das Kindheits-Ich, vielleicht sogar nur das Kindheits-Ich. Immerhin hatte der Abraham, der Gott aus dem Lande Ur folgte, die Thora nicht gelesen, und Paulus wurde ohne Hilfe des Neuen Testamentes bekehrt. Sie berichteten von einem Erlebnis, das ihr Leben veränderte.

«Wir reden, das wir wissen, und zeugen, das wir gesehen haben», schrieb Johannes. Vielleicht hingen Spontaneität und Vitalität der frühen Kirche mit der Tatsache zusammen, daß es keine formale christliche Theologie gab. Die frühe christliche Literatur war im wesentlichen ein Bericht über das, was geschehen war und was gesagt worden war. «Ich war blind und bin sehend geworden» ist die Mitteilung eines Erlebnisses und keine interessante theologische Idee. Die ersten Christen kamen zusammen, um über eine aufregende Begegnung mit einem Mann namens Jesus zu reden, der mit ihnen ging, mit ihnen lachte, mit ihnen weinte und dessen Aufgeschlossenheit für die Menschen und dessen Mitgefühl mit ihnen ein großes historisches Beispiel für ICH BIN O. K. – DU BIST O. K. war.

H. G. Wells sagte: «Ich bin ein Historiker. Ich bin kein gläubiger Mensch. Aber ich muß als Historiker zugeben, daß dieser arme Prediger aus Galiläa unausweichlich der Mittelpunkt der Geschichte ist.»

Die ersten Christen vertrauten ihm und glaubten ihm, und sie änderten sich. Sie sprachen miteinander über das, was geschehen war. Es gab wenig von dem starren Ritual und dem passiven Dämmern, die für unsere heutigen Kirchen so kennzeichnend ist. Harvey Cox, der Harvard-Theologe, sagte in einem Interview:

«Die ersten Zusammenkünfte der Anhänger Jesu ... waren ohne das kultische Zeremoniell der meisten gegenwärtigen Gottesdienste. Die Christen versammelten sich zum Brotbrechen, wie sie es nannten – das heißt, zu einem gemeinsamen Mahl.

Sie aßen Brot und tranken Wein, erinnerten sich an die Worte Jesu, lasen Briefe von den Aposteln und anderen Christengruppen, tauschten Ideen aus, sangen und beteten. Ihre Gottesdienste waren ziemlich lärmende Angelegenheiten ... eher mit den Siegesfeiern einer Fußballmannschaft vergleichbar als mit dem, was wir heute im allgemeinen Gottesdienst nennen.»*

Sie hatten einen neuen, revolutionären Lebensstil, der auf ICH BIN O. K. – DU BIST O. K. beruhte. Wenn das Christentum nur eine intellektuelle Idee gewesen wäre, hätte es seine schwachen Anfänge wahrscheinlich nicht überlebt. Es hat überlebt, weil seine Ankunft ein historisches Ereignis war wie Abrahams Auszug aus dem Lande Ur, wie der Exodus von Moses aus Ägypten, wie die Bekehrung des Paulus auf der Straße nach Damaskus. Wir mögen das religiöse Erlebnis nicht verstehen, wir mögen es unterschiedlich erklären, aber wenn wir ehrlich sind, können wir nicht leugnen, daß ehrenhafte Männer im Laufe der Jahrhunderte davon berichtet haben.

Wie wird ein religiöses Erlebnis empfunden?

Nach den Berichten ist ein religiöses Erlebnis mehr die Gegenwart Gottes als das Wissen von Gott. Vielleicht ist es tatsächlich unbeschreiblich, und die einzige objektive Bestätigung kann in der Veränderung gesehen werden, die es in das Leben eines Menschen bringt. Diese Veränderung nimmt man bei Menschen wahr, die das NICHT-O. K. aus ihren Grundanschauungen entfernen können, an denen sie im Hinblick auf sich und andere festgehalten haben. Die Entscheidung für die Position ICH BIN O. K. – DU BIST O. K. wurde in Berichten als ein Bekehrungserlebnis überliefert.

Die folgende Beschreibung von Tillich scheint dem Empfinden des religiösen Erlebnisses nahezukommen. Er beginnt mit der Frage: «Wißt ihr, was es heißt, von der Gnade durchdrungen zu sein»? (Ich möchte das abwandeln: Wißt ihr, was es heißt, ICH BIN O. K. – DU BIST O. K. zu erleben?) Seine Antwort lautet:

«Es heißt *nicht*, daß wir plötzlich an Gottes Existenz glauben oder daran, daß Jesus der Erlöser ist, oder daß die Bibel die Wahrheit enthält. Zu glauben, daß etwas *ist*, steht fast im Widerspruch zur Bedeutung der Gnade. Weiter heißt Gnade nicht, daß wir Fortschritte

* «Worship: Clack or Celebration – An Interview with Harvey Cox», *Colloquy*, Bd. 1, Nr. 2 (Februar 1968).

machen in unserer moralischen Selbstkontrolle, in unserem Kampf gegen die Gesellschaft. Moralischer Fortschritt mag eine Frucht der Gnade sein; doch er ist nicht die Gnade selbst, und er kann uns sogar daran hindern, Gnade zu empfangen ... Und ganz gewiß erleben wir die Gnade nicht... solange wir in unserer Selbstgefälligkeit glauben, ihrer nicht zu bedürfen. Die Gnade trifft uns, wenn wir in großer Not und Unruhe sind. Sie trifft uns, wenn wir durch das dunkle Tal eines sinnlosen und leeren Lebens wandern. Sie trifft uns, wenn wir unsere Entfremdung tiefer als gewöhnlich empfinden, weil wir ein anderes Leben verletzt haben. Sie trifft uns, wenn unser Ekel vor unserem eigenen Sein, unserer Gleichgültigkeit, unserer Schwäche, unserer Feindseligkeit, unserem Mangel an Richtung und Gelassenheit uns unerträglich geworden ist. Sie trifft uns, wenn Jahr um Jahr die ersehnte Vollendung unseres Lebens nicht zustande kommt, wenn uns wie vor Jahrzehnten alte Zwänge beherrschen, wenn die Verzweiflung alle Freude und allen Mut zerstört. Manchmal bricht in einem solchen Augenblick ein Lichtstrahl in unsere Dunkelheit, und es ist, als spräche eine Stimme: ‹*Du bist angenommen*, angenommen von dem, der größer ist als du, und dessen Namen du nicht kennst. Frage jetzt nicht nach dem Namen; vielleicht wirst du ihn später erfahren. Versuche jetzt nicht, irgend etwas zu tun; vielleicht wirst du später viel tun. Suche nichts; leiste nichts; plane nichts. *Nimm einfach die Tatsache an, daß du angenommen bist!*› Wenn uns das geschieht, dann erleben wir die Gnade. Nach einer solchen Erfahrung sind wir vielleicht nicht besser als zuvor, und vielleicht glauben wir nicht mehr als zuvor, doch alles ist verwandelt. In diesem Augenblick besiegt die Gnade die Sünde, und die Versöhnung überbrückt die Kluft der Entfremdung. Und nichts wird von diesem Erlebnis gefordert, keine religiösen oder moralischen oder intellektuellen Voraussetzungen, nichts als *es anzunehmen.*

Im Licht dieser Gnade begreifen wir die Macht der Gnade in unserer Beziehung zu anderen und zu uns selbst. Wir erleben die Gnade, einem andern offen in die Augen schauen zu können, die wunderbare Gnade einer Wiedervereinigung des Lebens mit dem Leben.»

Das ist Intimität. Das ist Bewußtheit. Berne erklärt in ‹*Spiele der Erwachsenen*›: «Bewußtheit ist die Fähigkeit, auf unverwechselbar eigene Art eine Kaffeekanne zu sehen und die Vögel singen zu hören, und nicht so, wie es einem beigebracht worden ist.» Tillich spricht vom Erleben Gottes oder der Gnade auf seine eigene Art und nicht so, wie es ihm beigebracht worden ist. Jede vorprogrammierte

Vorstellung vom Wesen Gottes steht dem Erleben Gottes im Weg. Darum glaube ich, daß ein wesentlicher Aspekt des religiösen Erlebens der Intimität der Ausschluß des Eltern-Ichs ist.

Berne sagt, ebenfalls in ‹*Spiele der Erwachsenen*›:

«Ein kleiner Junge ist entzückt, wenn er die Vögel sieht und hört. Dann kommt der ‹gute Vater› und fühlt das Bedürfnis, seinen Erfahrungsschatz mit seinem Sohn zu ‹teilen› und ihm in seiner ‹Entwicklung› behilflich zu sein. Er sagt zu Ihm: ‹Das ist ein Häher, und das ist ein Spatz.› Von dem Augenblick an, in dem sich der Junge damit befaßt, welches nun der Häher ist und welches der Spatz, kann er die Vögel nicht mehr richtig sehen oder singen hören. Er muß sie nun so sehen und hören, wie der Vater es verlangt. Der Vater hat für sein Verhalten durchaus plausible Gründe, denn nur wenige Menschen können es sich leisten, ihr Leben damit zu verbringen, daß sie dem Gesang der Vögel lauschen; je eher er also mit der ‹Erziehung› seines kleinen Sohnes beginnt, desto besser ist das für ihn ... Es gibt nur noch einige wenige Menschen, die auf die alte Weise sehen und hören können. Die weitaus meisten Menschen haben jedoch die Fähigkeit verloren ... und sie haben nicht mehr die Wahlmöglichkeit, unmittelbar zu sehen und zu hören, selbst dann nicht, wenn sie es sich eigentlich leisten könnten; sie sind gezwungen, ihre Eindrücke aus zweiter Hand zu empfangen.»

Aus diesem Grund kann die Theologie oder die Religion dem religiösen Erlebnis im Wege stehen. Es ist schwer, Ekstase zu erleben, wenn der Kopf voll ist von einem weibischen Bildnis Jesu, Engeln mit kitschigen Flügeln, der Schlange im Paradies, Auserwählungen oder raffinierten Höllenqualen. Intimität ist ein Erlebnis des natürlichen Kindheits-Ichs (des Kindes, das auf seine Art die Vögel singen hört). «Eine höchst ungünstige Wirkung», sagt Berne, «übt auf sie im allgemeinen die Adaptation an die Einflüsse des Eltern-Ichs aus, und unglücklicherweise ist das nahezu überall in der Welt der Fall.»

Die Adaptation beginnt bei der Geburt. Jesus sagte: «Wer das Reich Gottes nicht empfähet als ein Kindlein, der wird nicht hineinkommen.» Ich glaube, das Kindlein, von dem Jesus spricht, ist das wiedergeborene natürliche Kindheits-Ich. Seine Wiedergeburt ist möglich, wenn das Erwachsenen-Ich das NICHT-O. K. begriffen hat, das durch den Adaptations- oder Akkulturationsprozeß entstanden ist. Wenn wir das Eltern-Ich ausschalten, ist sogar Intimität mit unseren Eltern möglich. Auch sie haben unter dem Adaptationsprozeß gelitten.

Menschen in der Perspektive

Die Daten des Eltern-Ichs können für das Kindheits-Ich niederschmetternd sein, besonders wenn es um das Thema Religion geht. Das Erwachsenen-Ich hat die Aufgabe, sie zu überprüfen. Es wird dafür gestärkt, wenn man einen Schritt zurücktritt und so eine größere Perspektive, einen weiteren Gesichtskreis gewinnt.

Mir hat dazu ein «Kalender» der Evolution des Menschen verholfen, den Robert S. Francœur verfaßt hat:

«Da das genaue Datum für das Erscheinen des Menschen nie bekannt sein wird, wollen wir es willkürlich auf vor etwa einhalb Millionen Jahren festsetzen. Dann wollen wir die Geschichte der Menschheit mit einem Kalenderjahr gleichsetzen, in dem ein ‹Tag› viertausend Jahren Menschheitsgeschichte entspricht. Danach treten im Januar die Vorfahren unseres Homo habilis auf. Der Homo habilis konnte aufrecht gehen und primitivste Werkzeuge anwenden. Wahrscheinlich konnte er nicht sprechen wie wir, doch da er in Horden jagte, hatte er zweifellos irgendein Kommunikationsmittel. Die Sprache, wie wir sie heute kennen, entwickelte sich sehr allmählich in den ersten drei Monaten unseres ‹Jahres›. Der evolutionäre Fortschritt des Menschen war bestenfalls langsam und zögernd: Das Feuer diente zunächst zum Schutz vor der Kälte und vor wilden Tieren, erst viel später zur Nahrungszubereitung; Werkzeuge wurden aus Stein gehauen; die Geschicklichkeit des Jägers entwickelte sich ebenso langsam wie seine Gehirnrinde. Der Sommer kam und ging, und der Herbst war zu zwei Drittel vergangen, als endlich um den ersten November der Neandertaler auftauchte. Die ersten Anzeichen eines religiösen Glaubens kann man in den Begräbnisstätten der späten Neandertaloiden entdecken, etwa am 17. Dezember.

Bis zum 24. Dezember unseres hypothetischen Jahres sind alle Vorgänger des Homo sapiens oder die primitiven Arten des Menschen ausgestorben beziehungsweise absorbiert vom fortschrittlicheren und moderneren Cromagnonmenschen. Der Ackerbau begann etwa am 28. Dezember, und unsere gesamte historische Ära, die kurzen sechs- bis zehntausend Jahre, von denen wir eine geschichtliche Kenntnis haben, fand in den letzten beiden Tagen unseres ‹Jahres› statt. Sokrates, Plato und Aristoteles wurden ungefähr um neun Uhr früh am 31. Dezember geboren, Christus um zwölf und Columbus um 21.30 Uhr. Die letzte Stunde des 31.

Dezember von 23 Uhr bis Mitternacht enthält das gesamte neunzehnte und zwanzigste Jahrhundert.»*

In dieser Perspektive erkennen wir ziemlich klar, daß unsere besondere Art «althergebrachter Religion» mit ihren Behauptungen letzter und äußerster Kenntnis Gottes und seiner Schöpfung letzten Endes doch nicht so alt ist.

Glaube ist kein blinder Sprung ins Nichts, sondern ein überlegter Gang in das Licht, das wir haben. Teil dieses Lichts ist die Erkenntnis, daß die Welt, die «Gott also liebte», wesentlich größer ist als unser eigenes persönliches Verständnis von ihr. Wenn nichts sonst, so sollte diese Erkenntnis uns bescheiden machen und unsere Rechte auf die ausschließliche Wahrheit widerlegen.

Ich erinnere mich an die Erklärung eines Politikers: «Wenn Weiße und Schwarze und Braune und alle Andersfarbenen beschließen, als Christen zusammen zu leben, dann, und nur dann, werden wir einen Weg aus allen diesen Nöten finden.» Diese Erklärung mag ihm etwas bedeuten; aber was bedeutet sie den eineinhalb Milliarden Menschen heute auf der Welt, die nicht wissen, wer Christus war, und noch nie seinen Namen gehört haben?

Das bringt uns auf eine zweite Möglichkeit, Menschen in der Perspektive zu sehen. In einer Predigt, die ich vor einiger Zeit hörte, wurden folgende statistische Überlegungen angestellt:

Wenn die drei Milliarden Menschen der Welt in einer Gruppe von einhundert repräsentiert werden könnten:

wären sechs davon Bürger der Vereinigten Staaten; vierundneunzig wären Bürger anderer Länder.

Sechs würden die Hälfte des Geldes der Welt besitzen; vierundneunzig würden sich die andere Hälfte teilen; von den vierundneunzig würden zwanzig faktisch die restliche Hälfte besitzen.

Sechs hätten fünfzehn mal mehr materielle Besitztümer als die anderen vierundneunzig zusammen.

Sechs hätten 72 Prozent des durchschnittlichen täglichen Nahrungsbedarfs; zwei Drittel der vierundneunzig hätten einen Ernährungsstandard unterhalb des Minimums, und viele von ihnen wären am Verhungern.

Die Lebenserwartung von sechs würde siebzig Jahre betragen.

* Eine Zusammenfassung aus dem Vorwort von R. T. Francœur zu ‹*The Appearance of Man*› von P. Teilhard de Chardin (New York: Harper, 1956).

Die Lebenserwartung von vierundneunzig käme auf neunundddreißig Jahre.

Von den vierundneunzig kämen dreiunddreißig aus Ländern, in denen der christliche Glaube gelehrt wird. Von den dreiunddreißig wären vierundzwanzig Katholiken und neun Protestanten.

Weniger als die Hälfte der vierundneunzig hätte den Namen Christi gehört, doch die Mehrheit der vierundneunzig wüßten von Lenin.

Unter den vierundneunzig würden drei kommunistische Dokumente kursieren, die an Auflagenzahl der Bibel überlegen sind. Im Jahre 2000 wird jeder zweite Mensch Chinese sein.*

Wir betrügen uns selbst, wenn wir weiterhin mitreißende Erklärungen über Gott und den Menschen von uns geben, ohne ständig die Fakten des Lebens vor Augen zu haben: die lange Geschichte der menschlichen Entwicklung und die gegenwärtige Verschiedenartigkeit menschlichen Denkens. Für manche Menschen mögen das erschütternde Daten sein. «Hoffnungslos!» jammern sie vielleicht. Mir gefällt Teilhards Einstellung. Als er einmal gefragt wurde, was ihn glücklich mache, antwortete er: «Ich bin glücklich, weil die Welt rund ist.» Die Grenzen, Ecken oder Winkel sind nicht physisch, sondern psychisch. Wenn wir die psychologischen Zäune entfernen, die zum Schutze des NICHT O. K.-Kindheits-Ichs in jedem Menschen aufgerichtet wurden, dann gibt es keine Barrieren, die unser Zusammenleben in Frieden verhindern.

Was ist Realitätstherapie?

Zu Beginn dieses Kapitels habe ich erklärt, die Realität sei unser wichtigstes Behandlungsinstrument. Einige Realitäten habe ich untersucht. Zum Abschluß dieses Kapitels möchte ich kurz die Transaktions-Analyse mit der Realitätstherapie vergleichen, die William Glasser entwickelt hat.** Nach Glassers Ansicht ist das Grundproblem des Menschen insofern moralischer Natur, als die *Verantwortlichkeit* die Voraussetzung für die psychische Gesundheit sei.

Ich glaube, daß man beide Ansätze – die Transaktions-Analyse wie die Realitätstherapie – für Ergebnisse eines neuen Durchbruchs

* Michael D. Anderson, Predigt in der Fremont Presbyterian Church, Sacramento, 27. Dezember 1964.

** W. Glasser: ‹*Reality Therapy*› (New York: Harper & Row, 1965).

in der Psychiatrie ansehen kann, der aus der Unzufriedenheit mit der Unwirksamkeit und Unwirklichkeit jener Form der Psychiatrie und klinischen Psychologie entstanden ist, die im Effekt die Moralität aus dem Mittelpunkt der Behandlung entfernt haben.

Sowohl die Transaktions-Analyse wie die Realitätstherapie gehen davon aus, daß die Menschen für ihr Verhalten verantwortlich sind. Es gibt jedoch einen wesentlichen Unterschied. Ich teile Glassers Ansicht nicht, daß die Vergangenheit unwesentlich sei zum Verständnis des Verhaltens in der Gegenwart. Ich glaube nicht an das Spiel «Archäologie», an das Herumgraben in der Vergangenheit, aber ich glaube auch nicht, daß wir die Vergangenheit völlig ignorieren können. Wer seine Vergangenheit ignoriert, kommt mir vor wie ein Mann, der im Regen steht und erbittert dagegen protestiert, daß Wasser naß ist, während er bis auf die Haut durchweicht wird. Wenn man einem Patienten sagt, daß er verantwortlich sein muß, dann bedeutet das nicht im geringsten, daß er verantwortlich wird. Die Transaktions-Analyse ist ebenfalls eine «Realitätstherapie», doch sie bietet Antworten, die Glasser meiner Ansicht nach nicht gibt. Was fehlt zum Beispiel Menschen, die Realität nicht oder nur verzerrt (infolge der «Trübung») wahrnehmen können? Welche Antwort gibt er jenen, die «wissen, was sie tun müssen, aber es nie schaffen»? Glasser erklärt: «Wir beschäftigen uns nicht mit unbewußten seelischen Vorgängen ... wir befassen uns nicht mit der Geschichte des Patienten, weil wir weder das, was ihm geschehen ist, ändern noch die Tatsache akzeptieren können, daß er durch seine Vergangenheit behindert sei.»

Es stimmt, daß wir die Vergangenheit nicht ändern können. Doch sie schleicht sich durch Eltern-Ich und Kindheits-Ich unweigerlich in unser gegenwärtiges Leben ein, und wenn wir das nicht zugeben und nicht verstehen, warum das geschieht, haben wir kein emanzipiertes Erwachsenen-Ich, mit dem wir zu den verantwortungsbewußten Menschen werden können, als die Glasser uns sehen will. Wir müssen unser El-Er-K verstehen, bevor wir uns von der Vergangenheit abwenden können. Wenn ein Therapeut uns sagt, daß wir *müssen*, dann verkörpert er das Eltern-Ich. Wenn wir uns selbst dazu entschließen, weil wir verstehen, wie wir zusammengesetzt sind, dann kommt dieser Entschluß aus unserem Erwachsenen-Ich. Das «Stehvermögen» unserer Entscheidung hängt völlig davon ab, ob es sich um einen Entschluß des Eltern-Ichs oder des Erwachsenen-Ichs handelt.

Ein anderer Vorbehalt, den ich gegenüber der Realitätstherapie habe, betrifft ihren Mangel an einer besonderen Sprache, mit der berichtet werden kann, «was geschah». Glasser erklärt: «Die Fähigkeit des Therapeuten zum Engagement ist die Hauptkunst bei der Anwendung der Realitätstherapie, doch sie läßt sich nur unter Schwierigkeiten beschreiben. Wie faßt man den raschen Aufbau einer starken emotionalen Beziehung zwischen zwei relativ Fremden in Worte?»

In der Transaktions-Analyse haben wir diese Worte. Anfangs meldet sich im Patienten das Kindheits-Ich zu Wort und sieht im Therapeuten das Eltern-Ich. In der ersten Stunde werden Eltern-Ich, Erwachsenen-Ich und Kindheits-Ich definiert, und dann gebraucht man diese Worte, um den Kontrakt oder die gegenseitigen Behandlungserwartungen festzulegen. Der Kontrakt liegt auf der Ebene des Erwachsenen-Ichs. Wenn der Patient gefragt wird: «Was ist geschehen?», dann kann er sagen, was geschehen ist. Er hat gelernt, sein eigenes Eltern-Ich, Erwachsenen-Ich und Kindheits-Ich zu erkennen. Er hat gelernt, seine Transaktionen zu analysieren. Er hat ein *Instrument* erworben, mit dem er sein Erwachsenen-Ich befreien und stärken kann, und nur dieses Erwachsenen-Ich kann verantwortungsbewußt sein.

Ich bin von ganzem Herzen mit Glassers Konzentration auf die *Verantwortlichkeit* einverstanden, ebenso wie ich mit dem Ideal der Zehn Gebote und dem moralischen Grund-Satz («Was du nicht willst, daß man dir tu, das füg auch keinem andern zu») einverstanden bin. Mich beschäftigt allerdings die Realität, warum diese Ermahnungen nicht gewissermaßen automatisch verantwortliche Menschen schaffen. Die ständige Neuformulierung solcher Belehrungen hilft wenig.

Wir können nur zu verantwortlichen Menschen kommen, wenn wir ihnen zum Verständnis der Grundeinstellung ICH BIN NICHT O. K. – DU BIST O. K. verhelfen, die ihren komplizierten und destruktiven Spielen zugrunde liegt. Sobald wir die Lebensanschauungen und Spiele verstehen, beginnt sich die Freiheit der Reaktion als eine reale Möglichkeit zu entfalten. Solange Menschen durch die Vergangenheit gebunden sind, können sie nicht frei auf die Bedürfnisse und Bestrebungen anderer in der Gegenwart reagieren; und «die Feststellung, wir seien frei», sagt Will Durant, «bedeutet nur, daß wir wissen, was wir tun».

13. Soziale Folgerungen aus El-Er-K

Die Geschichte ist von Tyrannen bevölkert, die das Unvorstellbare getan haben. Und der Druckknopf ist vorhanden.

Aus der Fernsehdokumentation
‹In Search of Man›

Erhellt unser Verständnis der Verhaltensmotive von Individuen auch die Verhaltensmotive von Menschengruppen wie zum Beispiel Nationen? Diese Frage ist wichtig, denn wenn sie nicht bald gestellt und bald beantwortet wird, mag es wenig Sinn haben, sich überhaupt noch um Individuen zu sorgen.

«Glauben Sie wirklich, daß ein Mensch ein rationales Wesen ist?» hat William Fulbright einmal bei einem Hearing des Senatsausschusses für auswärtige Beziehungen gefragt. «Um einem Volk Wahlen zu geben», fuhr er fort, «in dem noch nie Wahlen stattgefunden haben, sind wir in Vietnam bereit, Tausende in eben diesem Land zu töten. Das erscheint mir irrational.»

Da kollektive ebenso wie persönliche Verhaltensweisen durch das Eltern-Ich von einer Generation zur nächsten vermittelt werden, muß eine Nation gegenüber ihren vorhandenen Institutionen und Verfahrensweisen ebenso gewissenhaft kritisch sein wie das Individuum. Die westlichen Demokratien gewähren für diese Art kritischer Untersuchung viel Freiheit, und doch bleibt die Frage, wie effektiv wir mit dieser Freiheit umgehen. Manchmal verteidigen wir unser politisches oder kollektives Eltern-Ich ziemlich blind und scheinen zu vergessen, das andere Staaten das gleiche tun. Unsere Verteidigung nennen wir «Behauptung der Freiheit», die ihre «Sklaverei». Bis zu einem gewissen Grad leben alle Staaten hinter einem Vorhang. Vielleicht ist es der gleiche Vorhang.

Welches innere Verhältnis hat ein Staatsbürger zu seinem Staat? Bezeichnenderweise sprechen wir von «Vaterland» und «Mutterland». Es gibt zahllose Zeugnisse dafür, wie diese Eltern-Kind-Beziehung zwischen dem einzelnen und «Vater Staat» oder der «mütterlichen Heimaterde» (z. B. «Mütterchen Rußland») gelehrt und gelernt wird. Ein Beispiel für die amerikanische Version:

«Der gute Bürger verhält sich zu seinem Land wie der gute Sohn zu seiner Mutter.

Er gehorcht ihr, weil sie die ältere ist, weil sie in sich die Visionen vieler vereinigt und weil er ihr sein Leben und seine Erziehung verdankt.

Er ehrt sie vor allen andern und bewahrt sie in einer besonderen Kammer seines innersten Herzens, vor der stets die Kerzen der Ehrfurcht und Bewunderung brennen.

Er verteidigt sie gegen alle Feinde und opfert ihr sein Leben gern.

Vor allem andern liebt er sie tief und ohne Aufhebens. Er weiß, auch wenn er sich in dieses Privileg mit anderen teilt, so ist doch die Art seiner eigenen Zuneigung einmalig und persönlich. Sie steigt aus den tiefsten Quellen seines Seins und wird auf die gleiche Art erwidert.

Dies ist der gute Bürger. Solange seine Art sich behauptet, solange wird die Große Republik blühen und wachsen.»*

Die einzige überlegte Antwort auf eine solche Verkündung heißt: «Es kommt darauf an.» Ob wir unsere Mutter, unser Eltern-Ich oder unser nationales Eltern-Ich ehren, verteidigen und durch Gehorsam zufriedenstellen – es kommt darauf an, was für ein Eltern-Ich das wirklich ist. Weil wir meinen, an eine Idee glauben zu müssen, können wir vielleicht nicht erkennen, um welche Idee es geht.

Genau aus dieser Ergebenheit heraus läßt es die indische Bevölkerung zu, daß ein Fünftel der an sich schon unzulänglichen Nahrungsmittelreserven von Ratten gefressen wird oder daß eine Inderin zehn Kinder zur Welt bringt, die dann auf der Straße verhungern, weil das Eltern-Ich der Inderin nicht zuläßt, daß ihr ein Arzt eine empfängnisverhütende Vorrichtung in die Gebärmutter einsetzt. Ihr Eltern-Ich wendet sich nicht gegen das Verhütungsmittel, das in Indien jetzt massenhaft produziert wird, sondern gegen den männlichen Arzt. Es gibt nicht genug Ärztinnen, die diesen kleinen, harmlosen Eingriff bei den -zig Millionen indischer Frauen durchführen könnten.

Überall in der Welt sehen wir die Beweise der «Blindheit», und doch können wir nicht einsehen, daß an dieser Blindheit *alle* Men-

* Diese hymnische Beschwörung hat Max Rafferty, der einflußreiche California Superintendent of Schools, 1965 in *California Education*, Bd. II, Nr. 8, veröffentlicht.

schen leiden. Es ist die gleiche Blindheit wie die des kleinen Jungen im zweiten Kapitel, der glauben muß, «Bullen sind böse», obwohl seine eigenen Augen und Ohren ihm das Gegenteil «beweisen». Die ursprüngliche Furcht und Abhängigkeit des kleinen Kindes zwingen es, die Diktate seiner Eltern zu akzeptieren, damit es weiterleben kann. Dieses Dilemma müßten wir eigentlich aus eigener Erfahrung sehr genau nachempfinden können. Wenn wir uns statt auf das Eltern-Ich auf das Kindheits-Ich unserer ideologischen «Feinde» konzentrieren in der Hoffnung, eine Kommunikation auf der Ebene des beiderseitigen Erwachsenen-Ichs wiederherzustellen, kommen wir vielleicht zu einer verständnisvollen statt hysterischen Einschätzung dessen, was für eine bessere Welt getan werden kann.

Auf Fulbrights Frage, ob der Mensch rational sei, antwortete Jerome Frank, Professor für Psychiatrie an der Johns Hopkins Universität, der bei dem erwähnten Hearing anwesend war: «Wir sind nur von Zeit zu Zeit rational. Ich glaube, wir leiden an starker Angst und emotionaler Spannung, die klares Denken beeinträchtigen. Wir haben ein Recht darauf, uns vor nuklearen Waffen zu fürchten.»

Das kleine Kind hat auch ein Recht darauf, sich vor den Schlägen eines brutalen Vaters zu fürchten. Die zweckdienlichere Überlegung lautet jedoch nicht, ob man ein Recht hat, sich zu fürchten oder nicht, sondern was man dagegen tun kann. Wenn ein Leben von Furcht beherrscht ist, gibt es keine Möglichkeit für die präzise Datenverarbeitung, die allein zu einer (individuellen oder weltweiten) Lebenseinstellung führen kann, die Heilung verspricht: ICH BIN O. K. – DU BIST O. K.

Fulbright hat das bei anderer Gelegenheit in einer Rede aus dem Jahre 1964 ausgedrückt (Einfügungen in Klammern vom Autor):

«Zwischen der Welt, wie sie ist (vom emanzipierten Erwachsenen-Ich gesehen) und der Welt in der Wahrnehmung der Menschen (vom Eltern-Ich oder Kindheits-Ich oder vom getrübten Erwachsenen-Ich) besteht eine unvermeidliche Divergenz, die den Unzulänglichkeiten des menschlichen Geistes (dem getrübten Erwachsenen-Ich) zuzuschreiben ist. Solange unsere Wahrnehmungen einigermaßen der objektiven Realität (ungetrübt) nahekommen, können wir unsere Probleme auf rationale und angemessene (Erwachsenen-Ich) Weise behandeln. Doch wenn unsere Wahrnehmungen hinter den Ereignissen zurückbleiben (archaisch sind), wenn wir uns weigern, etwas zu glauben, weil es uns mißfällt (Eltern-Ich) oder uns ängstigt (Kindheits-Ich) oder weil es uns einfach höchst befremdlich vorkommt, dann wird die Kluft zu einem Abgrund, und was wir tun, wird irrelevant und irrational ...»*

Das Grauen, das die meisten Menschen bei den Enthüllungen über die Verbrechen der Nazizeit befiel, wurde bei den Siegermächten nicht selten von der selbstgerechten Annahme begleitet, «das könnte bei uns niemals geschehen», *wir* (zum Beispiel die Amerikaner) könnten niemals so unglaubliche Greueltaten zulassen.

Wirklich nicht? Was geschah unter den Nazis? Können alle Menschen irrational sein? Wie irrational? Wer setzt die Grenzen? Sind zum Beispiel die Amerikaner mit ihrer langen demokratischen und humanitären Tradition dagegen gefeit, sich zu willenlosen Werkzeugen, zu Folterknechten erniedrigen zu lassen? Ich zitiere aus einer Rezension**, in der über ein von Stanley Milgram an der Yale University geleitetes Forschungsprojekt berichtet, das Beweise als Antwort auf diese Frage gibt:

«Milgram führte eine Reihe psychologischer Experimente über den Gehorsam durch. Als Versuchsgruppe nahm er einen Querschnitt der erwachsenen (zwanzig- bis fünfzigjährigen) männlichen Bevölkerung von Bridgeport, Connecticut, vom Arbeiter bis zum Akademiker. Das Experiment sollte feststellen, wieviel körperliche Bestrafung ein Mensch einem anderen auf Befehl zufügen würde, doch es wurde als wissenschaftliche Untersuchung der ‹Bridgeport Research Associates› über Lernmethoden getarnt. Die Versuchspersonen wurden aufs Geratewohl ausgewählt und mit viereinhalb Dollar für ihren Zeitaufwand entschädigt.

Ein ‹Schüler› wurde auf einen ‹elektrischen Stuhl› geschnallt, nachdem die Versuchsperson (ein ‹Lehrer›) einen Probeschock von 45 Volt empfangen hatte, der ihn von der Echtheit der Anlage überzeugte. Dann versetzte die Versuchsperson (Lehrer) dem Schüler von einem Nebenzimmer aus einen Schock von wachsender Intensität für jede falsche Antwort. In Wirklichkeit wurde der Schüler nicht geschockt, sondern seine Reaktionen waren eine standardisierte Tonbandaufnahme mit Gemurmel, Seufzern, Bitten und Schreien, die der steigenden Voltzahl angepaßt waren. Die Antworten waren vom Leiter des Experiments vorbereitet, so daß der einzige Beschränkungsfaktor, der den Lehrer davon abhielt,

* W. Fulbright: ‹*Foreign Policy – Old Myths and New Realities*›. In: *The Congressional Record*, 25. März 1964.

** R. Crawshaw: ‹*But Everybody Cheats*›. In: *Medical Opinion and Review*, Bd. 3, Nr. 1 (Januar 1967).

die Maximalintensität der Schockmaschine anzuwenden, sein Mitgefühl für einen leidenden Menschen war. Der Konflikt für den Lehrer (Herrn Jedermann) bestand zwischen dem Gehorsam gegenüber dem autoritären System auf der einen und seinem Glauben, daß er einen anderen Menschen nicht verletzen sollte, auf der anderen Seite.

Welcher Prozentsatz der sogenannten Lehrer ging bis zum Äußersten und gab den maximalen Schock? Aber bevor Sie raten, sollen Sie lesen, was Herr Jedermann am Schalter sagte:

Nach 150 Volt: ‹Soll ich weitermachen?› (*Versuchsleiter befiehlt weiterzumachen*)

Nach 165 Volt: ‹Der Kerl da drin schreit. Das ist eine Menge Strom. Vielleicht bekommt er einen Herzanfall. Soll ich weitermachen?› (*Versuchsleiter befiehlt weiterzumachen*)

Nach 180 Volt: ‹Er hält das nicht aus. Ich werde diesen Menschen dort drin nicht töten. Hören Sie nicht, wie er schreit? Er schreit. Er hält es nicht aus. Und wenn ihm etwas passiert? Wissen Sie, was ich meine? Ich meine, ich weigere mich, die Verantwortung zu übernehmen.› (*Der Leiter des Experiments übernimmt die Verantwortung.*) ‹Na gut.›

195 Volt, 210, 240 und so weiter.

Die Versuchsperson (Lehrer) gehorchte unfehlbar dem Experimentator. *Welcher Prozentsatz der fast eintausend ‹Lehrer› ging bis zum äußersten? Schätzen Sie, bevor Sie Ihre Augen weiterwandern lassen.* Eine Gruppe von vierzig Psychiatern, die das Projekt studiert hatten, sagten ein Zehntel eines Prozents voraus. Beim tatsächlichen Experiment gehorchten zweiundsechzig Prozent bis zum letzten den Befehlen des Experimentators. Was haben Sie geschätzt?

Milgram* kam zu dem Schluß: ‹Mit betäubender Regelmäßigkeit konnte man sehen, wie rechtschaffene Menschen sich den Befehlen der Autorität unterwarfen und Handlungen ausführten, die gefühllos und hart waren. Menschen, die im täglichen Leben verantwortungsbewußt und anständig sind, ließen sich von der Fassade der Autorität, von der Kontrolle ihrer Wahrnehmungen und von der unkritischen Annahme der Situationserläuterung durch den Experimentator zu grausamen Handlungen verleiten. Die Resultate dieses Laborversuchs erfüllen mich mit Besorgnis. *Sie weisen auf die Möglichkeit hin, daß die menschliche Natur oder, spezifischer ausge-*

* S. Milgram, *Human Relations*, Bd. 18 (1965), Nr. 1.

drückt, die Art von Charakter, die in der amerikanischen demokratischen Gesellschaft hervorgebracht wird, nicht zuverlässig die Bürger dieser Gesellschaft vor Brutalität und unmenschlicher Behandlung schützen wird, wenn sie von einer böswilligen Autorität gelenkt wird.›» (Hervorhebungen durch den Autor.)

Die Folgerungen aus diesem Experiment sind tatsächlich erschreckend, wenn wir der Ansicht sind, daß die Resultate nur mit etwas Unauslöschbarem in der menschlichen Natur zusammenhängen. Mit Hilfe der Transaktions-Analyse können wir das Experiment jedoch völlig anders beurteilen. Wir können sagen, daß 62 Prozent der Versuchspersonen kein befreites Erwachsenen-Ich hatten, um die Autorität im Eltern-Ich des Experimentators zu untersuchen. Zweifellos war eine ungeprüfte Voraussetzung: Experimente, die der Forschung dienen, sind immer gut. Vielleicht hat die gleiche Voraussetzung deutsche Wissenschaftler dazu gebracht, sich in der Nazizeit an scheußlichen Menschenversuchen zu beteiligen.

Als kleinen Kindern hat man den meisten von uns «gehörigen Respekt» vor der Autorität beigebracht. Diese Autorität personifizierten der Polizist, der Busfahrer, der Pfarrer, der Lehrer, der Briefträger, der Schulleiter und auch abstrakte Größen wie die Behörden, der Minister, der Parteivorsitzende, der Führer... Die Reaktion vieler Menschen auf das Erscheinen solcher Autoritätsfiguren erfolgt *automatisch*. Wer zum Beispiel über die Landstraße dahinrast und plötzlich im Rückspiegel ein Polizeiauto entdeckt, überlegt nicht bewußt, ob er mit seiner (überhöhten) Geschwindigkeit heruntergehen soll; sein Fuß hebt sich automatisch vom Gas. Die alte Aufzeichnung: «Sei vorsichtig!» ertönt mit voller Lautstärke, und das Kindheits-Ich reagiert automatisch, wie es immer reagiert hat. Bei ruhigem Nachdenken erkennt das Erwachsenen-Ich an, daß Gesetze zur Geschwindigkeitsbegrenzung nötig sind. Darum ist die automatische Reaktion in dieser Situation gut.

Nicht alle automatischen Reaktionen gegenüber der Autorität sind gut. Fügsamkeit kann sehr riskant sein, wenn das Erwachsenen-Ich in einer sich wandelnden Welt nicht neue Daten verarbeitet. Darum können wir trotz unserer Besorgnis das gegenwärtige Klima der Proteste und des Infragestellens in unserem Lande mit Hoffnung betrachten. Die Demonstrationen und scharfen Fragen der Jungen zeigen, daß Gesundheit und Kraft in ihrer Ablehnung stecken, sich blind der Autorität zu beugen oder ohne weiteres Gesetze zu akzeptieren, die sie als feindlich gegenüber Gerechtigkeit und Überleben empfinden. Gesetze sind nicht die letzte Wahrheit. Es hat schlechte Gesetze neben den guten gegeben, und viele schlechte wurden infolge von Protesten der Art geändert, wie wir sie heute sehen. Wenn wir gewaltlose Proteste nicht beachten, müssen wir mit wachsenden Anzeichen für eine Machtübernahme des Kindheits-Ichs mit Krawallen und Gewalttätigkeiten rechnen. Wenn wir nicht auf die Vernunft reagieren, werden unsere Reaktionen immer mehr von Furcht beherrscht sein. Zugleich müssen wir die Bedingungen des demokratischen Prozesses bedenken, der ohne Gesetze nicht funktionieren kann. Wie Churchill gesagt hat: «Demokratie ist die schlechteste Regierungsform, die man sich vorstellen kann, bis man versucht, sich eine bessere vorzustellen.» Doch die Demokratie kann nur mit einer intelligenten Wählerschaft funktionieren, und eine intelligente Wählerschaft ist eine «erwachsene» Wählerschaft. Eine Regierung des Eltern-Ichs für das Eltern-Ich und durch das Eltern-Ich wird untergehen.

Ist diese jüngere Generation anders?

Viele Eltern sind ernsthaft besorgt über das unabhängige Verhalten der heutigen Jugend. Der Gedanke, den elterlichen Druck zu verringern, ist nicht angenehm. Im Gegenteil, sagen manche, wir müssen den Druck verstärken. Viele Eltern können nicht glauben, daß im Kopf eines jungen Studenten, der lange Haare und Protestbuttons trägt und Hasch raucht, irgend etwas Konstruktives oder Praktisches stecken kann, auch wenn die gleichen Eltern nicht fähig sein mögen, ihre eigenen kurzen Haare, die Eröffnungszeremonien ihrer Verbindungen oder die Riten ihrer Cocktailparties überzeugend zu verteidigen. «Diese verwöhnten Bälger zerstören alles, was wir unter Schwierigkeiten aufgebaut haben», sagt ein zorniger Vater im Hinblick auf das *Free Speech Movement* an der Berkeley University. An dieser Behauptung ist etwas Wahres; junge Leute können zerstörerisch sein und manche sind es. Sie haben keine Steuern gezahlt, sie haben nicht zum Aufbau der Institutionen beigetragen, die sie angreifen. Andererseits können sie nicht wählen und werden doch aufgefordert, mehr zu geben als Steuern. Man verlangt von ihnen, ihr Leben in Kriegen zu opfern, die viele von ihnen nicht befürworten.

Eine El-Er-K-Untersuchung des heutigen College-Studenten verhilft zu einem neuen Verständnis seines Charakters, das dazu beitragen kann, dieses Thema aus dem klassischen Wettstreit (die ältere gegen die jüngere Generation) mit seinem händeringenden und unproduktiven «Ist es nicht schrecklich» herauszulösen.

1965 wurde eine der großartigsten Bildungsstätten der Welt, die Universität von Kalifornien in Berkeley, durch eine Reihe lautstarker Transaktionen erschüttert, die in die ganze Welt gemeldet wurden. Das rebellierende Kindheits-Ich vieler Studenten ließ sich an Slogans wie «Trau keinem über dreißig» deutlich nachweisen. Auch das Eltern-Ich trat hervor, wie im «gerechten Zorn» des Vorsitzenden des Aufsichtskomitees über den schamlosen Gebrauch *des* unanständigen Ausdrucks (*Fuck*). Ebenfalls erkennbar war das eindrucksvolle Erwachsenen-Ich des Universitäts-Präsidenten Clark Kerr, der im Januar 1967 entlassen wurde. (Entscheidungen des Erwachsenen-Ichs bürgen nicht für Zustimmung, Popularität oder Sicherheit, vor allem nicht unter jenen, die sich von der Realität zu sehr bedroht fühlen, um sie auch nur zu untersuchen.)

Was geschah wirklich auf dem Campus von Berkeley? Was bedeutete der unanständige Ausdruck wirklich? Warum forderten in einer Institution, die als eine der liberalsten des Landes gilt, Studenten in einem lärmenden, schrillen Protest gegen die gesamte Universitäts-Autorität unbeschränkte Freiheit? In einer umfassenden Analyse der Unruhen von Berkeley kommentierte Max Ways in der Zeitschrift *Fortune*:

«Noch nie hat eine pädagogische Institution den Namen eines Tyrannen weniger verdient als die Universität von Kalifornien. Die Studenten können – und in Berkeley tun es die meisten – außerhalb des Campus ohne die geringste Beaufsichtigung durch die Universität leben. Das akademische Angebot ist enorm und wird durch die Bedingungen der Lehrpläne nur geringfügig eingeengt. Tatsächlich stammen viele studentische Beschwerden, die als Forderungen nach mehr Freiheit formuliert werden, aus den Konsequenzen einer Situation, die Erzieher an weniger fortschrittlichen Universitäten als exzessive Freiheit bezeichnen würden.»*

Er bemerkte weiter, daß «vielen Studenten der Universität – und die Gesellschaft – als ein tyrannisches Establishment erscheint, weil sie früher zu wenig der institutionalisierten Autorität ausgesetzt waren, die durch unpersönliche Vorschriften regiert.»

* M. Ways: ‹*On the Campus: A Troubled Reflection of the U. S.*›. In: *Fortune*, September–Oktober 1965.

Das ist ein wichtiger Gedanke. Wenden wir uns den ersten fünf Lebensjahren der meisten nichtgraduierten Studenten zu, von denen viele der Studentenrebellion positiv gegenüberstanden, wenn sie nicht aktiv an ihr teilnahmen. Die Altersspanne der nichtgraduierten College-Studenten reicht von achtzehn bis zweiundzwanzig. Viele protestierende Studenten wurden zwischen 1943 und 1946 geboren und verbrachten ihre prägendsten Jahre während der Kriegs- oder der unmittelbaren Nachkriegszeit. Diese Jahre waren gekennzeichnet von unbeständigen Familienkonstellationen, häufigen Ortswechseln, abwesenden, wenn nicht toten Vätern, sorgenvollen Müttern und allgemeinen gesellschaftlichen Zuständen, die die häusliche Unruhe vergrößerten. Viele junge Väter kamen aus dem Krieg zurück, schrieben sich an den Universitäten ein und überdachten nüchtern den Zustand einer Welt, die soviel von ihnen verlangt hatte. Ihre Verwundetenabzeichen und verwundeten Gemüter unterstrichen ihre verbalen Äußerungen, die vom Haß gegen den Krieg geprägt waren. Sie kapitulierten nicht leicht vor toten Institutionen und alten Klischees über den wünschenswerten Zustand der Welt. Ihre kleinen Kinder, die Studenten von heute, sahen das Leben nicht als Hafen häuslicher Heiterkeit oder als eine Welt, in der die Demokratie geborgen ist. Sie sahen im frühen Alter die Bilder von Konzentrationslagern und registrierten die ernsten Fragen, die sich aus diesen Bildern über das Gute im Menschen ergaben. Diese Daten wurden im Eltern-Ich aufgezeichnet.

Andererseits waren viele dieser Kinder die Empfänger von Wohlstandssymbolen, mit denen ihre Eltern sie überschütteten. Sie waren sauber und gewaschen, ohne Karies, mit Vitaminen gefüllt, kieferorthopädisch verklammert und für höhere Ausbildung versichert. Doch alle diese Wohltaten löschten nicht die frühen Aufzeichnungen, die wir jetzt aus den «unvernünftigen» Handlungen protestierender Studenten heraushören können. Wir müssen sorgsam darauf hinweisen, daß man das nicht auf alle Studenten oder alle protestierenden Studenten verallgemeinern kann. Es gibt sicherlich Ausnahmen. Manche unter ihnen waren älter als die anderen. Manche kamen aus Elternhäusern, die von den Kriegsjahren nicht erschüttert worden waren. Dennoch ist diese Art der Analyse wertvoll. Durch solche Nachforschungen überwinden wir das «Ist es nicht schrecklich» zur jüngeren Generation.

Daß sie früh Schwierigkeiten und Unbeständigkeiten ausgesetzt waren, entbindet diese jungen Leute nicht von der Verantwortung für ihr Verhalten. Doch ein Verständnis für die Aufzeichnungen im Eltern-Ich und Kindheits-Ich dieser Studenten macht ihre Einstellungen verständlicher. Wir erkennen, daß archaische Daten nicht nur von dem rebellischen, ängstlichen Kindheits-Ich kommen, sondern auch vom Eltern-Ich, das ebenfalls viele Prägungen der Angst und Rebellion, des Mißtrauens und des Überdrusses gegenüber einer Welt enthält, die ohne Krieg nicht lange existenzfähig zu sein scheint. Eine beachtliche Anzahl Studenten, von denen viele nie mit einer Autorität gelebt hatten, der sie vertrauen konnten oder die sich nicht manipulieren ließ, waren jetzt bereit für den Protest gegen alle Autorität einschließlich der Autorität der Universität. Sie waren für den Empfang vieler materieller Annehmlichkeiten konditioniert und zu wenig für Beweise der Behauptung, daß Menschen wichtig sind und das Leben einen Sinn hat. Ihr Eltern-Ich ist gebrochen, ihr Kindheits-Ich ist deprimiert, und ihr Erwachsenen-Ich fragt dringlich: «Gibt es nicht noch etwas anderes?»

Während der Auseinandersetzungen an der Universität wurde unter anderen kritischen Stimmen auch die Ansicht laut, «die Universität sei zu groß geworden». Das gleiche könnte man über die Weltbevölkerung sagen. Der Kanzler der Universität von Kalifornien, der Mediziner Franklin Murphy antwortete darauf mit einer streng biologischen Metapher, die zugleich Wichtiges über eine Welt aussagt, welche «zu groß geworden» ist:

«Nein, sie ist nicht zu groß. Aber sie ist in den letzten Jahren sehr rasch gewachsen. Man hat sich mehr mit der Anatomie des Tieres beschäftigt als mit der Physiologie. Wenn der Körper schneller wächst als das Nervensystem, dann wird das Tier unkoordiniert – es strauchelt manchmal. An der Universität müssen wir jetzt ein Nervensystem schaffen, das dem Tier entspricht. Es muß ein verfeinertes Nervensystem sein, damit es mit der ganzen Komplexität fertig wird und Botschaften zwischen den differenzierten Organen übermitteln kann. Die Universität braucht mehr und bessere Koordination.»

Das «Nervensystem» einer Universität hat die gleiche Funktion wie das Nervensystem im menschlichen Körper – *Kommunikation*. Die Funktion des Nervensystems hält außerdem die Welt zusammen, und die Konzentration auf die Kommunikation – was sie erleichtert und was sie beendet – wird eher etwas Neues unter der Sonne bewirken als die alte Zuflucht zur Gewalt, die sich gleich bleibt, ob wir sie nun Krieg, Polizeiaktion oder bewaffnete Intervention nennen.

Die Problemlöser, die internationalen wie die am heimatlichen Stammtisch, reden unentwegt von der «Notwendigkeit eines Dialogs», ohne jemals die Notwendigkeit der Begriffsdefinition zu bedenken. In der Transaktions-Analyse haben wir ein System entwickelt, das einmalig ist 1. in seiner Begriffsdefinition und 2. in seiner Reduktion des Verhaltens auf eine Grundeinheit zur Beobachtung. Wenn der Dialog irgend etwas bewirken soll, muß er auf einer Übereinkunft beruhen hinsichtlich dessen, *was* untersucht werden soll, und auf einer Übereinkunft hinsichtlich der Worte, mit denen wir *beschreiben*, was wir beobachten. Sonst stolpern wir einfach über Worte. Jemand, der Robert Kennedys Mörder Sirhan Sirhan kannte, berichtete: «Er war fanatisch, wenn es um sein Land ging, wenn es um politische Dinge ging – aber nein, er war nicht labil.» Worte wie «fanatisch» und «labil» sind zur Analyse oder Voraussage des Verhaltens nutzlos. Viele unserer Dialoge sind aus dem gleichen Grund nutzlos. Es wird viel gesagt, aber nicht verstanden.

Die Analyse internationaler Transaktionen

Wenn es die Transaktions-Analyse zwei Menschen ermöglicht zu verstehen, was zwischen ihnen vorgeht, kann dann die gleiche Sprache auch zum Verständnis der Vorgänge zwischen Nationen dienen? Wie bei Individuen können die Transaktionen zwischen Staaten nur komplementär sein, wenn die Vektoren im Transaktions-Schema parallel sind. Transaktionen auf der Ebene des Erwachsenen-Ichs sich die einzigen Komplementär-Transaktionen, die angesichts des Selbstbewußtseins und der Selbstbestimmung auch der kleinsten Nation in der Welt von heute funktionieren können. Die einst funktionsfähigen Eltern-Ich-Kindheits-Ich-Beziehungen zwischen großen und kleineren Ländern ist nicht mehr komplementär. Die kleineren Länder wachsen heran. Sie wollen nicht länger Kinder sein. Unsere Reaktion auf ihre zuweilen herbe Kritik heißt: Wie können sie nach allem, was wir für sie getan haben, so empfinden?

Eine der hoffnungsvollsten Einrichtungen zur Analyse internationaler Transaktionen ist die UNO. Sie hat viele Überkreuz-Transaktionen überlebt. Wenn der Ministerpräsident einer Weltmacht mit seinem Schuh auf den Tisch trommelt, hört die Kommunikation auf. Wenn man uns sagt, daß «sie uns beerdigen werden», lockt das unser Kindheits-Ich. Aber wir müssen nicht mit unserem Kindheits-Ich reagieren, ebensowenig wie mit unserem säbelrasselnden Eltern-Ich. *Und darin liegt die Möglichkeit der Veränderung.*

Man muß einem kleinen Kind immer wieder sagen: «Ich liebe dich», doch es braucht nur ein «Ich hasse dich», um sein Leben lang alle weiteren liebevollen elterlichen Annäherungen zu negieren. Wenn der kleine Mensch verstehen könnte, woher das «Ich hasse dich» kam – wie das Kindheits-Ich seiner Eltern zu seiner so unüberlegten und destruktiven Äußerung gegenüber dem kleinen Kind provoziert wurde, das sie wirklich lieben – dann müßte dieses kleine Kind nicht an dieser Bemerkung als höchster Wahrheit festhalten.

So steht es auch mit der Erklärung von Nikita Chruschtschow: «Wir werden euch beerdigen.» Obwohl das eine böse Erklärung war, die nichts Konstruktives für sein oder irgendein anderes Land förderte, wird sie vielleicht entschärft durch die Überlegung, daß Chruschtschow lediglich ein Mensch war mit Eltern-Ich, Erwachsenen-Ich und Kindheits-Ich, deren Inhalte sich vom Eltern-Ich, Erwachsenen-Ich und Kindheits-Ich jedes anderen unterscheidet.

Die Tatsache, daß er politisch in der Versenkung verschwand, noch ehe er beerdigt wurde, beweist, daß er kein politischer Übermensch war. Man braucht keine großen historischen Forschungen zu betreiben, um ähnlich unbesonnene Erklärungen – und Handlungen – von Führern anderer Länder einschließlich unseres eigenen zu entdecken. Wir müssen lernen, auf die Erklärungen und Handlungen anderer nicht mit unseren kollektiv verängstigten, kampfbereiten Kindheits-Ich zu reagieren, sondern mit unserem Erwachsenen-Ich, das die Wahrheit herausfinden kann, die Furcht im Kindheits-Ich anderer als das erkennt, was sie ist, und den Schmerz begreift, den ihnen ein kulturelles Eltern-Ich zufügt, das Dogmen verkündet, die nicht länger dem Überleben der Menschheit dienlich sind. Wir müssen auch dazu fähig sein, unser westliches kulturelles Eltern-Ich aus einer gewissen Distanz zu betrachten. Es enthält viel Größe, aber auch viel Niederträchtigkeit wie das Krebsgeschwür der Sklaverei und des Rassismus, die Erbkrankheit des religiösen Fanatismus und die Seuche menschenunwürdiger Ausbeutung der wirtschaftlich und sozial Schwachen.

Wer das Kindheits-Ich eines anderen Menschen lange genug demütigt, erzeugt ein Monstrum. Es sollte uns nicht überraschen, daß endlose Jahre der Demütigung viele «Monstren» in allen Erdteilen erzeugt haben, die uns entsetzen.

Nach den Unruhen in Watts bei Los Angeles reagierte eine Negerin auf all die überreichlichen Erklärungen, warum es dazu kam (nämlich Polizeiaktionen, Arbeitslosigkeit, Armut etc.) mit dem Satz: «Wenn sie fragen müssen warum, werden sie es nie wissen.»

Ich meine, wir *wüßten* alle warum, wenn unser erschrecktes Kindheits-Ich und unser selbstgerechtes Eltern-Ich nicht das Erwachsenen-Ich vertreiben würden.

Was man tun soll, ist eine andere Frage. Ich glaube, wir müssen mit dem Gebrauch einer gemeinsamen Sprache anfangen, die sich auf das menschliche Verhalten bezieht, und ich meine, wir haben diese Sprache in der Transaktions-Analyse. Die Psychologie wird als die große Wissenschaft der modernen Zeit dargestellt, doch sie hatte bisher wenig zu sagen, was im Hinblick auf unsere gegenwärtigen sozialen Kämpfe sinnvoll war.

Wenn wir verstehen, welche Macht das Eltern-Ich über uns hat (wobei unser persönliches Eltern-Ich durch ein kulturelles Eltern-Ich verstärkt wird), wenn wir das Entsetzen in unserem eigenen Kindheits-Ich angesichts der Unruhen und Kriege verstehen, in den Menschen von Indien, die dem Hunger und dem Aberglauben preisgegeben sind, in den Menschen der Sowjetunion mit ihrer Erinnerung an Ketten und Revolution, in den Menschen von Israel, die über den Mord an sechs Millionen Juden nachdenken, in den Menschen von Vietnam, Nord und Süd, die in der Furcht vor Napalm und Bajonetten leben, in den Menschen von Japan, die sich an die Bomben von Hiroshima und Nagasaki erinnern – wenn wir anfangen können, dieses Kindheits-Ich als ein kleines menschliches Wesen in einer Welt des Schreckens zu sehen, das nichts will als die Erlösung vom Schmerz, dann würden unsere internationalen Gespräche vielleicht anfangen, ein wenig anders zu klingen. Der amerikanische Dichter Henry Wadsworth Longfellow (1807–1882) meinte, «wenn wir die verborgene Geschichte unserer Feinde lesen könnten, würden wir im Leben jedes Menschen genug Sorge und Leid finden, um alle Feindseligkeit zu entwaffnen».

Wir können für das NICHT O. K.-Kindheits-Ich unserer Feinde kein Mitleid empfinden, weil wir entsetzt sind von den Spielen, mit denen sie diese Grundeinstellung leugnen wollen. Und aus dem gleichen Grund haben sie kein Mitgefühl für uns. Wir alle leiden am Dilemma des Mißtrauens. Überall wollen die Menschen verhandeln, aber nur unter ihren eigenen besonderen Bedingungen. Wir werden große Meister in der Behandlung kleiner Fragen, weil wir uns zu viele Wahlmöglichkeiten im Umgang mit den großen Fragen verschlossen haben. Wir mögen unsere beiderseitige Furcht anerkennen, aber wir wissen nicht, was wir tun sollen.

Wenn die Menschen, die internationale Verhandlungen führen, die Sprache von El-Er-K kennen würden, wenn sie alle wüßten, daß die Furcht im Kindheits-Ich wohnt, daß es keine Möglichkeit der Übereinkunft durch das Eltern-Ich gibt und daß nur durch die Emanzipation des Erwachsenen-Ichs die universale Lebensanschauung ICH BIN NICHT O. K. – DU BIST O. K. überwunden werden kann, dann könnten wir Lösungsmöglichkeiten jenseits der hemmenden Einflüsse der Vergangenheit zu sehen beginnen. Die Grundbegriffe der Transaktions-Analyse (Eltern-Ich, Erwachsenen-Ich, Kindheits-Ich, NICHT O. K., O. K., Spiele, Streicheln) sind so einfach, daß, selbst wenn sie nicht in alle anderen Sprachen übersetzbar wären, sie verwendet werden könnten, wie sie sind, mit Definitionen in den Worten jener Sprachen. O. K. ist bereits ein internationales Wort.

Jetzt, wo wir ein Konzept für das Verstehen menschlichen Verhaltens haben, das alle Menschen begreifen können, das man in einfache Worte fassen und in jede Sprache übersetzen kann, wäre es möglich, daß wir an einem Punkt anlangen, wo wir unsere archaischen Ängste, die auf den Tragödien der Vergangenheit beruhen, ablegen und miteinander auf die einzige Weise reden können, mit der eine Übereinkunft möglich sein wird: von Erwachsenen-Ich zu Erwachsenen-Ich. Mit dem Erwachsenen-Ich können wir gemeinsam einige der uralten Komplexe betrachten. Ungeprüfte Phrasen beenden unsere Wahlmöglichkeiten und unsere Hoffnungen auf ein Zusammenleben auf der Basis von ICH BIN O. K. – DU BIST O. K. Wie weit können wir zum Beispiel in der Weltdiplomatie kommen, wenn wir weiterhin eine abgeschlossene Sprache mit so hübsch versiegelten Phrasen wie «gottloser Kommunismus», «freier Westen» und «unversöhnlicher Konflikt» benutzen? Selbst der Ausdruck «Weltkommunismus» müßte überprüft werden. Er schwört solche Schrecken heraus, daß zu phantastischen Kosten Armeen unter Waffen gehalten werden und Kriege auch stattfinden. Wie viele Kriege wird es noch geben? Ist ein Ende in Sicht? Ist der Weltkommunismus möglich? Sind alle Kommunisten gottlos? Was ist ein Kommunist? Hat er sich in den letzten fünfzig Jahren geändert? Sind alle Kommunisten gleich?

Es gibt drei Milliarden Menschen auf der Welt. Wir wissen wenig von diesen Personen als Individuen. Wir denken kaum an sie als Individuen. Sehen wir zum Beispiel ein Land wie Indien nur als undeutlichen, großen Fleck mit viel zu vielen Menschen, dessen Bedeutung allein darin liegt, wie es sich im Kampf zwischen West und Ost verhält? Oder können wir Indien als eine weitaus kompliziertere Nation mit wirklichen Menschen sehen, die ein Siebtel der Weltbevölkerung ausmachen, sich in sechs verschiedene Volksgruppen teilen, 845 Sprachen und Dialekte sprechen, sieben Hauptreligionen und zwei einander feindliche Kulturen haben? Wenn das indische und das westliche Eltern-Ich sich über nichts verständigen können, sehen wir dann die erregende Möglichkeit der Entdeckung gemeinsamer Interessen und Freuden durch die Emanzipation des Erwachsenen-Ichs? Wir sind miteinander verwandt, und wir sind Menschen, nicht-Dinge. Die Menschen der Welt sind nicht Dinge, die man manipulieren kann, sondern Menschen, die wissen sollen; nicht Heiden, die bekehrt werden müssen, sondern Menschen, die gehört werden wollen; nicht Feinde, die man haßt, sondern Menschen, denen man begegnet; nicht Brüder, die man hüten muß, sondern Brüder, die Brüder sein wollen.

Unmöglich? Naiv? In einer Wohlstandsgesellschaft, deren Angehörige konditioniert sind, zu glauben, daß sich die Probleme eines Menschen nur durch die bezahlte Inanspruchnahme der Zeit eines anderen Menschen (der nach Medizinstudium und Assistenzzeit drei bis fünf Jahre in der Psychoanalyse ausgebildet wurde) für einen Zeitraum von Tausenden von Stunden über mehrere Jahre hinweg lösen lassen, erscheint der Gedanke, die Probleme von drei Milliarden Menschen in einer Krise zu lösen, verzweifelt absurd. Das Eltern-Ich sagt: «Es wird immer Kriege und Kriegsgeschrei geben.» Das Kindheits-Ich sagt: «Iß, trink und sei glücklich, denn morgen sind wir tot.» Die Geschichte sagt uns, was gewesen ist. Aber sie kann uns nicht sagen, was sein muß oder nicht sein kann. Dies ist ein offenes, sich entfaltendes Universum, und wir wissen nicht genug darüber, um sagen zu können, was nicht geschehen kann. Nur das Erwachsenen-Ich kann an dieser erregenden Idee weiterarbeiten. Nur das Erwachsenen-Ich hat schöpferische Kraft.

Das Erwachsenen-Ich kann Reaktionen des Kindheits-Ichs bei anderen erkennen, aber beschließen, nicht konform zu reagieren. Die Vereinigten Staaten zum Beispiel können sich nicht immer durchsetzen.

«Was ist die angemessene Rolle der Vereinigten Staaten in der Weltpolitik? Welchen richtigen und weisen Kurs sollte sie verfolgen?

Wir sind die Opfer nicht der Schlechtigkeit anderer – das wäre eine paranoide Ansicht –, sondern unserer eigenen Fehler und Wahnvorstellungen. Damit soll nicht geleugnet werden, daß andere schlecht sind. Natürlich sind sie es. *Was wir tun müssen, ist selbst Schlechtigkeit vermeiden*, ein Beispiel großmütiger und intelligenter Macht geben und die Welt so organisieren, daß sie die unvermeidbare Schlechtigkeit in Zaum hält, die wir daheim und draußen finden werden.»*

Mir scheint, daß sich der amerikanische Mythos auf die Position WIR SIND O. K. – IHR SEID NICHT O. K. gründet. WIR SIND O. K. dank unserer sentimentalen Erinnerungen an Patrick Henry und Thomas Jefferson und Thomas Paine und Abraham Lincoln. Wir sehen uns selbst in unseren besten Symbolen, doch wir karikieren die Opposition. Thomas Merton fragt im Zusammenhang mit der zornigen Welt von heute:

«Was werden wir tun, wenn wir endlich erkennen müssen, daß wir aus der einsamen Prärie ausgeschlossen und zusammen mit all den Itakern und Welschen und Polacken in eine geschichtliche Welt hinausgestoßen sind: daß wir genau wie all die andern nur ein Teil der Geschichte sind? Das ist das Ende des amerikanischen Mythos: Wir können uns nicht länger aus einer höheren und reineren Atmosphäre herabbeugen und vom Firmament aus den Menschen auf der Erde die Muster unserer idealen Republik zeigen. Wir stecken mit den andern im gleichen Durcheinander. Sollen wir das einfach ableugnen? Sollen wir die nächste Dose Bier aufmachen und auf den Knopf am Fernseher drücken und uns ins vertraute Präriegras zurückziehen, wo alle Probleme leicht zu lösen sind, wo die guten Kerle immer die besten Schützen sind und immer gewinnen?»**

Gut zu schießen und zu gewinnen wird in Amerika von «guten, ehrlichen, gottesfürchtigen Leuten» verherrlicht, die sich fragen, warum das Land von Gewalt durchtränkt ist. Nach dem Mord an Robert Kennedy schrieb Arthur Miller:

«Es gibt Gewalt, weil wir täglich Gewalt verherrlicht haben. Jeder halbgebildete Mann in einem guten Anzug kann sich ein Vermögen verdienen, wenn er einen Fernsehfilm zusammenbraut, dessen Brutalität in monströsen Einzelheiten fotografiert wird. Wer produziert

* R. Hutchins, Artikel im *San Francisco Chronicle*, 31. Juli 1966.

** T. Merton: ‹*Conjectures of a Guilty Bystander*› (New York: Doubleday, 1966).

diese Sendungen, wer bezahlt sie durch Werbespots, wer wird honoriert, weil er daran mitwirkt? Sind diese Leute kriminelle Psychopathen, die an Mietskasernen entlangschleichen? Nein, sie sind die Säulen der Gesellschaft, unsere respektierten Mitbürger, unsere Vorbilder an Erfolg und sozialer Stellung. Wir müssen die Scham und Reue empfinden, die uns zukommt, bevor wir anfangen können, mit Verstand eine friedliche Gesellschaft aufzubauen, ganz zu schweigen von einer friedlichen Welt. Ein Land, in dem die Menschen nicht sicher durch ihre eigene Straße gehen können, hat nicht das Recht verdient, anderen Menschen zu sagen, wie sie sich regieren sollen, geschweige denn, sie zu bombardieren und zu verbrennen.»*

Die Verherrlichung der Gewalt ist im Eltern-Ich unserer kleinen Kinder aufgezeichnet. Das gestattet die Wut und den Haß, die im Kindheits-Ich jedes Menschen vorhanden sind. Die Kombination ist ein Todesurteil für unsere Kultur.

Präsident Johnson beauftragte eine Kommission mit der Untersuchung der Kriminalität, «die Ursachen, das Auftreten und die Kontrolle psychischer Gewalt im ganzen Land» zu erforschen, «vom Attentat, das durch Vorurteile und Ideologien und Politik und Geisteskrankheit motiviert ist, bis zur Gewalt in den Straßen unserer Städte und *selbst in unseren Wohnungen*».

Die Gewalt in unseren Wohnungen ist die wichtigste. Das Kindheits-Ich mordet. Wo lernt es das?

Jeden Tag werden in den Vereinigten Staaten ein bis zwei Kinder unter fünf Jahren von ihren Eltern getötet. Das berichten Ray E. Helfer und C. Henry Kempe von der Universität Colorado in ihrem Buch ‹*The Battered Child*›. Mehr Kinder sterben durch physische Gewalt als insgesamt durch Tuberkulose, Keuchhusten, Kinderlähmung, Masern, Zucker, Gelenkrheumatismus und Blinddarmentzündung. Dazu kommt, daß in jeder Stunde fünf Säuglinge durch ihre Eltern oder Pflegeperson schwere körperliche Verletzungen erleiden.

Nach Ray Helfer besteht eines der Probleme bei der Suche nach einer Lösung darin, Psychiater zu finden, die Eltern behandeln können. In einer Gallup-Umfrage am Tag nach dem Mord an Robert

* A. Miller: ‹*The Trouble with Our Country*›, ursprünglich ein Artikel in der *New York Times*, nachgedruckt im *San Francisco Chronicle*, 16. Juni 1968.

Kennedy wurde Hilfe für die Eltern als eine Lösungsmöglichkeit zitiert. Die Antworten ergaben als erste Lösung für das Problem der Gewalttätigkeit «strengere Waffengesetze», doch außerdem wollte eine Mehrheit der Befragten «strengere Durchführung der Gesetze ... das Absetzen von brutalen Fernsehprogrammen ... die Verbesserung der elterlichen Kontrolle (einschließlich Elternkurse über Kindererziehung)».

Das Institut für Transaktions-Analyse in Sacramento bietet solche Kurse seit 1966 an. Mehrere hundert Eltern haben sie besucht. Die Acht-Wochen-Kurse begannen mit einer Erklärung von El-Er-K. Zum Lehrkörper gehörten Psychiater, Bewährungshelfer, Pfarrer, Kinderärzte, Erzieher, Psychologen und ein Geburtshelfer; sie alle gebrauchten die gleiche Sprache, El-Er-K. Die Transaktions-Analyse wurde auf folgende Themen angewandt: das Dilemma «Ich möchte ihm vertrauen, aber ...»; wie man eine Änderung des jugendlichen Missetäters bewirkt; die Berechnung moralischer Werte; die Beziehung zwischen Freiheit und Liebe; Probleme der Leistungsschwäche und Behinderung; Verhalten bei Krisen; warum Kinder sich «dumm stellen»; Hilfe für «schwache Schüler»; wie man zu einer gesunden Einstellung gegenüber Sex und Ehe findet; emotionale Kontrolle. Diese Kurse haben guten Eltern geholfen, bessere Eltern zu werden, und sie haben unglücklichen Familien Hilfe gebracht.

Wer weiß, wie man die Gewalttätigkeit zu Hause beendet, weiß auch, wie man ihr in der Gesellschaft begegnet. Die Unternehmer, die Werbeleute, die Journalisten, Verleger und Programmdirektoren im Fernsehen müssen das gleiche lernen wie diese Eltern. Bemühungen zu Hause werden durch die ständige Fütterung mit widersprüchlichen Daten von außerhalb unterminiert. Meine zehnjährige Tochter fragte, ob «wir ‹*Bonnie und Clyde*› anschauen dürfen». Ich sagte nein, es sei ein brutaler Film, und ich sei damit nicht einverstanden, wie da ausgesprochen gemeine Individuen verherrlicht werden. Ein paar Tage später fiel es mir nicht ganz leicht zu erklären, warum ‹*Bonnie und Clyde*› wiederholt unter den Oscar-Preisträgern genannt wurde.

Ich glaube, Leute, die mit Brutalität Geld verdienen, trösten sich mit der Ansicht gewisser Psychologen, daß die Betrachtung von Brutalität ein Sicherheitsventil sei, mit dessen Hilfe die Menschen ihre Aggressionen entladen, statt sie in Aktivität umzusetzen. Dieser Standpunkt läßt sich nicht bestätigen. Ich meine vielmehr, die

Gegenbeweise häufen sich. Diese Psychologen glauben, daß Gefühle sich ansammeln wie in einem Eimer, der hin und wieder geleert werden muß. Es ist richtiger, in den Gefühlen eine Wiedergabe alter Aufzeichnungen zu sehen, die sich nach Wunsch ausschalten läßt. Wir müssen nicht umherlaufen und unsere Gefühle abladen. Wir können sie einfach ausschalten, sie daran hindern, unseren Computer zu überschwemmen, und statt dessen den Computer mit etwas anderem füllen. Emerson sagte: «Ein Mann ist das, was er den ganzen Tag lang denkt.»

In einem anderen Zeitalter, als die Welt voll war von politischem Mord, Sklavenhandel, der Kreuzigung Unschuldiger, dem Mord an Kindern und den Begeisterungsschreien von Despoten, die sich am Blut in der Arena ergötzten, schrieb ein weiser und guter Mann an eine kleine Gruppe von Menschen in Philippi: «Weiter, liebe Brüder, was wahrhaftig ist, was ehrbar, was gerecht, was keusch, was lieblich, was wohl lautet, ist etwa eine Tugend, ist etwa ein Lob, dem denket nach!»*

Nur eines kann das Engagement für das Gute verhindern, nämlich die Furcht – die Furcht vor anderen Menschen auf dieser Erde, *die Furcht im Kindheits-Ich*, die unsere Möglichkeiten zum Guten in einen ständig eskalierenden Kampf hineinzieht, von dem wir fälschlicherweise annehmen, wir könnten ihn gewinnen.

Gewinner und Verlierer

Hamlets Alternative hieß «Sein oder Nichtsein». Unsere Alternative ist angeblich «Gewinnen oder Nichtgewinnen» – nämlich den Kampf gegen den Weltkommunismus. Angesichts des wachsenden Risikos der letzten bewaffneten Aggression, die zur globalen Zerstörung führen wird, scheint das Gewinnen wichtiger als das Sein. Ein vietnamesisches Dorf wird so gründlich beschossen, daß nichts mehr steht und niemand mehr lebt, wenn die Truppen schließlich einziehen. Der Kommandant einer solchen Operation soll gesagt haben: «Wir mußten es zerstören, um es zu retten.»

Sind Gewinnen und Verlieren die einzigen Wahlmöglichkeiten für Menschen oder für Nationen? Man kann nur ein Gewinner bleiben, wenn man sich mit Verlierern umgibt. Gewinner und Verlierer waren die einzigen Vorbilder, die wir hatten. Als die Primaten aus

* Brief des Paulus an die Philipper, 4,8.

den Wäldern vertrieben wurden, weil die klimatischen Veränderungen die Waldgebiete verkleinerten, gab es nur zwei mögliche Ergebnisse ihrer Begegnung mit den damaligen Raubtieren in der offenen Ebene. Wer den Kampf um Nahrung gewann, überlebte; wer ihn verlor, war verloren. Es stimmt, daß religiöse und politische Führer von Zeit zu Zeit mit etwas auftauchten, was ihrer Behauptung nach ein neues Modell war. Doch die meisten Ideen dieser «Träumer und Propheten» wurden als utopisch, unirdisch und unmöglich verworfen. Es bleibt die Tatsache, daß die Modelle von Gewinnen und Verlieren im Laufe der menschlichen Geschichte vorherrschten.

Doch die Umstände haben sich verändert. Durch die Fortschritte der Wissenschaft kann genug Nahrung für die Menschen der ganzen Welt produziert werden, wenn es gelingt, die Bevölkerungsexplosion zu stoppen. Die Wissenschaft hat auch die Geburtenkontrolle ermöglicht. Jetzt können wir eine andere Wahlmöglichkeit konzipieren: ICH BIN O. K. – DU BIST O. K. Die Koexistenz ist endlich eine Möglichkeit, die auf der Realität beruht. Am Anfang wuchs und entwickelte sich das Gehirn des Menschen im Dienste seines eigenen Überlebens. Können wir dem Gehirn jetzt neue Aufgaben stellen, Aufgaben im Dienste des Überlebens aller Menschen in der Welt? Kann das Geschenk des Lebens und unsere kurze Existenzspanne auf dieser Erde bis zu den letzten menschlichen Geistesfähigkeiten genossen werden?

Wenn wir erkennen, daß ICH BIN O. K. – DU BIST O. K. zumindest im Bereich des Möglichen liegt, wagen wir es dann, nach einer Veränderung zu suchen, etwas Neues unter der Sonne, etwas, was die Gewalt beendet, die das zu zerstören droht, was in Millionen Jahren aufgebaut wurde?

Teilhard sagte: «Entweder verschließt sich die Natur unseren Forderungen nach Zukünftigkeit, dann wird der Gedanke, die Frucht einer Anstrengung in Millionen Jahren, erstickt, wirkungslos in einem selbstzerstörerischen und absurden Kosmos. Oder es existiert eine Öffnung ...»*

Wir glauben, wir haben eine Öffnung gefunden. Diese Öffnung wird von keinem namenlosen Kollektiv – der Gesellschaft – erkundet, sondern von Individuen, die zusammen in dieser Gesellschaft leben. Es kann nur geforscht werden, wenn sich Individuen von der Vergangenheit emanzipieren und frei werden, um nach ihrer Wahl

* Pierre Teilhard de Chardin: ‹*Der Mensch im Kosmos*›, a. a. O.

die Werte und Methoden der Vergangenheit entweder anzunehmen oder zu verwerfen. Eine Folgerung ist unausweichlich: Die Gesellschaft kann sich erst ändern, wenn die Menschen sich ändern. Wir begründen unsere Hoffnung auf die Zukunft mit der Tatsache, daß wir gesehen haben, wie Menschen sich änderten. Wie sie es getan haben, ist die gute Nachricht dieses Buches. Wir hoffen, daß es ein Buch der Zuversicht und eine wichtige Seite im Handbuch für das Überleben der Menschheit sein möge.

Nachwort und Danksagungen

Der Vater der Transaktions-Analyse ist Eric Berne. Ihm sind wir alle, die wir auf diesem Gebiet arbeiten, zu tiefem Dank verpflichtet. Berne hat die Transaktions-Analyse theoretisch begründet und praktisch ausgebaut zu einem einheitlichen System individueller und sozialer Psychiatrie, das in der Theorie verständlich und dessen Anwendung effektiv ist.

Ich hatte das Glück, über zehn Jahre lang mit Berne zusammenzuarbeiten. Seine neue Behandlungsmethode lernte ich zuerst 1957 auf einem Kongreß in Los Angeles kennen, wo er ein Referat hielt mit dem Titel: ‹*Transaktions-Analyse: eine neue und effektive Methode der Gruppentherapie*›. Ich war sofort davon überzeugt, daß es sich hier nicht um einen der üblichen Kongreßbeiträge handelte. Dies war eine völlig neuartige Deutung des menschlichen Geistes, formuliert in einer sehr genauen und doch verständlichen Sprache.

Inzwischen arbeiten sehr viele Menschen mit dem weiterentwickelten Instrumentarium der Transaktions-Analyse. Über tausend Experten wurden nach dieser Methode in Kalifornien ausgebildet, und dieses therapeutische Training setzt sich rasch durch im In- und Ausland. Die Transaktions-Analyse wird gegenwärtig bei der Gruppentherapie in vielen Krankenhäusern, Strafvollzugsanstalten und Jugendheimen Kaliforniens angewandt. Eine wachsende Zahl von Therapeuten arbeitet nach dieser Methode bei der Eheberatung, bei der Behandlung von gefährdeten und gestörten Jugendlichen in der Pubertät und im Halbstarkenalter, bei der Familienberatung und in der Seelsorge und in zumindest einem Heim für geistig Behinderte, nämlich in Laurel Hills in Sacramento.

Die Transaktions-Analyse hat den unschätzbaren Vorzug, für jedermann verständlich und nachvollziehbar in einer «öffentlichen»

Sprache vorgenommen zu werden, entgiftet von Fachjargon und geeignet zur öffentlichen Diskussion allgemeiner Probleme unserer Gesellschaft.

Wenn eine Beziehung zwischen zwei Menschen kreativ, befriedigend und frei von Furcht gestaltet werden kann, dann ergibt sich daraus, daß das auch möglich ist bei zwei Beziehungen, oder bei drei oder hundert oder bei Beziehungen, die zwischen ganzen sozialen Gruppen und sogar zwischen ganzen Völkern bestehen. Die Probleme der Welt – die täglich in Schlagzeilen über Gewalt und Verzweiflung ihren Niederschlag finden – sind im wesentlichen die Probleme von Individuen. Wenn Individuen sich verändern können, kann der Lauf der Welt sich ändern.

Ich möchte allen denen danken, die die Arbeit an diesem Buch gefördert haben. Daß dieses Buch zustande gekommen ist, verdanke ich vor allem meiner Frau Amy. Sie war mir stets eine unschätzbare Hilfe und kluge Diskussionspartnerin. Spuren ihrer philosophischen, theologischen und literarischen Recherchen finden sich überall in diesem Band; das Kapitel über moralische Werte stammt von ihr.

Außerdem danke ich meinen Sekretärinnen Beverly Fleming und Conny Drewry, ferner Alice Billings, Merrill Heidig, Jean Lee, Marjorie Marshall und Jan Root für ihre wertvolle Unterstützung sowie meinen Kindern für ihre Anregungen.

Dank schulde ich außerdem meinen Kollegen, die mit mir zusammen das Institute for Transactional Analysis gegründet haben: Dr. Gordon Haiberg, Dr. Erwin Eichhorn, Dr. Bruce Marshall, Reverend J. Weaver Jess und John R. Saldine; den Direktoren Dr. David Applegate, Laverne Crites, Mrs. Donis Eichhorn, Dr. Ronald Fong, Dr. Alvyn Freed, David Hill, Dr. Dennis Marks, Larry Mart, Dr. John Mitchell, Richard Nicholson, Reverend Russell Osnes, Dr. Warren Prentice, Berton Root, Barry Rumbles, Frank Summers, Reverend Ira Tanner, Leroy Wolter und Dr. Z. O. Young; dem verstorbenen Reverend Dr. Robert R. Ferguson, Senior Pastor der Fremont Presbyterian Church in Sacramento und Berater für Erziehungspraxis am Theologischen Seminar von Princeton; Dr. John M. Campbell, Präsident des Departements für Anthropologie an der Universität von New Mexico; James J. Brown vom «Sacramento Bee», Eric Bjork für seinen klugen und großzügigen Rat; Dr. Ford Lewis, Pfarrer der First Unitarian Society von Sacramento, dessen Engagement für Wahrheit und Nächstenliebe eine Quelle der

Ermutigung gewesen ist. Dr. Elton Trueblood, Professor für Philosophie am Earlham College, für die wichtigen neuen Forschungsergebnisse, die er mir zugänglich gemacht hat; Bischof James Pike, Resident Theologian am Center for the Study of Democratic Institutions in Santa Barbara für seine ansteckende Begeisterung und großzügige Unterstützung; zwei Persönlichkeiten, denen ich jahrelang Ausbildung und Anregung verdanke, Dr. Freida Fromm-Reichmann und Dr. Harry Stack Sullivan, in dessen Unterricht ich zum erstenmal den Begriff «interpersonale Transaktionen» gehört habe; und schließlich meinen Patienten, deren Denken viel zum Inhalt dieses Buches beigetragen hat. Auf ihren Wunsch hin habe ich es geschrieben.

Über den Verfasser

Thomas A. Harris wurde in Texas geboren und verlebte dort seine Kindheit. Er besuchte die High School in San Antonio und studierte anschließend Medizin.

1942 begann seine Ausbildung zum Facharzt für Psychiatrie in Washington, D. C., danach diente er als Psychiater in der U. S. Navy. Er wurde Chefarzt des psychiatrischen Dienstes am Marine-Hospital in Philadelphia. 1947 übernahm er die Leitung der Psychiatrischen Abteilung des Amtes für Medizin und Chirurgie im Navy Department.

Nach seinem Abschied erhielt er einen Lehrauftrag für Psychiatrie an der Universität von Arkansas. Im Anschluß daran wurde er Direktor der Behörde für das Anstaltswesen im Staate Washington an der Westküste. In dieser Funktion war er verantwortlich für die Betreuungsprogramme in allen staatlichen Strafvollzugs- und Heilanstalten. 1956 ließ er sich als Facharzt für Psychiatrie in der kalifornischen Hauptstadt Sacramento nieder. Er ist Gründer und Präsident des Instituts für Transaktions-Analyse in Sacramento und Direktor der Internationalen Vereinigung für Transaktions-Analyse.

Das vorliegende Buch ist die Summe einer fünfundzwanzigjährigen ärztlichen Erfahrung. Thomas A. Harris hat eng zusammengearbeitet mit Harry Stack Sullivan und Freida Fromm-Reichmann. Seit 1960 gehörte er zu den engsten Mitarbeitern von Eric Berne. Er ist Diplomate of the American Board of Psychiatry and Neurology, Mitglied der American Medical Association, der California Medical Association und der Sacramento County Medical Society. Er ist Fellow of the American Psychiatric Association und Mitglied des Board of Directors sowie vormaliger Vizepräsident der International Transactional Analysis Association.